日札录

刘忠惠◎著

黑龙江人民出版社

图书在版编目(CIP)数据

日札录 / 刘忠惠著. — 哈尔滨 : 黑龙江人民出版社, 2019.10

ISBN 978-7-207-11942-1

Ⅰ. ①日… Ⅱ. ①刘… Ⅲ. ①散文集—中国—当代 Ⅳ. ①I267

中国版本图书馆 CIP 数据核字(2019)第 234042 号

责任编辑: 朱佳新

封面设计: 欣鲲鹏

日 札 录

刘忠惠　著

出版发行 黑龙江人民出版社

地址　哈尔滨市南岗区宣庆小区 1 号楼(150008)

网址　www. hljrmcbs. com

印　　刷 涞水建良印刷有限公司

开　　本 787×1092　1/16

印　　张 20

字　　数 360 千字

版次印次 2019 年 10 月第 1 版　2021 年 6 月第 2 次印刷

书　　号 ISBN 978-7-207-11942-1

定　　价 60.00 元

序　言

《日札录》是继《枫叶绿又红》和《况味》之后，出版的第三本散文集。全书共分8个部分，158篇，大约三十几万字，每篇文章都是短小精悍，用描写、叙述和议论相杂的手法进行，尽量做到通俗易懂；口语和书面语相搭配，有一些可读性，在引用古文时做到阐释清楚，引证有据，起到承传古文化的目的，让我们的子孙后代知道老祖宗留下的文化遗产不可丢失。

《日札录》共分：人生花絮、岁月如歌、生活感悟、思想火花、自然生态、旅游胜地、读书拾零、相聚情缘8部分。

人的一生几十年瞬间就过去了，每当静下心来，看看现在，想想过去，再望望未来，还真让你好感慨。正如唐代刘禹锡所说："人生几回伤往事，山形依旧枕寒流。"把人生中的各种感受，用文字表现出来，犹如各种花絮那样，不论颜色如何，大小殊异，都显示出各自的特征，也算是一种存在态势，无须跟其他同类相比，这就是存在的原则，出世的甘味，各得其所吧！

《论语·阳货》曰："日月逝矣，岁不我与。"时间日复一日、年复一年地往复着。岁月如歌，人生几何？我们没有任何理由去抱怨时序，只有回味其滋味，才好度过几十年的光景。能正确对待自己、他人以及自己的民族或家园（祖国和家庭）也就足矣！既看到好的一面，去证实"云破月来花弄影"的浪漫情趣，也晓得"重重帘幕密遮灯"的晦涩阴暗地方。这样才能平复自己的内心，让它随着时间的脉搏跳动，直到老去，也没有什么遗憾。

生有涯，而知无涯。生活一辈子，不光是柴、米、油、盐、酱、醋、茶的生存，还要有所思，有所想。不可"无为空自老，含叹负生平。"（唐·陈子昂《陈伯玉集》）我们对生活中的一人一事，一草一木，一饭一蔬都有感情、感悟和感召，怎能不去认真对待呢？生活这篇大文章，一生都做不完。只要我们认真去思考，凡事问个为什么，也就算不枉活一生。该歌颂的唱之，该贬损的弃之，该褒扬的爱之，可算是个"聪明"人，何必在一些鸡毛蒜皮的小事上斤斤计较呢！没有感悟就没有思辨。

人与动物不同的地方，在于人有思想，能明辨是非，掌握自己的价值取向。元·张可久说："人何在七国春秋，浪淘尽千古风流。"在不平静中去找平静，在大浪淘沙里尽其风流韵事，是思想火花的燃放，何乐而不为呢！思想离不开思考，无论走到哪里，走的多远，都要把黄种人的根脉记住。它是有自我意志，独立前行的民族；为人忠厚，待人诚挚，办事讲究的民族。从来不怕豺狼虎豹和妖魔鬼怪,任凭风浪起,我自岿然不动。

我们所生活的家园,如果说是我们自己创造的,不如说是自然生态赋予我们的恩泽。地球上的草木花卉、山川河流、鸟兽虫鱼,都是原生态的佼佼者,是我们人类共存的朋友。唐·崔颢说:“晴川历历汉阳树,芳草萋萋鹦鹉洲。”多么和谐、和睦的原生态的环境啊!每当我们来到旅游胜地,陶醉在大海、大江的宽广怀抱之中;走进大山时,吸着青涩甘甜的气流,观赏各种挺拔的树木、鲜美的花儿,比吃一顿大餐还舒坦和美好;看到天上飞的,地上跑的,草里爬的各种动物时,大自然的多样性,使其共存、共生的理念得以延伸和升华。

谈起“旅游”二字,多数人认为是游玩,所体现的价值——我有钱。这是一种自私的行为。唐·王维有诗云:“春来遍是桃花水,不辨仙境何处寻。”什么时候能把旅游目的地当成“圣地”或“仙境”呢?没有敬畏,就没有自尊;不懂欣赏,谈何价值。在人文古迹处去品尝他国、某地的文化遗存,丰富自己的文化内涵;在自然生态之地,领略大自然给我们人类丰富多彩的景观,去陶冶性情,珍惜自然。反之,那种在旅游时显摆,寻求某种刺激是多么地陈腐与可怜呀!

“万般皆下品,惟有读书高。”我很崇敬这句话。要知道一个不读书的民族是没有希望的民族,不提倡读书的国家永远是衰败落后的国家。几千年来,中华民族一直是一个文化大国,它储存的文字(汉字)和书籍堪称世界之最。这是我们的骄傲,也是我们为世界文化宝库做出的最大贡献。犹如元代姚燧所云:“墨磨北海乌龙角,笔蘸南山紫兔毫。”古人讲的“读书破万卷,下笔如有神。”是读书的功夫,读书的境界。读书不是为了升官发财,装饰自己的门面,而是树立大爱、大道的一种精神储备库,也是做人的必由之路。难道不识字的人就没有这方面的修养吗?也不是,至少很难脱离愚昧无知的干系。

相聚、群居是生物界万物的本能。但相聚先要相知,做到“白首相知犹按剑,朱门先达笑弹冠。”(唐·王维《王右丞集·酌酒与裴迪》)必须是好友、同事,在颇有情缘和思念的前提下,会面才有味道、有含义。古人讲:“人之生,气之聚也,聚则为生,散则为死。”(《庄子·知北游》)所谓“气”,就是人的情感、意志、修养等叠加起来的情愫。它是在缘分的基础上建立起来的,不是一个大杂烩,而是志同道合者的联谊,情感相投者的盛宴,相亲相爱的鹊桥……正如宋代欧阳修所云:“垂柳阑干今日风……双燕归来细雨中。”这就是“情缘”。

《日札录》在两年多的写作时间里,从白雪皑皑的北国边陲,到四季如春的热带雨林——海南;从滔滔的渤海之滨,到高耸峻拔的云贵高原;从贯通南北的嫩水的江边,到秀美鲜活的西子湖畔;从呼伦贝尔广袤的大草原,到人才辈出的千年古都——绍兴;从农村火红的高粱地,到哈尔滨郊外的“伏尔加庄园”……先后跋涉七八个省区,几十个古迹名胜景点,算是“走万里路”了吧!一路风风雨雨，但收获满满。把那些可歌可泣的人和事记录到笔端，还观赏了祖国的大好河山，到头来很有成就感。终身不可忘怀的那些生活碎片，让我心灵更加平稳、纯粹。

《日札录》让我翻阅数不清的书籍，几十本读书笔记和上千张读书卡片。在那些泛黄的书页中，能跟古人超越时空地对话，面对面地访谈。尝试了古人博大的胸怀，也丰富了我的时间量纲和多彩的晚年；在每一个汉字的笔画中寻找写作的灵感，通过诗、词、歌、赋提升自我的理念前瞻；有时在梦中见到一个个的故人，虽没有言语，好像知道我内心的狂澜。书中引述的几百条古训、经言，似乎他们感受到自己的后辈还有那么一点点古籍沉淀。我真切地体会到"读书破万卷"的内涵。不读书的人太天真，不读古书的人真感到汗颜。

当我这本散文集写完最后一篇，打完最后一个字时，真的感到吃饭倍儿香，睡觉鼾声响；走路倍儿精神，说话清又爽。作为耄耋老人好像回到了童年，跟孩子们嬉戏；走到青年人中间，畅叙生活的甘甜；和中壮年人拥抱，满脸红晕鲜艳……这些都是写作实践滋润了我，让我倒退几十年。感谢我读过的书，感谢我走过的路，感谢我写过的文章。

刘忠惠

2019 年 6 月 12 日于齐齐哈尔

目 录

人生花絮

岁月如歌

生活感悟

思想火花

自然生态

旅游胜地

读书拾零

相聚情缘

人生花絮

2016年10月4日　星期四　内蒙古　呼伦贝尔　晴　－2℃～16℃

一个深吻

这个国庆休假日，我与女儿、女婿们自驾辆车去内蒙古呼伦贝尔市。4日那天下午参观国家森林公园。对此，我真有些不解，一眼望不到边的大草原，怎么会有森林公园呢？进入公园后，径直向左前方走去，哇！竟是一些古老的红松树。它们的树干有七八十厘米粗，枝繁叶茂地挺立在天空中，好让人肃穆起敬，更使人不解的是，都生长在小沙丘上，粗大的根系全部裸露在外面，赭黑色的根须交相错落，就像一只只的大手牢牢地抓住沙土。这些老松树的年龄很难估算，也许是几百年以上纯天然生成的呀！

我无法抑制自己的崇敬之心，就趴在老树根上虔诚地亲吻它三分钟。真切地感到人是何等的渺小而无知，有谁能跟它比肩世上的沧桑轮回呢！实有“迢递风日间，苍茫洲渚晚”（唐·《皇甫冉集》）的旷远之感。沧海遗沙砾，古松砺流年。它不去述说，但能感知到树液流淌时那博大的胸怀和坚忍不拔的历史记忆。它没有怨恨，在那傲骨的根脉上，闪耀着自然天地的恩泽，岁月渐变的年轮。在它那沉稳的心跳和那粗犷而低沉的呼吸中，有历史巨变留下的岁月陈迹，也有自然风雨敲打后的倩影飘逸。它镌刻的不是历史，而是记忆；它彰显的不是形象，而是迷离。

我敬畏您，因为您不惧风沙雨淋，在此，历练属于自己的坚强品格；我钦佩您，您坚守日月星辰，在此，塑造属于自己的风范历程。您是植物的长者，是动物的靠山，也是人类的朋友和近邻。您把高山牢牢抓住，不许水流侵蚀，不让风雨糟蹋。高山巍峨耸立有您的功劳，河流清澈流淌有您的呵护。昆虫和小鸟有您的保护可以生存繁衍……真不愧有的民族拜您为神，实属一种切身的感受和景仰呀！

亲爱的老红松啊，我站立起来再给您敬个举手礼吧！

2017 年 3 月 29 日　星期三　黑龙江　齐齐哈尔　晴　－2℃～14℃

“志愿者”诗会

今天下午 2 时，在齐齐哈尔大学校团委的会议室召开“朝夕相助 爱满齐大”的“志愿者”诗会。

诗会开始由齐齐哈尔大学教育传媒学院主播专业的一男一女两位同学介绍了本届“诗会”的宗旨，分为三个篇章：第一篇“追忆过去”，第二篇“珍惜当下”，第三篇“畅想未来”，共计 13 首诗，多半是一些传统的知名作家、诗人之力作，还选取了我的三首诗：《春之吻》《奢望》和《每天晚上……》，都来自我 2017 年刚出版的诗集《网与格》上，很让我震惊和欣慰。不仅说明学校对我诗作的肯定，还给我莫大的鼓励和支持。

参加诗歌朗诵的有校团委书记、副书记和工作人员，还有学校“青年协会”“志愿者协会”等全校学生中的佼佼者，最后的一首诗《每天晚上……》由我给大家朗诵。整个气氛热烈，同学们感到是参加一场文化大宴，让他们在大学的学习、生活中，体验到诗歌的魅力和跨越时代的价值。最后师生们合影留念，我也赠给他们 30 本诗集，让这一美好时刻永记心间。校新闻中心在校园网上报道了这则消息，很受大学生们的青睐。

我很长时间没有用这种方式与学子们互动了。近些年，我先后撰写了四部诗集：《蚕与蝶》《动之韵》《瓯越茗》和《网与格》。他们是我对生活热爱的结晶，也是一种心底的歌，没有刻意去打造每一首诗，应该是情感激越的刹那间自然流淌出来的。所以，我对诗的认识是：“诗是情感这个小顽童去拥抱大自然、人类社会及每一个体的人之后，穿越在历史与现实的时空间，游走在虚拟与梦幻世界时，留下的一只小脚窝及稍纵即逝的掠影，让世间的人们去感受、体悟、想象，或对号入座的一种思维符号，或是理念、哲思的标签。”尽管对诗有点知识，但永远也不是“诗人”，因为对诗的认识与理解还很肤浅。

通过这些诗作的朗诵，学子们不仅学到了吟诵的技巧，欣赏着诗境的意蕴宽厚与博大，更能从诗人及诗作的背景中看到老一辈人历练胸襟的豪迈，也感受到背景再现时的代际印痕和时空对人类的拥抱和回忆。历史这面镜子永远是真实的、相助的。这也许是倡导者提出的“朝夕相助”的“助”的内

涵与意义。“爱”是人类永不放弃的德行标准，相互拥有和珍惜的理想珍馐，也是永驻人类文化视野的不朽符号。古人讲：“薪火虽炽然，人皆能舍离；爱火烧世间，缠绵不可舍。”（《法苑珠林·正法念经偈》）不仅仅是“爱满齐大”，还要爱满中国，爱满世界。

2017 年 4 月 1 日　星期六　黑龙江　齐齐哈尔　晴　1℃ ~16℃

自闭症日

为纪念联合国世界自闭症日，我受齐齐哈尔大学“青年志愿者协会”的邀请，早 9 时来到市博物馆一楼大厅参观自闭症孩子们的画展。当我沉浸在他们的五花八门的画作时，突然见到校“青年志愿者协会”的徐冬冰等一帮人也早早地来到了。我们在大厅内合影留念，此刻再一次把我拉到与他们很近的距离。

在观看每一幅画的同时，我看见了那些自闭症孩子们的内心世界。他们的想象力很奇特，也十分遥远，似乎在与陌生人对话，更多的是自己跟自己交谈。有他们与正常孩子不一样的童年，还有憧憬未来的企盼。就如王辛竹小朋友用大写意的手法，好像用笔蘸着油彩在画布上（实际不是画布）胡乱涂抹，形成的杰作《印象荷花·三》，那样的大气、张扬，但又厚重、淡定，仿佛出自水墨画大师之手，结果我不假思索地把它请回了家。

拍卖价是 200 元。在交款处，收银员对购画者一再表示感谢说：这是对自闭症孩子的嘉奖和鼓励，也是对孤独症康复事业的支持与信赖。对此，我感到这样的事多参加一点，也是对我自己心灵的净化，更是增加热爱群体、珍视他人的最好机会，由衷地感谢承办者和引导我走向志愿者行列的大学生们。

在参观一个多小时的时间里，给我感受最深的是：看到中国未来的希望。在我的各种文章中，对现实的一些老人们不规范行为没少进行贬责和嘲讽。在这次画展中老年人参观者很少，更多的是青少年，不到一个小时，画展四周的墙壁上的画幅几乎摘空了。他们排队去交款，越贵的越卖得越好。人们不是在抢购“名画”，收藏起来让它升值，而是在静静地求得一点“爱心”，暗中表示对自闭症孩子们的特殊关爱，在无声的肢体语言中，显示出中国人的慈爱精神和大度气派。这点让我十分骄傲。尽管人们还不满意现有的教育体系和教育方法，但十几年的高等教育普及还是显现出它的良好轨迹和后代兴旺发达的态势。

中国目前的自闭症患者有多少，我不知道，但各级政府部门及各种组织把其纳入日常工作是了不起的举动。如果我们每个健康人，不时地想一下那些有疾病的家庭和孩子们，也算是对人类文明做出点自己的贡献。力所能及地分担一些他们的困难和忧虑，也是中华文化的内驱动力使然。《广弘明集·大唐三藏圣教序》曰："湿火宅之干焰，共拔迷途；朗爱水之昏波，同臻彼岸。"也算我们人类共同的责任。

2017 年 4 月 14 日　星期五　黑龙江　大庆　晴　9℃ ~22℃

专守真一

受大庆市的老同学、老学生之邀，乘高铁去会见他们，又是多年未见了，很想念的，也许是人之常情，越老越珍惜这份感情。《文选》晋·张华《答何劭》诗曰："是用感嘉况，写出心中诚"。意思是用最深厚的情感与你，以表示内心的真诚。

下火车后，小女儿木木和女婿接我，并直接送到华丰饭店。进店后，来到一个宽敞明亮的大包厢，落座时，我把带来的散文集《况味》每人赠送一本。看得出他们的脸上泛出一股敬意加喜悦之情——"书问见遗，感铭心切。"（宋·陈师道《后山集·答陈先辈》）看到书，又见到写书、赠书的老师，虽说已过四十多年，仍是感激不忘，铭刻于心呀！

他们是"文革"后期的"七五届"工农兵学员，年龄差距很大，文化程度参差不齐，但是品行优良，很具备"贫下中农"后代的质朴、醇厚之质。今天，在座的有内敛、素朴的宫淑华，她不仅是这场聚会的组织者，还破天荒地把自己的老公也带来了，并连唱几首歌曲，为大家助兴；活泼、敞亮的李亚荣，席间给大家跳起来蒙古舞；宽厚、畅怀的王淑芝，也偕同老公来看我，并深情地回忆在校学习期间我去她家（邻县）访问的情境，说起来十分感动；勤劳、质朴的"老贫农"——张淑荣，还是那么厚道、无华；内向沉稳的尹莉，仍不失女人的少言与细腻；快活、好动的赵庆志，虽已发色黑白相间，仍有当年幼稚、可亲的一面。

这些人已过"花甲"之年，与当年一样，都是我的小弟弟、小妹妹，相处十分和谐、自然，彼此亲如手足。在 36 名学员中，已经过世 6 人。"哀弦微妙，清气含芳。"（《乐府诗集》魏·曹丕《善哉行》）"只有梅花是故人，岁寒情分更相亲。"（宋·侯寘《懒窟词·鹧鸪天·送田簿秩满还霅川》）

我的这些学生也都到了颐养天年之际，见到老师还能如此地说呀，唱呀跳呀，无拘无束，堪比当年的纯真和幼稚。这也许是人的第二次青春童年，随着时间的推移，更显得珍惜和爱恋。最后，我给大家现场吟诵我的一首诗《每天晚上……》，把同学们带到了诗情画意之中，体现出爱的伟大而神圣，气氛推向高潮。一次不曾有的聚会就在回味、赏识和愉悦的气氛下依依不舍地离开。并把每个人的倩影定格在 2017 年 4 月 14 日晚的会面中。

2017年4月15日　星期六　黑龙江　大庆　晴　8℃~21℃

遁入师门

中午11时，大家都纷纷由四面八方聚集到大庆市让胡路区龙南的小苞米餐厅。餐厅装饰得俗风盎然，有种“仙梯难攀俗缘重，浪凭青鸟通丁宁”（唐·韩愈《昌黎集·华山女》诗）的感觉。墙上画幅幽默画，是农村办喜事的大写意：“无底洞”收钱，“猪老拱”托着猪头上菜，“梁满包”在碰杯，“赛金花”（新娘）点烟，“老疙瘩”（新郎）引荐，“狗剩子”抱起“孙四凤”给“喜鹊飞”对烟等。由此可见，饭菜也都是“农家乐”，怀旧的气息较浓。

这些校友，大部分我不认识。自从上次我的老同学从安徽省马鞍山市来大庆市要见见我，才有幸参加他们的“校友会”。此次来，每人赠送一本我刚刚出版的诗集《网与格》，也算表示我的一点诚意吧！

“登寿耄耋，用永蕃娈。”（汉·蔡邕《蔡中郎集》）当人的年岁达到七八十岁时，极其思慕过去，也算是“乡愁”的一部分。那些俗人、俗事、俗物，尽管带有一些俗气、平庸，但对于过来的人来讲，仍是津津乐道。而那些喝点墨水的人，更多的是对时代的遭际和往事心存怀念之情。在座这些人的记忆里，更多的是家贫念书难。20世纪五六十年代，“家有二斗粮，不当孩子王”的民风中，选择“师范”是最称心如意的职业，因为“念师范”有助学金的保证。所以校友们对学校和老师们都特别地尊重和思念。

现在师范（英文名为：Normal school）一词，成为培养教师的学校，其含义是培养“堪为人师而模范之”的人才的。用教育家陶行知先生的话来说，“师范”是“学高为师，身正为范”。我的这些老校友都是出身于“师范”院校，培养弟子成千上万，走到哪里都有学生相见，实感幸福。可要知道，教师不仅要把知识传授给学生，还要把正确的价值理念潜移默化地渗透到学生的心灵之中，往往一句话，一个不被人们注意的行动细节，都会影响学生们的一生，或改变他以后生活的途径。这一点，大家聚在一起边喝酒，边谈那些学生时代的逸闻趣事，应该是终身不忘的情结。古人讲：“师模顾陆，骨气有余。”（唐·释彦倧《后画录·隋孙尚孜》）顾，为晋代顾恺之；陆，为南朝·宋 陆探微。“君学成师范，缙绅归慕，仰高希冀，历年滋多。”（《后汉书》八十下《赵壹传·报皇甫规书》）更是众人仰慕，信任之人。说明教师教书育人的责任重大，言行举止的规范，乃为学生的楷模。

“不入师门，无经传之教。”（汉·王充《论衡·量知》）不守师法，难通法理之言；不承师道，哪有文脉相传。没有学生不如师者，关键是“教师”这架人梯，能否让学生爬上去，站得稳，看得远，是由教师的风骨、气场和精神（知识储备和价值观念）决定的。

2017年4月16日　星期日　黑龙江　大庆　晴　8℃～19℃

创业书吧

下午6点钟，我的七七级老学生孙艳波开车接我去大庆市黑鱼泡附近的鱼馆吃饭，席间认识了他的朋友——大庆市国资委副主任李世宏先生。李先生五十多岁，是说话爽快、办事干练那类的中年人。酒后我们一行人受邀，分乘四辆轿车顺路来到市内新村的“1959创业书吧”。这是李先生在大庆市创办的十个“书吧”中的一个。打开门锁，进屋后，好让人瞠目结舌。两百多平方米的面积，置放一万多册书，外加阅读时的桌椅，以及品茶、论书的小吧台，很有温馨愉悦之感。正如古人所云：“亲幸东观，览书林，阅篇籍。”（《东观汉记》这样的小气候，非读书莫属。

私下里，得知李先生的十座书吧的创建完全出于公益事业的奉献精神，本人不谋取任何私利，所以叫“1959创业书吧”。乃是继承并发扬1959年发现大油田后，一代一代人的艰苦奋斗的创业精神，也算给大庆市搭建一个“全民阅读，书香大庆”的平台。多么好的创意与创新呀！要知道“书”全部由全国爱心人士捐赠的，办“书吧”的场所和各种设备是跟学校、企业协商争取的，“服务人员”清一色是“志愿者”，没花一分钱，只是大庆市总工会授予“牌名”。

“书吧”的管理十分宽松，没有借书卡，不发门票，更不要监控设备，随便来，随便看。原因很简单：书是供学习和阅读的，它不是摆设，更不是商品，对于一般庶民来讲，虽不能“雨槛卧花丛，风床展书卷。”（唐·杜甫《杜工部草堂诗笺》）但可以到书吧来，翻翻看看也方便。

于是让我们想起正规的图书馆实在让人心烦，进要划卡，看书需登记，服务人员在一旁跟着你，监控镜头到处设置。把看书人当成贼一样看待，哪还有什么阅读自由可谈。更让人心急肉跳的是作者花费好多时间和心血写了一本书，要想出版问世，必须拿钱来。出版一本30万字的书，作者不掏三万两万元钱根本出不来。目前网络微信、网络阅读大行其道，纸质书籍面临冲击。没想到李先生他们一伙志愿者团队还能逆潮流而动，真是难能可贵呀！再过三十年，最多五十年，大庆人要给他们树碑立传的。

书是一面镜子，可照出一个人身上的瑕疵和毛病，也是人们前行的指路明灯，还可把历史的瞬间存放在镜子里边，见证历史的功过与坎坷。

书是文字的载体，是时代向前推进不可或缺的精神食粮，有其经验、教训的积累，也有历史演进的清晰脉络。自古以来，人们非常敬仰和崇拜书城、书院、书房和书室，因为那里有书香剑气萦绕。宋·刘克庄《后村集序》："至若以文名世者，家有贤子孙，能绍祖父书香。"

祖祖辈辈留下的丰厚大餐决不能丢弃矣。

书是人类忠实的伙伴。一个国家、一个民族，若不读书、不学习，将是野蛮的、无可救药的国家和民族。人的一生从呱呱坠地到两眼双闭，一刻也离不开读书和学习。只有终身进行读书和学习大脑才不会萎缩或产生精神痴呆。一个大学毕业生若退休后10年不看书、不看报，他的文化程度就会缩水到小学四年级的样子。可想而知，常年读书的人不仅健康了身体，也在不断地健全自己的精神世界，因为怒放在你内心的那朵鲜艳的花朵还是靓丽可人的。人的外貌渐衰了，而内心是一池活水，永不腐败。

但愿我们的社会，人人都在藏书、读书、写书，为那些公益的藏书人、读书人点赞，使我们的国家成为全民读书、全民爱书而努力！人活一世不可能总是有所取，还应有所舍。"舍得"是治疗一切疾病的"良方"，而"书"为"良药"。信不信由你，我是确信无疑。

2017年5月30日 星期二 晴 黑龙江 哈尔滨 晴 13℃~24℃

放生有恩

今天是端午节，天气格外的晴朗与宁静。一早我和女儿、女婿自驾车来到松花江边放生去了。花了400元钱（我拿100元）买了两桶鱼，欢快地将这些小生命放归自然。这件事让我感动而开心，好像早就应该做的一件平常事，而现在才补上。虽说有点晚了，但我的心灵似乎平静了许多。

"放生"是老祖宗留下的传统，可惜现代人把它忘得差不多了。就知道自己吃得满嘴流油，想方设法弄些山珍海味来品尝，以提高自己的身价，就不去理会残害生命是对自然不敬的道理。更有甚者还借口说，你若总是买鸟放飞、买鱼放生，不是更助长那些捕鸟、捞鱼者的气焰吗？这种谬论在金钱至上的社会里，说此话的人无非是给自己糟蹋自然生物捡了一块遮羞布，怎好自圆其说呢！

想当年，把这种信仰当成"唯心主义"进行围剿；至今，有些人什么信仰都没有了，就剩下个自私的"自我"，况且还振振有词地大摆特摆其阔气或时尚，证明"老子"有钱，有钱就可以使鬼推磨，有钱就可以胡来，什么生命啊，自然啊！都跟我无关，只要自己活得痛快就行。

别忘了，我们祖先是怎样对待大自然及各种生命的。《列子·说符》曰："邯郸之民，以正月元旦献鸠（斑鸠类的鸟）与（赵）简子，简子大悦，厚赏之。客问其故，简子曰：'正旦放生，示有恩也。'""放生"是一种恩德的修炼，也是对"杀生"者的挞伐。说实在的，我很爱那些野生的小鸟、小鱼和小动物，也真的跟它们结下不少缘分。小的时候为小狗、小猫的死偷偷地流过泪，长大了也不敢去杀鸡、宰鸭的。

2017 年 12 月 18 日　星期一　海南　性水湾　晴　有风　13℃ ~20℃

穷幽测深

来到热带海岛——海南，生活整整一个月了。30 天是历史的一瞬，也是宇宙的小小点头。可在我们的人生旅途中既很短，又漫长；既平常，又很不平常。这里边有兴奋、诧异和思考……

我居住的“香水湾”据赤道只有 18°，即北纬 18°的地方，也是热带与亚热带的分界线，应该是个过渡地带，比海南省海口市高 2° ~3°，比三亚市低 2° ~3°。背靠山脉，面朝大海，颇有景观，又是特有诗意的地方。出门 200 米就见到波涛汹涌的大海。风卷残云露蓝天，浪打礁石扑沙滩，有谁不兴奋、不狂喜呢！尤其对于我们这些“陆客”来讲，更有少见多怪之嫌。

一个月里有三分之二的时间去看海、摄海和写海，每次都有不同的感受。岸边的巨石是没有文字记载的历史遗迹，那样的光滑、圆润、坚实，临风沐雨彰显日魂；潮起潮落，暗含月魄，让人们无限地敬仰它、亲近它、信任它。岸边的沙滩上堆积金黄色的细沙，均匀地铺在海边，抓起一把是软软的，润泽有光。它受海水的洗涤，洁净得如海岸上铺设的天然地毯，赤脚走在上面比“足疗”还舒服。大自然奉献给人类的各种“餐宴”数不胜数，在享受时别忘初心，在观赏时应细心品味。古语说得好，“人世几回伤往事，山形依旧枕寒流”。（唐 · 刘禹锡《西塞山怀古》）但这不完全是负面的，积极的因素很多。

陵水县光坡小镇是面朝大海的小村屯，给我们陆客印象最深的是波涛翻滚千堆雪，树木长青染墨盒。旁边居住的村民仍过着农牧混合的生活。每天可以看到一群群的小黄牛犊在野地吃草，可以听见家养公鸡的啼鸣，还有小学校里报时的悠扬钟声。对于我们久居城市的人来讲，此种田园生活儿已经几十年不见了，诧异之中，有些向往和迷恋；原生味道，让你童趣复萌。人生如寄忧何物，人间能得几回闻。现代生活让我们离原始生态越来越远，若没原生态的味道，此生活该是多么乏味与单调啊！生活是多彩的，文化是多元的，无论社会发展到什么地步，都不要厌烦原始的文明，排斥传统的，乃至村屯的生活方式，因为乡愁伴着乡味而存在，乡情离不开一草一木、一鸡一鸭的活化石，因为人类的基因已经与他们紧紧相连，分割或切断都是对大自然乃至大宇宙的不敬。所以，我们要做到“仰以观天文，俯以察地理，中以建人极”。（隋·王通《中说》）这是为人之准则。

一个月的时间里，东跑西颠地去观景、拍照，最终受用的是精神饱满、愉悦和敞亮。对海的体味就不多说了，只说说树木和花草。这里有须长茂密的榕树，叶壮树高的椰子树，树干笔直又带圈状样棕榈树，还有长生不老的龙血树等，数不过来名字的大量热带树种，一些矮小的灌木总是开着小花儿，鲜活而让人喜欢，还有那些碧绿青翠的观叶植物，更让人感到是一幅幅鲜活、奇异的画卷。

在热带地区见到各种植物，其树木的挺拔苍翠，有种终年不停歇的成长属性，给人不知疲倦、不觉显现之感悟，在暴风骤雨中折断了枝丫也会继续成长；花草更是默默无闻地开放着，都是一种自觉又不自觉的成长律动。既不为自己，也不为他人，而是自己对大自然给予时光的一种馈赠，或者说是天、地、时赋予它们的一种能量与机会，才可疯狂而不懈怠地存活与生长着。此种精神就够我们去体验和效法了。

来到海南岛只是为了消遣或是游玩吗？或证明自己游历过祖国名山大川，一夜间就成了“观光红”吗？在朋友圈里发一些张扬性的自拍小照，证实“我到此一游”，实有“精华欲掩料应难，影子娟娟魄自寒。”（《红楼梦》四九回）有多少人懂得这种道理呢？出来看海也好，赏花也罢，为什么不在细枝末节上下些功夫，彻头彻尾地去体会海的深度和广度，花草的特性与奇妙呢！只凭一时的自我痛快，或少见多怪地出来走一趟，显得多么贫乏与无力，浅薄和无能啊！

《文选》晋·成公子安《啸赋》云：“玄妙足以通神悟灵，精微足以穷幽测深。”可我们的观光者，有几人能体悟得到呢！

2018 年 1 月 8 日　星期一　南海　香水湾　晴而多云　14℃ ~26℃

时光清浅

时光清浅，转眼就是百年。在这暂短而清浅的时光里，只要抓住片刻时机，也会让清醒的人沉醉。这是很值得留恋和醒悟的。唐代刘禹锡说过："花径须深入，时光不少留。"意思是不要辜负光阴给我们的机遇。

据动物学家说，在猫的眼里过去一年就相当于人的十年，而在龟的心目中过去十年就相当于人活到一百年。从这个时间参数来看，时间对于自然、宇宙来讲只是个小小的变数，可我们人在这个变数中怎样认识自己、理解他人、适应社会的变化也就有了答案，那就是在暂短而清浅的时光面前抓住它。《吕氏春秋·首时》云："天不再与，时不久留。"千万不能欠时光的账。俗话说，寸金难买寸光阴。其实失去的光阴是永远也不会回来的。日复一日，年复一年，只是另一种时光的再现，而绝不是前一时光的重复。历史就是历史，而现实只能去回顾历史，展望未来，绝不可替代重来。

既然"岁月不居，时节如流。"（汉·孔融《论盛孝章书》）那我们怎样去珍惜时光，把握时序呢？

时光清浅，不变应对万变。人从出生、成长、成熟，到死亡是个小小的轮回，就如花草一样，从发芽、成长、开花、结果到枯死，没有什么可遗憾的，只是体现生命的往复规律罢了。人的一生几十年不容易，从牙牙学语到登寿耄耋，应该有好多故事值得回忆。譬如我的童年在民族存亡的战乱时代，也经历了社会变革及阶级斗争的严酷岁月，但我并没有失去童年的纯真、幼稚和快乐，特别对原始的北大荒自然风光留下不可磨灭的沉醉，通过撰写的散文和诗歌足以证明那是美好的、幸福的。每个人都有童年，只不过受时代的限制其故事的内涵与外延大不相同，其时运也就不一样，但它的价值在于对历史的验证与描述。"知顺逆之变，避忌讳之殃，顺时运之应"（《淮南子·要略》）也就足矣！

时光清浅，把握细节很难。按照时序来追述，人的一生会经历成功与失败、顺利和挫折，苦辣酸甜可能都尝过，要能活得有滋有味儿，或者说能精彩一点儿，给后人留下点不朽的遗产，其关键是抓住生活中的一些细节。不要纠缠在个人的利益得失和权力分配上，一旦走过头了，就会成为追名逐利的小人，也会背上"奸者"的罪名；也不要"追风""攀附"，或昧良心说假话。应该是走自己的路，看自己想看的风景，更要去做自己想做的有意义的事，尽量少功利，多些自责、自省和自立。

所谓“细节”就是在“凄风迕时序，苦雨遂成霖”（晋·陆机）的时间节点上做文章，也就不枉活一生了，这也叫“识实务者为俊杰”。用老百姓的话来说，人怎么都活着，为什么不活出点滋味来呢！用不着别人去品味，自己感到活得有价值就行。例如有的学者死后将自己的遗体捐给医学院让学生们学习解剖，也有的大商人生前就将自己的亿万财富捐给社会，还有的国家领导人“裸退”后，不要任何特殊待遇，并将在岗时的全部稿酬捐出来。这是“大细节”，那么“小细节”呢？可以在社区或边、少、穷地区当个志愿者、支援者，无报酬地干个几年，还可以为弱势群体或某些特殊地区做些自己力所能及的小事等。如果每个人能都做一点，我们的国家、民族及社会就成了真正的富有！人清醒时对时光的沉醉，就是对内心的净化，也是一种精神上的彻底解脱和最高奖赏。

一生之中不仅要讲好自己的人生故事，还要学会描述在舍弃中的“细节”，这才对得起陪伴我们的时光。宋代黄裳《菊花》诗云：“意静气清时候好，醉归明日更相寻。”

2018 年 1 月 13 日　星期六　海南　香水湾　晴有云　18℃ ~20℃

散人小子

我所说的“散人”，并不是懒散不为世用之人，而是指散居他地，职业灵活多样，不拘一格施才能；走南闯北，沾染一些江湖色彩，又不能算作“江湖小子”。跟江湖散人，唐代的陆龟蒙不能相比，因他不是文化人，也没有特殊的家庭背景，只能说在经济的大潮里灌了几口汤，还不知味道的弄潮儿罢了。

我只知道他姓于，高高的个儿，黑红的脸庞，剃个光头，眼睛不大，但有神。在一起吃饭时，从不多说话，挺能琢磨事的样子。他“二姐”（在读初中时教他三年的语文老师）说，这小子脾气犟，吃软不吃硬，是头顺毛摩挲的“驴”。读书时好惹事，但心地不坏。班主任有点摆弄不了他，就请示校长勒令他退学。后来是“二姐”说情留下，混个初中文凭。

仗义执言，为朋友两肋插刀。《汉书·贾谊传·陈政事疏》：“顾行而忘利，守节而仗义。”小时候因一位小孩受欺侮，他组织一帮小朋友，把那个“小混混”打得鼻青脸肿。当挨打的小孩家长找上门时，他挺身而出说是自己打的，治病全由他家承担。结果遭到父亲一顿揍，没掉一滴眼泪，还说他应该受到惩罚。从此，那个小混混再也不敢在他面前惹事，长大后，便成为可信赖的“铁哥们”。北方人有句俗话叫“不打不成交”。

浪迹天涯，五湖四海皆朋友。小于从黑龙江大庆跑到海南省三亚安家落户，还在山西、陕西、广西等地干过活，包过工，大小汽车购买了十来台，凡是他去过的地方都留下带步的工具。用他的话说，从不买招摇过市的名车，每台十万、二十万的就像父亲当年买自行车似的，用起来比较方便，走后由朋友们代管，也算留份人情，何必那么计较呢！《水浒传》：吴用道：“这等一个仗义疏财的好男子，如何不与他相见？”现代的年轻人能做到这一点，正是以真诚闯荡社会作为法宝——多个朋友多条路。小于虽说年龄不大，可他的一言一行，编织出自己的人生轨迹，很值得夸耀。

一丝不苟，抓住理从不让人。他来到海南省三亚市后，在南山圣地的一块山坡上，和许多人一样，花了 10 万元买了三棵小碗口粗的树栽到那里，以表示对海上观音的敬意。后来发现自己买的三棵树中的一棵树受了虫咬，便让管理人员去灭虫医治，结果未来得及治疗一场大风把树刮断了。他特别生气就跟管理员理论，对方拿一块石头（枕头大小）予以补偿，并说：“可刻上你的名字作纪念。”他说：“我不是为了出名而买树，是为了爱护生命。它竟这样死去了，实在于心不忍。”

他在黑龙江省大庆市买了两块地，施工了一半，那里的领导被“留置”接受调查了，他的工程也只好停工。可他据理力争，希望新班子能按合同行事，不因某位领导犯错误而坑害投资人的利益。他说：“我也没送礼、行贿。他犯法跟我有啥关系，干吗不执行合同?”目前他还在争取之中，决心讨回个公道。

严于律己，对他人行善施助。有一次他开车随我去机场送人。我的两个学生约我吃饭，也让司机小于一起作陪。吃完饭去结账时，饭费已经被小于结算了，从此留下深刻的印象。他办事讲究，从不投机取巧，也不触犯法律红线，一是一，二是二，做事实在、地道；为人讲义气，从不要人情，是善良、好施的年轻人。“二姐”的父亲来海南度假住在香水湾。他知道后三天两头开车去看看，每次都买些米、面、肉及一些鱼、虾、蟹等海产品送去。还开车接我去三亚等地旅游，并包吃包住（住在五星级宾馆）。实在让我过意不去，就决定借送一位朋友去机场的机会到他家看看。他明白其意思，并说，哪有长辈看晚辈的。第二天就开车拉着媳妇和刚出生不久的孩子来拜访。临走时我准备了两个“红包”（给他两个孩子）在他们返回时给他媳妇。可他们说啥也不要，硬是给塞了回来。我在微信上说：“小于你太不尊重我了，第一次见面长辈给晚辈‘红包’是再正常不过了。”第二天，他来到我家，当面说：“你也不尊重我呀！哪有长辈给晚辈钱的，那还叫孝道吗?”

二姐亲昵地叫他“小土豪”，然后解释说：是指他具有那片黑土地的豪气，此“小子”可交。这话说得有点“偷换概念”之嫌，但并不牵强附会，还是“散人小子”更合适一些。

2018 年 1 月 17 日　星期三　海南　香水湾　晴　16℃ ~25℃

钟鼓韵致

我国古代往往在城楼上，或宫廷、庙宇里建造钟鼓楼，每天晚上八时至第二天早上六时，每两个小时击打一次，这叫报时鼓。宋·苏轼《夜过舒尧文戏作》云："先生骨清少眠卧，长夜默坐数更鼓。"至于"钟"这种古代乐器，其用途更加广泛，祭祀或宴享时用。如《诗·周南·关雎》："窈窕淑女，钟鼓乐之。"那些富贵人家每逢佳节或丧、喜之事，列鼎而食，食时击钟奏乐。唐·王勃《滕王阁序》："闾阎扑地，钟鸣鼎食之家。"就概括了钟鼓之乐与人们日常生活的关系。

来到香水湾，一天 24 小时都可以听到新华联宅区钟楼报时的乐曲声，由小乐曲嘀嗒地清幽幽地开头，几秒钟后，又听到，咚、咚、咚……清脆悦耳的钟声。每一声都是时间的整数，如早晨七点钟，就响七声。这不完全是报时，而在音乐的领航下，诉说着时间的更替，是在重复晓畅时光清浅与绵长，也是岁月如流人堪老、光阴似箭不留情的忠告与暗示。

新华联宅区的钟楼是乳白色、圆顶的欧式建筑，有三层楼高，中西合璧，堪称一绝。在青山和绿水的环绕处，回声荡漾山峦，与白云遥敬，伴着清风驰骋；与涛声相合，咚、咚、咚激起千层浪，抚摸浪花舞蹁跹，是多么美的画幅呀！

夜半钟声绕海湾，清静雅韵迎月圆。每当夜不能寐、辗转反侧时，听见农家邻居的狗吠声：汪、汪、汪……地叫着，原来它是在听到钟的乐曲声时的一种反应，把夜间点缀得有声胜无声的寂静；每天早晨，东方露出鱼肚白，钟声唤醒晨曦慢悠悠地拉开各家的窗帘，就听见农家小院里黑红两花的大公鸡，伸着脖子咯、咯、咯儿……的啼叫声。

悠扬的乐曲，清脆的钟声，伴着鸡的鸣啼，狗的狂吠。这种混搭在别的地方还真的没有听到过，在这不出名的陵水县光坡小镇，时而听到悦耳的钟声，时而传出原始的农家狗叫、鸡鸣，是传统与现代文明的交汇？还是城市与乡村文化的对接？真让人们费一番脑筋。

时间慢条斯理且均匀地走着，钟声还是那样悠扬地律动着。大自然馈赠给我们的大海仍是汹涌澎湃，把岩石碾成碎末堆积在金色的海滩上，高山还是郁郁葱葱。因为他们一直按自然的规律守恒，从给予人类有益的生活环境开始，他们为人类的福祉不断地做出牺牲。我们人类必须做到知恩必报才行，决不能毁掉他们的容颜与意志而一意孤行。可有些地产商打出：“半山、伴海，心归处”的广告牌。对此，我真地担心起来。把山挖掉一半去建造楼堂馆所，如此地过度开发，这个原生态的岛屿，还能保持原汁原味吗？我又在无谓地担心起来。

钟还在不停地按时走着，乐曲准确无误地报时。钟仪奏楚，人们没有忘记传统，更要体现出钟灵毓秀之德。唐·柳宗元《马退山茅亭记》：“盖天钟秀于是，不限于遐裔也。”有人说，海南人就是慢性子，一周干完的活半个月也干不完；嘴里还不时嚼着“槟子”，好让人厌烦的。我认为这是种习惯，也是种思考。要知道青山绿水已经满足了我们的生活环境，反之把它当作摇钱树就违背了大自然对我们的恩泽，必定要遭到惩罚的。

钟声叮当地响着，也在不时地提醒人们，保护环境，不能违背自然规律呀。人在做事，天在看，你知道了吧！

2018 年 2 月 13 日 星期二 海南 香水湾 晴 19℃ ~23℃

家是什么

农历十二月二十八日晚 7 点钟，大女儿和女婿风尘仆仆地来到海南省香水湾过年。见面的第一句话是女儿说的：“爸，我们来陪你过年了。父母在什么地方，那就是我们的家。”我忙不迭地说：“谢谢了！老爸好幸福的。”

对家的理解，这是我第一次听说过，好让我的心暖和呀！自从 2014 年妻子去世后，已经 4 个春节没在齐齐哈尔的家过了。

2015 年春节是在小女儿家大庆过的。大年初一，大女儿和二女儿全家都来大庆看我。正月初一又一同回齐齐哈尔的家。记得那时是大雪纷飞，我和二女儿和小女儿去社区公园玩雪，大女儿在家做饭。尽管内心没有去掉悲痛的情绪，还算是比较充实和安稳。

2016 年春节，我们都来到哈尔滨大女儿家（还有干儿子一家人）。在大城市过年，文化底蕴够丰厚的，一起出入饭店，一起逛街购物，一起看电影。总之年过得很丰盈，也很有品位。

两个春节都同三个女儿和女婿一起过，让我这个孤独而寂寞的老人，并没有一丝孤寂感，甚为愉悦和畅快！

2017 年春节是二女儿领我去云南沙溪古镇“太太客厅”（他持有股份的）宾馆度过的。虽说天气比较寒冷，室内只有零上几摄氏度，但我们和游客们一起写春联，贴门对，包饺子。人们对这样一个陌生的家都十分投入，年过得也特别有年味儿！在这个小镇充分地体体验到少数民族的民风古朴，民意纯真，切实地享受到边陲地区彝族同胞传统文化的格调高雅，为人处世的品格真诚，让我终生难忘。

2018 年春节是在海南省陵水县光坡镇度过的。这里有大女儿家的房子，到目前我已住了三个多月了。此处是大陆“候鸟”最适合居住的地方，年平均气温在 25 摄氏度左右，常年绿意遍野，大海与高山环抱。在这里，我先后创作了 100 多幅摄影作品，写了 20 多篇日记散文。此地不是“天堂”胜似天堂。大女儿初八返回哈尔滨前，让我给他来个拥抱，说实在的，自他们走后，我就一直在激动，眼泪在眼眶里转悠，总感到缺点啥！

4 个春节，就这样过去了，不是我围着儿女转，而是儿女围着我转，千方百计地让他们的老爸开心快乐。人生活在世上，还需要什么呢？也就是在晚年时得到儿女们的陪伴吧！我享受到了，所以我是最幸福的人之一。感谢上苍给了我三个善良的女儿和三个孝敬的女婿。一生的追求到头来就剩下亲情了，可儿女们做到了，并且做得十分完美。农历初三那天，我和大女儿、女婿三人自驾车去五指山热带雨林观赏游玩，在一个小溪旁，为了拍摄小溪的流水，我不慎跌倒在水中的岩石上。大女儿在身后“哎呀!”“妈呀!”地喊着，后来再三叮嘱我不要再去冒险了。三个女儿，和我组成的“四人群聊”，几乎天天都在追踪我。她们三个分工，一周七天都能了解我的去向和生活状况，多么温馨和周到呀！这就是把她们老爸待的地方当成家的缘由吧！

自古以来，儿女们认其家者，都是父母的居住地。只要父母在，儿女们就有了归依，因为任何一个人的成长过程都离不开父母对子女的影响和教育。两千多年来，我们华夏的各个民族都非常重视“家”，于是就产生了由“家”组成的多重词组和概念，如家风、家训、家规、家道、家礼、家教、家书、家学、家范等，一系列言行准则。只有小家好了，大家及国家才能兴旺发达。

2018 年 5 月 22 日　星期二　黑龙江　哈尔滨　晴　有时多云　19℃～24℃

手术有感

今天预定给我的甲状腺结节做手术，从头一天晚饭后就开始不喝水、不进食。早晨 6 点钟由大女婿开着车，载着大女儿和我，很早就来到哈尔滨医科大学第一附属医院。在医院 2 号楼上电梯的人还不算多（上下 8 台电梯平时得排队半个小时），比较顺利地来到 15 楼甲状腺科住院部。房间内有 39 号床和 40 号床两张（提前预订好的，每晚一张床是 500 元，两张床全包）。东西放好后，大约 8 点钟左右，干儿子康清宇首先来到医院（他是从克山县头一天自驾车来到哈尔滨的）；9 点多钟小女儿和女婿从大庆乘高铁到来。此间医生、护士不时地来到房间做手术前准备，待吴医师的第一个手术做完，才能轮到我动手术。二女儿从大连乘高铁也来了，是干儿子开车把他二姐从哈西站接到医院的。这时，我还是耐心地等待着。

过了一会，主刀的吴医师来了。他五十岁上下，个子高硕，一眼看上去就知道很干练，待人也非常和蔼可亲。一进屋就把我领走了（别的病人都是推着车进手术室），亲友们跟在后面。从 15 楼来到 9 楼手术室门前，之后就躺在有四个轱辘的平板车上，待在手术室门外，进行排队等待。我的车前挂个 38 号牌，旁边还有 50 号、40 号、41 号……开始我不明白这号码是顺序号呢，还是房间号？待把 50 号车推走了，看来不是顺序号，接着又把 41 号、40 号车推走。我恍然醒悟：知道这是手术室号。就这样在门外等了一个多小时，可算等到来推我的车了，但在手术室的走廊又等了一段时间。最终把我推向手术台，只见两台无影灯，其设备并不光鲜。麻醉师拿着我不懂的设备，让我张开嘴，并问有没有假牙。我把唯一的假牙取出来。麻醉师说："插喉管有些痛，请挺着点。"我会意地动了一下头。麻醉师先后两次把铁管子插进喉咙里，感觉特别疼。插第三次听麻醉师说："可以了。"就在这一瞬间，我已经全麻过去，什么也不知道了。待到下午 4 点 30 分钟，把我推出手术室，回到病房，抬到床上，我才忽然醒来。这次是在无感、无知、无欲的特殊情境中苏醒的，头脑特别清晰，没有任何"杂质"一样。

于是我想到，人死了，不也就这样吗？什么都没有了。真的如"秋叶"一样静美而安详，也应该是幸福的呀！面对那些大病之人（生还没有希望）死前的痛苦煎熬，活着的人也跟着受罪，真不如打一针过去算了。中国人有句古话：人死如灯灭。当你在世时，无论多么风光，或又多么衰败，一旦那口气咽下去，就像灯光一样熄灭在瞬间，什么都没有了。所以说，人不要恐惧“死”，因死是种解脱，是种幸福……也不要糟蹋“活”，因活是人生中最尊贵的节点，是无比的快乐。

对此，我还是拥护“安乐死”的创举。当一个人在世上没有任何意义，并得了不可治愈的绝症，看到病人的痛苦煎熬，会让多少人跟着痛苦难挨呀，又何必去消耗资源，延长时间呢！这不是“孝道”，而内心有某种自私在作祟。所以说，国家应该出台“安乐死”的法律条文。这不仅减轻了病人的痛苦，也节省了医疗资源。这事也应列入文明国度的一项文明行为吧！这表明社会的进步，国家形象的完整，及增强人们对生与死的崇高理念，何乐而不为呢！

2018 年 6 月 5 日　星期二　黑龙江　哈尔滨　晴　18℃ ~28℃

女儿生日

来哈尔滨半个月有余，这是我离家最长的一段时间。因做甲状腺手术，不得不待在这里，耐心地等待两个星期后，才能进行医药费结算。此间好煎熬的，除了看看体育节目，买点报纸阅读，别的什么也做不下去。突然间，女儿彬彬说，请我们去素食馆吃饭，我也没太理会，因她是个素食者。当天下午 5 点多钟外孙瓜瓜（他是 6 月 3 号从美国返回休假）开车接我去一家不错的素食餐馆就餐。等女儿和女婿都到时，女儿点完菜后说："今天是我生日，咱们就在这里随便的纪念一下吧！"我这个当爹的好错愕，根本未想到今天是女儿生日。

来到三楼，墙上挂着一些素食主义者或吃素食人留下的名言警句。我仔细地审视着很让人感动。如中国近代伟大的资产阶级革命先行者孙中山先生说："人类谋生的方法进步后，才知道吃植物。中国是文化很老的国家，所以中国人多是吃植物，至于野蛮人多是吃动物。"伟大的科学家、画家达·芬奇说："我很小的时候就发誓，再也不吃肉了，总有一天，人们视杀生如同杀人。""鄙视生命的人，不配拥有生命。"中国古代思想家、教育家孟子曰："君子之于禽兽也，见其生，不忍见其死；闻其声，不忍食其肉，是以君子远庖厨也。"古今中外，一些珍惜生命、热爱自然的人都讲究素食。这种理念不仅高尚，更显现出人与自然的关系是多么值得钦敬与亲近呀！

我的家族都不太习惯过生日，大女儿彬彬也是一样。这次她领我到素食馆"过生日"，其主要目的在于她对素食的尊重，对自然的敬仰，对信仰的真诚，表示要做一个干干净净的人。我没做到，而她先行，"青出于蓝而胜于蓝"嘛！

等饭菜上来时，女儿说，要了 6 道菜：熘山药、蒸"红肠"、炒秋葵、白菜豆腐粉条、茄子粉丝、板栗；两盘主食：竹笋焦饼，饼卷香菜、蕨菜。吃得很香甜、可口，也很有别味道！

多年不跟女儿生活在一起，她的生活习惯、信念追求、人生价值及人际关系，我都一概不知，就知道她很虔诚地信佛，至于吃素就更不知其缘由了。今天，在她的"生日"之际，对女儿真的有些特殊的认识和褒奖，并使我也很欣慰与骄傲。愿她永远快乐！

2018 年 6 月 7 日　星期四　黑龙江　哈尔滨　晴　16℃ ~27℃

逢考必过

一年一度的“高考日”。我的二女儿和小女儿的女儿参加今年的高考。对于国人来说，做父母的是寄多年来希望于一朝，作为参加高考的孩子来说，也许是一生中的重要转折点。所以千千万万个家庭都在这一刻企盼着、煎熬着，也很正常。三十年前，我也面临着这一时刻，尽管没有现在做父母的那样艰辛的注视和嘱托，可内心也是充满焦虑与疑惑的。早上大女儿在网上给她两个外甥女发了个禅帖——“逢考必过”，让我也有感悟……

什么叫“逢考必过”呢？我理解作为这些孩童期的青年人来说，这是多数人必过的“坎”，也就是说，当你读了十二年书后，必须检验一下你的收获和所得，并决定你今后的打算和去向。考上大学了，继续深造，争取上好这个台阶；没考上大学，也可选择自己的去向，根据其兴趣和爱好选取更适合的生活或工作，也属于“必过”的门槛。所以说，“高考”没有成功与失败，只是一个阶段性的自我检验，也是自觉不自觉的自我选择。因此读书和深造借助学校的环境和导师的学术水平可能少走些弯路；但凭借自己出去闯荡“江湖”，既是一种难得的历练，又是增加自己直接经验的好机会，二者不分输与赢。

高、精、尖技术离不开求学与深造，国家的发展也离不开这方面人才；可是一些纯技术性行业，更需要其一技之长，那是长时间在某一领域靠自己的韧劲与功夫一点一滴磨炼而成，更何况在整个社会分工中，“金字塔”的底层是最重要的，它是大量最普通的砖石叠加而成。诚然，整个社会需要各方面人才，“逢考必过”就可想而知了，不要都挤到一条独木桥过河，靠自己泅渡过河者更让人尊重和赞赏！

在当今社会转型与发展中，服务业是非常需要各方面人才的，如家政、养老、快递、环保、制造等都急需各种服务型人才，高、中、低人才一个也不能少。根据每个人的实际情况去选择和应聘，其空间蛮大，就看其个人的本事了。高有高的优势，低有低的选择，互补性很强。譬如在殡仪馆里做“美容”的、抬尸的，也是一项很专业、很高尚的职业，收入也特别可观，还谈什么高、低，贵、贱之分呢！

有人说，高考不仅在考毕业生，还在考家长。此话不无道理，千百年来，盼子成龙，盼女成凤，已经是普通家长的心里描述。看看开考时“家长们”是怎么过的。有人说，开考首日穿旗袍——旗开得胜；次日穿红衣——红运当头。也有人说，首日穿红衣——开门红；次日穿绿衣——一路绿灯。这种祈祷和祝福是多么有人情味啊！

2018年6月26日　星期二　黑龙江　齐齐哈尔　晴　17℃～27℃

那个"女人"了解你

有人说，男人一生中要与"三个女人"相处，但最了解你的是第二个女人——妻子。

对于这个结论，在我七十多年的人生路上得以印证。

第一个女人是自己的妈妈。她是你的母体，没有母亲就没有自己。这是一个颠扑不破的真理。所以说，母亲最了解自己的儿女，对他们的性格、爱好、品质、追求等都了如指掌。可孩子要长大的，一旦离开了家：上学读书、工作求生、娶妻生子，儿女不再了解母亲的心愿，更无法理解母亲的唠叨。尽管母亲对儿女的爱仍停留在儿时的层面上，但这种爱是永恒的，不可逆转的。作为儿女又能知道多少呢？古语说："不养儿，不知父母恩。"此话太精到了。说到"孝"字的核心处，是下边的"子"字，没有子字怎么成"孝"呢？那么又"孝"什么呢？是永远与"子"字相切的"土"字。它好比大地，是万物成长、成熟的源泉，也是"根"之本也。所以说，母亲是儿女的根，但这根是生长在大地上，接受着阳光、雨露的滋润，天、地、人乃是"母亲"的代名词，万万不可忽视也。

第三个女人是女儿。人们都说女儿是父亲的"小棉袄"，这话不假。她会时时处处去照顾自己的父亲，吃的、穿的、用的，甚至你吃饭快了，她也让你细嚼慢咽，千万别呛着、噎着什么的；你走路快了，她会说你的半月板不能再磨了，必须慢下来。爬山她不让，涉水更不行。我是深有感触的，因为我有三个女儿。每当在她们面前让你哭笑不得，可细想起来，她们都希望你好好活着，千万别出什么意外。

在我七十几岁的人生中，自己常常为没有"割过口""住过院"而喋喋不休地骄傲着。可别说，今年4月份从海南返回来，我的甲状腺结节肿大，有点压迫神经痛，于是在5月14日去哈尔滨，在大女儿的直接操控下住进哈医大第一附属医院的甲状腺科。从住院、体检、手术治疗，到出院疗养，全程由大女儿掌控，可把她累坏了。开车接送，领你到各科室检查、化验，甚至每天洗脚、冲澡、饮食、起居。她都照顾得无微不至。我有点心疼她，可她一点怨言都没有。当医药费结算拿到手后，我提出回家疗养。她看出我的心思，亲自开车送我回齐齐哈尔。一进屋就帮我收拾屋子，还把我每天吃药时间设置在手机里。

记得“父亲节”那天，一早就有快递小哥把一大盒子康乃馨鲜花敲门送到家，这是大女儿在哈尔滨从网上选购的；二女儿也从大连把一件漂亮的纯亚麻衬衫快递寄到；小女儿和女婿及刚高考完的外孙女一同开车来家陪我过端午节。我真正地感到天下所有父亲都会得到女儿们的孝敬和关怀。

下边，该说说第二个女人——妻子。妻子是男人终身的陪护者。她兼具母亲和女儿的双重责任，是最贴身的那个女人。跟你无怨无悔地生活几十年，为你的姓氏宗堂传宗接代发挥不可替代的作用。她上对老人赡养、孝顺，下对儿女呵护、教育；还对自己的丈夫恩爱、照顾，成为一家人的护身符。除此之外，对亲戚朋友的接待，人情往来，族系关系的处理，跟丈夫单位的人事交际及特殊事件的对应，也都落在妻子身上。由此可见，这个女人在家中实在不一般。因为责任的担当来源于母系的追求，经历的资本体现家族的圆满，性格的馈赠说明夫妻的和睦。

张定浩在《既见君子》中说：“男女之间，最难的不是情爱的发生，而是能将这烈火隐忍成清明的星光，照耀各自一生或繁华或寂寥的长夜。”说实在的，我感受了已故妻子对我恩爱如山的不移精神，及其作为“贤内助”的那种风范和修养，终生不能忘怀。夫妻之间相处，往往是在大风大浪中能见真情，而在和风细雨里也可磨炼出互为认同和读懂的后天涵养。有人说，一辈子夫妻间没有“红过脸”。我不认为这是最佳的夫妻关系。没有打打闹闹，争争吵吵，哪来的和睦与顺畅呢！其实，某些所谓负面的状态正是向正面转换的时机，没有错，哪来对；没有矛盾就不存在和平，任何事物的客观存在都是如此。我妻子如今已经过世四年了，我还是一个人生活，不是不想找一个后半生的“伴”，而一想起原来妻子的音容笑貌，言谈举止，以及大德、大善的为人，及对人的忠诚与宽厚，实在不好再遇到了。

妻子往往是最能读懂你的那个女人。从你的鼾声晓得你的沧桑经历，从你不苟言笑的瞬间知道你又遇到麻烦，从你的眉宇间看出你又碰到风险……总之，男人的一举手、一投足都躲不过妻子的眼睛。这是朝夕相处所得，成年累月所积。当两个人真正走到一起时，就成为一个人了，还有什么不可理解或陌生之处呢！因为妻子就在你的心里。

2018年7月31日　星期一　黑龙江　齐齐哈尔　晴　21℃～29℃

“臭”的美学

我是黑龙江省克东县人，自小就知道“克东腐乳”有名，记得在“广交会”上是黑土地最早走出国门的展品之一。克东腐乳分为“红方”和“白方”两种：红方为腐乳，白方为臭豆腐。这对“姊妹方”可有些年头了。相传在金代（1232年）天兴年间，位于克东境内的北疆军事重镇——蒲峪路，要恭迎哀宗（完颜守绪）到府巡查。蒲峪路节度使命膳部厨师武友印主办膳食，数天之内武有印用当地大豆，取山泉之水，废寝忘食精心制作了多钟菜肴，恭请节度使先来品尝。因武有印压力太大，日夜操劳，胃病复发，无奈去药铺让郎中开了砂仁、紫寇、良姜、丁香等九种中草药，放在厨房准备煎熬，并先让同事乔明云去处理膳食。结果乔明云把抓来的中草药放到豆制品缸里，在一场误会中歪打正着，做成“腐乳”，方得名扬天下。

说起“臭豆腐”可不是谁都能享受的，那味道会把你味蕾折服，让你永远地喜欢它，在“臭”的情境中感知非臭即美。除此之外，像浙江绍兴的“三霉”“三臭”，但浙江人喜欢吃它不得了；还有北方的“臭鸡蛋”，是孵仔鸡时的“寡鸡蛋”，也臭死人了；榴莲也是好臭好臭的。其实，喜欢臭食的不光是中国人。法国的发霉乳酪也是臭的无法令人张口，可人家就喜欢吃呀！

有人说，一个民族不够老，就不会懂得“吃臭”，什么意思呢？

臭是香的对应词。“香”是人们日常的通用口味，然而，“臭”是经过腐化发酵后，化学分解出的一种必不可少的食物，往往有更多的氨基酸，或有益于人们需要补充的营养成分，只是味道不同而已。就拿臭豆腐来说吧，它是经过九种中草药配制、发酵而成，肯定比一般豆腐更有营养价值。这是从食物营养学来说的，若从社会学的角度来讲，绍兴千百年来出那么多的精英，说是人杰地灵培养了他们，也跟它的古老文化、文明不无关系。一个懂得吃“臭”的人，方能把一个腐烂到内部几乎没有生机的痛苦，用“药”的小说形式表现出来，让世人去思考、反省和警觉。这就是鲁迅先生的敢于“吃臭”的伟大尝试。

我们的古人延续着传统美学，他们勇于在生命的深处碰撞，面对生命中最本质的东西去呐喊，一代代人获得如此有滋有味。当你孤独到不能再孤独时，想想李白就知道了。“举杯邀明月，对影成三人。”在花前月下喝着小酒，吃着臭豆腐，或嚼着苋菜梗，做到了“我歌月徘徊，我舞影零乱”。这是一种自娱自乐的大美情怀，有哪个民族能做到，因它是惊人的生命美学。

食品有五味：甜、酸、苦、辣、咸，臭不在其列。但现实生活中某些食品的臭味为不少人喜欢。如北京的臭豆腐，湖南的油炸臭豆腐，江南的霉干菜，宁波的臭冬瓜、臭苋菜梗，广东的霉干鱼，海南的虾酱、蟹酱、鸡屎藤粑仔、“南杀”等。这种以臭得名的食文化，也是中华文化的一部分，不可小觑。事实上，“臭”是“香”的内在反馈。“文革”中的知识分子为“臭老九”，最后验证没有“臭老九”的国度是最浅薄、最无知的民族。民族的振兴和国家的发展是离不开他们的。

用学者蒋勋的话说：“臭里面其实是对文化的另一种期待——在最腐烂的部分还有生命，还有美好的希望。”所以说，美不会附庸风雅，也不会只瞄准人的习惯。它是生命深处蕴藏的另类宝贵资源。

2018年8月22日 星期三 黑龙江 齐齐哈尔 晴 15℃～26℃

“哼哈”二将

“哼哈”二将是佛教中守护神庙的两个神仙，形象威武凶恶。《封神演义》第七十四回，把他们描写成有法术的监督押运粮草的官，在这本书里，一个属于力保君主殷纣王的陈奇，一个属于犯上拥护周武王的郑伦。

有诗为证：

二将相逢各有名，青龙关遇定输赢。五行道术皆堪并，万劫轮回共此生。

黄气无声能覆将，白光有影更擒兵。须知妙法无先后，大难来时命自倾。

二将阵前寻斗赌，两下交锋谁敢阻。这一个像摇头狮子下山岗，那一个不亚摆尾狻猊寻猛虎；这一个忠心定要正乾坤，那一个赤胆要把江山辅。天生一对恶星辰，今天相遇争旗鼓。

双方各将都出来看热闹。郑伦把杵在空中一摆，部下乌鸦兵如长蛇阵一般而来；陈奇摇杵，他那些飞虎兵也有套索挠钩，飞奔前来。当此，郑伦鼻子里射出两道白光，出来有声；陈奇口中喷出黄气一团。两人战罢，不分彼此，各自上了金睛兽回营。

次日，两人约定不用道术，只比武功，结果仍不见输赢。后来是哪吒和黄飞虎结束了陈奇的寿命，夺取青龙关胜利。

至于，古人为什么想象出“哼哈二将”呢？可能是根据《大宝积经·密迹金刚力士会》记其宿世事迹。小说《封神演义》以神相面现愤怒，鼻与口吐出光气，附会称为“哼哈二将”。

用鼻子和嘴发出的声音，多表示敷衍或不在意。作为封建社会中催粮草的官，往往更效忠主子，而不会想到老百姓的死活。如果是两个人，正好借指相互狼狈为奸的貌相。他们会借助有权势的主子而盛气凌人。

古往今来，只弄“哼哈”伎俩的人不在少数。每当国难当头，民族危亡之际，有多少人去做汉奸和走狗，只为自己一点私利，出卖灵魂和肉体，最终成为民族的败类，成为不齿于人类的狗屎堆呀！就在和平年代，那些私利熏心之人，不择手段地搞网络诈骗，弄虚作假，毒害老百姓者，一定要警惕才是。

当我再次翻看《封神演义》这本书时，让我很有感触，不要只是当逸闻趣事来看，也没必要从中吸收什么正能量，否则就沉沦在一些传说、故事的歧途，而不能自拔。

2018 年 11 月 1 日　星期四　黑龙江　齐齐哈尔　晴　3℃ ~14℃

学 生 时 代

学生时代是纯真的，犹如一张透明的纸，既干净无瑕，又洁净可爱。汉《毛亨传》：“青衿、青领也，学子之所服。”学子的衣服都要素雅，以表与众不同。

记得日本太宰治在《心之王者》里说过，学生应是披着斗篷的恰尔德·哈罗德，无忧无虑的；学生应是思考的漫步者，在圣光中沉醉，遗忘大地上烦忧的“无畏之人”；学生应是蓝天上的云朵飘忽自由，聆听醉人的天籁者，对学生而言还不是那种社会人。用席勒《地球的分配》来看待学生。他一无所有，只是一个忠诚于天地的子民。他得到宙斯的青睐，成为神的宠儿。天庭为之敞开大门，随时可以造访。在高歌“大地之王”时，暗自以“心之王者”自居，因为今生能与神同在的时光只此一段。

幼儿时期似一只活泼单纯的小兔子，幼稚青涩，眼看外面的世界都很新鲜，一心想问个“是啥”。那张洁白的纸可爱极了。因为人在天真无邪时其心灵最甘美纯净。

少年时期是一棵枝挺叶茂的小树，郁郁葱葱，既简单有无瑕，不会惹人烦躁，反而得到人们的爱惜和保护，更多的是在吸收各种养料长大，即使遇到疾风暴雨也有人加以呵护，可谓自由自在地成长着。

青年时期就如一朵朵颜色不同、姿态各异的鲜花。含苞待放时是多么地娇美可人，当花香四溢，花儿怒放时，让人驻足忘返，心旷神怡，那种美到极致让人骄傲与向往。这是人生的黄金期，不仅是一种自然美，也有社会美参与其中。

总之，在成长进步的这三个阶段，如一枚鸡蛋，青是青，黄是黄，质地纯正，色彩分明，鲜嫩柔软。《庄子·刻意》曰：“语仁义忠信，恭俭推让，为修而已矣。此平世之士、教诲之人，游居学者之所好也。”但光阴倏忽即逝，务必好好爱惜，切勿玷污自身。当拿到各种文凭之后，自然要走向社会，不可避免地去瓜分人们都想要得到的那杯羹。这是人生路上必过的坎，纵使厌恶也必须接受，在残酷的竞争中找到自己的位置。因生活本身就在考验人、磨炼人，否则鸡蛋不会成为小鸡，即使孵出小鸡也不会羽翼丰满，完成传宗接代的任务。

无论我们发展到什么程度，都不要遗忘我们曾经有一段“心之王者”的清纯经历。所以说“学生时代”是美好的时代，是人生最基本、最牢固的历练时期。人的忠诚，来自无瑕，不可玷污的力量；人的执着，更是纯洁之心的驱使。在一张白纸上能画出自己想画的图画。基础打好了，画什么风景都不偏离原样，基本功夫在那呢；唱什么歌曲也不会跑调太远，音韵节奏不可改变；说什么话也不能“离谱”，因为最早的发音是“字正腔圆”的，没有假、大、空在里边；做什么事都会身正影直，一步一个脚印地走到底。这样才是君子，才是“大写的人”呀！

反之，若在学生时代过早参与社会，就像一棵“小树”似的，没有长高就开花结果，那是一种“早熟”之病，不是什么好事。幼儿园的小朋友竟说大人话，没有童生味道；中学生过早谈情说爱，打上“初恋”印迹；大学里可以“同居”，显示青春的浪漫……这些行为举止都把“心之王者”糟蹋得体无完肤，还谈什么纯正、干净呢！

当下，青年人的犯罪，壮年人的失足，老年人晚节不保，其根源都来自学生时代的理性破灭，言行不守，过早地把自己包装成“大地之王”。有人大学毕业后说，在学校学习的东西到社会都用不上。这是大大地误解。我真的希望学校要纯净一点，因为它不是“社会”，而是“学府”呀！

人的一生不容易，保初节易，保晚节难。“冰心与贪流争激，霜情与晚节弥茂。”（《宋书·陆徽传》）保持一生的良好操守是要花费终身功夫的。做到“虽惭老圃秋容淡，且看黄花晚节香”。（宋·韩琦《九日水阁》）要知道权力和钱财都是身外之物，高风亮节才是人的内在品质。它可永垂青史，流芳万代。

2018 年 12 月 11 日　星期二　齐齐哈尔　晴　有时多云　13℃ ~22℃

人生“三远”

作诗讲“三远”，做人也如此。

李白：“登高壮观天地间，大江茫茫去不还。”（《庐山谣寄卢侍御虚舟》）此“高远”也。这是李白60岁那年在流放途中遇赦东返浔阳重游庐山所作。通过对庐山清新壮丽的描写，对长江雄伟苍茫的展望，表达了作者高远的气度及诚意的突兀。

杜甫：“群山万壑赴荆门，生长明妃尚有村。”（《咏怀古迹·其三》）此“深远”也。这是以昭君出塞身死异国的悲剧材料，把自己去国离乡的仇恨寄寓其中，表现出深涵汪茫之境界，深刻感人。

陶渊明：“采菊东篱下，悠然见南山。”（《饮酒·五首》）此“平远”也。他虽为官宦人家，但因不能“为五斗米折腰”弃官归隐，以诗酒自娱。此时表现作者淡定平远之心，在感情起伏之际能做到冲融，天真以对，可谓大气也。

“高远”是种志向。《列子·汤问》：“伯牙善鼓琴，钟子期善听。伯牙鼓琴，志在高山。钟子期曰：‘善哉，峨峨兮若泰山。’志在流水，钟子期曰：‘善哉，洋洋兮若江河。’”人的志向如高山流水，万里长江东逝水。它是高尚节操的象征。如《庄子·让王》：“高节戾行，独乐其志，不事于世。”真可谓“高清志远”，有此抱负的人才能担起国家之重任，肩负起民族之脊梁。为国捐躯者是之，为民族呐喊者有之，为华夏复兴者为之……

“深远”是种境界。元·耶律楚材《湛然居士集·外道李浩和景贤霏字韵予再和呈景贤》诗：“我爱北天真境界，乾坤一色雪花霏。”深远之境犹如水深不见底而深邃奥博，鸟飞天空无影无踪而深沉致远。它是丰富的民族文化的厚积，也是精湛的人文底蕴的绵长，还是崇高的品质修养的再现。《三国志·吴·陆逊传》：“蒙对曰：‘陆逊意思深长，才堪负重，观其规虑，终可大任。’”有这种境界的民族和国民才是复兴中华大业的基石，才能为世人扬起一杆永远飘扬的旗帜。这就是中国梦、中国魂，是一代又一代中国人承先启后永远不朽的神力。

“平远”是种修炼。《庄子·大宗师》：“古之真人：其寝不梦，其觉无忧，其食不甘，其息深深。”就像老子那样：“淡泊无为，蹈虚守静，出入经道。”（汉·高诱《淮南子注·叙》）这种修炼是种淡然若定的气质，无为而有为的修养。“云溪花淡淡，春郭水泠泠。”（唐·杜甫《杜工部草堂诗笺》）以清淡、宁静的品质待人处事，是绝好的修为与造化。做到“道韵平淡，体识冲粹。”（《晋书·郗鉴传》）观山要远而淡，看云须缓而平。淡与浓是互补，平与坎为互济，远与近成互见。各得其所，但平远、淡泊是人生的最佳境界。就像蝶虫那样“穿花蛱蝶深深见，点水蜻蜓款款飞。”（唐·杜甫《杜工部草堂诗笺·曲江二首》）自在、自如、自然呀！

人的一生怎么都活着，可活出“高远”“深远”和“平远”，实属不易。有人说，每个人都有自己的蛹，黑暗、逼仄、压抑，这是人生的瓶颈，也是决定我们能否化蛹为蝶的关键。正如康德所说，心中有星星的人，头上才会有星星。只有往“远看”的人，才可能修炼出心地高远的崇高境界；否则只顾眼前，只看财、权、利的人永远也不晓得天有多高，水有多深。“井底之蛙”“鼠目寸光”这类成语所指是清楚的，因为心胸狭隘的人普遍有之，作为另类存在是再普通不过了。可人文之主流，民间之正气，在一个有文化、有教养的国度里永远占上风。

中国是个礼仪之邦的大国，自古以来就非常注重品德修养的锤炼。“品格清于竹，诗家景最幽。”（唐·李中《碧云集·庭苇》）说白了，人的品格如竹青翠、挺拔、节节高，像诗所描写的景物那样幽深、敬远，才是人之本也。

2019 年 1 月 6 日　星期一　海南　香水湾　阴　有时多云　21℃ ~29℃

漫说“黑暗”

陀思妥耶夫斯基说：“黑暗是一种真理。”人性的丰满和繁复都在黑暗中。

黑与白相对，在宇宙中，太阳出来是白昼，而白天正是万物生存、生长和发展的最好机会；太阳落下山是黑夜，而黑也是人们休息和睡眠的好时段，生物钟每天都要这样反复活动，才会使人的机体有快慢相生的节奏。其他物种也是如此。植物在阳光下，叶绿素生长很快，但在黑暗露珠的陪伴下也要休养生息；动物要在白天觅食、活动，晚间回巢或入洞穴歇息，也有的动物，如鼠类、蝙蝠，还有些虫类都是夜间活动。由此可见，黑夜与白天是一种自然规律。二者相辅相成，是近亲、近缘的关系。

黑暗是光明的另一面，既体现自然的存在，又对人的生活及人性的形成与演变关系重大。

从生活的角度来说，苦难的日子，贫穷和被压榨的生活，如暗无天日的黑夜，让人难以承受，但在这样的家境和岁月里，使人学会了坚持。因为“黑夜”没有等不到头的时候。学会奋斗，因“奋斗”是解救苦难的良方，也铸造应对各种困难的坚韧性格，有这种品格还能有过不去的坎吗？可话又说回来，有谁愿意过这种苦难的日子呢！遇上了也不要怨天尤人，“下学而上达，知我者其天乎！”（《论语·宪问》）这种身世和经历，也锻炼人们“不知苦中苦，哪得甜上甜”呢！

就人性来说，“黑暗”也不完全是坏事。如遇上兵荒马乱、外敌入侵的年代，或社会腐败、人民涂炭的日子，为了国家和民族，为了家园和亲人，多少儿女走上战场，可能在这黑暗的日子送了命，但换回了民族的气概、英雄的情怀，为子孙留下一笔不朽的财富。所以说，黑暗时期往往是英雄辈出的时期，铸造人们灵魂的最好契机。虽然我们不愿看到这样的特殊时期，在有阶级、有压迫、有掠夺的世界里还是要时刻准备战斗。

除了社会上人为造成的灾难外，还有大自然给人们带来的水灾、旱灾、虫灾等灾害，造成人们流离失所、背井离乡、沿街乞讨。当过乞丐的人，一定会尝到被人白眼（也会有更多的同情与怜悯），那滋味是不好受的，挺过来就会见到天日。生活在冰天雪地的北方人，性格倔强、刚直，这与寒冷有关。当今人们都说海南岛的空气最好，可是台风一过，也会一片狼藉；酷热也是煎熬人的。这都是老天给予人的恩赐。灾害也会带来家园重建之福。有这种经历的人可谓圆满的人生。

人的一生还会遇到一些“细节”的苦恼，刹那间的“黑暗”或不愉快总是经常发生的。生、老、病、死谁也躲不过去，只能说“不要怕”，一切顺其自然。生物的存在和延续都要经历一番苦难的挣扎，只要适应它，也就释然了。人也不例外，小小的挫折就像一朵朵浪花很美。吃点苦，受点罪，忍一忍就过去了，吃亏是福嘛！遇上艰难险阻，挺一下，或退两步，也会走过去。古人说：“难得糊涂。”不是很好的招数吗？何必去较真、去赌气、去争高下呢！

由于人们自身都经历过一番苦难地跋涉，尝过苦的滋味，自然也就理解他人、他物所受的灾难，不仅在精神上予以同情、怜惜，还会在物质上慷慨解囊和施舍。所以说，从“黑暗”过来的人学会了大方与仗义、无私与慷慨、勇敢与坚强。于是说“黑暗”是有其双向价值的词，应该有褒有贬，才会更加公道。

2019 年 1 月 14 日 星期一 海南 香水湾 阴有小雨 20℃ ~27℃

学会表达自己

先说说什么是“表”?《说文》:外加上衣。《论语·乡党》:“当暑,袗絺绤,必表而出之。”“必表而出之,加上衣”,就是“表”。

人要学会表达自己。这种符号性的标识、标志,不仅仅是告诉人家自己是什么样,还是自我约束的一种不可多得的方式。古人要求人们用“名以正体,字以表德。”“行称表缀,言成楷模。”(《文艺类聚》南朝梁·王僧儒《詹事徐府君集·序》)

表达什么呢?表达自己思想、理念、情感、态度等。有真、善、美,也有假、恶、丑。可见,如实表达出来,真的需要一点功夫才行。

若想表达自己,首先要认识自己,也就是老百姓说的,知道自己是半斤,还是八两,在同类人群中找准自己的位置,加上什么样的“上衣”较合适,还需知道“时令”,不能乱穿衣,否则会事倍功半。

俗话说,面子易学,里子难补。表面的东西好回避、好掩饰、好应酬,但多年形成的不良习惯、养成的臭毛病就不好一下子去掉,存在也很正常,人无完人嘛!但在人与人相处时,能否和盘托出,把自己透明起来,真需要一些勇气和胆识。男女谈情说爱时要袒露自己,平时交朋友也要以诚相待。据说有的企事业单位主管在招聘人时,会让受聘者说说自己毛病或缺点。这可把一些人难住了。一是没有客观地评价过自己;二是没有勇气揭自己的伤疤。有的人谈起来会唯唯诺诺,面红耳赤,或顾此失彼,心拙口夯。到头来,“面子”没了,“里子”也丢了。

在不好明确阐释自己意见的场合,“沉默”是最好的隐性表达自己的方法。《易经·系》:“君子之道,或出或处,或默或语。”静静地倾听别人的说辞,可以吸收,也可以借鉴,比那些好为人师、滔滔不绝者更显得深沉和练达。《庄子·外物》云:“心若悬于天地之间,慰暋沉屯。”沉下心来是最好的慰藉。

与之相反的“鲜明”。在原则和是非面前总要有个度,那就是磊落地述说。这种自我表达方式不可或缺。《淮南子·本经训》:“戴圆履方,抱表怀绳。”这可是“仁者,天下之表也。”(《礼记·表记》)陈述衷情一点也不能少。但不求自我张扬,炫耀于人前。唐·韩愈《南海神广利王庙碑》有:

“治人以明，事神以诚，内外单尽，不为表襮。”古人都特别注重仪表和表率，我们怎肯忘怀其警示呢！

“沉默”也好，“鲜明”也好，都必须保持个“度”。这一点非常重要，万万不可因噎废食，也不能为表现而表现，在表达自己上“学会”很重要，可不是朝夕之功哟。

人们在表达自己时，可以直接表达，也可以间接表达。直接表达，多用语言来表达。人的嘴有两个功能：一是吃饭，一是说话。但怎样去说话，又是一种文化积累和自我修养问题。说话容易，会说很难。在说话中学会闭嘴更难。要记住，在阐发自己观点上要留有余地，“空白”之处往往闪现出真知灼见，最好留给别人去填写；在抒发情感上切莫太露，藏的部分更有味道，让大家去品尝；在理念表达上要宽严适度，不可强加于人。

生活中要在“细节”上动点脑筋，让有些光环的人变得更加动人。如建筑学家梁思成再给第二任妻子林洙的家信里，讨论如何做个“假门襟”以防寒，并画了个草图给妻子看。还说：“那是不是你留着有用的料子。”事虽小，却表现其对妻子坦然的爱。

表达自己，有口头表达，多在日常生活或交往中使用；也有书面表达，如日记、书信、贺联等，更主要的是著书立说，都是展现自己思想观念的好方法。口头语言随意性多一些，说错了，可以收回来；书面文字将是“一字”定乾坤，需仔细推敲。除此之外，表达自己的方式，除了语言之外，还有非语言方式，如面部表情、动作手势等，也都能不同程度地表现一个人的内心向往、同情、赞许等。

无论用什么方式、方法表达自己，都是一种内心的展现，所以敞开胸怀、袒露心扉都是最好的方法，让我们去“学会”吧！

2019 年 2 月 1 日　星期五　海南　香水湾　阴　19℃ ~27℃

人为什么站立

我不是人类学家，没有资格谈“人的站立问题”，只能从“站立”给人类的演化和发展带来的利与弊，来进一步说说“站立”的特殊意义。

手脚分开利用，大大地促使手脚各自功能的独立发育。这样就可以独立觅食，还会减轻嘴巴觅食的单一性。所以人的嘴巴逐渐变短，手的功能不断增强，并能摘下比自己高的果子。此种进化也会增强大脑功能的发育，渐渐与其他动物相区别。这是极其关键的，否则就不会让这个群体独立下去。站立起来会看得更远，看得准些，扩大视域的覆盖面。无论是寻找食物，还是自我防范，都会增强其实力，还会给人类的生存和发展提供与其他动物不一样的地方，进一步提高大脑的利用率，促其改变结构与能量的充分释放。

人类是杂食动物。站立起来后，不仅立得高，还能手脚分工，无疑增加了大脑的载荷度。从扩大空间的角度讲，大脑对肢体的支配，以及对其他需求上都比其他动物更需要发展和扩大；站立时仰视发展比低头平视发展更快捷，原因就是不断增加负载空间。没有站立就没有今天人类主宰一切的能力。

脚不离地时，不要把自己看得太轻。原来是四只脚触地而行，现在是两只脚步履大地，占地面积减少了，而重量不变，但对大地的需求越来越高，要想站稳脚跟就必须去拥抱大地母亲对我们的抚爱。尽管人类没有树木、花草的根那样深深地扎到泥土中，要知道人类跟泥土的关系并不亚于动植物。他那无形之根永远与大地无法分开。“故乡”是什么？就是生我们、养我们的那块土地，没有一个人会背叛它。

要想站得稳、立得牢，就要和大自然和谐相处，绝不可破坏它，更不能违背其规律干那些伤天害理的事，不要为自身一时利益所求，跟其他动植物相悖而行，必须共同维护这个“家园”。对此，人是主宰者，就应承担其义务，树立万物之首的风范。千万不能再弱肉强食中独霸世界，那你就成为独吞苦果的自消自灭者了，地球也就成为一块无任何生息的岩石，还谈什么地球村呀！

只要生活在地球村中，就不要把自己看得太大，尽管高科技发展到人可登月球，探测器又能飞到火星。在宇宙中人仍是一颗小小的尘埃，轻而又轻，能在地球上有个立足之地，就是万幸。经过多少亿年的进化和演变才有我们

今天这个“德行”。不要违背祖先留给我们的这份遗产——直立行走。其实，别的动物何尝不想像人一样主宰这个世界呢！可它们的基因中缺少独立行走的因子，让其永远成为动物，对此我们不要轻视它们，要继续与之共处。

要一直保留直立行走的本色。那就是要正直做人，任凭自己的正直之道行事，即做人的根本。在物欲横流的今天，更应做到直言不讳、直谅多闻，体现出“直”的道义所求，“直”的风范。在大是大非面前，不可苟且偷安。人要有尊严和敬畏，为自己的“直立”奉上一份祥和、安稳的大礼。

哪怕站在高山顶上，也不比万物高。一棵三年生的柳树会高于你，你还有什么值得高傲的；鸟儿在天空上飞翔，也会在四面觅食、在树上筑巢，一点也不比人类低级；小草长在山顶不怕风吹雨淋，蚊虫在黑暗处生存也不甘寂寞。万物之灵气一点也不比人类少。我们何必去妄自尊大，自吹自擂呢！

当然，人类的高明处，在于有个能思维的大脑。有了大脑才可思考和创造，这是任何动物都无法比拟的。由于头脑的健全和发达，又生出自私自利的念头，趋名逐利、贪得无厌竟成为人类发展的负面负担，也会自觉不自觉地去侵犯、伤害或灭绝其他动植物。这恰恰成为人类自己的痼疾，若不注意改正，将会使人类倒退，地球荒凉。所以说，既然人类能站得高、看得远，又有自己的追求和梦想，就应该放眼地球村，一切从整个自然界的发展着想，绝不可一意孤行，自食其果。否则，我们连老鼠都不如，还谈什么站立的人呢！

可能有人会问：总站立累不累？就一天24小时来说，三分之一时间躺着睡眠；三分之一时间工作（还有一些时间不是站着）；还有三分之一时间生活（包括玩乐），即使站立也都快活。所以说站立不算累，真正站立的时间不长，可人们为什么感到累呢？有位国馆禅师说：“累，一小半源于生活。”大半时间为正常的衣、食、住、行奔波，为家人的生存出力，也为自己的追求埋单……不应该说累。对于那“一小半源于欲望和攀比”，就显得“累”了。因为欲望过多，可能为坑蒙拐骗和贪占劳神，既劳身，又伤神，一辈子不得安宁，怎能不累？还有人习惯攀比，对那些才能、名誉、地位和境遇等比自己好的人心怀羡慕、嫉妒、恨。这种心理上的压力和疲惫也是很累的。真正能轻松生活的人，不在乎站立或不站立，多数归于内心负担的轻或重。

人的站立是天赋也好，后天努力也好，既是自然的，也是偶然的。要成为必然还有好长的路要走。我们不可以掉以轻心，盲目自大。跟那些还在爬行，或四肢行走，或用翅膀飞行的动物和谐相处吧！成为万物一家亲，这才是大地母亲的希望，日月星辰的期盼。

知道这一点“站立”的奥秘还不晚，只要理解上天给我们人类的这点使命也就足够了。因为只有“站立”才像个人。

2019 年 2 月 28 日　星期四　海南　香水湾　晴　21℃ ~29℃

谈谈过日子

“过日子”，就是过好每一天。按活到 80 岁计算，我们要周而复始地过好 29 200 天。这些天从生到老，要经过多少平凡而又不平凡的日日夜夜呢！应该是每个人既珍惜，又煎熬的过程。上帝对人是公平的，但每个人所走的路不同，“日子”过得也不一样。不论是“苦行僧”，还是“快乐鸟”，在这么长的旅途中一帆风顺，或坎坎坷坷都很自然。一个完整的人生应该是经历满满，才收获盈盈。俗话说，三穷三富过到老，喜忧参半乃自然。幸福指数从来都不固定，人生劫难也不时向你招手。只要写好“人”字，也就不会愧对一生了。

开门七件事，柴、米、油、盐、酱、醋、茶。这是日常生活所必需的，因它是人类生存的第一物质，是解决温饱生活的基本要素。我国是从几千年的农耕走过来的，即使到了后工业化的今天，也要脱贫，解决温饱问题。这种基本的生活方式不会有多大改变，只能在质量上有所提升。所以，每天为温饱生活的人还不在少数。在过去，每当遇上兵荒马乱、天灾人祸时，沿街乞讨者有之，“饥不择食，寒不择衣。”（《水浒传》三回）在阶级对立的社会里，更是贫富差距拉大，“朱门酒肉臭，路有冻死骨。”（唐 · 杜甫《自京赴奉先县咏怀五百字》）百姓每天的日子过得虽然简单，还是为温饱而发愁。现今，我们不再为“七件事”发愁了，只讲究为过上好日子而忙碌不息。

生、老、病、死，人生必过的四道坎。孟子曰：“生亦我所欲，所欲有甚于生者，故不为苟得也。”（《孟子 · 告子上》）人的出世与万物一样，乃天地之大德，不能苟活，要活出个人样，真的很不容易。

生如一朵小花，人见人爱，让家蓬荜增辉，增人进口嘛！家庭人口有增有减，一旦得了病，或者老了，离开人世也很正常。就如花无百日红，绿叶也会由绿变黄，最后静静地落在大地上。对于每个家庭来说，有喜乐，也有苦痛，都是过日子绕不开的事，无须大惊小怪。

衣、食、住、行，是人们过日子的常态目标，哪一方面都不可缺少，为此而奋斗一生也值得。在自己能力与智慧打造下，可一步一步地提高。只有国家的强大和富有，才能让小家安稳与幸福。如果生活在阿富汗或叙利亚能活下来就不错了，还有什么幸福可谈。所以说，人的命运跟自己的国家分不开。

在今天谈“过日子”，不能单纯从物质上去说享受，应该提升到精神层面来解读，才会配得上我们的时代，我们的国家。

“过日子”应体现“清淡”。吃的方面要多样性，荤素搭配，做到少而精；穿衣上，不排斥时尚，但素雅更适合我们的民族传统；住房和旅游不要攀比，表现自己的理念和风格就好。央视台播出《乡愁》若干集，有多少老街、传统店铺及生活方式，让我们去继承和发扬。这样才会给世人做出榜样，让其认同：中国人不仅爱好和平，助人为乐，还是谦虚谨慎、真诚善良的民族。

“过日子”要讲究“闲适”。在不愁吃、不愁穿的日子里，到处走走看看祖国的大好河山，真是一种享受。台北故宫博物院的宋代画收藏里，有一幅《坐石看云图》，两位儒士坐于石上，前面瀑布悬挂，白云飘逸。二位行到水穷处、坐看云起时的悠然自得，够自由自在了吧！

余生、余世，能坐下来观观云、看看景，饱尝中国文化的博大精深，从容自在地闲散几天，也算对“迫忙”的一种调整和修正，何乐而不为。

“过日子”应提倡“和谐”。家庭和睦，和气致祥是“过日子”的基本筹码。把光荣和尘浊等同看待，做到“和其光，同其尘。”（《道德经》第四章）王弼《注》：“和光而不污其体，同尘而不渝其贞。”和衷共济，共渡难关。中国人历来都友善相助，和气生财。就如音乐一样，“正声感人而顺气应之，顺气成象而和乐兴焉。”（《礼记·乐记》）日光和煦才感到温暖，和风轻抚方知情温厚。只有和睦同心，家境方可阳光普照，日子过得红红火火。这叫“天施地化，阴阳和合。”（《韩诗外传》卷三）

大环境好了，小环境怎样？那就看你如何去写“人”字。人字的“一撇”是如何塑造自我形象，用儒家的思想来说，即仁、义、礼、智、信；按现代的观念来衡量，就是要树立“三观”，尤其是社会主义核心价值观，需要一生来实现，终生来锤炼。人字的“一捺”是如何对待社会、自然和他人。对人来说，办事要公道，做人要正派。献身于国家和民族绝不是一句空话；对大自然要和谐相处，更须身体力行。到头来，“日子”才会真正过得有滋有味。

2019 年 3 月 4 日　星期一　海南　亚龙湾　阴　有小雨　22℃～30℃

什么是聪明

“聪明”一词，让人读之已详，解之有备。早在《尚书·舜典》中释为：“明四目，达四聪。”没有什么可以掩人耳目，广达四海皆知者。犹如晋·陆机在《辩亡论》中，对张昭、周瑜二君子称道：“弘敏而多奇，雅达而聪哲。”

人们在社会实践、交际与学习中做到聪慧质仁、机灵纯茂，绝不是一件容易的事。用现代实用的话来说，经商做买卖时，诚信是聪明；在官场里混，不卑不亢是聪明；在一个人的成长的过程中，努力学习、刻苦钻研是聪明；在待人处事上，正直是聪明。聪明是个很宽泛的正能量的“实词”，不能把它虚化，或为我自用，那样是真正亵渎了这个词的内在含义。

在社会发展的过程中，一些人把“聪明”一词用歪了，大大地损伤了它的性质，也让自己在“聪明”面前，变得无知和愚蠢，甚而，在“聪明”外形的掩护下，暴露出“丑”和“小”来，也让人们厌弃，聪明和手段联系起来，那是不识时务的蠢货。例如，为了得到上司的信任，溜须拍马，请客送礼，认爹叫娘，成了一条晃着尾巴的狗，最后可能得到升迁，也是一只纸鸢受制于人。

聪明反被聪明误。往往认为自己“聪明”，乘时机、钻空子，要狡黠的手腕占便宜，结果把自导自演的丑剧演砸了，或被大聪明的人抓住破绽，结果是偷鸡不成，反糟蹋了一把米，得不偿失。

也有的人是聪明一世，糊涂一时，在最关键时刻保不住自己的清廉本色，或做金钱的俘虏，或栽倒在石榴裙下，岂不是糊涂吗？干了一辈子革命，自己把自己送进了牢房。

俗话说，纸里包不住火。恶有恶报，时候不到。世上哪有巧取豪夺、投机钻营而得势者不被暴露的，自以为自己“聪明”，实乃大错特错。

从情操、道德的层面来分析，真正聪明的人应该是：

德行宽厚，又能恭谨待人，方能得到百姓的拥戴，社会的褒扬，达到“峻调迥韵，惠志聪情。”（南朝·梁·江淹《伤友人赋》）

禄位尊盛，休兼乾坤。做到谦卑自守，礼让他人。这样的人受别人尊重之时，又感到和蔼可亲，躬行节俭，可谓雅达而聪哲。

低调做人，高调做事，从不贪大喜功；面对基层，心怀敬畏，在知不足时前进，在大是大非中守节。这样的人总认为自己顽钝无知，实为大智若愚的明哲之士。

小事糊涂，大事清明。在荣耀与贬黜面前，做到宠辱不惊，心怀平静，知“甚爱必大费，多藏必厚亡，故知足不辱，知止不殆。”（《道德经》）乃聪明睿智之人也。

博闻强记却自觉浅陋，英明果敢又从不居功自傲。知进知退，见好就收的人，不被别人防范自己，自己也从来不防备别人。君子之风范，贤士之品格。做到这一点，除了自身的聪明才智外，还有自身的修养和锤炼。这才是大智者。

岁月如歌

2015 年 2 月 28 日　星期六　黑龙江　齐齐哈尔　阴　－15℃ ~ －3℃

自由与闲暇

我的一生除了在两所小学、两所中学外，我还就读了两所大学，工作、生活了四所大学。所以说，我对学校有着深深的感情。它给予我的，也是我终身受益的，忘掉什么，也忘掉不了学校。

学校在古代称为黉门，专指读书成才的地方，也是社会中贤人、雅士们最崇敬和向往的神圣场所。先生们无疑得是为人师表，博学、优雅的正人君子；学子们更应笃学不倦，勤勉守则，真诚感恩之辈；管理者不乏为先生之前驱，尊贤、敬业、爱学生，还得胸怀大蓝图，为国为民死而后已。由这样三种人组成的“集合体”——学校，才不愧为培育百花盛开的园地，放飞群鸟的天空，人才辈出的摇篮。

学校 school 一词，来源于古希腊 skhole，意为“闲暇时间，自由时间”。学子们自由自在地在那里学习和生活。故没有学生，谈何学校。学校的主体是学生，但如何认识学生、对待学生是学校教育的共同课题。学生是有“天赋”的，但天赋不完全是兴趣与爱好，而是包括遗传密码在内的“悟性”。什么是悟性呢？它是无意中的觉醒，不假思索的理解，使之顿悟、消解和内化，在感悟中使精神得到提升。其实“天赋”仍来自平时的积累和勤奋，千万不要把它神秘化。所以我说，学生的成才不完全是老师教出来的，而是引导和哺育的结果。如何把学生扶到教师的肩膀上，让他站得更高，看得更远，才是被学生们所企盼的一件快事。在希腊人看来，只有在自由的时候，一个文明的人才会花时间去思考和学习。鉴于这种认识，让学生们在“游戏”中为完满自己的人生旅程打下好基础。我喜欢学生们的童真和单纯，赞赏他们的别样和创新，更钦佩他们那种天然的靓丽和好奇的神态，应该说学生也是我的老师。

我是从学校门走进学校门的，一直没离开过学校。几十年站在讲台上颇感荣幸和自豪，每当我走进教室面对学生时，好像进入角色的演员，在一种特殊的情境中讲故事，析事理，特别自如和得意。每当毕业生聚会邀我参加时，他们都会讲一些我上课时的“小花絮”什么的，可我一点也不记得了。

教师不仅仅是一个职业，而应视为一个教育者，因为他从事的是种有为的事业。若把这种事业比喻成一个灵魂与另一个灵魂（也指多人）相碰撞产生的“火花”，不仅仅是在燃烧着自己，更重要的是照亮别人。所以说，这种碰撞是相互受益的。

我的一生，在小学老师父母般的呵护下完成了初学，知道“人”和“家”怎么写，还明白了这两个字所包含着一个大大的“爱”字。中学老师让我懂得了人生、社会和自然，这个基础是不可或缺的，没有这段学习就没有我现在。大学是知识和学问的最高殿堂，在那里我不仅高瞻了我们伟大祖国的历史和现在，还远瞩了世界及未来。教授们的渊博知识、创新学问，及特有的真诚、自信和永不言败的执着精神时时刻刻在激励我、鞭策我。所以说，是这些老师摇撼了我的旺盛激情，推动了我的人生旅程，唤醒了我的内在心灵。因此，我也要像我的老师一样当一架“人梯”，让学生们自由地去攀登，一生是无怨无悔的。

中国人把“学校”称为“黉门”是从“价值”上来称谓的；外国人把“学校”解释为“闲暇”是从“特质”上来诠释的。合在一起：学校是高贵自由的地方。

2016 年 10 月 16 日　星期六　黑龙江　齐齐哈尔　多云　9℃ ~17℃

匠心与浅薄

昨天去街上办事遇到一位磨刀老者。我告诉他我的门牌号码，并说有三把菜刀要磨，问价是磨一把菜刀是 5 元钱。大约一个小时的工夫，他就来了。我下楼把三把菜刀给他。又过一个小时左右，他按门铃，我下楼取回。遇到楼下的保姆拎着磨完的菜刀上楼，还说太贵。磨刀人是用一生练就的磨刀本事，这钱不是白赚的！

小时候就记得“王麻子刀剪”，那是国人认同的最好刀剪。为什么？他们的工艺和技术是祖传、是功夫，别家的刀剪怎么也不被老百姓认可。因为“王麻子刀剪”用料奇特、淬炼精湛、打造细腻、磨法功到，真可谓“目视工匠之所营，心欣悦于所处”。（《梁相孔耽神祠碑》）工匠的精神在于“拙诚”。《韩非子·有度》：“巧匠目意中绳，然必先以规矩为度。”他们信奉“规矩”如神明，巧诈不如拙诚。

屋宇的建造、家居的装饰及器具的选用，不仅仅看它的外部样式如何，很大程度上看它的用料考究、做法精细、功夫到位。自古以来中国人在这方面是卓有成就的，因而也出现了一代又一代、一批又一批的工匠师傅。就连社会上人与人的称谓，见面不管你是何种身份，都称为“师傅”。改革开放至今，“师傅”的称谓不见了，“工匠”们也少之又少，可谓怪哉！

磨把菜刀不感谢“师傅”的劳动成果，还嫌要钱太多，也真有点时人的小气。爱占小便宜是国人的通病。究其根源，不乏与经济基础有关，过穷日子过怕了，在穷人眼里日子是很难熬的。小气也好，占小便宜也罢，都是情理之中的事，因为“钱”对他们特别重要。若从人文修养来说“占小便宜”就是浅薄、自私的表现。宋·朱熹《朱子语类·论语八》：“凡事只认为自家有便宜处做，便不恤他人，所以多怨。”俗话说，占小便宜吃大亏。那些上当受骗的人不都是怀着便宜的心理，希望以低价买到优质商品。

可话又说回来，穷人也不一定非要占小便宜不可，铮铮傲骨的人有的是；富人也不一定不占小便宜，官人也不都是清白的，狗苟蝇营的人也不少。归根结底是一个有教养的人，其家教、家风在起作用，也跟后来的学识、地位及品德素养有关。看不起别人劳动的人，就是一种浅薄无知；尊重劳动的人，才会热爱劳动，更会热爱普通的劳动人民。

2016年11月17日　星期四　黑龙江　齐齐哈尔　有点阴　－18℃～－8℃

祭祀礼赞

天沉沉的，作为北方的冬天再过几天就是“小雪”的节令。两年前的今天，就是我的妻子离开这个世界的日子。这一天已经定格在我的脑海里，因为无论如何也不愿她先我离开人世。相濡以沫的46年，每一点记忆都饱含着夫妻之间情感。虽说已经整整两年不见她的身影，看不见她的音容笑貌，可她那夫唱妇随的执着仍在颤动我那脆弱的心弦，包容大气的仗义不时在我的脑际中荡漾回旋。这就是一种人与人之间的缘分，更是世间大美大善的体现……

我含着泪水把她生前的照片找出来，在我可爱的书房（长海文斋）设置一个简单、纯贞、温馨的小灵堂，把栀子花盆放在我那宽大写字台的中前方，肃穆敬仰地放好她生前的五张生活照，两边置放着蛋糕和水果，又用紫红色蜡烛围成一个仿真的“心”字。晚上七点整，我点上蜡烛，敬上香，然后匍匐在地板上，流着泪重重地磕了三个头。只有这样才能把我悬跳的心渐渐地熨帖下来，也算夫妻一场的情感馈赠吧！

怀念一个人就要住在她的心里，用心灵去感知爱的甜蜜，当你用怀念之心去做她生前所喜欢的事，也许她会以某种方式来看你。当时我就默默地读着她生前最喜欢的我写的一首诗：

春夏秋冬艳阳天，牛踏沃野筋脉连。
阳光绿地啃青草，雨中池边撒着欢。
“老鼠”伴着牛儿睡，相依相伴十二年。
心心相印情似海，形影难离手相牵。

注：这是我2009年于哈尔滨为外孙瓜瓜的生日而作。诗中的“牛”是瓜瓜的属相，而“老鼠”是她姥姥的属相。

当我念完时，似乎她已经走近了我，并笑容可掬地不说话，也许是种错觉，更像是幻影，或是人性的显现，真的奇怪了。

岁月如烟，人生几何。黑夜犹难尽，日月浅笑我。松竹梅花寒三友，夫妻儿女细节多。人不争岁月，熬得花儿落。无奈是天赐禅机，彼此珍惜乃蹉跎。珍惜岁月吧！就是珍惜自己的生命，愿在有生之年与日月同辉共枕，让万类生灵共享大千世界赋予我们的真爱、真情，就足够矣。

2017 年 3 月 11 日　星期六　黑龙江　齐齐哈尔　晴　-7℃ ~ 3℃

情如日月

早春二月，乍暖还寒，午睡后打的到鹤城宝宸酒店去看望我 40 年前教过的学生，心情没有什么激动，但也有点血压升高的迹象——脸色泛红，很有精气神。笔挺的身躯，头戴一顶超凡小帽，脚蹬一双十年前的港式黑皮鞋，湛蓝色压线筒裤，外披一件酱色皮夹克，应该不减当年的“帅气”。哈哈，哪有这么自夸的呀！但我“没病”。

见面后不是握手，而是拥抱。就在互相双眼对视时，有说不出来的滋味。他们虽然都小我十多岁，可在原本平嫩鲜亮的脸上也出现了斑迹和皱纹。“日月逝矣，岁不我与。”（《论语·阳货》）岁月如流，平生何几，不知不觉已经老了。

在 44 个学生中，已经去世 6 人。剩下的 38 人，天南地北哪都有。今天只是将附近市县的召集起来共 14 人。不是同学聚会，而是欢送甘南县的林淑芳同学去上海定居，搞一次小型的送别宴，于是我有幸参加。

他们是原嫩江地区萌芽学校（克山师专前身）中文二班的学生。1973 年入学，1975 年毕业。当时正是“批林批孔”和“反击右倾翻案风”的鼎盛时期。我作为班主任曾带领他们先后去甘南太平，克山北联、西城等地开门办学，还多次下乡到校办农场劳动，和他们摸爬滚打在一起，相处得比较自然和谐。回到学校后，节假日同学们常到我家里帮我种小园田，又自己动手做饭，亲如兄弟姐妹。这些时代的烙印，装饰出的特殊环境，凝聚着特殊的感情，在我的一生中这个班的学生跟我的感情最深。他们的一颦一笑、一举一动都深深地镌刻在我的脑海里。

记得毕业时，我去送站。他们都哭成泪人，扯住我的手不让离开。火车延误了十五分钟，当司机拉响警笛，并扑哧、扑哧冒出白烟，咣当、咣当驶出站台时，三十多岁的我已经僵立在那里，等我反过神来，周边空无一人。回到校园，来到他们学习二年的教室，好像仍然听到他们的谈笑声……不知不觉地趴在桌子上睡着了。当我醒来，已经太阳落山。七月的北方，晚上凉风习习。我踽跚地来到学校附近的小吃部，要了两个凉菜，一瓶啤酒，自斟自饮到一半时，觉得胃不舒服，赶紧跑到外面，哗哗地吐了出来。回到家一夜未眠，整个暑期过得十分尴尬与单调。

这批工农兵学员有上海知青、农场工人、公社或大队干部、回乡知识青年等，年龄差距大，学习程度参差不齐，地域东南西北。共同的特点是朴实、厚道、勤快，为人仗义、办事实在。就在他们即将毕业时，我的夫人遭到车祸，半夜里乘火车来到齐齐哈尔市，家里不满三岁的小女儿交给她们照看；另外来一男一女帮我在地区医院看护病人三天三夜，真比亲兄弟、亲姐妹还亲近。人与人处到这个份上也算上帝对我的恩赐吧！

想当年，我的同性小妹刘李莉（哈医大一院护士长）得病（癌症）住院，当她把胸部一尺多长的刀口敞开让我看时，我一下子把她抱住，兄妹二人痛哭一场，不久她离开人世。在我的二女儿大学毕业分配到大庆时，手持报到证找不到接收人，没办法打电话让在省教委工作的高恩义（也是这个班的学生）来帮我，他二话没说就来了。作为一名老师能得到如此厚爱也算值了。用我的切身经历来诠释“教学相长”实在恰当不过了，因为在他们身上我学到不少书本上没有学过的东西。

人与人相处就是一个字——“情”，情感金不换，情感日月长。

2017 年 3 月 18 日　星期六　黑龙江　齐齐哈尔　晴　-4℃～10℃

野蛮搬运

今日的天气一片晴朗，温度十分宜人。作为北方的早春，虽没有南方油菜花的飘香，梅花的艳丽，但一冬天的积雪开始融化，暖暖的空气吸到肺腑里好舒服的，似乎人的精神骤然间有些精爽、清明的样子。老实说，这几天我就盼望散文集《况味》能早日跟它见面，比盼儿女归家时的心情还切。下午齐齐哈尔大学的三名同学来家商谈诗歌朗诵事宜。他们走后不久，就接到快递公司打来电话说，一会就把书送过来。

这个消息比别人请我吃饭还香甜。心怦怦地跳着，什么也干不下去。过了一刻钟，果然一个大型邮递专车驾驶到我家门口，按要求下楼去接货。因我的腰不太好，早就准备让邮递搬运工人帮我扛到四楼，并付给他们临时搬运费。200 本书五个纸包，按每包四元钱给他们。他们说 30 元钱吧！我二话没说就答应了。两个小伙子，一个扛两包，一个扛三包就跑上楼来。我紧紧地跟在后面，并说："立刻开门，请把书慢慢放下。"刹那间，只听"啪"的一声，五包书狠狠地被摔在房门外的水泥地上。我心疼得好像把我的心摔碎了一样，强忍着，付完款，说声谢谢，就目送他们下楼了。

我一包包地把书挪到屋里，看见开裂的那两包书，真的难受极了。书中的每一个字都浸透着我的血汗，它是时间在我心路中流淌的符号，见证着我一生的心理路径，有谁能知道这饱尝着酸甜苦辣的味道。所以说他们摔的不是书，是我这个暮年的老人。

很早就知道装卸工、搬运工们存在野蛮搬运的行为。这次目睹领教了他们只认钱，不认人，还谈什么文明服务呢！这就是社会中"贵族"（指精神）和"奴隶"（不是指身份）的区别。斯宾格勒在《西方的没落》一书中说，在文化的鼎盛时期，人们感受到的是豹的强劲和豹的高贵；及至其衰落，则是一片狗的粗鄙和羊的平庸。

改革开放至今，人们腰包鼓了起来，但"贵族"的那种沉稳、优雅和高贵精神尚需进一步加强建构，而在一些角落里各种狗的粗劣行为和绵羊的平庸之辈还是大有人在。他们做"钱"的奴隶，谈何文明、优雅地做人和谦逊、礼貌地做事。

正如李劼在《论〈红楼梦〉》一书中说："在一个走狗和绵羊的世界里，

没有文化的被奴役者扮演的是袭人角色，有文化的则学习薛宝钗，而一旦大权在握，则效法王夫人。这三个形象构成了一部完整的生存历史，既蕴含着史前的愚昧，又具有末日的平庸。”因他们不知道人类发展尚需要创新和审美，而野蛮和低级的行为恰是人类进步的绊脚石。

2017年4月7日　星期五　黑龙江　齐齐哈尔　阴有小雨　1℃～10℃

问心无愧

昨天，跟克东的三妹妹通电话得知，我的表弟（我二姨的大儿子）已经去世，享年69岁。他出生在农村，表面看上去老实巴交的，比较内向。1965年毕业于齐齐哈尔师范学校，分配到临乡的宝泉镇中学工作，后来调到县教育革命委员会（教育局）工作，一路走得顺风顺水。

记得有一次，我领学生去克东县教育实习。他知道他的顶头上司是我的初中老师，就托我去说情帮他弟弟调进城里来。我很尴尬地婉拒了他。后来没用我，也把弟弟调进来了。从此，就有些不太热乎了。再后来，他当上了县物资局局长。要知道在20世纪80年代初，物质匮乏时期，这绝对是人人拼命争得的肥缺。几年下来，风光无限。求物者门庭若市，女人们“花娇迎杂树”。晋·陶潜《归去来兮辞》：“既自以心为形役，奚惆怅而独悲？”心神被生活、功名利禄驱使着，思想很不自由，干了一些违心的事情。最终通过各方面的关系，以辞职为由，下海经商为名，去了大连。但并没有什么好兆头，也干得心灰意冷。每当回到老家时，总是打扮得人不人，鬼不鬼的。结果得了重病——膀胱癌。

我的表弟是入世猛如虎，出世不如鼠。整个一生，大半时间是在“劳神焦虑，消日忘年”（《唐·温庭筠《上蒋侍郎启》）中度过的。积羽沉舟，心劳日拙，终身履薄冰，昏暗遮心境。开险路于情田，误歧途难自返。也算是风雨阳光齐伴，无忧无憾乃咎由自取也。生也足矣，死也足矣！

近十年来，我的亲属、朋友、同事、同学或学生殁于癌症者多矣。总体看来：城府太深，聪明反被聪误。清·曹雪芹《红楼梦》第五回：“机关算尽太聪明，反算了卿卿性命。”酒色财气，如梦如痴，今朝有酒今朝醉，明日黄花满枝头。心胸狭窄，“心神已弊，晷刻增悲。”（北周·庾信《庾子山集·代人乞致仕表》）与人不让，与家不合，妒忌疑虑，积劳成疾……

人要活得自然、坦荡，必须做到“性海澄渟平少浪，心田洒扫净无尘”（唐·白居易《狂吟七言十四韵》），“甘得寂寥能到老，一生心地亦应平”（唐·司空图《司空表圣诗集·偶诗五首·其五），有生必有死，但人要死得问心无愧，也给后人留下一份修来之福，在历史的车辙中就当一粒小沙，牢牢地积压在底部也算一点贡献，何必想得那么多呢！

2017年5月12日　星期五　齐齐哈尔　阴　有时晴　7℃～18℃

地震后的反思

“5·12”大地震已经过去9年。每年的5月12日都让我想起那悲惨的情景。当时，我正受聘于浙江广厦学院督导处工作，自己一个办公室，每天都可在电视里看到被地震夺去生命的老人、妇女和儿童，还可以见到在废墟或一些不被人们注意的地方挖出一些幸存者。那种紧张的氛围，是眼泪伴着渴望，还有痛楚夹着震惊。一时间，我的心碎了，那座精神大厦瞬间已经坍塌，一切语言都是苍白的，所有感情都显得那样无助……

记得一所小学校在大地震中变成一片瓦砾，救援人员在残砖碎瓦中挖出一具具尸体，其中一个小女孩紧紧抱着没有扣紧的小书包，眼睛向上翻时的惊厥样子，还有的小孩拉着另一个小孩的手，两人同时被埋的情景。孩子在这个世界上像一朵朵小花，刚刚秀出个小花蕾，就瞬间离开了，而且是那么的纯真、友爱、鲜活地走了，实在让人揪心。难道人的生命就这样脆弱吗?在打盹儿功夫就没了。哎！想到这里什么欲望都不复存在。珍惜生命吧，不仅要珍惜自己的生命价值，更应珍惜别人的生命价值，万万不可以在短短的一生中胡来。

记得有一个老人埋了七天七夜，在最狭窄的空隙里蜷缩着，只能接一点自己的尿液来维持生命。在168个小时里不见天日，没有任何养分补给，还能活下来，这种坚持和无奈体现了人的生命又是那样的坚强。其实，当老人意志清醒时他有“恐惧”，可在他经历这段后，感到一切都无所谓，所以“怕”字瞬间不见了；剩下无奈，可“无奈”又算什么呢？在头脑中也不复存在。剩下来的就是平静而安详地保持心跳，正如冬眠的动物一样，减少能量的消耗，于是他在昏睡中度过来了。

在这场大地震中夺去那么多人的宝贵性命，让我们活在世上的人感到痛惜、悲伤和撕心裂肺的难受。生命仿若一条河流，以各种各样的姿态向前自由自在地流淌着，带着微笑蜿蜒绕过一个个坎坡或顽石，在阳光中舞动着，波光闪耀；在明月中沉思，默默喘息。每扇门都等待被开启，每扇窗都等待被窥探。

孩子的生如同小溪流水潺潺，是那样的纯净、明亮和鲜活。生命对于他们来说是刚刚开始，憧憬和企盼则是他们生命的主旋律。青年人是条欢快小河，河道虽不宽阔，也比较弯曲，但他们流淌得好浪漫，因生活是丰富多彩的。中年如浩瀚的黄河与长江，责任和担子虽重，担当却很自然。老年人已经流到下游，涌向大海的怀抱是种必然，超脱和平坦乃为终结画上圆满的句号，诚为无悔而安然。

2017年6月4日　星期日　辽宁　大连　晴　17℃～26℃

背影内涵

近年来，我喜欢让别人拍摄我的背影，为什么呢？并不是人老了正面的形象显得沧桑或不那么诱人，更觉得年过七旬的人其背影更有内涵。几十年的锤炼、涵养，在他（她）晚年的一伸手、一投足的动作中表现得淋漓尽致。高大、挺拔是在松柏高耸的影像中展示得完美而真实；沉稳、细密是在洋槐碧绿的枝叶里延伸出诱人和神往；潇洒、自如是在榆柳的飘逸时包含的风度和大气。

人非草木，在社会和自然的洗礼中，整个躯体及内在张力都不同于从前，但却印证着那段不寻常的经历和光阴荏苒。身板挺直、步履矫健可能是在几十年的风雨里打造得更加坚固，骨质沉淀得更加密实，往往是自信、自傲和自得的表现；弯腰驼背也许是岁月敲打的痕迹，更让人景仰和恭迎，饱含着自励、自勉和自强；至于有些拄着拐杖或坐轮椅的老者，不乏看出病魔纠缠后的复出，在敬畏之时，是种自持、自尊和自律的象征。

总之，在后面看人是从一般彰显着特殊，在特殊中流露出岁月的痕迹、人伦的脆弱。就如一棵小草从绿到黄，轮回就是它的生命，就是它的存在和思考，人也亦然！

背影的线条、轮廓都比较简单、纯正。总体上可以看出其人的年龄及健康状况，但从一些细节上又在验证其经历和内在的性格特征。譬如说，一个高大、脚步轻盈的背影，仍可看到当年戎马生涯的坚定和果敢；驼背、迟缓的老人，也可验证人生旅程中的艰辛与坎坷；肩膀宽大有点倾斜的男人，不能不说在担当与责任上他付出了多少昂贵的代价；那些头发花白又谢顶的人，蕴含着岁月的磨炼与时间的考验。当然，这些具体的内涵在家人或后辈人心中打上深深的烙印，只有他们才知道父辈或祖辈的惊险历程，或走过的那些不平凡的路。所以说，任何一位老人的背影都是已过的那段人生历史，更是记忆脚印中那个深浅不平的脚窝，还是一个人性格、修养的大写意。

背影是实的，只能是了解他（她）的人能这样说，因为日月同辉，族人同在，朝夕共处，才会了解每个人的内心世界；背影是虚的，因为过去的那段历程与经历早已不在了，只能靠回忆，在记忆的黑白底片上显现深浅不一的那些色块中隐藏。同时人有着相似的时代印记，但经历往往是南辕北辙。

家庭状况大同小异，可婚姻、家庭及对晚辈的培养与教育则是殊途而不同归。在一些细节上，镶嵌着每一代人的风雨色彩和时代对人的影响、教训与鞭策，即映衬着时代的底蕴与光环。所以说，对背影的解读或欣赏离不开那个时代的轨迹特征，更显家风、家教、家训的余韵。

背影不仅是人的影像的暗显与映照，也是人的心灵内涵的隐现和别样的昭示。对背影要用心去体验，用灵去揣摩，用脑去思考，方能揭示出内涵底蕴的深层韵味，衬托出一个人心里积淀的厚度及心灵深度的秘密。一般人看的是外表正面的形象美，殊不知，内在的心灵美是隐藏于背后的，在其背影中不自觉地可以彰显出来。你所以看不太清楚，那是因为你观察人的背面、背影的功夫太少，也不够习惯而已。

2017年11月18日　星期六　辽宁　大连　晴　－7℃～0℃

三周年祭日

昨天有大女儿刘彬彬和女婿刘光波，小女儿刘木木和女婿陈虎，还有干儿子——康青宇，我们一行六人从哈西站乘高铁下午5：30来到大连。二女儿刘林林和女婿杨开宇热情接待并安排食宿。晚上吃了顿大连海鲜，甚有味道。

今天是夫人——贾淑琴女士去世三周年纪念日，一早6点多钟就去海港码头，乘坐汽艇到黄海湾举行祭祀（更正：以前说的“渤海湾”有误），用500朵鲜花和800只金元宝（金纸叠的），表示对已故贾女士的敬仰和哀思。小女儿刘木木在微信中写道：“蓝天依托，大海相伴，海鸥陪衬。一年又一年，相思难忘，亲情难割。想着、念着您——我的妈妈！”这已经表达了我们所有人的心愿。

人死了是一种解脱，但对活着的人是种纪念。情感这东西是流淌在血脉里的情种，对于子女来说是永远也割舍不掉的。往事难回首，因它跟每个有“情种”人的心息息相通；其物还在，它记录着那个岁月的真实和生活中的每个细节。这就是一个家族史，往往经历了多少次这样的悲欢离合，最后自己也慢慢老去。如果说心情是沉重的，因人是最重感情的动物；如果把这些看得淡一些，表明一个人对自己的人生或对他人的世事也算看透了，但谈何容易。任何一个有血有肉的人都难以割舍这种亲情、友情和爱情，可谓人的本能意识和自然守恒的一种特有规则吧！

孩子们都返回各自的家中，我明天在大女儿和女婿陪同下去海南省三亚度假，还真的不知道何等的寂寞和孤独呢！所谓“寂寞”是背井离乡，没有任何相识的人做伴，犹如一棵小草被移植到热带海边过冬，无论是天象、物理或人际关系都是陌生的。陌生就会产生寂寞与孤独，那是一种折磨，一种打破数十年生活习惯的不适应。我会合群与适应吗？我不知道。因我想念我的亲人和朋友，还有那“小鸽笼子”（北方的小屋），以及所有家什和书籍，实在耐不住性子，也可能买张机票就飞回北方。但我可能做不到，因我是个有性格的人，是个很自尊，又很自信的人，但愿如此吧！

2017 年 12 月 31 日　星期日　海南　陵水　晴有时多云　18℃～23℃

再见！2017

2017 年，对于退休多年的人来讲，过得津津有味，乐趣横生，收获满满。南北跨越十几个省市，东西走了数千公里，东跑西颠，南去北归，总是马不停蹄地穿越，既是现实的践行者，也是历史的记录人。我没什么功利可言，只求为自己和他人做点儿感兴趣的事儿，或者说好好地玩儿自己一把，也算不枉活一生。

儿女亲情，血脉相通。自从我妻子离世后，三年多的时间里，三个儿女和女婿对我倍加关注和爱护，逢年过节不是在家团聚，就是领我出去游玩。

2016 年春节是在云南省沙溪古镇度过的。二女儿陪我在古道沙溪赏识了白族同胞的风土人情、文化习俗和道德伦理，过了一个开心、自在，有品位的春节。

大女儿和女婿在端午节和中秋节邀我到他们家。节日期间出去观看了“哈尔滨国家森林公园”，自驾车去了凤凰山等地观赏秋叶，还在松花江进行两次放生，不断地净化了我的精神世界，感到清醒并自得其乐。

小女儿和女婿，多次驾车到家看望，并在我去大庆同学会、师生会期间车接车送，充分感到“小棉袄”披在身上是何等的温暖与自豪呀！

2017 年 11 月 17 日，是已故妻子三周年祭日。大女儿、小女儿及女婿，还有干儿子，我们分别聚集哈尔滨，一起赴大连举行简单而富有特色的纪念活动，让她在天之灵得以慰藉。第二天，有大女儿、女婿和我三人同行，飞往海南省三亚市入住香水湾的别墅，准备迎接 2018 年的春节。

总之这一年和往年一样，得到儿女们亲情的呵护与照顾，每天都要在微信中问候我的起居住行，《吕氏春秋・孝行》曰：“今有人于此，行于亲重，而不简慢于轻疏，则是笃谨孝道。”他们做到了。作为父亲的我感到十分满意与骄傲……

再下江南，故地重游。今年 6 月份，我第五次去杭州，第四次去浙江绍兴，又去了我曾工作生活过的东阳市，看看老朋友、老同事倍感亲切，重游这里的名胜古迹，让江南文化，把我浸泡得心虔、气爽，终身受益。

6 月的江南，绿树成荫，花草迷醉，山青云盖帽，水秀莲出境。杭州的西子湖不仅文化底蕴深厚，自然风光更让人如醉如痴，每一道景观都镶嵌着古老文化的历史底蕴，领悟历代文人贤士对它的亲近和赞美。

绍兴古城，更是人才辈出的摇篮，天、地、人合成的特殊因子，让一代代人无比执着，特别灵慧；钢造的脊梁，天赋的气质，造就出多少英雄豪杰，为国家、为民族献身立业。

东阳市是我国县级市十强之一，先后造就（祖籍是东阳人）11 位国家级院士，其中年轻的潘建伟先生在量子力学方面走在世界前沿；还有两位现代级的“大土豪”，他们的资产都超过 100 亿元人民币，并带领全市人民奔赴在小康路上，让人们在赞许声中感到钦佩。

往事如烟，嘉年相聚。2017 年我先后参加了大庆市、齐齐哈尔、杜蒙自治县、克山县等地的同学会、校友会 8 次，此间有喜悦，也有凄凉。这些人有的是我的往届校友或同事，他们都是耄耋之年，看到身体如此的健硕，心里很欣慰；更多的是我当班主任时教过的历届学生，也都五六十岁了，虽说两鬓挂霜，满脸皱褶，但精神矍铄，情感实在，从各种岗位上退下来，还默默无闻地为“小家”操劳（带孙子辈儿），为“大家”祈愿，可遗憾的是有些人过早地离开了人世，不能不让我们心里一阵阵地酸痛，三四十年前的音容笑貌还在我们眼前浮现。

值得一提的是 1972 年毕业的“文史五班”同学会最有内涵，不仅有参观、游玩，还有回顾和叙谈，主题也比较明确：“不忘初心，继承传统。”主办方用尽心思，参加者颇有感触。其余的聚会只是吃吃喝喝、游山玩水的，见见面、叙叙旧而已，显得聚会有些枯燥和乏味。

斋里秀字，野外游览。2017 年先后在黑龙江人民出版社出版散文集《况味》，中国图书文化出版社出版诗集《网与格》两部作品。9 月份应约为齐齐哈尔市国家自然保护区“扎龙”写了 700 字的《扎龙赋》。仅一年的时间里我阅读了 800 多万字的书刊，撰写《日扎录》（以日记形式）87 篇，近 20 万字。还先后游走了云南沙溪、昆明，大连，哈尔滨，大庆，浙江杭州、绍兴，海南三亚、陵水，还有一些偏僻的村屯等地，摄影 2 万多张，剪裁了近 500 张图片为 2018 年的“自然风光摄影展”做了全面准备。

初步打算，自然风光分为六个部分：季节变化，日月星辰，江河湖海，山川溪流，鸟兽虫鱼，草木花卉。经过 2018 年的努力，争取如愿以偿，但我的摄影技术和设备都很一般，所以困难重重。

一年来，在颠簸与兴奋中，有陶醉，有追求，也有无奈和孤寂。但 2017 年应是我人生中的重要节点，使一生都更加色彩斑斓，掷地有声。

2018 年 3 月 29 日　星期四　海南　香水湾　晴　22℃ ~29℃

话说老年

《论语·季氏》:“及其老也，血气既衰，戒之在得。”老是个可预料的自然征兆。当人过七十岁时，在古时为稀有，现在乃为常见。但衰老症状谁也躲不过去，如耳背、眼花、腿脚不灵、反应迟钝，等等。《左传·僖公二八年》:“师直为壮，曲为老。”弯腰拄棍的先生，怎能不老呢！所以说“春尽绿醅老，雨多花萼稀”。(唐·白居易《长庆集·答韦八》诗)

20 世纪三四十年代出生的人，现存者也都七八十岁了，他们是心酸的、苦辣的一生，经历了战争，多少华年俊杰战死疆场；也经历了贫困，无法深造求学而半途潦倒；经历了人为的阶级斗争，造成是非难分，相互缠斗，两败俱伤。他们有为国、为民的献身精神，可多数是内涵偏浅，外延尚窄，而不知了了。到了晚年也只能寄宿于晚辈的沃土上存生，也是一种悲哀和郁闷。

唐·杜甫《曲江二首》:“酒债寻常行处有，人生七十古来稀。”古稀之年，若能活着，或者说还能走能撂的话，就要少给儿女、亲友们添麻烦，尽量做自己能做并还喜欢的事，尽其所能为社会和他人做些微不足道的小事。如走路不踏草坪，不乱丢垃圾，或可以当个环保小义工……“人生如寄，多忧何为！”(三国·魏·曹丕《善哉行》诗)不能潇洒走一回的话，也不能“老马识途添病骨，穷猿投树择深枝”。(清·黄景仁《立秋后二日》诗)

20 世纪五六十年代出生的人，现在也六十上下岁数。他们上过山、下过乡，在“文革”中“红”过，也“黑”过，生活上过着苦难的日子，也亲眼见过同伴们“下海”赚得盆满钵满。在诱惑与利益面前，有的赢了，有的输了。每当退下来，男女都成了“老少年”，穿红戴绿不说，到处跳啊、唱啊！一群“老年少”，形体不雅，内里空泛，时代之使然，历史之必然。

汉·班固《汉书·苏武传》:“日月如跳丸，人生如朝露，生死事大，无常迅速。”我们不是悲观论者，但现实是不可抗拒的，遇上麻烦的年代，有谁能躲得过去呢！做“错”了，吸取点教训；做“对”了，积累点经验，至少对警示后代还是有益处的。用隋代王通的话来说：“仰以观天文，俯以察地理，中以建人极。”“人极”是指做人的标准。谁不想“人品甚高，胸中洒落，如光风霁月”(宋·黄庭坚《濂溪诗序》)呢！

所以说，老年是人生中的最后节点，我们应该如何面对，是每位老年人必须接受的实际考验。唐·刘禹锡《西塞山怀古》诗曰：“人世几回伤往事，山形依旧枕寒流。”往事如烟，有苦有甜，如一枝花，从春天发芽，夏日开花，秋季结籽，严冬没去。在暂短的季节中，光辉灿烂有之，硕果累累有之，枯萎老去也有之。所以说，“老”是必须的，无须恐惧，也无须担忧。没有死，哪来的生；没有老还谈什么花样年华呢！似水流年，痕迹在记忆中留存，身影在流水中映现，大山是每个人的岁月旁证，大海是一代代人承传的摇篮。日月照样出没，星辰永远忽闪。我们人类跟蚊虫的存在没啥区别，只是我们在它们的身躯上面观看世界万物，享受大自然的恩典。

2018 年 3 月 30 日　星期五　海南　陵水县　晴　22℃ ~28℃

生如夏花

《易·系辞下》："天地之大德，曰生。"没有天地的恩惠怎么会有人呢？没有人，人类又怎么能去延续生命，适应大自然，或者说是创造、醇化大自然呢？这个往复的过程是天地之德也。从婴儿在母体内的十个月发育，到第一声啼哭，是对天地的感知、感受和感恩，证明自己生命的实质性存在。

从婴儿的母乳哺育，幼儿的家庭养育，到青少年时的社会培育，再到成年时的生活负担，壮年时的发展成熟，以至于老年的边走边看看风景，一生之中到最后"秋叶"飘落的静美。这几十年都如一朵花似地开放着。正如诗人泰戈尔所说："生如夏花之绚烂……"我钦敬这个比喻。人生一世，无论是苦与乐，贫与富；还是坎坷或一帆风顺，默默无闻或英姿飒爽，都在展示你的绚烂多姿光彩炫耀。三国·魏·曹植《美女篇》："顾盼遗光彩，长啸气若兰。"其实我们每个人都是一朵朵绚丽的"夏花"，颜色不同，姿态各异，也是可圈可点的美的象征，意象的感怀，乃至真实的憧憬。

每当夏天，秀美婀娜的米兰、茉莉、白兰花、扶桑、美人蕉、半枝莲等使人心旷神怡，美不胜收。那些卑微的小花也自由妖娆，如车前子、蒲公英及路边"不死的小花"也给人一种不屈不挠的力量。还有沙漠的三剑客：沙漠王子——胡杨、沙漠卫士——梭梭、沙漠之花——圣柳，更让人翘首待望，欣赏它们的顽强和特殊的适应性。而花中的"四君子"，其文化寓意为：梅花，探波傲雪，高洁之士；兰花，深谷幽香，世上贤达；翠菊，清雅淡泊，谦谦君子；菊花，凌霜飘逸，世外隐士。多让人肃穆景仰，感怀至深哟！

人同花草树木一样，由于天赋不同，环境差异，时代赋予的经历有别，而应像"夏花"那样，无论把种子撒到哪里，都要茁壮成长。因为自然环境和各种生活条件，有时来不及让自己选择，只能去适应环境，改善条件，创造机遇来维持自己的生存、生长和发展。

人在整个生物链中是不可或缺的重要一环，有时他可以主宰这个链条的承接与完善，也有智慧和能力，为自己的利益去破坏它。况且人与人之间不能同日而语，他们之中有英雄豪杰，也有普世百姓；聪明与愚钝共存，健康与残疾同在，只要活出品位、生出骄姿都会去完善这条生物链的，让自己这朵"夏花"开得绚丽多彩，烂漫自然。

路边的小花、山野花，虽没有牡丹那样艳丽，也没有玫瑰那样惹人喜欢，但只要找到自己的位置，都会为世界装点不同的风景线。螺丝钉虽然渺小，不亚于钢梁的作用；蚁穴可以溃决大坝，水滴能够穿透坚石。从这样的理念出发，人各有志，在不同的岗位都会为自己的家园增砖添瓦，有谁可以蔑视或怠慢那些不知名的小花呢！

我爱世界上各种各样的花草，尤其是那些默默无闻的，在荒野、沙漠里绽放的无名花草，也爱那些原始的，在暴风雨里长大的花草，因为它们热爱这个世界，所以才真正活在这个世界上。泰戈尔说："小花睡在尘土里，它寻求蛱蝶走的道路。"我爱你小花，更爱"小花"这样的人，愿你永远绚烂……

2018 年 4 月 5 日　星期四　海南　香水湾　晴　18℃ ~29℃

死如秋叶

《荀子·解蔽》:“以可知人之性，求可以知物之理，而无所疑止之，则没世穷年不能遍也。”既然不可知，也不求，那就顺其自然吧！一旦死神降临，没有遗憾，没有惦记，坦然地离开这个世界时，将是最幸福的人。

波伏娃的小说《人都是要死的》，这是个真命题，因为死是必然的，没什么可以留恋啊！反之此书的主人公福斯卡活了 600 年又会怎样呢？结果成为没有办法离场的怪物。他没有共事过的同伴，也没有自己曾经生活过的环境，一切变得那么陌生，那么无聊，是所有人之外的孤独者、旁观者，除了一个不老的身体外壳，精神早已尘埃落定，已苍老得无法支撑。所以说像福斯卡活 600 年就成为一个假命题，因为当今世界是不存在的。古人早就说过：“人生有死，死得其所，夫复何恨!”（《魏书·张普惠传》）

这个星球已有 8 500 亿人先后死去。蒙田说：“死对人充满爱。”这是对福斯卡长寿不死的最深刻注解。

有人说，死是一种悲哀，一种恐惧。悲哀是正常的，面对家人、亲友和同事、朋友突然走了，无论从感情、从伦理上都不好接受，作为有血有肉的人来说，怎能不悲哀与痛苦呢！动物对自己的同伴的损伤也会造成号啕的悲鸣，况且人乎！

至于恐惧的情况，就不一样了，如果是上有老下有小需要去照顾和抚养，而你却像一根房屋的脊梁突然间坍塌了，让一家人老小怎么生活呀！有谁对这种死神的降临不恐惧呢！反之，一个人到了耄耋之年，就如一台老自行车，除了铃不响外，其他部件都在震响，一旦有的部件坏掉，无法修理，只能把它扔掉。但人非草木，到了一定年龄（八九十岁）离开这个世界，也算是对自己的安慰，对儿女们的负责，当人们不能给社会、他人做任何事情时，早走总比晚走好。

中国有句俗语：“好死不如赖活着”。长久以来，人们总是在“祝生”，而没有“祝死”的仪式。说明对“生”是期盼的、向往的，也是人一生追求的目标。对皇帝呼着“万岁”，对王公称为“千岁”，即活得越长越好。“生死有命，富贵在天。”（《论语·颜渊》）有必要为自己的寿命给予“生年不满百，常怀千岁忧”（《文选·古诗十九首》）吗？看透生死观的人，将死视为必须。为国家、为民族、为他人，为正义、为公正而死，从来都是死得其所，死而无悔。《论语·泰伯》："曾子曰：'士不可以不弘毅，任重而道远。仁以为己任，不亦重乎？死而后已，不亦远乎？'"

我赞同"好死"，而不求其"赖活"的说法。一位老同事，由于儿媳妇的精心护理，在床上植物人似地活了五年。可这位儿媳妇的亲妈在农村50多岁得了脑血栓，治愈后不到半年，一个跟头摔倒在地就再也没有起来。因为她老伴儿早逝，儿子在外打工，家里只有老太太自己生活，挺可怜的。大家都说她女儿照顾公爹，每月收入几千块钱，而老妈是分文没有的呀！

再一个例子是，一位新中国成立前的老干部得了癌症到了晚期。医生都下死亡通知书了，可儿女们为了"尽孝"，每天上万元的进口药打着（国家全部报销）。这种既体面，又不负担药费的事儿，谁不会利用呢！

上述两例，就是"赖活"给后人带来的麻烦，也是一种医疗资源的浪费，所以我的观点还是明确的：到必死的年龄或得了不可医治的病，早死总比晚死好。佛教《无常经》："如其寿命尽，须臾不暂停，还漂死海中，随缘受众苦。"

人死了如"秋叶"飘落时的静美，回归大地、大海，这是自然规律，很淡定，也很平常，不要哭哭啼啼的，不开追悼会，不置墓地，不留骨灰，把生前最好的照片挂起来，开个纪念会比什么都有意义。

2018 年 7 月 8 日　星期日　黑龙江　齐齐哈尔　阴　有中雨　18℃ -24℃

故乡剪影

克山不是我的出生地，也不是我童年玩耍的地方，但它是我学习、工作、生活五十年不离不弃的一个小县城。我恋爱、结婚在克山，妻子是克山人，三个女儿都出生在克山；我曾在克山居住过四个地方。应该说克山的一草一木都有我陪伴的身影，一沙一石都附着过我的汗渍。我的脚印遍布过克山县的东南西北。东西大沟都有我挖土、清淤、筑坝痕迹。在兴修水利的年代里，城外的青年水库、三八水库和上游水库都堆积着我挑过的泥土。对此，说我不是克山人，实在过不去吧！

宋·王炎《元日抒怀》云："年光除日又元日，心事今吾非故吾。"十多年不见克山了，当我再回去时，一切都是今非昔比，旧貌换新颜。当年东南和西南的两个死水泡子，蚊蝇聚集，异味熏天。如今是杨柳婆娑，碧波荡漾，成为人们憩息、游玩的一道五彩缤纷的风景线。虽没有江南的小桥流水潺潺，但它那静谧闲适的景致，也使城里人一饱"水乡"的韵味！

记得我在克山师专主编学报时，因在哈尔滨印刷、出版、发行，每次乘汽车由南往北临近克山县城时，只见师专有几幢楼很养眼的。我想克山城啥时也能高楼林立，车水马龙，有点城市样子呢！就在我近年回去时，让我眼前一亮，多年的梦想实现了。宽阔的马路，小汽车如过江之鲫，十几层高楼鳞次栉比。唐代李中《送人南游》诗曰："早思归故里，华发等闲生。"我的华发还未生出来时，我的故乡就大变样了。

"此夜曲中闻折柳，何人不起故园情。"（唐·李白《春夜洛城闻笛》）克山县从城镇到乡村几乎都留有我的足迹。每当走在各条街巷之中，就勾起一段段地回忆：当年在县大礼堂聆听过哈医大于维汉教授讲述自己连续十个年头未回家过年，为了根除"克山病"，他千辛万苦地摸爬滚打在群众中。他的人生经历影响了我的人生走向。县城十字街西北角的新华书店是我购书的地方，也是我的人生驿站；在县城西边的烈士陵园瞻仰过烈士墓，并亲手植过树；在街东南的小巷里的老电影院和学生一起看过《小兵张嘎》《铁道游击队》等影片，至今记忆犹新。在"除四害"时，手拿竹竿到处轰过麻雀，流感期间抬着学生去县人民医院就诊。

我是喝克山水，吃克山土豆、大白菜和五谷杂粮成长起来的，怎能忘怀呢！应该说，我在克山五十年，是有“东风吹泪对花落，憔悴故交相见稀”唐·赵嘏《寒食新丰别友人》）之感，跟我同龄或大一些的人都相继离开人世，但他们的音容笑貌有时还呈现在眼前。

1972年12月4日，我去克东参加我小妹妹的婚礼，第三天返回时，邻居的王娘笑呵呵地对我说：“忠惠你又有酒喝了。”我赶忙进屋，扒开被一看，一个小脸红扑扑的小女孩问世了。她就是我的二女儿——林林。1975年五六月间，一天中午，妻子吃完午饭，骑自行车去东门外新民小学上班，（距家七八里地）在路上被拜泉的一台“28型拖拉机”给撞成深度脑震荡。当学校领导和同事们知道后都去了医院，当晚就决定送齐市附属二院治疗。除了两名学生和一位老师与我连夜乘火车去齐市外，三个孩子由邻居们和我班的女同学们照顾。当时我在克山是一无亲二无故的，都是邻居和同事及学生帮了大忙，让我终生感动。

改革开放40年，其成就是举世瞩目，让每个中国人都感自豪和欣慰，出国旅游也腰板硬朗起来。但也必须承认，当人们都住上高楼时，似乎更加封闭和孤独了，很有“鸡犬之声相闻，老死不相往来”之架势。这种疏远是很可怕的，也是城市发展的顽疾呀！

有人说，克山县在全国遐迩闻名是因为“克山病”让人心惊肉跳而得名。此话也不无道理，在解放前后，每年进入冬、腊月，克山县西北五片村屯里因“克山病”死去的人很多。死者的棺材只能在屯子两头摞起来，来不及掩埋。有的村子几乎看不见妇女的身影。这种“怪病”日本鬼子占领时命名为“克山病”。解放后，在党的领导下，克山县扎扎实实地开始腾飞了。

克山县是个“文化县”，早在新中国成立初期就有省立高中，发展至今为国家输送了一批又一批人才。现在的克山一中是全省标准化高中了。1952年又从本省德都县迁来毛主席题写校名的“萌芽学校”，全国第一个女拖拉机手梁军就是这个学校毕业的。到克山后改为“克山师范学校”，是全省重点中等师资培养基地。1977年招收第一批大专学生。1979年国务院正式批为“克山师范专科学校”。克山师范、克山师专为全省培养出大批中小学教师和各类骨干人才。克山出了不少专家、学者，如《红楼梦》版本学专家郑庆山教授，他校订新版《红楼梦》三卷本，由作家出版社出版发行；我也有幸在东北写作界做出一点成绩，曾经主编过全国183所师专的《写作》教材（国家教委聘任）。还有省级马铃薯研究所落地克山，那里更是人才辈出，研究成果喜人。作为一个小县城总算可以了吧！

克山县还是个农业示范县。“文革”前，北（北联公社）有孙浩亮，西（西城公社）有沈广友两个全国农业合作化典型大队。现今又出现由李凤玉创建的河南乡仁发农机专业合作社，一直领先于全国，为农村、农业现代化做出不可磨灭的贡献。另外，马铃薯研究基地，为全国种薯和薯类加工开创了新的商业机遇和销售市场。

克山还是个英雄辈出的县。在县城西边的烈士陵园，沉睡了几十年的抗日战争、解放战争及抗美援朝的英雄烈士们，还有苏联红军烈士和我国当代军人烈士等。每当清明节，县里的各界人士、百姓及中小学校师生们都会不约而同地来到烈士陵园献花，缅怀他们，继承遗志，为国家改革开放继续奋斗。

在那片黑土地上长年奋斗着一代又一代的勤劳人民，以种植的五谷杂粮支援过全国的灾区和亚非拉国家的人民。他们的胸怀是博大的，只装着别人，很少想着自己。勤劳是中华民族的美德。“春不得避风尘，夏不得避暑热，秋不得避阴雨，冬不得避寒冻……”（晁错《论贵粟疏》）改革开放至今，没有克山人的勤劳，克山县哪来累累的丰硕成果呢！

朴实也是克山人的道德品质象征。说实话，做老实人，简朴素雅都是我们要发扬的；心和厚，忠信佳，做人之本。克山人凭着这点传承基因，改革开放的40年是一步一个脚印地走过来。工地上闪烁着他们的坚强和毅力，农田里映照着他们的朴实身影和灿烂笑容。与人相处是和和气气，相互包容，交友之深，思念之广，乃化为人之分量也。

勇敢可谓克山人现存的最佳品行与个性。他们不怕牺牲和流血。林彪的“四野”从东北打到海南岛有克山人在军里扬威，抗美援朝有克山的父老兄弟进入朝鲜战场，他们牺牲后连骨灰都找不到。就凭这点“傻劲”在战场上立过功，在建设中当过模范，在改革开放的大潮中又是不折不扣的“弄潮儿”。没有这种拼的精神，哪来今天的新局面、新成就、新发展呀！

一晃，我离开克山已经十多年了。妻子离开了人世。三个女儿早已像小鸟一样，翅膀硬一点也都远离故乡，或者说，都是有所居而无故乡的“异乡人”。但我总是在梦里回见到自己的小屋，见到在一起生活过的故人，甚感温馨与幸福。醒来时鼻子酸了，眼泪不自觉地在两鬓的白发边上流淌着。虽然我仍需保持与故乡的联系，接受故乡的支撑，故乡或许再具象为现实，它永远是连接过去与未来的灵魂栖息之处。

2018 年 7 月 20 日　星期五　黑龙江　齐齐哈尔　阴有小雨　21℃ ~28℃

“同学会”图个啥

目前，比较时髦的一个词——同学会。每当暑期，全国各地的小学、中学、大学的同学过山车似的，来到母校找到班主任进行花样繁多的“同学会”。初始时，为了“感恩”，看看老师，瞻仰一下母校的容貌，会会十几年、几十年未见的老同学，也还算蛮有意义的。

记得二十多年前的同学会，往往是淘得第一桶金的大款、大腕儿、大官们主持接待，安排住宿、旅游等。吃喝一顿，除了恭维、羡慕外，还有些妒忌……一些根红苗壮的同学对当年的同学或玩伴中“黑五类”得势有些不解，也有人爱吃大锅饭习惯的滥觞，看不懂致富人的能力和机遇，内心还因有很深的时代及阶级的烙印。那时的同学会思想很复杂，观念也殊疑，到后来也就不欢而散了。

不知道什么时候同学会又开始普及了。小学、中学、大学同学，以及战友、同乡等相聚，采取“A A 制”方式，找个有资源，交通又比较便利的地方。组织者往往是班级有威望的干部或可信赖的同学，把大家组织到一起，玩一玩，游一游，共同叙叙旧，对母校或故乡予以怀念和感恩。总之，积极因素多半大于消极因素。尤其是一些退休的人，多半和老伴一起到大城市给儿女们看孩子。一年下来，休息一下，去看看老同学、老师、老朋友，总还是欢乐与福分同在，就算是喝点“心灵鸡汤”，打一针“鸡血”，也还算有滋有味，无可厚非。若每年都聚会，也不换一下主题，似乎也好乏味，参加的人也将越来越少。

出于“乱中求治”的理念，对一哄而起的“同学会”应该有些求证与思考。否则，似“帮会”，又非“帮会”的组织形式，及单调、枯燥、庸俗的内容，最终导致自生自灭的地步，那会给后代留下什么印象呢?

在我多次参加的师生聚会中，很有感触，能否每次聚会有一个较明确的主旨，即聚会要给每位参加者点什么呢? 应该不只是吃、住、玩吧！可否就着自然、社会或人生的每个小侧面进行些深入思考，在聚会时进行广泛讨论。即使不能每个人泛泛发言，也要有个中心发言人。只要有那么一点启迪或感召就是一种收获。记得查理·卓别林说过：“用特写镜头看生活，生活是一部悲剧，但用长镜头看生活，生活就是一部喜剧。”我们为何不把眼光放远一点来看待我们的生活呢！

把“同学会”上升到一定层面，把活动的形式或内容发到网上，纳入中华文化中去延伸和培育。这棵幼苗会越长越大，不至于昙花一现地夭折。

其形式可借鉴文人、雅士们的清谈集会——“沙龙”；也可以族群相聚为背景——“谈天说地”。总之，集会不在规模，而在情趣，走一条自己风格的“小悦场”“小情调”就行。最后将聚会成果以“杂谈”“日记”“散论”等形式发表出来，汇集成册，也可在手机里收藏，日后翻一翻，看一看，自我感到很有趣味，因它是一种历史时空的印迹和自我张扬的记录。对自己或他人都是一种不可多得的遗产。当你离开这个世界五十年或一百年时，后人们会对你说：这比遗物、比钱财要宝贵得多。这就值了。什么是永存？只有文字记载下来的才会永存。聚会要保持多元、宽容和自由的立场，方能取得意想不到的效果。

“同学会”是社会生活中的小细胞，它涵盖整个人的寿命、记忆和知觉，所以我们应对这个社会细胞给予尊重和赞美。聚会策划得好，可使自己的人生境界不断得以提升，也可不断地延展自己生命的宽度和深度。马克思青年时说过：“人们无法表达，只能被表达。”时代变了，我们为何不主动地去表达自己的生活和理念呢！因为“闲暇是人生的精华”。（叔本华《人生的智慧》）

2018年9月5日　星期三　黑龙江　齐齐哈尔　阴有时多云　11℃~20℃

听与说的艺术

音乐是听出来的。自文艺复兴之后，西方“听学”非常发达，创作出很多著名的交响乐，如源于德国、奥地利和捷克、斯洛伐克的圆舞曲，以爱情为主题的小夜曲，以及各种各样的进行曲、狂想曲、协奏曲、鸣奏曲……

言语是说出来的，那么什么叫言语呢？《周礼·春官·大司乐注》说：“发端曰言，答述曰语。”在我国古代的吟诵文学较盛行，如诗、词、歌、赋的文学样式更为成熟，无论古诗十九首、长赋、小赋，还是唐诗、宋词、元曲都有特殊风格与格调，展现出东方文化的魅力。

相较之下，西方人善于听，东方人善于说。这是不争的事实。

“听”是门学问。《文子·道德》曰：“故上学以神听、中学以心听，下学以耳听。以耳听者学在皮肤，以心听者学在肌肉，以神听者学在骨髓。故听之不深，即知之不明。”在我们的辞典中出现不少“听”的成语，如洗耳恭听、娓娓动听、唯命是听、危言耸听、混淆视听、闭目塞听，等等。

由于社会的演进，封建专制的长久，“听”往往成了五官功能的附加物，不太注重倾听别人的意见，更感到视听行为是种累赘，有损于圣者（统治者）的天地颜面。于是耳膜发育越来越厚，微言不入耳，惊言耳边风，久而久之就成了“说客”，变成一言堂，说者自觉，听者不自觉。

从14世纪到16世纪，在欧洲以意大利为主的文艺复兴运动，开启了资本主义的萌芽，强调以人为本，导致西方工业革命的迅速发展。近代中国是闭目塞听，妄自尊大，造成了一次次丧权辱国、民不聊生。而日本人这时不再学中国了，把“和魂汉才”变成“和魂洋才”。据说日本人从德国进口精密机器，德国有些得意忘形，可万万没有想到日本人不吱声、不言语地把此技术偷学回去，造出比德国还好的机器。这“听”的文化造就了今天的日本。

当时清政府也感到自己落后，有识之士也千方百计地主张“变法”。虽然遭到各方面的阻挠，可清政府还是派人向西方人学习，花了大笔银圆购买大量洋枪、洋炮和洋舰，可北洋水师在甲午战争中还是全军覆没。之后八国联军以很少兵力打进北京，火烧圆明园，掠夺大量财物。清政府腐败无能，其原因是多方面的，可在“听”的文化里，他们没有“人心”，更谈不上

“入神”了。皮之不存，毛将焉附。此教训太深刻了。

“说”也是一门学问。如集会报告为演说，说文解字为解说；讲经论道为说经，传统戏曲中的道白为说白，游说江湖为说客，旧时艺人在寺庙、茶肆讲史或说故事为说书，诠释人们梦中的情节为说梦，等等。在中国古籍中“说长道短”的文献、书籍真是不少。可见，我们称得上“善说”的大国。

小孩子从牙牙学语开始，就听奶奶说，妈妈讲，上学后又是聚精会神地听老师讲课，工作后经常听上司或各级领导做报告、发指示。总之，一个人一生听别人说的时间比自己说的时间多得多。那么这一生不是学会“听”了吗？其实不然，因灌到你耳朵里的全是条条框框，僵死的知识，只能让你从小就依附于别人，头脑清洗得比较干净，很少有自己的独立思想。只能让耳膜生茧，废弃功能。相反，既然有这么多听者，自然就培养出各种类型的演说家、雄辩士，或一些靠耍嘴皮子吃饭的“说客”。在这些说者的口中往往是假、大、空的言语。既不能听其言，观其行，又不好明辨是非、丑恶，于是听不出“子丑寅卯”时，也开始瞎说。网上既有不负责任的“八卦新闻”，还有打完“鸡血”的道听途说，或是掩耳盗铃式的自己欺骗自己。

值得注意的是，有的领导只会给下级做报告、发指示，而很少去听群众的呼声和意见。这样地说教行为违背了古训“口含言瑞，身出礼门”（唐·李商隐《为安平公兖州奏杜胜等四人充判官状》）的言必行、行必果的作风。

要知道，话说多了，总有一失。沉默不仅是思考，还蕴含一种力量。俗话说，叫唤的鸟没肉吃。那种言方行圆、言过其实的例子还少吗？它会失去凝聚力，会败坏大众的良好风气。文山会海、文件叠加的陈腐做法，实在要不得。好话听不厌，赖话越听越烦。

听与说文化的内涵在于“行”。听其言而观其行，“行”是“听”的归宿；“言必行，行必果”，“行”是“说”的忠实践行者。所以说“行动”是“听”与“说”的最佳导师。

2019年1月10日　星期四　海南　香水湾　晴　有时多云　21℃~29℃

逝者如斯夫

孔子站在河边，望着不时流淌的河水，感慨道："逝者如斯夫，不舍昼夜！"岁月就像河水，日夜不停地流逝。时间是永恒的，而我们的一生非常短暂，仿佛宇宙之神微微动一下眉毛，我们就已度过自己忙碌的一生。

2019年1月7日晚，在人民大会堂纪念周总理逝世42周年之际，86岁的著名歌唱家周兰英唱那首《绣金匾》时，全场恸哭了6分多钟。60年前，郭兰英成名时，我还是个小孩子。一晃几十年过去了。当年，我崇敬的人，我熟悉的人有的都走了。我的同桌、同学、好友，年龄不相上下的人，也有一大批步入黄泉，甚至我早期教过的学生有的也离开人世。一想，好像昨天发生的事，历历在目，梦中还经常出现他们的身影。真可谓"栖栖世中事，岁月共相疏。"（晋·陶渊明《和刘柴桑》）

钟摆不停地嘀嗒、嘀嗒地走着，山河依旧，草木永生。童年时的老屋不见了，可在河边玩耍、雪地里套兔子、树上掏鸟巢、冰上打滑哧溜的我，其身影仍在记忆里浮动着，现今已迈向耄耋老人的行列。时间恒在，而生命迅疾如风，这多么令人心悸。然而，唯有如此空悟，我们才能懂得生命的真谛。真正的生命，开始于永恒与不朽的渴慕；在每一个瞬间之中，能体味它的存在就是奇迹；也因此而相信，它并不随时间逝去而化为乌有。对此，我珍惜时间，尽量在有限的生命历程中写好我所见到的故事，我所理解的人生理念。在大千世界里，我只是一粒小小尘埃，只要打上当年时光的烙印，也就足矣。我不能读懂"日月逝矣，岁不我与"（《论语·阳货》）这句话的含义。

现代人说："时间就是金钱。"考学需要时间，创业需要时间，搞科研更需要时间。对他们来说，浪费什么都行，就是浪费不了时间。这话真是掷地有声，让人欣赏和敬畏。人非草木，更不是机器，草木一年四季有间歇，机器也须暂停修理和维护，况且人乎。

不要把停下来、闲一会误认为是奢侈。要知道"光阴者，百代之过客也。"（唐·李白《春夜宴桃李园序》）那我们又何尝不是过客的过客呢！古代诗词中有很多描写这方面的例子，如"海鸥无事，闲飞闲宿"，展示着多么悠长、怡然的情调呀！"闲敲棋子落灯花"，说的是那种清净、雅趣的心境。生活的忙碌让我们想念"闲"的优雅，"活"的自由，在"光阴非或异，山川屡难越”（《乐府诗集》南朝·齐·王融《秋胡行》）的时间往来之际，我们需要停一下。来一次深呼吸，让脉搏更平稳些，方能继续前进；给自己放个假，不仅让自我与心灵有个约会，还能让人性在悄然中绽放一朵宁静而幽深的小花。

人这一辈子千万不要跟岁月过不去，应该说，一生中无论遇上什么困境、险境，每个时间节点都是美好的。没有艰苦岁月，怎能去披云雾，睹青天呢！在“知顺逆之变，避忌讳之殃”（《淮南子·要略》）时，方可“迈迈时运，穆穆良朝”。（晋·陶潜《陶渊明集·时运》）“意静气清时候好，醉归明日更相寻。”（宋·黄裳《演山集·菊花》）

昨天是过去的瞬间，记忆让我们不能不回忆起瞬间的往事，再美好也已经过去；今天是周而复始的重生，每天都有每天的新气象，不能踏步不前；明天是个未知数，可能在意料之中，也可能陌生而突然，只需要认真地对待即可。“天不在与，时不久留。”（《吕氏春秋·孝行览》）这是颠扑不破的真理。人生随着岁月而流逝，宇宙不变，而人是从无声中来，又在无声中走。用芬兰拉斯·海顿的话来说：“我们是时间的孩子，诞生于永恒，最终也将归宿于她。”

2019 年 2 月 17 日　星期日　海南　香水湾　多云　20℃～29℃

一如少年时

少年时，如一朵小花，陪伴在晨光熹微里含笑，是娇与嫩的交集；少年时，如一泓泉水，在大地母亲怀抱中撒欢，是情与爱的投合；少年时，如一只翠鸟翱翔在蓝天白云之间，是光与影的异化。用无声的旋律演奏着大音若希的乐章，度芸芸众生平庸的魂灵，走自己平凡而自然的小路，无视别人的反响，不需言语巧辩。活在当下，尽情展示生之绚烂。在最纯洁、最鲜活、最让人激动的时段里，使幼年勃勃生机，让青春荡漾美丽。这种神性是我们一生一世都无法忘怀和舍弃的，哪怕到了古稀之年，也应把自己塑造成童心未泯的大写之人。

按日本作家高村光太郎《脸》一文中说："脸，不会说谎，脸是最诚实的公告栏。"然而少年时，更知脸红。他不知道隐瞒，也不知道掩盖和粉饰，较少生活的阅历会让他保持一颗纯真、幼稚和平常心，只是因知耻、知辱又知臊的那张脸才会以"思无邪"为伴，泛起红晕挂在腮两旁，表现出羞怯和不好意思。

按达尔文的进化论来说，证明人是地球上唯一会脸红的动物。少年的脸红正反映出人类初始的本色。"文明"二字恰恰在孩子脸上表现得真真切切、淋漓尽致，无私、无为才会让你获得内心的坦然和宁静。一如少年时，人的性情、人格、习惯，内心清净的张弛，情理智慧的晦明，都在脸的红白相间处，毫无遮拦。

少年时，哭比笑好看。哭没有什么自责或悔恨，不是委屈和煎熬，而是地地道道地出于不理解、不认同，造成内心的一种莫名的碰撞。所以，在那颤抖的童声中感受到一种不可名状的欣慰。从哭泣的脸庞看到一朵小花开放时的收缩自如；用两只小手把眼睛揉成一双小黑圈，像只小熊猫，美极了。

少年时，没有悲愁垂涕，也不存在悲天悯人。他的哭是种喜悦，是种无奈。哭是正常行为，可爱又可掬。当孩子的泪珠鲜活地挂在脸上时，其内心的纯洁与无辜，不能不让大人们的内心发怵和惊羡。哭从心理的角度讲，是某些情结的收缩或扩大，作为孩子没有这种承受能力，故而易于颜表。这种直接而坦露之美，动物也能表现得很酷，让人为之动容。

少年时，孩子在回答问题时，不以逻辑来回答，也不以正常的思维方式作结。在日本中山和义《考试的答案》一文中：

一、理科考题

问：冰融化以后，会变成什么？

大人回答为："水。"

一个女孩说："冰融化后，就变成春天。"

二、数学考题

问：桌上有三个苹果，兄弟二人均分的话，一人可以得到几个？

大人回答是："1.5个。"

某个男孩说："一个。兄弟各吃一个就饱了。剩下一个给爷爷吃。"

世界上的问题，没有绝对的答案，而孩子给的答案是更直接、更天性，往往是形象多于抽象，感性多于理性。

孩子好动的本性是与生俱来的，譬如走路时，不愿亦步亦趋地走，总是连跑带颠，蹦蹦跳跳的，活泼得像只小兔子，不会规规矩矩地走在路上。如果说是习性，不如说是身心发育上的独特与好奇。记得我小的时候，妈妈做的布鞋很结实，但最先坏的地方是鞋尖，因我愿边走路边踢东西，即使坐在那里，两条腿也会自然地上下弹动。

人小的时候，都爱小动物。搂着猫咪睡，领着狗儿跑。悠悠岁月，同趣颇多。肯把时间交给少年期，是美好的、值得的，是生命不可或缺的存在。当我们走向中、老年时，回首再想少年那一刻，该是如痴如醉，蕙心兰质。

少年是美好时刻，可以看到麦垛旁天使的飞临，也可以看到无影灯下的纯真，幼稚眼神的游动，还有无数气球升腾后的向往和慰藉。正因如此的纯雅和浪漫，才能向美好迈出第一步。

孩子的眼里，五彩缤纷的世界才是他们最喜欢的。为春天的到来，撒欢似的追赶着：绿叶含珠笑，花儿红着脸；青树低头赏，鸟儿梢间言；绿水潺潺流，小鱼池里欢……这些跟孩子们是多么匹配。少年就梦想在春天里给自己带来希望，能从光鲜亮丽的形象中，看到人生的意义是无穷的。所以梁启超说："少年智则国智，少年富则国富，少年强则国强，少年独立则国独立……"

2019 年 4 月 5 日 星期五 海南 香水湾 多云有阵雨 22℃ ~30℃

最后的一抱

父母已离我们几十年了。去年清明节是我一个人在海南过的，没办法回家给已故的父母坟头敬香，让我难过得在屋里大哭一场。只有外面的风能听到。它会瞬间传到父母的墓前，告慰二老：不孝儿的心还向您跳着。今天又未能回去，只好写篇文章作为纪念。

我母亲是 1976 年 9 月离世的，享年 62 岁。病重期间，我接到电话后，立即返回家乡，安排她住进县人民医院，也看不出得什么病。医生说，人老了，体质太弱，观察两天再说。母亲白天还好一些，到了晚上就夜不能寐，说些不着边际的话。我坐在她的床头上，紧紧地把她抱在怀里，整夜不眨眼地看护着。当时也没有这方面的经验，心里感到无助地难受。到了第四天，她非要出院不可。接回家后，她的精神好了一些。

就在这时，我们学校来电话，要我抽时间回学校，把全省师范的语文教材编写会议安排一下（因任务是我领的）。把母亲安慰完后就乘火车返回克山。待第二天会议开得蛮顺利时，接到家里的电话说母亲走了，而且已经出殡。我刚参加一天会议就又回家了。

母亲匆忙地走，无论在感情上，还是从伦理的角度都让我无法接受。当时真的傻了，一滴眼泪也掉不出来，根本不相信这是事实。七天后回到克山，越想心里越难受，整天坐卧不宁，心像丢了魂似的。这时，听说地区招生办成立，要在我们学校抽两名有经验的同志参加。我跟校领导一说，就去了齐齐哈尔市，住在嫩江宾馆。有一天，感到喉咙里有一根刺似的，又像梨核儿卡在嗓子眼，右耳也有点失灵。到医院一检查，是急性咽喉炎，又导致耳膜塌陷。

要知道，母亲“离开”我是多么痛苦。几十年后也总是做梦，说母亲住在一个好偏僻的地方，得给她拿点钱，因她很贫穷。我是由母亲抱着长大的，庆幸的是在她临走时，是我抱着母亲的，也算是一点安慰吧！“世上只有妈妈好。”这句歌词，我体会太深了。俗话说，“七十岁有个家，八十岁有个妈”，那是最幸福的，可我三十多岁就没妈了，是个得不到一丝一毫母爱的傻男人。唉！说什么都好苍白，苍白地把感情亵渎得比纸还薄。

17 年后，76 岁的父亲也走了。在父亲得病住院时，我守候了十天十夜。

有一次，我见他老人家身体好脏，就跟我二妹妹说：“弄瓶酒精来，给咱爸擦擦身子。”酒精买来后，我叫妹妹们离开病房，把老爸衣裤全部脱下，把他抱在怀里一点一点地把他身体擦拭一遍。我一边擦，一边流泪，感到自己做儿子的太不敬了，没能尽到孝心，十分痛苦。过后他轻轻地对我说：“我知道自己的病已经坐成了，你们就不用花钱去治……”

说实话，当时的医疗条件和水平，没法让他死里求生。十天之内只能点滴一些补液，早已不进饮食，只能眼睁睁地看着他把那口气咽下。现在想起来是多么地残忍呀！让我一生都不能平静。

作为父子一回，从来没在一起好好地说过一次话。他老人家是个内向人，为人忠厚、老实，一步一个脚印地走完自己的人生路。在他临终前，我趴在他的耳边说：“爸，您放心吧！在家我是老大，对弟妹们我会照顾好的……”话还未说完，他就把眼睛闭上了。我知道，他最放心不下的是我小弟。

我的父母没有给我们留下什么遗产，可他们的精神品质永远铭刻在儿女们的心坎里。这些无形的东西，正是留给后代的宝贵财富。感谢我的父母，尊敬我的爸妈。最后的那一抱是幸福的，也是上天给我的唯一机会。谢谢了，我的爸；谢谢了，我的妈！我会让儿孙们继承你们的遗志和遗愿的。

生活感悟

2016年10月17日　星期一　黑龙江　齐齐哈尔　晴　4℃～10℃

说说“正义”

柏拉图《理想国》中有一段话，柏拉图借苏格拉底之扣问道：“如果正义就是强者的利益，如果不正义的人比正义的人生活得更好，那么人们为什么还要去做一个正义的人?”

《荀子·正名》曰：“正利而为谓之事，正义而为谓之行。”注：“苟非正义，则谓之奸邪。”这是中国人自古以来对“正义”的诠释。然而，人们受利益的驱使，对“正义”的内涵也有所曲解。二战期间，法西斯侵略者不都打着拯救他国或异域民族旗号，进行所谓的正义（侵略）行动吗？这种强奸民意的自谓强者利益，到头来没有一个好下场，反而被侮辱的民众，尽管做了很大的牺牲，最后仍是胜利者。

从生活的角度来说，那些苟且偷安的人，回避现实，自行其乐。他们可以顺应历史潮流，表面上是泰然自若，各人自扫门前雪，莫管他人瓦上霜。其内心是虚与委蛇，空寂无助，稻草人般的失去灵魂。正义对他们来说连稻草都不如。汉·赵岐《孟子题辞》：“正涂壅底，仁义荒怠。”正途堵塞了，正义自然就荒废，还谈什么“登山须正路，饮水须直流”（唐·孟郊《孟东野集·送丹霞子阮芳颜上人归山》）的正义之操，正气之上呢？只有做一个正义之人，如宋代文天祥抗元兵败被执，在狱中赋《正气歌》三十韵，言志自勉，不屈而死，才为正人、正道。

在理解和面对“正义”之道时，要明了什么是正本清源？古人讲，思考天下事必须有王者的品格与风范，这才是根本。反之“不正本而反自然，则人主逾劳，人臣逾逸。”（《淮南子·主术》）如果违背人与自然的规律，主人越辛劳，底下人越安逸，那还谈什么进步与发展呢。作为普通老百姓也应该“正本清源”。人的本性来自“守节清苦，议论正平。”（《新唐书·孔戣传》）最后才会达到自然之本源，乃“官商资正始之音，寒暑协中合之序。”（唐·李商隐《利依山文集·献相国京兆公启》）

用古希腊人和古罗马人心向往的“德性”来印证是再简单不过了。人所以为人，就是他有正义感、正能量、正德行、正风气等高于其他动物的地方。我们应该相信，黑暗、龌龊、叛乱的力量不足以控制生活的方方面面，哪怕是在一个普通的不正义时代，或时段，仍有足够的空间让每一个体去承担生活的责任，以及政治的责任。对此，我们没有任何推诿理由和借口去践踏正义的行为，或去讨好那些非正义的颜面。其道理是，宇宙在膨胀，世界末日总有一天会来临，但是在此之前，必须记住你的周边环境还在，就有充足的理由让你选择“正义”之路。

2016年10月21日　星期五　黑龙江　齐齐哈尔　阴有小雪花　-3℃～2℃

学会"闭嘴"

张岱的《快园道古》记载："赵大洲在京师，何吉阳问曰：'大洲近来讲学否?'大洲曰：'不讲。'吉阳又问：'若不讲，何所成就?'大洲曰：'不讲，正是我成就处。'"

近年来，偶尔参加几次校方召集的座谈会，但又不知座谈什么。校领导来跟大家见个面，表示对离退休人员的关怀。走过场也好，听听意见也罢，大家都是逢场作戏，无非是说说学校的工作成绩，或老干部处工作人员的勤奋和辛苦；也有人谈自己的戎马生涯，总也放不下当年"鏖战激"的场面，故而，谁也不要太认真。可是有位先生，每次开会要包占三分之二的时间，更不礼貌的是经常打断别人的谈话，实在让人堵得慌，也不知"仁兄"是有瘾，还是有病。

人从小就开始学说话、会讲话到演说、演化，一路下来耗费一番功夫，目的很清楚，除了人与人之间的言语交流、思想沟通外，还有进一步推广自己的教化理念，利用各种讲坛、讲座、讲习的名义来塑造自己的形象，方可成名、成星、成师、成神。唐·王勃《王子安集·常州刺史平原郡开国公行状》记："分宣演化，卧理切于宸谋；易俗迁讹，行吟伫于人望。"意思是推广教化，哪怕卧着（因病）治理也要深谋远虑；通俗不失真，漫步歌吟也会让立着的人渴望。这是一门学问，不仅有言语方面的修炼，更有人格上的讲究。

可惜人的一生练习讲话多，学会"闭嘴"少。要知道说话多了，难免有一失，也显出"外露"的不雅之状。"闭嘴"不是装哑巴，该说时必说，不该说时不说。这种分寸是在公共场合及官场、会场（包括座谈会、讨论会等），在聊天时，必须要言之有物，言之尽意，防止言不谙典、言过其实。

我比较喜欢"慎独"这个词。古人讲："莫见乎隐，莫显乎微，故君子慎其独也。"（《礼·中庸》）对自己的"独言"（特殊见解）要有理有据，"独行"（独立行为）要见之有方，"独处"（标新立异）要行之有效，才能谨慎不苟。例如，在公共场合露脸时不易过三次，否则让人烦闷不爽；演讲切忌长篇大论，让人生"教师爷"之嫌隙；跟别人谈话要细品、聆听，不能生厌等。

在职场上会不会成功，不在于你口若悬河地说什么，而在于你是否真心、诚意。老百姓绝不是阿斗，听众更不是你家的小狗、小猫，看着主人的脸色行事。问题是一些无聊之辈，每天瞄准媒体、网络，专挑“八卦新闻”在网上乱发、乱转，自己似乎成了天下的“救世主”，真的厌烦极了。一些粉丝犹如绿头苍蝇，嗡嗡乱叫，也不知道他们想干什么。说白了，一些人就倥侗、无稽。

如果赵大洲活到今天，也是个胆小怕事的人，羞愧无助的人，绝不是成功人士。于是也就没有张岱先生的《快园道古》了。看来人在多种场合，包括在家庭或邻里，有些话该讲不该讲，还真的需要一番思考，长此以往更是一种人品的修炼啊！

2016年10月22日　星期六　黑龙江　齐齐哈尔　晴　-5℃～6℃

杜渐防微

[俄] 列夫·托尔斯泰在《防微》一文中说："鞋子弄脏了就立刻清洗干净，再加倍小心；犯了错误就立刻忏悔，继续加倍防范。这才是君子的做派。"

此话说得真切，并能切中要害。我们古人把杜渐防微当成修身养性的戒律，常常会谆谆告诫后代。《抱朴子·明本》："昔之达人，杜渐防微，色斯而逝，夜不待旦，睹几而作，不俟终日。"要防患于未然。南朝·梁·沈约《宋书·吴喜传》："耳欲防微杜渐，忧在未萌，不欲方幅露其罪恶，明当严诏切之，令自为其所。"要防患于细枝末节。一些错误、坏事及不好习惯要在刚刚发生时就应纠正或革除，方能"若敕政责躬，杜渐防萌，则凶妖消灭，祸除福凑矣。"（南朝·宋·范晔《后汉书·丁鸿传》）

无论是"千里之堤，溃于蚁穴"，还是"百尺之室，焚于突隙"，都是比喻小事或小处不注意就会酿成大祸或造成严重后果。我们对于那些看似无关紧要的地方，必须加倍小心。

作为人的成长、成熟也是一样。《楚辞》汉·东方朔《七谏·沈江》："日渐染而不自知兮，秋毫微哉而变容。"有些习惯是逐渐侵染而不知，就像秋天的鸟儿长了细细的羽毛，它会渐渐改变它的容颜。

如何防范呢？汉·扬雄《法言五百》曰："川有防，器有范，见礼教之至也。"晋·李轨注："川防禁溢，器范检形，以谕礼教之防范也。"所以《易·系辞下》教导说："君子知微知彰，知柔知刚。"人们要在大事小情上留心自己的操守，在对人对事上，要刚柔并济，对任何事情尽量做到公允、正派。《战国策》有记载："愚者暗于成事，智者见于未萌。"

值得注意的是，"防微"不是谨小慎微，过分小心谨慎，缩手缩脚，无所作为的懦夫思想必须抛弃。"重云敝白日，闲雨纷微微。"（晋·陶潜《陶渊明集·和胡西曹氏顾贼曹》诗）雨滴细微，但它能滋润大地，让万物生长；重云滚滚，也是大风、大雨到来的前兆，更能让我们感受天气的变化使世界更清净。"杜渐"也不是"杜口裹足"，停滞不前。人犯了错误，忏悔和防范是对的，但绝不能因噎废食，萎靡不振，跌倒了爬起来就是。没有"跌倒"和"失败"的经历，对人生来说是不完整的，因为负面的东西，往往是助推前行的"加速器"。所以说，对于孩子的教育，不宜过早让他们去杜渐防微。

2017 年 3 月 15 日　星期三　黑龙江　齐齐哈尔　晴　-5℃ ~6℃

聪明自误

明人钱彦林说："日之明过于月，然月有韵，而日无韵。乃之太了了处，其韵不无少减。"此话特有味道。古人还说过："小时了了，大未必佳。"也一样有味道。

人与人相处若能和谐、亲近，必须高低相配，互不排斥。汉·蔡邕《蔡中郎集·弹琴赋》："繁弦既抑，雅韵乃扬。"如果不抑制一下繁弦之音，高雅的音韵怎能得到彰显呢！人的自身修养达到风度翩翩，绝不是装出来的。如《抱朴子·刺骄》描述的那样："若夫伟人巨器，量逸韵远，高蹈独往，萧然自得。"这才能达到风雅、高贵之象。而"太了了"并非人的最佳境界。

为什么说人小时候有过人聪明，长大后也未必成为智勇双全的人。过早进入"大人"行列，有反常人自然发展之嫌，失去幼稚、纯真的小孩会大大削弱人性密码的深度，到头来一切都变得荡然无存，回忆过去也感到苍白无力，因为他没有童年憧憬的记忆。就如小苗经过转基因处理和化肥的催生，过早地成长和成熟，但并不被人们认可一样。

宋·苏轼《洗儿》诗："人皆养子望聪明，我被聪明误一生。"若想取巧，结果"巧"没有取成，反而把事办砸了。这就是聪明反被聪明误。曹雪芹在《红楼梦》第五回说："机关算尽太聪明，反误了卿卿性命。"也是聪明自误。

北齐·颜之推《颜氏家训·治家》："如有聪明才智，识达古今，正当辅佐君子，助其不足，必无牝鸡晨鸣，以致祸也。"可见，母鸡晨鸣是祸，小孩子过早变成"小大人"也不会是福。

聪明一世，晕懂一时。实际也是"小聪明"，往往有些官人，一辈子小心谨慎，横草不过，可到了晚年却有点放浪形骸，任意胡为，结果是晚节不保，锒铛入狱。真正的"大聪明"知道高处不胜寒。尽管自己才智超群，可知道"功成、名遂、身退，天之道。"（《老子》第九章）在封建社会里，这些名将良相，往往是功成身退，归隐山林。这不是他们清高，而是懂得"狡兔死，走狗烹"的历史教训。

当下，我很赞成有些领导人把自己执政期间的稿费全部捐给社会的举动。总比有些人把自己的社会资源留给儿孙，让他们任意挥霍，到处找关系来提

升自己强得多。

俗话说：人的一生不要太过聪明，留下三分给儿孙。否则，就不能平衡。世上的万物都是在“平衡”中发展和延续的。其实精神和财富，官位和平庸都是相互转换的。所以说上帝是公平的。

2017 年 4 月 8 日　星期六　黑龙江　齐齐哈尔　晴　2℃～15℃

负重前行

古时候，有一位帝王想选一位使者出使别国，经过层层筛选，剩下两个候选人，就拿不定主意，于是去找方丈帮忙。方丈听了帝王述说后，把两人带到斋房。斋房内有各式各样的水桶，方丈让二人各选一对水桶，盛满水后，不许洒掉，看谁能最先挑到山顶。

第一个人选了一对小水桶，第二个人选了一对尖底水桶，结果第二个人先到山顶。帝王不解，问为什么。方丈说："让他们各自去说吧！"挑尖底水桶者说："因尖底水桶一停下就会把水洒掉，所以我必须持之以恒前进……"挑小水桶者说："我以为我的水桶小，挑起来省力，肯定先到，没有着急……"

每个人心中都有梦想，可梦想和成真的时间相差甚远。其关键就是四个字："负重前行"。生活中，诸多儿女需要很好地照顾自己年岁大的父母，做到负重前行，真还有不少学问要研究。这样的家庭实际上还真不少，但父母们为什么要子女负重，负重还能前行吗？

我家的邻居是我的老同事，还做过校级领导，视为离休的老干部，八十几岁了，老两口身体还不错，唯一的儿子和儿媳（早已下岗退休）来市里照顾他们。有一次，他儿子和儿媳见到我说："刘叔，我爸可不信任我们了，每月只给一千元护理费（这一千是国家专门给的护理费），出去买菜回来还得算账，一分钱也不能差。"我说："他每月是一万来块钱的工资，怎么会这样呢？"

有一天，我在小区外面见到这老两口，不由分说地对这位老大哥指责起来："你这辈子两件事没弄明白。"他说："哪两件事呀？"我说："一件是，当一辈子领导没交下几个知心朋友，到了晚年是门可罗雀，寂寞得很呀！第二件事是把'钱'看得太重。"我停了一下，看见他有些不以为然地一笑，便又说"你留那么多钱干啥呀？死后分配都是问题。"他插嘴说："平均分配不会生事的。"我接下来说："错了，越是平均，越麻烦……"我很理解他，乌托邦式的平均主义在他脑子里根深蒂固了。

从老年人到青年人，为什么都如此地热衷于"游戏"呢？在古代《乐府诗集》晋·绿珠《懊侬歌》云"黄牛细犊车，游戏出孟津。"表现出嬉笑娱

乐之状，而我们的子女跟父母可不能开这个玩笑。可是，多年来受“大锅饭”“分票制”等影响，在一些人的骨子里认为平均分配是合情合理的，岂不知它会乱了伦理，坏了孝道，最后是父子相见如“路人”，兄弟姐妹互爱不足，争财产有余，形成一个“怪圈”，“圈”的核心是“钱”。它的界周虽说是“团团圆圆”的，可到后来则是方不方、扁不扁，让人见了感到恶心而后怕。

平均主义不仅来自对乌托邦式理想社会的憧憬，让人在虚幻的信念中，走入迷宫不可自拔，也受传统等级制度的长期诱导。如《诗·曹风·鸤鸠》云：“其子七兮。”《毛亨传》：“鸤鸠（古代指布谷鸟）之养其子，朝从上下，莫（指暮）从上下，平均如一。”所以说，国民平均意识的根脉是盘根错节的。

只有让我们的后代知道对父母或他人“负重”，方可“前行”的道理。做到自食其力，敬重他人，少些功利也就足矣。在此，劝君：“零和游戏”玩不得；父母们对子女也要少些“平均主义”吧！

2017 年 4 月 28 日　星期五　海南　香水湾　晴　5℃～20℃

“抱怨”新解

“抱怨”是个心理动词。它是怎么演义出来的呢？把“抱怨”一词拆分来看。

“抱”有扶持、抚育之义。古时叔仲惠伯曰：“吾子相之，老夫抱之。”即父母抱着幼小婴儿；还有持守、怀抱、胸怀之义。《宋书·范晔传》孔熙先《狱中上书》载：“然区区丹心抱，不负夙心。”当一个人处境最难时给他一个拥抱，是多么的胸怀大义呀！也有坚守信约的典故，如《庄子·盗拓》记尾生与女子期于桥梁下，女子不来，水至不去，抱梁柱而死。后来，成为“安得抱柱信，皎日以为期”（《玉台新诵·古诗八首》）之典。

我对“抱”字琢磨了很长时间，此字特有内涵，如小孩子到一个新地方就不肯走路了，说：“妈妈，抱抱。”一般人都认为是孩子累了，懒得走，才让大人抱他，其实不尽然。往往是孩子对陌生的环境或人在心里有些恐惧，只有贴着妈妈才感到安全；同时也说明小孩子离开母体时间不长，还有种血脉相通的依赖。我也看到一些孤独的女子（长期不能与丈夫同居）也愿意与同性或异性拥抱。此时，通过她的眼神，可以见出这种“抱”会填补她心里的空虚与无助，犹如一个人在高山上时间长了而缺氧一样。老年人何尝不喜欢让别人抱抱他们，也十分愿意拥抱别人。我的学生有的 40 多年没有见面，当校友聚会见到时，什么也不想说，就想相互抱抱。这一抱就把时间拉到 40 年前师生在一起的情景，有种无法言说的滋味。

“怨”是不满、埋怨；也有怀念、思慕之情。如晋·陆机《赠从兄车骑》诗：“感彼归途艰，使我怨慕深。”“怨”到严重时，达到怨恨、哀痛、指责的程度。

“抱”和“怨”合在一起为“抱怨”，即心里怨恨。《晋书·刘毅传》：“诸受枉者，抱怨积直，独不蒙天地无私之德，而长壅蔽于邪人之铨。”后来多谓心有不满而责怪他人曰“抱怨”。《红楼梦》第一回：“那封肃虽然每日抱怨，也无可奈何了。”往往是希望多大就会失望多大。从心理学来说，希望值是个理想、梦想，而与现实尚有很大距离，如果不从主客观两个方面去努力、去实践，就很难达到理想的彼岸，没有这方面的心理准备，或伦理修养的人，必然会牢骚满腹，怨声载道的。一些诗文中拟人成“竹”为“抱节君”。宋·苏轼《分类东坡诗》云：“寄语庵前抱节君，与君到处合相亲。”要知道苏东坡一生从官40年，33次被贬，但他从不抱怨。

美国·威尔·鲍温在《不抱怨的世界》一书中，提出人们为什么要抱怨。他说，罗宾·柯瓦斯基博士曾指出，抱怨有五个原因：一是“寻求关注”。把自己置于被动、可怜的位置，寻找群体人的同情与认可，从而获得一种满足感，让人们去怨思她、怨慕她。二是“推卸责任”。这在日常生活中是常见的。某项任务没完成，一些事情办得乱糟糟，从不在自己身上找原因，一切推到他人或客观条件上。其实，这些人就是些无能之辈。一个人责怪世界、责怪他人破坏了自己的生活，这是无聊的，也是无能的，故而推卸责任。三是“引人羡慕”。说白了抱怨的目的是为了自夸，或者说是为了“吸人眼球”，用抱怨赢得别人的支持或好感，是种虚荣心在作怪，此心理走向往往是适得其反。四是“操纵力”。因为抱怨是获得操纵力的有效方式。为了“权威”“特权”和“自由自在”，人们想方设法通过抱怨来激发民怨，或者以此来收买人心。美国总统竞选时，多使用这种招数。我们千万不能做任何人的“把柄”。五是“为欠佳的表现找借口”。这种人骨子里就没有诚意。世上没有一成不变的人或事，好事不能总落在一个人身上，因为上帝是公平的。只有老老实实地承认自己的失败，因为事情已经发生了就不好改变，过去的不代表现在，现在的也无法决定未来，一切借口都是徒劳的。

“恨铁不成钢”是抱怨。《红楼梦》里“只为宝玉不上进”，故说他恨铁不成钢。有时候铁是成不了钢的，恨有何妨。要知道铁有铁的用途，钢有钢的用途，何必去攀龙附凤呢！名校就那么几所，谁都想进，容易吗？必须知道量体裁衣，方成佳秀。

俗话说：“不蒸馒头争口气”，也是抱怨。这是人们争强好胜心理。清·文康《儿女英雄传》第三十五回说得好：“任是争强好胜的，偏逢用违所长。”意思是会向反方向逆转，那不成“竹篮打水一场空”了吗？还有什么可争、可怨的呢！

2017 年 5 月 3 日　星期三　黑龙江　齐齐哈尔　晴　有时多云　17℃ ~28℃

敞开心胸

《文选》南朝·谢灵运《酬从弟惠连》诗曰："心胸既云披，意得咸在斯。"博大的胸襟如云披心，其意愿也就在这里吧！古人对心胸的描述很费一番功夫。我的理解："心"是一种心灵智慧；"胸"为胸怀修养，可以分开来阐述就更方便一些。

"心"面对的是"窗"，即心灵之窗。打开心灵之窗洞察天地间，就会看见天空中云的变化。"思飘云物外，律中鬼神惊。"（唐·杜甫《杜工部草堂诗笺》）"万里搏风，莫测云程之远。"（宋·陆游《答发解进士启》诗）足以说明看云的变幻，知晓人间的"一身如云水，悠悠任去来"（唐《寒山子诗集》）的坦荡心境，和"远性风疏，逸情云上"（《后汉书·逸民传》）的高旷心怀。

打开心窗就会听到鸟的鸣叫声：啾啾、唧唧，食野之苹，婉转细语，天籁之音。让人想到，春晓鸟报早，悬空展绿意。如唐·白居易《秦吉了》诗云："耳聪心慧舌端巧，鸟语人言无不通。"也就可见一斑了。

打开心窗就会嗅到绿叶露珠的味道。"星汉渐移庭竹影，露珠犹缀野花迷。"（唐·温庭筠《赠知音》）这种味道嗅出大自然对万物的爱惜之情，其人更感到陶醉与心仪，岂乃灵珠独秀，回脱根尘，让人心智更上一层楼。

《庄子·人间世》记载："若一志，无听之以耳，而听之以心；无听之以心，而听之以气。听止于耳，心止于符，气也者，虚而待物者也。唯道集虚，虚者，心斋也。"意思是把世间的一切杂事、杂念都看得淡一些，这样心地才会平静而自然，即无争、无欲之念想。可人非草木，实难做到，至少做到心境的修炼吧！此刻，最重要的是找到自己那把打开心灵的钥匙——即敞开心地，在自然和安静中去寻找，总会找到的。不要急于求成，不要怕挫折和失败；更不要跟在别人的后头走，要走自己的路，看自己的风景，到时候就会顺利地将钥匙拿到手。这也许就是"虚者心斋窗自开"吧！"智皎心灯，定凝意水。"（《慈恩寺三藏法师传》九）开启心灵之窗，感知万事万物。说白了，就是用智慧之心凝结意愿之水，洁净单一，最后做到心旷神怡，心广体健。

人是有抱负、有品位的。宋·黄庭坚《山谷诗注》外集十《题高君正适

轩》诗："豁然开胸次，风至独披襟。"当一个人胸襟博大，胸怀宽广，做到"大足以容众，德足以怀远"（《淮南子》）的崇高境界，使之"前有寒泉水，聊可莹心神"（《文选》晋·左思《招隐二首》）的地步，其养正毓德，博雅高清。先天下而之忧，学高品正；后天下而之乐，超卓聪明。

打开胸怀之门，面对大千世界，去认知社会，做到胸无宿物，不受或少受社会中各种利益的纠缠，各类人事的困扰，各样欲望的左右。可话又说回来，"人为财死，鸟为食亡"，知之者，莫如艳羡者。岂不知在泥沙俱下的社会里，做到"情伪之事，不经耳目；忧惧之道，未涉胸襟"（《南齐书·竟陵王子良等传论》）难矣。故而敞开胸怀，真诚无私地去践行真、善、美，而不是亲近利益，依仗权势。对人的考验是："千江有水千江月，万里无云万里天"，谦恭自知、自持、自省和自觉。

打开胸怀之门，敬畏山川江海，欣赏鸟兽虫鱼，去拥抱大自然。"只疑淳朴处，自有一山川。"（唐·杜甫《陪郑广文游何江军山林》）山川教人严谨朴实。"海色晴看雨，江声夜听潮。"（唐·祖咏《江南旅情》）江海给人博大精深。"植华平于春圃，丰朱草于中唐。"（汉·张衡《东京赋》）草木使人"守道端庄，植志不回"。（唐·柳宗元《凌助教蓬屋题诗序》）"川泽广远，林木丰茂，飞禽走兽，无不蓄之。"（唐·李公佐《南柯太守传》）动植物是人类的伙伴。默默地支持着人类生活、生长和生命。总之，大自然及各类物种给我们人类树立了样板，并赋予其智慧和力量，去探索地球和宇空的秘密。人类对自然的热爱和保护，才算是一种恩情回报吧！胸怀的博大才能融于社会，胸怀的坦荡才会钦敬自然，只有这样人与人方可互尊互让，人与动植物做到同呼吸，共命运。否则，人类将会自掘坟墓，葬送自己，那还博弈什么文明和进步啊！

打开胸怀的钥匙不难找到，但很难派上用场，没有终身的功夫是不行的。"读万卷书，行万里路，交八方友。"我赞同这种教诲。读书使人聪慧，知其人间冷暖，也可塑造良好的品行和情操，让人豁达、开朗、真诚、勇敢和仗义；践行使人丰硕，晓得天下事的发生、发展的规律，在积累经验的过程中，使人成熟，并能高瞻远瞩，洞察未来，更会走得坚挺、充实、正义和清纯；交友是当今信息社会发展的一种不可或缺的形式，可做到信息共享，相互提携、支持与帮助。俗话说，多一个朋友，多一条路。《荀子·赋篇》曰："托地而游宇，友风而子雨。"注："风与云并行，故曰友；雨因云而生，故曰子。"我们能做到"友风子雨"，亲如手足，那是人生中最大的财富。由此可知，打开胸怀的钥匙就在你自己手中，不到一定程度是打不开那扇门的，原因是你的心不净、行不正、脑不灵。

敞开心胸，需要“道”的精神，“美”的情操，“爱”的洗礼。“道”是种规律、事理。《易·说卦》云：“是以立天之道，曰阴与阳；立地之道，曰柔与刚；立人之道，曰仁与义。”“沉沉道观中，心赏期在兹。”（唐·白居易《长庆集》）“美”是生活的价值取向，也是人感知后的精神享受。《管子·五行》：“人与天调，然后天地之美生。”所以作为人来说，精神享受，其“情操”应像“四君子”那样：竹，高风亮节，无私无畏；兰，其臭如兰，操守坚正；梅，冰骨为魂，操履闲远；菊，烂然神定，思业贞纯。“爱”是情感的真谛。《梁安寺刹下铭》记载：“苦流长汎，爱火恒然。”爱是人间永恒的主题，爱社会、爱自然、爱他人。爱人以德，披心见情。“百年誓拟同灰尘，醉指青松表情愫。（宋·李新《行路难》）

综上所述，大道无形胜有形，大美无疆展心胸，大爱四海而皆准。

2017年5月20日　星期六　黑龙江　齐齐哈尔　阴　8℃～18℃

女性之美

我很喜欢中国古代工笔画，尤其是那些仕女图，如唐代画家周昉以写真知名，所绘多为浓妆丰满的贵族妇女，衣裳勾画劲简，颜色绚丽大方，充分反映出唐代经济繁荣，人民生活安定。女人形象与当时的社会风俗、习惯、追求是相映衬的。女人雍容华贵的标志就是“饱满”二字。“饱满”就是时尚，就是美。再读庄子《齐物论》：像毛嫱这样的女人在人间是最美的。鱼看见会羞涩地钻入深处，鸟看见会高翔天空，麋鹿看见要惊跑。真的感到古人没有欺骗我们。那种饱满而不臃肿，其厚重、雅实之美；妩媚而不轻浮，其俏丽、自然之貌；沉稳而不做作，其幽娴、高远之举，值得我们称赞和回味。

现代女性与古典女性大相径庭。她们讲究“瘦身”，保持体形的曲线美，还须美容、化妆及服饰搭配协调、时尚，展示时代感，追求另类模样。既体现身份、职业，也保持青春活力和特立独行的个性身价。走在街上，捞得回头率，达到吸人眼球为目的；来到舞台，挣得为自己呐喊助威的粉丝；把自己的录像、录音现身网络里，为获得“点赞”不遗余力。由于社会发展与进步，文化教养的延伸与提高，人们鉴赏水平不尽一样，故对美女的评价、评判和评说也是百花齐放，百家争鸣。

女人的美，从整体形象看：

体态曲线美，轻盈丰满型。俗话说，女人要有女人身。总体看，身材高挑，前胸和臀部凸出而丰满，呈现出“曲线”的张力与吸引。女人形体的美，很大程度上集中在她们的外貌、形体上。这种自然的结构赋予女人相应的动态感，既有神秘的内蕴，又有显现的向往。某种意义上说，女人本身就是一种可供品味的艺术，也是一种顽强而深邃的力量，带给人们太多太多的欣赏空间、思维定式和美的感召力。

肤色靓丽美，色相多元型。由于地域环境不同，种族文化差异，在地球村生存、生活着白色、黄色、黑色和棕色皮肤的人种。白皮肤女人的肌肤鲜嫩乳香，白皙的脸庞上镶嵌一双水汪汪的蓝绿色大眼睛，头披飘逸的金黄丝发，棱角分明，比芭比娃娃还芭比娃娃。黄皮肤女人的肌肤黄而泛红，黑头发，栗色眼珠，面相敦厚，多智多谋，以善学、和睦博得世人赞许。黑皮肤女人肌肤油光闪亮，显现超人的精神和魅力，力量与温存之美让人妒忌与爱恋。棕皮肤的女人明显是混搭性的肤色之美，她们兼有其他肤色美的优点，在刚柔并济之中体现多元化的外在实力。

神情仪态美，神清气爽型。“王夫人神情散朗，故有林下风气；顾家妇清心玉映，自有闺房之秀。”（《世说新语·贤媛》）女人能做到“林下风气”“清心玉映”，其坦荡无私，“见利不诱，见害不惧，宽舒而仁，独乐其身。”（管子·内业）犹如云气，意行似天，有谁不去赞赏呢！

从个性追求看：

言辞优雅美，典雅庄重型。言为心声，辞色有韵；“出口言瑞（守信之言），身出礼门。”（唐·李商隐《李义山文集》）知书达理，语敬公婆；相夫教子，温文尔雅；持之有故，言之成理。

情趣大方美，琴棋书画型。琴瑟相谐，犹如弦歌“诗颂”（吟唱诗词）。女子博学攻读之辨，琴棋书画皆得其妙。此种情趣，既显现高雅文静，又能涤荡陋习俗尘。仗义而不言筌，对人落落大方，处事言而有信。

粗犷放浪美，爽快浪漫型。不怕神，不怕鬼，不怕高山和流水，时而还掉两滴眼泪。此类女人心无旁骛，执着向前。时而风沙弥漫，难见飘逸云彩；时而小桥流水，徜徉笑迎榭亭。一面是男人，一面是女人，更是潇洒的女人。

修饰再现美，现代审美型。现代女性整容、丰乳彰显时代美感，凸显女性的丰硕、张扬的特性，无可挑剔。人活在世上就要自我塑造，自我体现。饱人眼福，吸人眼球，也是一种美的召唤。古代女人都讲究簪花之美，舞笑镜台；现代女人文眉、涂唇、美发又有什么不好？若再配上时髦衣装，真可谓小鸟依人，人见人爱啊！

从价值取向看：

内蕴深沉美，贤妻良母型。获得“贤内助”称谓非同俚语。她可撑起家庭的风帆，不怕风吹浪打，任凭夫君东奔西跑为国为民效力无忧。“是以内恕之君，乐继绝世。”（《汉书·高惠高后后功臣表·序》）维持家庭平安、和睦。人们常说，成功男人的背后，都有女人的支撑。

素装自然美，返璞归真型。素装淡雅保持人的本性。在朴素中寻求古典之境，在自然里反衬原始之美。表面看不露“庐山真面目”，殊不知污泥水中出芙蓉。在美学里，自然之美是原汁原味的美，是回味无穷的甘美。它与“真”是相生相济的。“真性怜高鹤，无名羡野山。”（唐《皎然集·西溪独泛》诗）以真人、真面目、真性情拓宽视域，达到“注诚端思，仰模神影，庶真容之仿佛，耀金晖之焕炳。”（《广弘集》北魏·高允《鹿苑赋》）

朴实简约美，质朴单纯型。为人朴茂纯真，安贫守节，不附权势，慷慨为人成俊杰。这种人在吃、穿、用上简单，生活里素淡无华，言语也多真切实在，“心平志论，无适无莫”（三国·魏·刘邵《人物志》）活出了原味道，不是另类，也是另类。

中国女性是一片温柔，在温柔、温馨、温良、温存里面，包含着贤惠、雅致、包容及担当等美德；也是一种敏感、敏慧、敏锐和敏捷，这里边贮存着聪明智慧，练就了那种磁性的品格，韧性的精神，真性的情操，母性的风范。在一路风雨和满脸尘埃中，练就了她们的责任与义务。在一腔隐忍和一阵爆发之后，构成了围绕她们的哀婉而悲剧的氤氲。所以说，任何女人的一生都是在光彩鲜活中伴着时运的云烟，风风火火地走过来，也会风风雨雨地走过去。低调也好，高歌也罢，都是过眼的烟云，当你两眼一闭时还感到活着，也就足矣！

2017 年 8 月 5 日　星期六　齐齐哈尔　阴有小雨　20℃ ~25℃

女排失利

自从世界女排大奖赛又一次在中国举行，我每天下午 3 时和晚上 7 时后都在观看现场直播，但总感到不过瘾。我们的主力队员为什么不上场呢？解说员说："我们是东道主，自然会在南京总决赛时登场……" 出于这样一种思维定式，在昆山站、香港站、澳门站的 9 场比赛中，我们是 4 胜 5 败。

回到南京后，共剩 6 支球队。A 组有中国队、巴西队和荷兰队；B 组有美国队、塞尔维亚队和意大利队。

在四分之一决赛中：A 组中国队 3:0 胜巴西队，巴西队 3:2 胜荷兰队，最后中国又以 3:2 胜荷兰队。如果中国队 2:3 输给荷兰队，那么，荷兰队就会出现在四分之一决赛。荷兰队有没有机会 3:2 胜中国队呢？有的。在第五局比赛中，荷兰队曾经 14:10 拿到赛点，结果让中国队扳平，即 14:14，最后中国队以 18:16 战胜荷兰队。巴西队在中国解说员嘴里视为二三流球队，获得小组第二，进入四分之一。

B 组美国队是一贯被看好的球队，竟意外地两战两负出局。塞尔维亚队又胜意大利队，自然以小组第一身份出线。

半决赛是淘汰制。A 组的第一中国队对阵 B 组的第二意大利队，结果是 2:3 负于意大利队；而 B 组的第一塞尔维亚队对阵巴西队，结果是巴西队胜出。

最后在 8 月 6 日晚，巴西队与意大利队打得难解难分，最后巴西队以 3:2 战胜意大利队获得今年大奖赛的冠军。巴西队在 14 次大奖赛上，9 次夺冠，而在中国举行的 9 次大奖赛中，中国队只夺得一次冠军。本次，一个"二三流"的巴西队怎么会夺得冠军呢？太偶然了吧！

应该说，本次大奖赛举国上下，及世界排坛都看好郎平执教的中国女排。让我疑惑的有两点：一是郎平哪里去了？还是中国女排的主教练吗？二是宫指导原为郎平的助手，是男排的队员。他怎么一下子就挑起中国女排的主教练的担子？他有这方面的心理准备吗？

这次女排失利，不是客观因素造成的，而是主观心理在作怪。

第一，宫指导犯了"孙子兵法"中"兵不厌诈"的错误。以稳坐南京四分之一决赛为由，没能好好布阵、练兵。《韩非子·难一》云："舅犯曰：

'臣闻之，繁礼君子，不厌忠信；战阵之间，不厌诈伪，君其诈之而已矣'。”这个错误对宫指导来说犯得很自然。

第二，从教练员到队员在运动心理方面都缺乏锤炼。只能在“技术上”跳来跳去，缺乏“心理咨询师”（包括有这方面经验的老队员）予以心理疏导（我枉自猜测）。电视解说员频频说出每场球赛失力主要欠缺的是三个环节：拦网、一传和发球。这是头痛医头、脚痛医脚的毛病，只见树木，不见森林。因为我们的“拦网”有优势：身高、臂长，“一传”应该是中国历届女排的拿手活，而“发球”显得攻击性弱一点。这三点恰恰在有的场次发挥得淋漓尽致，那为什么会输球呢？

心里有包袱，发挥不稳定。借主场优势在家乡父老面前压力太大，越想打好，就越是打不好；队员在心理上依附性太大，这叫希望多大，失望就多大。朱婷不在场上就少了主心骨。

心里有障碍，总怕自己失球。越是想这些，技术越变形。尤其是在关键场次，临时换将，这是“兵家大忌”，结果由于新上来的球员负担过重，接发球失误，造成“一号球员”队长朱婷受伤下场，此场球必输无疑。

对心里“个案”缺乏心理准备和治疗方法，造成手忙脚乱。我发现在场有两名球员：一位拦网时闭上眼睛，面露惧色；另一位是当自己球员发球时，她站在前排中间，每次都把手放在后脑勺处加以保护。这样的球员能做到全神贯注吗？在战场上最怕死的士兵，定会第一个死掉。

作为“个案”，球员受伤是不可避免的，但如何处置？我看宫指导已经无能为力。9场比赛，主力不上场，或少上场，本身就是个错误。球员之间无法磨合，就无法配合，道理很简单。记得郎平和陈忠和两位教练每次大赛都在场边来回走动，表现得很自然，但她（他）们胸中有数，注意每个球员的心理反应及动作细节，有的放矢地指导。

另外，在正常与不正常之间去找平衡点，我们的教练缺少计算。在球队与球队之间都有偶然出现（赢球或输球），可教练多数在必然上打主意，其结果都是失算的。如说巴西队绝对是以“偶然”战胜别队的“必然”，而中国队是以“必然”来对待别队的“偶然”，定会造成哲学上的“贫困”和必败之说。表面的繁荣未必是好事，抛开表象看实际才是比赛获胜的真谛。

2017 年 9 月 14 日　星期四　黑龙江　齐齐哈尔　晴有时多云　11℃ ~23℃

“底层人”的苦与乐

所谓“底层人”就是社会资源和自然资源都比较匮乏的人群。他们的生活是日出而作，日落而归。日复一日，年复一年的劳作与安然，既是简单而重复的，又是习惯且快乐的。安分守己是他们的底线，但也无法摆脱“哀狖醒俗耳”（唐·韩愈《昌黎集·县斋读书》诗）的窘境。

2017 年 9 月 14 日，我乘车返回阔别十几年的克山县城，除了进行一点我爱好的摄影行动外，大部分时间去会见我曾于 1969 年 3 月至 1970 年 8 月间，在克山一中教过的三年六班学生（1968 年末克山师范停办，合并到克山一中，而那时是初高中共为四年制），也就是说，已经 47 年未见面的学生。两千多年前管仲说过：“仓廪实而知礼节，衣食足而知荣辱。”要知道，我作为三年六班班主任，这是“文革”时期同年级中最差的班级，在公安局挂号的就有 16 人之多。由此可知，这个班级的学生会混到什么程度，也就不言而喻了。

他们比我小十岁左右。在 40 多名的学生中，20 多名男生中已经故去 10 人，剩下的男同学虽说已经六十多岁了，仍在放羊、摆地摊、开吊车等，为生存、生活的事情奔波和操劳着，但他们并没感到痛楚与哀怨，而过得很逍遥与快乐。女同学也是如此，有的卖菜，做些小买卖；有的到外地帮着儿女看护孩子，在家乡的寥寥无几。当我遇到他们时，还有些拘束，一旦我把“架子”放下，跟他们称兄道弟的时候，他们都乐坏了。有两位过六十的女同学在两边主动地挎着我胳膊照相，非常亲近。当我回到家里时，每天早上都发短信慰问——早安，还亲切地称呼我为“老师大哥”。由此看出，他们的真诚、朴实和爽朗。然而，也不能不看出一些人性缺点，例如在上次聚会时因剩余的 200 元钱，没能分给大家（原说下次聚会再用）造成些没必要的不理睬和怨恨。

物质的匮乏导致人需要不断面临人性的拷问，而人性最禁不起考验。尽管在这些底层人身上仍残存一些俗气和从众心理，但他们的人格、人性是值得称赞的。

记得梁启超先生说过，天下事业无所谓大小，士大夫救济天下和农夫善

治其十亩之田所成就一样。千百年来，能成为人中之龙凤者，始终是凤毛麟角，这一条不会改变。而劳动者是大多数，他们尚勤、尚俭、尚善，尚将心比心，推己助人，淑身与济物同在。“淑身”则为严格律己；“济物”则是随遇而安。

说实在的，在他们身上见到一些俗气、俗套、俗眼，但在骨子里还是沉淀着中国古老传统的勤劳、诚实、朴素等美德。我深深地感受到了，也领悟和学习了。

2017年11月20日　星期一　海南　香水湾　阴有大雨　23℃～25℃

梦游香水湾

昨天经过转机一天的飞行劳顿，晚上7点钟到达陵水县光坡镇香水湾住地，晚上安稳而舒适地睡了一觉。早晨起来，感觉喉咙不干涩，头脑也不昏沉，好像肌体得到重新调整，很舒服、充实的样子。

早饭后，女婿开车和我在香水湾兜了一圈，停下车来，步行几十米来到海边。“哇！大海好壮观呀。”发自内心的一声狂叫。天空下着细雨，风儿一步紧一步地刮了起来，海浪如一头头雄狮，凶猛而有节奏地冲上岸边，卷起波花，荡涤着细软的海滩。大海的辽阔、恢宏，使人们的胸襟一下子打开了多扇门。那清纯的海风，吹拂起沉积多年的心灵污垢，实感轻松；那宽广、深邃的海水，净化灵魂尘埃的泛起，体悟洁净。此时的自我太渺小且狭窄了，深深地体察到：只有无限地崇敬天地大自然，才是地球人的根本。

当把车停在路旁，撑起雨伞，微风吹拂着雨丝，使空气格外清爽、湿润和爽人肺腑，特别清新、敞亮；林荫路旁的热带雨林是那样的茂密、厚实、鲜亮，有种无拘无束的感觉，自然又自得的样子，没有什么人工的雕琢和修饰，活得十分尽兴，也特别自由、自在，各显其自己的面貌和原始属性。“哇!! 我太喜欢这种人与自然相融合的环境了。”

听说，海南人非常亲近、好处；他们性格朴实、真诚，不会计较芝麻大点的小事。在这一天多的时间里，除了见到物业人员外，再也没有接触过其他人。通过简短的交谈和每个人的眼神，可见一斑，觉得不像北方有的人那样狡黠和傲慢，也没有内地人如此小气和多疑（指少数个别人）。他们具备原始的天真美和自然的真性纯洁，当然，一个地方有一个地方的优点，如北方人的豪气、仗义，内地人的严谨、慧智，也是不能抹杀的。

当我从零下二十几摄氏度白雪皑皑的北方，一夜间就来到零上二十几摄氏度的热带雨林，真如做梦一样，好让人兴奋不已。闭上眼睛是梦，睁开眼睛是景，怎能不让人感慨与兴叹呢！我的祖国好伟大呀！一天之内，从北至南，跨越了寒带、温带、亚热带，来到热带。这种物候的变迁在全世界也罕见，民族的多样性也给世界增加不少福音啊！

梦游香水湾，似梦非梦，如梦如幻。正如唐·李群玉《自遣》曰：“浮生暂寄梦中梦，世事如闻风里风。”

2017 年 12 月 14 日　星期四　海南　香水湾　阴有雨　20℃ ~25℃

福大寿长

古代将有恩德之人誉为“福如东海长流水，寿比南山不老松”。12 月 10 日我们乘私家车去了海南省的三亚湾“大东海”，也到了南山佛教圣地。此间目睹了“福”和“寿”二字的图腾和喻义，深感大东海和南山皆为福、寿之地。

传统文化将富、贵、寿、考等为福。《书·洪范》：“五福：一曰寿，二曰富，三曰康宁，四曰攸好德，五曰考终命。”尽管两千多年来，人们对“福”的内涵与外延有不少新解，但仍是希望做个有福分的人。

福气如东海那样大。明·洪楩《清平山堂话本·花灯轿莲女成佛记》：“寿比南山，福如东海，佳期。从今后，儿孙昌盛，个个赴丹墀。”虽说有些封建色彩，但有福气之人其善德修养会对后代有潜移默化的影响，言传身教的启迪。说白了，福气不是从天上掉下来的，也不是天生自带的。它靠天时地利人和，长期努力修炼而成。郑板桥《雍正十年杭州韬光庵中寄舍弟墨》云：“天道福善祸淫。彼善而富贵，尔淫而贫贱，理也。”这是指幸福是从积善而来，淫乐是祸的根子。所以说好运气的事不会成双成对地到来。明·高则成《琵琶记·糟糠自厌》：“福无双至犹难信，祸不单行却是真。”

说福、论福是个大命题。这里只谈福气与环境的关系。自古以来，道家一直把神仙居住的洞府称为洞天福地。现今，我们老百姓在奔向小康的路上，出去走走逛逛，享受大自然给我们带来的山明川丽、水净天青的好风光。大东海水阔浪轻，一望无际，让人心旷神怡，别有情致；南山草木葱翠、绿意浓浓，让人如饮佳酿，神清气爽。

《诗·小雅·天保》云：“如南山之寿，不骞不崩。”“寿比南山”其“南山”有多种说法，如说是秦岭终南山，山岭绵延，山脉极远。但我更倾向于海南省三亚的“南山”，因这里长着白垩纪时期的“不老松”，其茎干灰青，斑驳栉比状，如龙鳞能分泌血红汁液，故而得其美名。据黎族老乡讲，此树干中空，长期成为鸟兽的洞穴，而木质特殊，烧着了只冒烟不起火，故而没人去砍伐它，长个千八百年是常事。把人的寿命喻为“不老松”也就顺理成章了。

话又说回来，人们都希望寿享期颐。宋·孙奕《贺生日》曰：“天边将满一轮月，世上还钟百岁人。”这对一般人来说是最好的祝福，但也不要怕死。生是偶然，死是必然。把生与死看明白了，也算不苟活一生。《庄子·人间世》云：“是不材之木也，无所可用，故能若是之寿。”举其一，而反用之。若不能给社会、国家或他人（包括自己后人）带来什么福祉，活得越长越是累赘，安详地走，也是不错的选择。我不同意“好死不如赖活着”的理念。

2017年12月24日　星期日　海南　香水湾　晴有时多云　17℃～23℃

宜居环境

我的一生主要居住在高寒地带黑龙江偏北的县城，工作生活了几十年。记得每年冬天都是比较寒冷，多数靠火炉子、火墙、火炕取暖。每天当我从县城北门外骑自行车到西门外上班时，帽子和眉毛都结了一串串的冰霜，手上戴上大手闷子（手套)。每年看到绿色不到半年的时间，可也就习惯了。改革开放后，住上楼房，有了暖气，还是感到好幸福的，生活安居乐业，工作顺风顺水，一晃几十年过去啦。但我仍然留恋那片黑土地，那里的冰天雪地。

今年九月份，女儿家在三亚地区置了房子，一直没人住，我就像候鸟一样来这里度假，也算是“享受”。这里四季如春，现在最低温度还在20摄氏度上下徘徊，这样一个鲜活的世界有谁不留恋呢？用现在的时髦话来说，这里是宜居之地，什么是“宜居”呢？《荀子·正名》曰：“名无固宜，约之以命，约定俗成谓之宜，异于约谓之不宜。”海南岛已经被世界公认为原生态的绿色胜地，自然对祖国内地人是渴望的地方，我也不例外，

四季常青，气候宜人。在秋、冬、春三季，海南省陵水县的香水湾确实是个最好的修身养性之地（其他地方也如此)，不冷不热，对人体的各个器官运转增添了天然的“润滑剂”。这里没有气管炎、关节炎等地方病。常年绿色，又有海水激荡，保证湿润而清爽，平均温度在25摄氏度左右，非常暖和，很适合人体的需要。云彩是洁白的，天空是蔚蓝的，流水清清，自觉不自觉地享受着大自然的馈赠。

蓝天白日清明自然，绿水青山悠然自得。对此，海南岛有三分之二的人口是外地来的陆客（也包括一些外国人)，各省、市都有人来居住和游玩的。但夏天好热，又有台风不时光顾，候鸟们就要北飞了。

依山傍水，景色迷人。应该说这样的地方全国各地都有，可海南岛四面环海，又是多山地区。在小区的住地是小桥流水，怪石横卧门前，房前屋后树木环绕，鸟语花香，幽静可人。这在内地还真的不多见，没有空气污染，也没那么多的汽车噪音，人鸟共处，常年以树木为邻，丰富了大自然的内涵与外延；轻风拂面，花枝摇曳，一派生机盎然之景象。有种“暧暧远人村，依依墟里烟”（陶渊明《归园田居》诗）之感慨。

原始生态，环境怡人。全国有多少个城市晚间都很难看见星星，总是雾气沉沉，灰蒙蒙的样子。可在这里，天好蓝，云好白，风刮在脸上都是一种抚慰；大海的水涌到岸边的沙滩上是那样的洁净、清凉和澄澈；山上的绿树与花草的映衬下整个海岛都显得鲜活与亮丽，空气中的负离子不知增加了多少倍，吸到肺腑里感到爽心和敞亮；院子里的树枝和水池旁，小鸟儿毫不顾忌地在鸣唱和饮水。这种原汁原味儿的生态美，让人与动物植物和谐相处，亲如一家，是多好的大写人生，大美的境界哟！

植被丰厚，草木通人。在这里见到最多的是热带常绿树木，其树种齐全，有长叶儿的，霸王榈，叶片张弛有度，像一帧帧灰色的水墨画，骄人肃穆；霸王棕枝干挺拔，直立云霄，像一排排卫士坚守自己的岗位，严以待命；旅人蕉，叶片精美错落有序，像一幅幅编制的大纹扇，让人感到清静、浪漫。有些小灌木虽然低矮，却能绽放着各色小花，告诉人们什么是妩媚和灵气。至于那些短小的水草、萱草、兰草，以及芦花、茶花、芭蕉花等数不胜数。无论是树还是花或是草都生长在各个家的庭前或院后，主人给他们培土、浇水、剪枝，像侍弄小孩子一样，呵护、喜欢、期盼着它们。因而，这里的草木通人，人们更是敬畏草木，甚至当成图腾加以供奉和信赖。

我不是在做广告，更不愿意去吹捧，只是从感官到心理的一些感悟、感受罢了。思想家卢梭在《生活在大自然的怀抱里》告诉我们：“此刻我的心灵迷失在大千世界里，我停止思维，我停止冥想，我停止哲学的推理；我怀着快感，感到肩负着宇宙的重压……”一念起，万水千山总是情；一念灭，桑田沧海任更差。来到海南岛，可以让人文墨迹相望，也可以在原始的山水里显现无穷的梦境。这不是穿越，也不是幻觉，而是一种现实美，是岁月的沉积，我是真的陶醉了。

2018年2月15日　星期四　海南省　陵水县　晴　有点云　20℃~28℃

也谈过年

所谓“年”，在中国《汉书》的解释为：“五谷熟为年。”《春秋》宣十六年：“冬，大有年。”也可与“岁”齐名，如“年岁”，指地球绕太阳一周的时间。《尔雅·天下》：“夏曰岁，商曰祀，周曰年。”疏：“年者，禾熟之名，每岁一熟，故已为岁名。”

过年时有两个重要节令。一是“除夕”，即农历十二月最后的一个晚上，（小月为二十九日夜，大月为三十日夜）晋·周处《风土记》：“至除夕达旦不眠。谓之守岁。”也泛指一年的最后一天，就是“过大年”了。唐·轶名《辇下岁时记灶灯》：“都人至年夜，请僧道看经，备酒果送神。”其实这一天也是为祖先摆供焚香祭祀先祖的日子。

另一个是春节。《公羊传》隐元年：“春者何？岁之始也。”注：“昏，斗指之东方曰春。”因北斗指向东方称春，故也以春指东方。汉·张横《东京赋》：“飞云龙于春路，屯神虎于秋方。”注：“春路，东方道也。”缓和之意。旧俗“春节”视大年初一，新的一年之始，当然热闹非凡，人们也特别注重这一天的到来。“爆竹声中一岁除，春风送暖入屠苏。”（王安石《元日》）

传统式“过年”是从腊月二十三的小年开始。要祭灶，送灶王爷上天，让他“上天言好事，下界保平安。”此天，人们买灶糖粘在灶王爷嘴上，不让他上天说坏话。

腊月二十四，“扫尘”。年终岁尾大扫除，北方为“扫房”，南方为“掸尘”。借助“尘”和“陈”的谐音，也有“除陈布新”的寓意。

腊月二十五，“做豆腐，”让玉皇大帝看到人们吃豆腐渣，生活清苦，以瞒过玉帝的惩罚。这一天是玉皇大帝查看民情的日子，所以此日的起居、言行要谨慎，表现好一点，以让玉皇降福来年。“赶乱岁”是趁灶神不在，借此可以飞天禁忌，民间多嫁娶，是闲暇愉快的好时机。

腊月二十六“割肉”，杀猪割肉二十六，准备的肉食为割肉，是杀鸡宰羊的日子。

腊月二十七，洗澡、洗衣服，除去一年的霉气，准备迎接来年的新春。

腊月二十八，打糕、蒸馍、贴花花，即张贴年画、春联、窗花，其中贴“春联”源于古人以桃木为辟邪之物。《典术》曰：“桃者，五木之精也，故压伏邪气者。”以后有贴春联的习俗。

腊月二十九，（指三十为“除夕”的年份）祭祖，上坟请祖上大供。据汉代崔寔《四民月令》记载：“正月之朔为正月，躬率妻孥，洁祀祖祢。及祀曰，进酒降神毕，乃室家尊卑，无大无小，以列先祖之前，子妇曾孙各上椒酒于家长，称觞举寿，欣欣如也。”可见，早在汉代，中国祭祖礼仪就很普遍。

过年还有一个“福”字不能忘。家家门前屋后、厅堂楼阁贴满“福”字，人人也嘴不离“福”地相互祝福。《尚书·洪范》曰：“五福：一曰寿，二曰富，三曰康宁，四曰修好德，五曰考终命。”

“福如东海长流水，寿比南山不老松。”得福必长寿也。“富禄寿考，哀荣终始，人臣之道无缺焉。”（《新唐书·郭子仪传》）“富而无骄”，福也；“人无愚智，莫不有趋舍，恬淡平安，莫不知祸福之所由来。”（《韩非子·解老》）谓之“康宁”；《庄子·天地》：“德人者，居无思，行无虑，不藏是非美恶。”这就是长久具有美德之人的福气。安然地寿终正寝，不正是一生之福吗？自然地老去，乃为“考终命”也。

所以自古以来人们祈福、祝福、拜福和造福。说起福气：添人进口是福，顺畅平安是福，无疾健康是福，升迁发财是福，美德修善是福。但也必须记住：“福无双至，祸不单行”之说。意思是有福必有祸，吃苦之后才有享乐。

老祖宗给我们留下来的这些节令在现代的生活中，已经忘却了不少，留下来的也只是一种“标签”，其内涵早已残空，但其本意还是受用的，过年时不能不做些思考和反省。

2018年3月1日　星期四　海南　陵水　晴有时多云　22℃ ~28℃

社区服务

社区服务在城市化后是最基本，也是最基层的服务。业主往往对服务的期望值很高，可“服务”很大程度上跟经济利益和业主的基本素质有关。

社区服务人员遇到两个问题：一是经济收入，一是服务对象。交多少物业费就服务多少，这是经济规律使然。豪华住宅区，是富人区，进入区内有保安守门，用磁卡打开一道道门才能进入楼梯；楼内的清洁工，把楼道打扫得干干净净，让人清爽如意。当然，物业费也不会少交。某种意义上服务跟物业费的多少有一定的关系。当然，物业服务与物业管理更有一致性。

我来到海南省陵水县香水湾的中信社区，这里不仅是全封闭管理，而且服务也很到位，社区服务中心属于绿城服务系统。来到这里居住三个多月了，先后用社区两台中巴车拉着业主去琼海参观红色娘子军纪念馆，还观看了表演；去过海南省著名的槟榔谷参观黎族人的手工纺织，苗族人的银器制作；元旦、春节、元宵节期间，搞一些游园项目：猜灯谜、套圈游戏、井盖涂鸦等一系列活动，更有趣的是邻里在一起吃团圆饭，正月十五吃元宵。平时社区两台中巴免费接送去陵水县城办事、出差、购物的业主；有病还有片长帮忙。在这里生活处处感觉到像到家一样。别墅周围的树墙、花草三天两头给浇一次水。说实在的，来这里都是大陆北方的一些“候鸟”，只是过冬，夏天就返回故里，但庭院和房间都有物业人员经营和管理，没听说这里有打、砸、抢、偷盗事件发生。社区的各种服务，真是周到。业主们十分放心和满意。

对比之下，想起我在齐齐哈尔居住的西园安居小区，无论是管理还是服务，跟一些富人小区相差十万八千里。我们那里的，物业费很低，每年才几百块钱，还有些住户不愿意按时缴纳。楼道里乱贴乱画，楼外环境除了打扫一下外，别的什么也不管，私家车可以开到草坪上停放，高空抛物是经常事，外边的门锁弄坏了没人管，也没人修；出去的大门社区要封闭管理，几次让人砸坏了，没有任何办法可施。这里除了业务费少太少，管理不到位，业主也都是些“穷哥们”，野性十足。这样的社区应如何管理，还真不好拿出一套可行的方案。

就在一些所谓的富人社区里，踩踏草坪，狗到处拉屎，放鞭炮，随地扔东西等不良习惯，也是屡见不鲜的，至于不雅的言谈举止，抢座位、不排队等也司空见惯。这些都需要在今后的生活中去改进。

说到底就是国民中多数人文化素质不高，一旦进城了，就显得过于轻浮愚钝，再加上伦理的传统意识有些丧失，法律细化得还不够，造成经济发展与人们的旧理念、旧习惯很不协调，若要达到发达国家居民的水平，还有很长一段路要走。目前，急需为社区管理立法，以进行法律约束和保证，单纯的人治还是有些问题无法解决的。

2018年3月6日　星期二　海南　陵水　晴　有雾　25℃～30℃

种花与做事

春节过后，孩子们陪我过完年都回到各自的岗位。大女儿怕我没事做，就在网上购买三斤花籽和一些工具，意思是让我活动一下，既锻炼身体，陶冶性情，也给庭院增加点生气和新鲜感。这种事我愿意做，从小就有这方面的爱好，可万万没想到此事很艰巨呀！

三斤花籽，一斤是爬山虎，另两斤是各种花籽杂放在一起的，大小不一：有小米粒大的、麦粒大的、高粱粒大、大米粒大的；形状各异：有圆形的、椭圆形的，扁形的；颜色俱全：有黑色的、白色的、黄色的和褐色的。晚上边看电视边挑选花籽，然后在分门别类种上，也会更别致、雅观些。但挑花籽可是功夫，也是细活，作为“护花使者”必须这么干。

庭院四周全都栽着各种热带树木和草坪，需要在草坪处挖出几块小花池子，这可就非常费力了。因庭院是从一座小山体挖出来的，土质杂乱无章，除去草坪上的草外，还得向下挖一锹深。这可费老劲了，每锹敲下去都是大小不一的石头，还有一些砖头瓦块、破塑料袋子什么的。平均每块花池（共四块）得用五六个小时。在零上30摄氏度高温的海南省，我汗流如雨，脸上的汗珠子摔到水泥地上，每颗汗珠润湿的直径有五厘米大小的水印，衣服一件件湿透了，后来只穿短裤，赤着上身干活，晚上让蚊子咬的全身是包。

尽管如此，当我把花籽撒在翻起的红土上，心里特别安慰，有种远征军凯旋的兴奋劲儿。其实别人不太了解，我还是最清楚自己，因为我做任何一件事都是这样的。凡是我工作过的部门，领导对我的工作从来不管也不问。他们知道我的为人和做事风格，不仅会不折不扣地干好分内工作，还会在自己的领域干出点成绩来。这里没有功利，只凭自己热爱、热心和热情定会超出常规的范围。例如，我接受“学报”工作后，就把“学报”印刷事宜由县城迁到省城，没人让我这么做，最后“学报”入围全国核心期刊评选；我兼任中文系系主任时，连个像样的会议室都没有，便拜求各方、各界资助点钱和物，把一个崭新的会议室装修出来，是当时学校唯一像样的会议室；我受聘南方某学院负责督导处工作，让全校几千名学生上网评估教师那可是件大工程，但我硬着头皮干下来了，等等，

说这些不是为自己评功摆好，而是我的性格和作风所为，只要答应做，

就会做好。几十年养成的习惯，想改也改不了。所以我对自己的学习、生活、工作从来不按套路出牌，也算我读点书、写点文章的另类收获吧！

人活在世上，怎么活都是活，为什么不活出点滋味来！为什么不在自己力所能及的范围内给社会、他人尽心尽力去做点有意义的事呢！用不着别人去肯定或否定，只要凭借自己的良心去做，就会心安理得。到了晚年，边喝茶边回忆起自己走过的路，也算问心无愧，就值得。

种花和做事都应该执着、细心，按步骤进行，不能违背程序和规律，不能做得最好，但能做得更好。只要把自己潜能和智慧发挥出来就行，到头来才会“百花满园”，实至名归，在儿孙面前才能洋溢出满足感、幸福感。因为你一直在为自己的执着耕耘着、收获着。

2018年6月6日　星期三　黑龙江　哈尔滨　晴转阴有小雨　18℃～24℃

素食的呼唤

爱因斯坦说："我个人认为，单凭素食对人类性情的影响，就足以证明吃素对全人类有非常正面的感化作用。"什么叫"非常正面的感化作用"呢？说白了，就是人类永远要跟自然和谐相处，热爱自然，热爱动植物。人定胜天的理念是片面的，是人类对大自然的傲视与背叛。

素食是指少吃肉或不吃肉。俗话说，没有买卖，就没有杀害。如果人们少吃那些山珍、海味、野味的话，将会有多少物种免遭灭绝呀！20世纪人道精神划时代伟人阿尔贝特·施韦泽说："人性还没有死，立生于隐秘中。可以认为在所有道德伦理里同情心是基本的，包括怜悯所有的生物，才能达到其应有的广度和深度。"鉴于此，我们人类要想世世代代地在地球村生活下去，就必须与世上所有动物和谐相处，任何一个物种的灭绝，都会使生物链失去其应有的功能，一旦链条损坏不能连接，人也会像恐龙一样在地球上消失。由此可见，人类要规范好自己的言行，也要把握自己数量的增长，限制自己生存范围的扩大，尽量减少对动植物生存环境的侵犯，防止对大自然整个环境的破坏，否则各种自然灾害发生，那要夺回自然界的原生态。

那些荒蛮、野性就将把人类自造的家园毁于一旦。所以，必须遵循与动植物相处的法则。正如进化论的奠基人查尔斯·达尔文说："人和动物之间在感受乐趣和痛苦、幸福和苦难的能力方面没有本质的区别。"也就是说，人有喜、怒、哀、乐，动物也都有，只不过我们与它们没有语言的沟通，没有肢体表达而已。

你不去侵犯它们的领地，不去伤害它们，它们也不会伤害你的。可能有人会说，毒蛇伤人，豺狼也不会与人为伍，都是人类的死敌。这话错在武断。就因为人们伤害了它们，它们才对人们报复，或者实在饥饿难忍，才去人的领地找点吃的。

美国科学家富兰克林说："吃素使人头脑清晰，思考敏捷，带来更大的进步。吃肉为无缘无故的谋杀。""吃素"与"吃荤"不完全会给人的身体带来什么利或弊，但在陶冶精神方面，素食让人心灵更干净，少有孽债的负担；肉食让人心神不安，因你也是"谋杀"的参与者，而且是"无缘无故"的参与者，当然内心愧疚与不安了。

一个心灵干净的人，犹如一片净土，可以生长出让世人瞩目的芬芳可人的“植物”，反之内心龌龊的人，如一个脏乱的臭泥潭，除了蚊蝇乱飞外，怎会给自然界创造什么干净优雅的环境？如果世间心灵纯净的人多了，就会有更多的人去维护和平，减少暴力；就会有更多的人去热爱自然，保护环境，社会就会安定，自然也会平衡，地球的生命力更为延续。反之，腰肥体壮，头脑简单，四肢发达，内心肮脏的人多了，社会中的贪腐、盗贼、霸权、专制等形形色色的人出现，或称为一些变种“金刚”，将使整个世界的秩序变得混乱，相互讹诈、欺骗与杀戮，离人类的毁灭还会远吗？地球爆炸也就指日可待。

还是用科学家、画家达·芬奇的话作结吧！他说：“人的确是禽兽之王，他的残暴胜于所有动物。我们靠其他生灵的死而生活。我们都是坟墓。我在很小的时候就发誓，再也不吃肉丁。总有一天，人们将视杀生如杀人。”鄙视生命的人，不配拥有生命。

2018 年 7 月 15 日 星期六 黑龙江 齐齐哈尔 晴 20℃ ~28℃

真诚与质朴

2018 年 7 月 11 日至 13 日，我有幸被 48 年前我教过的唯一一个高中班学生邀请去参加他们的同学会。见到他们时我都不认识了，已由当年一个个十五六岁的童男、童女变成白发苍苍的老爷爷和老奶奶，怎么让我认识他们呢！

“岁月如流，人生何几！”（南朝·陈·徐陵《与杨仆射书》）不知不觉人已经老了。我教他们时是“文革”中期。我工作的“克山师范学校”停办，交给地方，被合并到克山一中，故此有教中学生的机会。

他们这批人，当时小学未念完就上中学（当时中学改制为 4 年），也根本没学到啥，就混混毕业了。我是在他们三年级时做他们的班主任。后来克山师范学校复校后就回去教当时推荐保送的“工农兵学员”。记得 1970 年暑期离开他们。应该说这批城镇的孩子，毕业后少数下过乡，故没有被推荐上学的机会，也不具备 1977 年恢复高考进行升学的本领，至此沦落下来，可想而知会混成什么样子呢？

全班 50 多人，有十多人早逝，剩下的三分之二人又去外地给子女看孩子，县城里也就十多人了，又因相互看不起分成两伙。于是这次聚会有一多半人是返乡的，而本地人有两个还在为生活摸爬滚打着。

王桂兰 65 岁，矮矮的，花白头发，圆圆脸，眼睛不大，一举一动都体现中国劳动妇女的勤俭、朴实和虔诚。去年我去克山时，她知道后，和另一位女同学到宾馆看我，一进屋她俩就分别挎着我的左右胳膊，坐在沙发上留下分别几十年后的第一张合影。

就在这次小型相聚时的午餐宴上，我让她给我带来一碗玉米粥和一个咸鸭蛋，结果她给我端来一小盆玉米粥、两个咸鸭蛋。在宴席上别人吃着鱼肉大菜，喝着美酒，而我却品尝着多年想吃的家乡饭，特别香甜爽口。此时此刻，我看到王桂兰的脸上红晕晕的，眼睛好像也再笑，内心有种特别的敬畏感。而我在热腾腾的玉米粥和光鲜的大鸭蛋里，似乎感觉到她当年那清纯、幼稚的心灵如在荒野中燃烧着一蹿一蹿的小火苗，静谧而淡雅，让人心动。

今年同学聚会她又来了。要知道她卖了几十年的玉米粥、黄米饭、咸鸭蛋，还有手包粽子。据她讲，江米、玉米都储存几千斤，放在地窖里。每天天不亮就起来磨面、包粽子，很是辛苦。这次根据我的请求，又拿来十几个咸鸭蛋，十几个粽子，一大盆玉米粥。有些同学象征性地吃一点，剩下的玉米粥、咸鸭蛋我让别的同学打包拿到宾馆，准备明早上吃。对此，我看到王桂兰十分开心，一直陪伴我们到晚上十点多钟才回家，第二天一早又赶到汽车站送我回齐齐哈尔市。

另一位老学生叫丁文宣，也是六十几岁的人了，一直生活在克山县城的东门外，即原来的城东大队。他中等个头，稀疏的花白头发遮盖一张因得白癜风红白相间的脸。在我看来，他没有丢掉真诚、朴实和勤劳的性格。他放自家的十几头羊，用他的话来说：头顶蓝天白云，脚踏嫩绿草场，嘴里哼着跑调的老歌，时而喊上几嗓子，羊儿咩咩地围着自己。晚年的生活很平淡，也很有趣味，当个“羊官”还真不错。

每次去克山都有他陪伴我，而羊由他老伴去放牧。这种师生情太珍贵了，临走时给我两塑料袋“礼物”：一袋是6根黄瓜（纯自家有机的），叫“六六大顺”；一袋是8只咸鸭蛋（鸭子是草地喂大的），叫八八发又发。上车时，他们一一跟我拥抱，我的眼睛湿润了。

吃着、拿着玉米粥、土黄瓜、咸鸭蛋，比香车宝马还珍贵，比鱼翅、飞禽还美味。用一辈子时间去接地气，比任何信仰还虔诚。我赞同“人是未醒的佛，佛是已醒的人”的说法。

2018 年 7 月 23 日　星期一　齐齐哈尔　阴　有大雨　23℃ ~31℃

完整人生

人的一生如一年四季那样。

春天来了，万物萌动，鸟鸣草青，溪流潺潺，遍山葱葱。人的出生就像小草一样，嫩嫩的、青青的，含着露珠、迎着阳光在生长；又像一只只小蝌蚪无忧无虑地游动。童真时纯净无邪，天真烂漫，是自由自在地活着。

夏天酷暑，满眼绿色，百花争奇斗艳，天色忽浓忽淡，风雨交加沐大地，冰雹伴着雷鸣狂砸。人到青春期是娇美而妩媚、靓丽且神往，憧憬大千多追求，读书工作奋有为。此时的你、我、他享尽人间美景，也都是一朵朵绽放的花。

秋天果实累累，天高云淡，草木泛黄。人到中年收获有之，人格、人气也成熟飘逸。在上有老、下有小的担当中，此阶段是无所不能也无所能的家中旗帜，或是社会的中坚。经历多了，也无所谓“怕”，更无所谓“恨”，实证是他们的最好诠释。

冬天是一年的结束，有点肃穆萧条，洁净熬美，白雪皑皑，冰清玉洁。其实人到老年也都如此，对任何事物都看透了，无所谓喜与忧，更不愿贪和占，只知世间万物皆有情，你就进入了仙境。

宋·郭熙《山水训》：“真山水之烟岚，四时不同：春山澹冶而如笑，夏山苍翠而如滴，秋山明镜而如妆，冬山惨淡而如睡。”只有四季才算完整的一年。人的一生由童年的“甜”，青年的“美”，中年的“重”，到老年的“淡”，也才算完整的一生。这是从时间节点上来阐释人生的。每个阶段有每个阶段的生命特质和生活历练，不可违抗，否则就有缺陷了。

人生是一个循环往复、新陈代谢的过程。从日出到日落为一天，从月亏到月圆为一月，从春到夏、秋、冬为一年。在时间上看似相同，其实不一样，空间也都有大小的变化。人也亦然，今天学第一课，明天学第二课；这个月下岗了，下个月或许上岗，或岗位有所提升；今年我的学习、劳动或工作遇到麻烦好纠结的，明年也许获得大丰收；几十年身上没拉过口、住过医院的人，或许某一天得了病就要动手术，等等，都充满变数和不确定的因素，无法预知，更无防备。好事你得到了，坏事也会临头。今天你家出生个宝宝皆大欢喜，过些日子也许为一位老人走了而悲哀。总之，这一切的运转与生发都是按自然属性和规律进行的。

高山需要攀爬，平地也不能不走。走的时候有弯曲之路，也有捷径，但对人来说任何艰难险阻都是一种锤炼。这样才会坚强，才有后劲。升官发财是一人、一家、一族的荣耀，但锒铛入狱、英年早逝也会给家人痛苦和悲伤。宋·柳永《梁州令·中吕宫》：“一生惆怅情多少，月不长圆，春色易为老。”此规律无法抗拒。

经过艰苦才会赢得幸福，也会真正感悟幸福的甘美；遇上挫折和打击方可换回喜人的收获。犹如天象，风和日丽万物共生共荣，暴风骤雨也是万物成长锻炼的好机会。若想享受大海给人们带来的快乐与浪漫，不喝几口海水，与鲨鱼生死搏击，那是办不到的。有春天的万物复苏，必将迎来秋风扫落叶的残酷；有夏天的绿意徜徉，就有冬日的冰雪袭扰。“春荣谁不慕，岁寒良独稀。”（晋·潘岳《金谷集作》诗）时光如此，人的一生不也如此吗？“人似秋鸿来有信，事如春梦了无痕。”（宋·苏轼《正月二十日与潘郭二生出郊寻春》）人来到世上如天鸟报喜，表示存在；事无论大小，既是荣华富贵也都是一场梦境，了无痕迹。当然，自从人类有了文字可以记载，但事是人的附属之物，没有人哪来事呢！

完整与完美不一样，可人们更多地去追求完美的人生。如说某某，从小到老顺风顺水，未经历大开大阖，要得到的全都得到了。其实上帝是公平的，总会让你受受惊，给你点想象不到的“恩赐”或制裁，否则就不是人生，至少不是完整人生。没有落水的经历，彼岸是遥远的。不怕的孩子有勇，有勇的孩子无虞。海风猎猎，可以倾舟，也可以鼓帆。“人生到处知何似，应似飞鸿踏雪泥。泥上偶然留指爪，鸿飞那复计东西。”（宋·苏轼《和子由渑池怀旧》）“雪花雨脚何足道，啜过始知真味永。”（宋·苏轼《和钱安道寄惠建茶》）

叔本华有句话：“人在各种欲望得不到满足时处于痛苦的一端，满足时处于无聊的一端。人的一生就像钟摆一样，在两者之间摆动。”因为摇摆和对立，对于生命里的一切，我们都有理由嘲弄和质疑，而一切也都值得被宽恕和向往，这才叫完整的人生。享尽人间繁华的曹雪芹，也经历了抄家的痛苦，可这苦味帮他完成了举世瞩目的文学名著——《红楼梦》。

2018年8月2日　星期一　黑龙江　齐齐哈尔　晴　21℃～29℃

背影的感召

当我临近耄耋之年时，很少留下正面影像，倒愿意别人拍我的“背影”。说明人的影子里饱含着追求和向往，也隐藏着已知和未知，它是一个人生活境况的写照，还标志着其沧桑而不凡的经历。这里边有故事让你去挖掘，有传奇让你去想象。宋代范成大有诗云：“有为皆影事，无念即生涯。”此话不无道理。

就我个人来说，正面肖像虽很矍铄，但有多少人情愿留下一个头发稀疏、眼睛干瘪、满脸黄斑的“活物”呢！还真不如看他的背影，增加不少想象的空间，还原记忆中那些小亮点或青春时的飘逸和生涩。汉·蔡邕在《郭有道碑文》中写道：“望形表而影附，聆嘉声而响和者，犹百川之归巨海，鳞介之宗龟龙也。”我怎能跟郭有道相比呢？况且也不会有什么影像附在脑海，但背影必有我自己的独到之处。因为我身后还有我的灵魂伴着影子而行。如果把灵魂丢了、空了，我上哪去感受温暖与幸福呢！

2017年11月20日至2018年4月20日，我住在海南省陵水县的香水湾。因住地离海边只有200多米，真是数不清去了多少次看海。一次邻居薛医生也去看海，他从我的身后走过时偷拍了我的背影。有一天，他把这张背影照片发在我的手机上说：“你在那伫立着足有十几分钟，潮水打湿了你的鞋子，仿佛都没有感觉。”接着说，“你太爱大海，可见你的胸怀博大，也愿意去接受潮水的洗礼，好纯净的心啊！”有谁能知道，就在潮水没过我的小腿时，我的灵魂已经飞向大海。它在浪尖上跳跃，一会被潮花抛向空中，如云雾飘忽；一会又摔在岩石上，犹钢鞭抽骨。就在我忘乎所以地自我陶醉时，不知岸边谁喊了一声：“喂！潮水上涨了，快出来！”我一惊，方知道海水已经没过我的膝盖。慌忙地走上了岸。回头一看，“羌灵魂之欲归兮，何须臾而忘返。”（屈原《九章·哀郢》）

2013年秋天的一个下午，阳光斜射进我的书房，让我的“长海书斋”通体明亮而书味芳香。我站在稍微靠北的东墙书柜前，翻看《中国哲学寓言》一书。我家保姆小李用手机抓拍我的侧面看书时的身影。后来我把这张照片发在20多年前我参加的中国写作学会的网站上，立刻有百余人点赞、发声。一位贵州大学的老大哥说：“忠惠，你的执着和读书让我再次表示钦佩。”南京大学的一位好友、博士生导师说："老兄，从你的侧影可以看出你在饱经岁月里读书、写文章，在物欲横流的当今还是那样爱书、看书，不容易呀！"……在他们眼里，黄山脚下讨论书稿时，我的特性与另类未变；在第二次中国写作学会杭州年会的大会发言时，我那清脆悦耳的声音犹在；张家界的中国文章学研究会时一起爬山时的韧劲未减。是的，为了拓展学术思想，开辟研究新途径，我和同行的师友们一起登过泰山、爬过黄山，鉴赏过西安古迹，游玩过河北省的避暑山庄，还到过厦门鼓浪屿观海，来到深圳听过建筑工地的铁锤声……

回忆就是经历，回忆就是思念，真的有种"回首河堤望，眷眷嗟离绝"（北周·庾信《和侃法师三绝诗》）的感慨。虽说退休后不好再出去交友和踏青，但在我的背影里把这些往事映照得真真切切，把他们的音容笑貌编织到我的大脑之中，融入我的血液里。唐代刘禹锡说得好："紫陌红尘拂面来，无人不道看花回。"（《元和十年自朗州至京戏赠看花诸君子》）我们都花期已过，但在那瘦茎上应感到当年的多姿多彩，甚为回味之香，品尝之美。

2016 年冬天，在大连二女儿家。有一天，她领我到附近的莱州街早年运送货物的一条旧铁道线旁边游玩。我顺便在一个"停"字牌下的石墩坐歇。二女儿把我坐姿的背影摄入相机里。2017 年在 6 月下旬，1972 届的同学会时，我把这张背影像给到会的同学们看。有的说："老师您一辈子站在讲台上辛劳，现在该歇一下了，但在您的背影中仍能看出您的职业精神和流连忘返的气质啊！"也有的同学说："看到老铁轨会联想到您当年接我们时的兴奋和送我们时的惆怅。"……无论怎么推测都不为过，反正我当时心里是很复杂的。"人生几时伤往事，山形依旧枕寒流。"（唐·刘禹锡《西寨山怀古》）

一晃几十年过去了，有的人还在世上，有的人匆忙"走"了。现实可以把我们的记忆颠倒，历史那倔强的老人总会把那些记忆的影像留存到一代又一代人的脑际。

往事如烟，烟消其味更浓；人如过客，留影不留行踪。树没足迹遍山野，燕子衔泥剪影行。春到伴花笑，秋来落叶静。这是人生的一种境界，也是一种修炼，无须刻意描摹，更不要人工雕琢。愈抹愈黑，愈图愈乱，愈经主观修饰的东西，愈经不起历史的推敲。俗话说：见好就收。什么事情都不要到顶峰，因为在宇宙的空间里无顶也无峰。我可不是个虚无主义者，因为我身后还有灵魂在。要想知道别人啥样，就先看看自己吧！

2016 年的春节，是在云南省沙溪古镇与二女儿一起度过的。大年初一的早晨，我们来到黑惠江边遛弯。她在我身后拍了一张我在江边行走时的全身背影照。我把它放大镶嵌到镜框里挂在书房的东墙上。女儿们到家看到就说，太能显现老爸的气质和内在气场了，走路时那矫健轻盈的脚步，目不斜视的炯炯神态……

我热爱大自然，从小就不愿去伤害各种动物及树木、花草。记得上初中时家里养一条狗，每逢回家（我在县城读书），它像有感知似的到村头接我，见到时，两条前肢搭在我瘦小的肩头上又啃又咬，特别亲昵。结婚后我家养一只猫也特别懂事，无论是雨天，还是雪天，它都会把爪子舔得干干净净地上床睡觉。有一次，我在方厅用绳子自做一个牵引架（治颈椎病用）掉在脖子上。它看见后，喵、喵地叫唤，并跳到我的肩上舔我的脸，意思是：你可别想不开呀！它死时，我把它葬到临水的高岗上，以表对它的哀思。我家养的小鸡得了鸡瘟，它跑到屋里拍着翅膀。我心一动给它喂了一片磺胺药片吃，过了一会，就跑走了。

2015年我和女儿们自驾车去呼伦贝尔大草原，参观原始森林时，见到那些百年以上的古松裸露巨根。我不自觉地趴在老根上亲吻！有谁能理解呢？我在家养的树和花草，离开我后不是遭虫害，就是枯死，只有我知道它们何时要喝水，何时得通风……在海南自家院里见到两米多长的蛇不动任何干戈，变色龙也优哉游哉地在院中爬行。今年同学聚会，我给他们讲这些事，一位七十来岁的老学生坐在我的身旁说："老师，您有股仙气。"其实，动植物和人是有感应的。你是什么样的人，它们感知得到。

我不迷信，但我相信人有一种"气场"，它跟外界是相通的，动植物都感知得到。这就是人们常说的一句话：人做事，天在看。你对自然界好，自然界也会对你好。无论是刮飓风、下暴雨，出现各种自然现象，不应去抱怨，都是按自然规律进行的，否则地球早就不存在了。而当今地球上的人太自私了，一切只从自己的利益出发。这样下去总有一天会毁灭这颗神秘的星球，信不信由你！多讲一些人类与大自然的和谐相处，并把这种理念上升到理性的高度、神力的视角，方可得到自然界赋予我们人类的恩泽与福佑！

神交背影的内在意蕴，不仅是一个人的背影形象，而在于背景的影附，影与景的搭配是你生活的长度和宽度。在想象中去揭示内心深处的秘密，在回忆里保持过去与现实的对接。推测是破解背影的有效方法，憧憬大千世界方可保持人与自然的亲密关系。

2018 年 11 月 29 日　星期四　黑龙江　齐齐哈尔　晴　－8℃ ~ －17℃

活在当下

“当下”是指一个时间段，宽泛地讲具有当时、当世的意思。那么，活在当下的意义是什么呢？是对生活的真正享受。它是人生的自然状态，即怎样去应对此生，至少不能浪费，不可虚度。人活着应该更实际一些，而少些抽象的东西。惠特曼说：“我这样做一个人，已经满足了。”意思是人的生命存在着，除了享受人生外，还有什么呢！人在大自然中的作用不是霸占、侵略、破坏，而是悄悄地来到大自然，又要默默地回到大自然中去。

人的一生几十年，可分为孩童期、青少年期、中年期和老年期四个阶段。这四个阶段怎么生活，确实很有学问，也是值得思考的问题。

小孩子要活得顽皮、任性、活泼。他像刚刚钻出土的小芽芽，青嫩、无知而幼稚——如小天使来到这个世界。对他来说，一切都是新鲜的，只能让那天真、纯洁的个性延续下去，才会对将来的发展铺下厚重的基石，否则就无法达到成长的目的，有雨露滋润时才好开心，在阳光的照耀下才能微笑。他不怕风吹雨淋，就怕践踏。拔苗助长是践踏，乱修乱剪也是践踏，施肥、浇水过多还是践踏。草就是草，树就是树，各有各的活法，其价值是一样，不存在高低、贵贱之分。上帝对万物予以不同的生命，才会点缀世界五彩缤纷，靠的就是自然生长，而不是刻意追求。

印度诗人泰戈尔说：“我的思想随着闪烁的绿叶而闪烁，我的心随着阳光的爱抚而歌唱，我的生命乐于随万物浮游于空间的蔚蓝里，时间的黑暗里。”在孩童的世界就要这样活在当下：自然的、率性的、烂漫的。

青少年要活得知趣、专一和有思想，在增知识、长才干、绘蓝图的过程中，犹如一棵小树。它需要阳光，要争先恐后地向上挺拔，在雨露的润泽下向周边扩展。此间，根深才能叶茂。不久前，在我住的七层楼外面一棵十多年栽种的柳树（达到五层楼高）在夜间被大风刮倒，原来它的根扎得太浅。所以说，无论要成长为一棵参天大树，还是一簇矮小的灌木，都要深深地扎在泥土里，可不能浅尝辄止，趾高气扬而自得。青少年是祖国的未来，早晨八九点钟的太阳，希望和理想同在，是人类创新、创造的生力军，一张白纸就等待你们把蓝图绘就。

风华正茂的年轻人一定要潇洒地生活在当下，刻苦地学习在当下，认真地拼搏在当下。“当下”是你们生存、生长的环境，也是你们发展、创造的空间和机遇，万万不可以掉以轻心哟！阳光的、靓丽的、帅气的是你们当下的活法。

人到中年，一切工作、生活的重担都压在你的身上。这是责任，也是担当。在家庭是脊梁，当撑起一片蓝天时，对下培养子女，对上孝敬老人，既有承上启下的作用，又有开创未来的宏图大略；在社会中是砥柱，民族的兴旺、社会的发展也需要你参与和构想。当下，担子之重重于泰山，责任之艰责无旁贷。这是一个人最重要的节点。犹如扛起一面旗帜，冲上人生的要地，不管旗帜的颜色，只要迎风招展，能插到想插到的地方就好，也算没有愧对家族和社会对你的企盼。要知道扛旗人是光荣的，他肩负着使命感，但也随时在强大的压力下煎熬着。可“压力”会让你更深层地参与生活，让工作更关注，让你具备更多的内在力量。但我们也不要被压力所吞噬，要随时停下来减压，其目的是继续前行。

古人讲：“士不可以不弘毅，任重而道远。”（《论语·泰伯》）中年人就是在执着、坚持和大气中过好“当下”。

暮年的到来，犹如夕阳西下的晚霞。它以静美的姿态在反射着喷薄而出的朝阳，即是美的衬托，也是美的向往，有谁不去赞赏和敬畏呢！那褶皱的脸庞浓缩着其经历的艰辛，满头的银发反射出岁月的沧桑。其实，每位暮年老人都是一本或薄或厚的书，记载着心酸和畅快的历史，也谱写着亲情、友情和爱情的颂歌。尽管留在世上的时日不多，可他们在欢声笑语中享受当下晚年的幸福，在眼望大海、凝视蓝天的美景里述说着自己的故事。犹如一只猫那样：柔韧有余、不贪婪。学好生活哲学，明白生命意义，看透世情不迷失、不张狂……

风风雨雨几十年，实在不易。来到暮年赶上了太平盛世，定要好好活在当下，做到“老骥伏枥，志在千里，烈士暮年，壮心不已。”（曹操《龟虽寿》）不给家庭添啰唆，不给邻里找麻烦，更不会为社会增负担。要记住“我不能选择最好的，而是最好选择了我的”（《泰戈尔诗选》）也就足矣！亲爱的老年朋友，在“当下”记住这六个字：真诚、放弃、糊涂。

由萌芽的“春”，渐变成绿荫的“夏”，再由收获的“秋”，变成寂静的“冬”。时间是在渐变中将人生不断缩短。我们不要为渐变的时间所迷惑，也不要为造物所欺骗，而收缩无限的时间和空间于方寸之中，才是对“当下”的最好馈赠、期许和赞美。知“当下”足矣！

2018 年 12 月 31 日　星期一　海南　香水湾　多云　有风　17℃～20℃

电工“没电”

自古以来，中国是一个很讲究工匠精神和匠心专注的国家，从古都西安、开封到明清时的北京古建筑就可略见一斑。真可谓“画栋朝飞南浦云”（唐·王勃《滕王阁序》）“雕栏玉砌应犹在”（南唐·李煜《虞美人》）。到了工业革命之后，人工智能不断发展，一些流水作业或个别技能由机器人代替，人们的手工操作越来越被省略，有些手工技术渐渐弱化，那些搞修理的活计也就没有人去钻研和下功夫，造成一些边缘技术的真空。

我来海南香水湾居住以来（女儿家的房子），由于外面搞一些施工，屋内的电灯、电器总是“短路”，便找管物业的人看了一下。物业找来一位三十多岁的农民工出身的小伙子来查“短路”的原因，结果是愈查愈麻烦。这位电工老兄只拿一只螺丝刀和一把钳子，就开始上“上战场”了，把屋里十几个线路盒拆开，又装上，反复做了两个半天，也无济于事。

他是怎样检查的呢？没带电笔，也没有一件验电器具，只凭借对一个又一个的电路“试验”来判断，所以总是验不出结果，有时把没毛病的视为有毛病，最后彻底乱套了。于是就成了我说的那样：“电工‘没电’了。”

这时，我想起 20 世纪 60 年代大庆的“三老四严”精神。一位女工在几十万件的备品仓库里，进去把眼蒙上，在几百平方米的仓库，几千个装有备品的货架上，能找到符合工人师傅要的那种螺丝钉。这才叫真功夫。

想起一些木制的古建筑，其结构不用一根钉子固定和连接，而凸凹相互咬合在一起，不见丝毫缝隙，上百年都不变形，简直成了绝活。现代人应该说也能做到，像港珠澳大桥那工程可不一般，我们中国人做到了。

在一些物业管理、小型修理什么的，确实有些“江湖骗子”，真让人哭笑不得。

前两天，因屋里电灯短路，很不方便，通过物业找来两个有点技术的电工，总算把“短路”原因找到了，电灯亮了，可电视也有问题。在这离市区偏远，交通又不方便的情况下，上哪去找人修理呀！真是叫天天不应，叫地地不灵，好让我苦恼。再加上手提电脑也出了毛病，拿到陵水县城去找几个月前刚去换过屏幕的那家修理部，结果是人走屋空。好不容易找到一家“电脑医院”，只是夫妻二人开的小店。男的把电脑彻底拆卸，也没找到毛病，只说屏幕有问题。我说，刚换屏幕后一个月，我就返回北方，怎么会坏呢？我问他："你懂英文吗？"他说："不懂。"原来在电脑显示屏上显示三行英文，是告诉你电脑故障的原因。若懂英文，一看就明白，何需把原装电脑拆的乱七八糟呢！

来到陵水县香水湾度假遇到的这两件事，至今还未解决，让我好困惑的，于是提笔写下小文《电工"没电"》。就算对我国改革开放40年的辉煌中泛起的一颗小沙粒，作为警醒吧！

《淮南子·泰族训》曰："入学痒序，以修人伦，此皆人之所有于性，而圣人之所匠成也。"年轻人要凭良心做人，凭技术做事，否则，一生的前途是渺茫的。国家啥时都需要那些潜心做事的匠人，人们更敬佩那些匠心独运的工匠。望现代的年轻人好好学点技术，浮躁和投机取巧会误了自己的前程……

2019 年 2 月 25 日　星期一　海南　香水湾　多云　20℃ ~28℃

麻烦与不麻烦

当孩子不麻烦你时，可能已长大成人；当父母不麻烦你时，可能不在人世了；当爱人不麻烦你时，可能已去麻烦别人了；当朋友不麻烦你时，可能有隔阂了。可见，“麻烦”是个积极向上的词语。只有麻烦你的人，才是你最信赖的人。要记住，得到别人的信赖可不是一般人，不是亲情，就是友情或爱情。所以说，什么时候也不能抛弃“麻烦”二字哟！

人的一生没有不麻烦别人的时候，或者说是相互麻烦的。

孩子小的时候，在无知、无畏的童年期，不麻烦父母的话，这孩子就是有病。反之给父母造成各种“麻烦”，如打架、骂人、惹祸也属正常，不然要你父母干吗？与此同时也给家庭增加不同的乐趣。尽管有时让人很烦，但也在情理中，小孩子就是小孩子。俗话说，淘小子，出好的。其实，这是一种没有泯灭的天性。作为父母者只能靠引导，来不得半点粗暴和严酷的指责。人都是从小时候过来的，细想一下就明白了。对这种“麻烦”多给一些正能量，是再好不过的了。

做父母的给儿女们添麻烦的地方也不少，尤其到了老年，身体也不如从前。他们的感情很脆弱，总好想当年的父子情、母女情，翻翻旧账，恰恰是他们怀旧的正常心理。可远离父母的子女们，其家庭、事业压力很大，有时对父母的唠叨或不重要的想念有点烦。殊不知，不养儿不知父母恩。爸爸妈妈的心思一辈子都在自己的儿女身上，有什么可以奇怪的呢！千万不要对他们的一言一行、一举一动感到烦躁，那样会愧对一辈子的。尤其，当父母有一人先走的时候，对单身的父亲或母亲要倍加呵护。要知道，相濡以沫一辈子的人走了一个，该是多么痛苦和孤单呀！这种心境做儿女的绝对体会不深。作为七八十岁的老人，此时举步维艰。去儿女家吧，可以的，但习惯、理念都跟下一代人不同，最怕的是麻烦儿女；去找另一半吧！也不是不可能，但实在太难，两人走到一起最困难的是生活习惯不同，“细节”要求殊异，语言交流困难。所以说，这时的老人真的不好走完最后一段路，麻烦与不麻烦同在，理解万岁。

无论是青梅竹马，还是同窗之情，或是陌路相逢，能走到一起的就是缘分。“更使襟灵憎市井，足知缘分在云山。”（宋·吕南公《奉答顾言见寄新句二首》）可见，缘分到了，不论是一见钟情，还是默默相许，坚持到老都会无怨无悔地相爱、相助，不能因一点小事就吹胡子瞪眼睛，或进行小题大做的冷战折磨。应该知道夫妻之间因某些“差异”，不顺心、不协调十有八九，生活在一起，哪有舌头碰不到牙的。有麻烦、有纠葛仍属常事。想一想当初，忍一忍就过去了，谁都有麻烦谁的时候。可见，麻烦倒是一件好事，矛盾暴露出来便于解决。如果谁都不理谁，表面风平浪静，内心火烧肝胆，日久天长真会出现大麻烦，后悔晚矣。

有人说，夫妻一辈子没红过脸，没有任何矛盾。我认为这是假话。在传统婚姻中很有说辞，也不见得就是美好的。男女相合，如阴阳相交，不产生暴风骤雨，没有相克相让就不自然了。所以说，磕磕碰碰是爱情及婚姻的最好磨砺，一点也少不了。你的爱人不麻烦你，那会真的要去麻烦别人了。

古人讲：“同门曰朋，同志曰友。”（汉·郑玄语）今天我们的朋友范围很大，有同学、同事、战友、邻居等亲朋好友。可话又说回来，人的一生处上几个志同道合，在关键时刻为你两肋插刀的朋友不会太多。就算是一般朋友，遇到一些麻烦事，“该出手时必出手”，也算是体现出做人的根本。有时两人本来很好，因对方说一些闲言碎语，或在利益面前过于计较，也不要太当回事。就算是在关键时刻拆过你的台，背后向领导打过你的小报告；最严重时批判过你，等等，也没必要城府过深，有些事睁一眼、闭一眼，就过去了。珍惜当下的人，做好当下的事，一切都会美好的。

在网上有这么一段话，很值得称赞和学习：

在没有钱的时候，把“勤”舍得出去，钱就来了，这叫“天道酬勤”；在有钱的时候，把“钱”舍得出去，人就来了，这叫“财散人聚”；在有人的时候，把“爱”舍得出去，事业就来了，这叫“博爱领众”；当事业成功后，把“智慧”舍得出去，喜悦就来了，这叫“德行天下”。

没有舍，就没有得。记住地球是圆的。你怎么对别人，别人就怎么对待你。古人对“舍得”积累很多成语，如舍生取义、舍己从人、舍近谋远、舍短取长等，为中华民族建立了人与人之间的道义基础。

诚然，人这一生不要怕“麻烦”，“麻烦”是种知性、乐趣，也是人人都要获得的“小确幸”。有了麻烦才好确定人与人的情感关系，否则什么都不是。人是个“复合体”，不能孤立存在，相合、相生、相依为命，怎么能做到万事不求人呢！不麻烦别人也是不可能的。该麻烦别人的时候就大胆去麻烦吧！反之，不去麻烦，倒会让人生气、生厌或痛楚。碰到你恨的人，学会谅解；碰到恨你的人，学会包容；碰到嫉妒你的人，学会忍让；碰到你嫉妒的人，学会转化；碰到懂你的人，学会珍惜；碰到不懂你的人，学会请教……麻烦是值得的，不麻烦是没有出路的。

2019 年 3 月 10 日　星期日　海南　红角岭　晴有时多云　22℃ ~30℃

最后的尊严

有这么一个寓言：冬日晚上，一只很老很老的獾，吃完晚饭坐在安乐椅上，摇呀摇，不一会就进入了梦乡。它梦见来到一条长长的隧道，扔掉拐杖，跑啊跑，来到另一个世界。第二天狐狸宣布“獾死了”。冬去春来，村子里的动物谈论最多的是老獾。土拨鼠说，是獾教会我剪纸；青蛙说，是獾教会我滑冰；狐狸说，是獾教会我打领带；兔妈妈说，是獾把烤姜片的秘密告诉了我……原来，獾留下这么多礼物给大家。它走得好从容，也好让世上的动物怀念。

至此，联想到人在死后，给后人及这个世界留下点什么呢？这是个不难思考的问题，但又让人在最后一段路走得弯弯曲曲，尴尬而无奈。

记得前几年，我读过台湾学者的一篇文章。他对子女说，自己死后把遗体捐给医学院，让实习生们用解剖刀练习解剖，也许还能有点用。一年后，火化了，再把骨灰撒掉，这样会更安心些。

安心什么呢？人死了，如一片秋叶，静静地落在大地上，最后化为泥土，也算来自大自然，又回归到大自然。这种“静美”，从精神层面来说，就是“尊严”，何乐而不为呢！

至于修建陵园，打造陵寝。如果像皇帝那样奢华，几百年挖掘出来还有些考古价值。作为现代人什么意义都没有，不如化为乌有更让人尊敬和想念。

我见过一些人到了癌症晚期，临死前，身体插满管子，打着进口药（每只万八千块钱），最后还是一命呜呼！有什么用呢！是子女们在尽孝吗？实际是在浪费资源，普通老百姓是做不到的，因他们没有权，也没有钱。但老百姓的死就很泰然自若，更像是一种人生的归宿，反倒给社会和自然界留下深深的印迹——死而无憾。他们想给后人留下的礼物，早在生前留下了。如獾那样，都储存在人们的记忆里，没必要在死后去树碑立传。

一个真正纯粹的人，留给子孙的是家风、家教和家训；留给学生或弟子们的不仅是知识和技能，更是人格和品位；留给社会的是那些清晰的脚印，轻松、安稳的身影，及少许的时光记忆——文字；留给自然的是你几十年前栽种的老树，或挖过的几条渠。从现代人的角度来说，某幢大楼有你砌的砖，绑过的钢筋架构；某条公路或铁路留有你的汗水，等等，足够为自己回味一辈子了，还想什么身后名。

泰坦尼克号在翻沉前，一位老人把唯一生还的机会给了一个孩子。这是对尊严的维护和敬畏。我想人的一生再轰轰烈烈，再有权有势，再富贵荣华，若在关键时刻，不能抛弃自己的利益得失，活着如同死掉。

每年4月5日清明节那天，人们都会来到自己亲人墓前或烈士陵园，为他们献上一束花。在默默鞠躬的片刻，不仅为活着的人感到欣慰，更对逝去的人感到痛楚和万分敬仰。他们虽死了，可永远活在人们的心中。

一个人留给后辈的不是钱财，也不是为子女升迁铺路的那些“砖”。最宝贵的是“文字”，因为文字是永恒的，能把你一生所经历的人或事如实地记录下来，既是对历史变革的澄清与记载，又显现一代人的追求和向往。如能通过历史地沉淀，有一点点精华流传后世，也算是自己的一点贡献。它比什么墓碑要好上不知多少倍。更主要的是显现一个国家或民族的人文精神。在世界文化宝库中，唯有华夏文化最古老，也最完整，特别需要一代又一代人去挖掘和传承，否则就有愧对子孙后代之嫌。

说到“最后的尊严”，想跟一些老年朋友说几句话：不要玷污我们的晚景，无论怎样的处境，都要尊重我的国，我的家。不要停留在“外国的月亮比中国的圆”上，这是狭隘、自私的虚荣心。如到泰国旅游的老年人，跟“人妖”合影留念，回国后还大加宣扬，这有意思吗?

当今，我们中国人，尤其是老年人，更应有点傲骨，不要天天在网上转发那些“八卦文章”，或凭借自己的兴趣跟着炒作一些低级、无味的人或事。虽然蜡头不高了，还要光亮使然，尊严永存心才甘。曾子曰：“尊其所闻，则高明矣；行其所知，则光大矣。”（《汉书·董仲舒传》）

2019 年 3 月 12 日　星期二　海南　香水湾　阴有时多云　22℃～29℃

"白"与"空"感悟

绘画的"留白"，是突显主旨，留下更多的想象余地。没有画出的部分，比画出的形象更有不着墨的意义，要不你怎么去理解"画山不是山，画水不是水"的含义呢？艺术从来都是在"不露"中表现"露"的寓意，虚实相生。正如老杜诗云："阴壑生虚籁，月林散清影。"（《游龙门奉先寺》）这是一种境界。

"留白"也是智慧。水满则益，月盈则亏，即为此意。世间知道"留白"的人不少，认识"留白"的人不多，会用者更是寥寥。

摄影"留空"，增加空间的立体感，也给时间留有可塑性很强的时代气息。一轮红日在海上冉冉升起，它的霞光在海面上粼粼闪烁，感知海的博大，光的遥远，让你去敬畏这一时刻吧！因为它带给你又一个新的起点。古往今来，"白虎摇瑟凤吹笙，乘骑云气嗡日精。"（唐·宋之问《相和歌辞·王子乔》）

"留空"是种艺术，空谷足音，余音绕梁，多指空者不空，而远超实际的想象。人们往往把"空"字多解为负面，截掉其背面的内涵。艺术作品却能反而用之，多讲空灵之美。

在文学、艺术领域讲究留白、空灵。说话办事也要留有余地，不能把话说绝，把事做绝，那会遭到报应的。古语说："性多阴毒，睚眦之忿，无不报焉。"（《北齐书·高隆之传》）做人更应如此，再聪明，再有能力，也不要用尽。俗语说："十分才能用七分，剩下三分给儿孙。"否则，聪明反被聪明误。

作为人格修炼，空一点最好，即少些欲望，多些性灵。然而，世上物欲横流，色情污浊，权势争宠，任何一种场合都难洁身自保。常在河边站哪有不湿鞋，看来难以皆空。

在中国的帝王将相中，武则天的"无字碑"可谓在名利地位上是一个另类。在朝中做官者，如"诸侯之剑，以知勇士为锋，以清廉士为锷，以贤良士为脊，以忠圣士为镡，以豪杰士为夹。"（《庄子·说剑》）这是做人的崇高品质，但也是难上加难。上司要求你为他使用，可你不是无情无义的"剑"，而是有思想、有意志的人。所以要把握时机，掌握分寸，有些事情要适可而

止，这叫识时务者为俊杰。应该知道，山高而危，水深有险。水能载舟，也能覆舟的道理。留有足够的空间，对己是福，对人是缘。

细水长流，把握时间的脉搏，在时间的维度上，做到有停、有止，方能不断，可谓自然永生的奥秘。

时间是常数，人生是概数。在人生有限的时间里，时间是自己的财富，是金钱，是成功……舍得啥，也舍不起时间。因为时间变得越来越昂贵，越发珍惜了。但我们不能做时间的“奴隶”，必须知道“闲”的味道，“闲”的佳境。“海鸥无事，闲飞闲宿”，是何等清静、悠远；“闲敲棋子落灯花”，说得是悠闲、雅趣；“人闲桂花落，夜静春山空”，如一幅淡香的水墨画，定格在那花朵轻绽的刹那。

生活的忙碌，“偷得浮生半日闲”是何等的艰难；等闲岁月里，我们多么需要“枕上诗书闲处好”的佳境。

“白”与“空”是做人做事的格局，能做到恰到好处，应该知道“自知”二字。《易·系辞下》：“履以和行，谦以制礼，复以自知。”《道德经》：“知人者智，自知者明。”可见，能真正了解自己是很难的一件事，尤其是留白、留空者更难，左右无比，上下无称，自感良好者多。

让我们找点剩余空间，劫点闲暇时间，在“余霞散成绮，澄江静如练”（南齐·谢朓《晚登三山还望京邑》）的景象里，停下脚步，看看风景；在“愿君眷倾叶，留景惠余明”（南朝·宋·谢惠连《塘上行》）的闲暇里，闭上眼睛，想想余生。那才是“心有灵犀一点通”，如痴如醉岁月情。值得、值得。

思想火花

2017年1月23日　星期一　黑龙江　齐齐哈尔　阴有小雪　-16°~-28℃

冷漠与热情

唐代白居易《白牡丹》诗云："白花冷澹无人爱，亦占芳名道牡丹。"白牡丹看上去冷淡，但它有自己独一无二的特点：纯正、冷香呀！说明"冷"也表现出"香"的一面。如"冷香著秋水"指菊花，"冷香秀色"指梅花，"嫣然摇动"指荷花。

纵观大千世界，人世间不乏有热情、有温度，还有激烈的情感碰撞，但冷淡、静默也有一番别味、别趣。在日本无论是乘电梯，还是坐地铁要遵守一项隐性规则：如陌生人样，互不斜视，互不干涉，当然更不能大声喧哗和打手机。这种安静的背后是冷漠，是一种自觉的秩序。在规则浓厚的社会里，陌生人之间求的是互不侵犯隐私，不影响周遭秩序。两千多年前庄子《知北游》有："尝相与无为乎！淡而静乎！漠而清乎！调而闲乎！"这种市井哲学，日本是在继承和光大。

在一个社会冷漠过了头，就成"各人自扫门前雪，休管他人瓦上霜"，或者说"事不关己，高高挂起"，门庭落雀之态势。任何友情、亲情乃至爱情都成为一种符号或标签，社会中就会出现无助、无为、无援和无奈等怪现象。如2015年6月30日，日本新干线列车发生一起自焚事件。一位71岁的男性在一节车厢内自焚身亡，导致一名52岁女性死亡，26名乘客受伤。后来"脸书"上转发一篇文章，认为是日本社会的冷漠造成的。如果在这位自焚者自焚前传一个怜悯的眼神，都有可能让他取消报复社会的念头。

有时冷漠的背后隐藏着清高和自私。"只关注自己周围一米内。"这是日本学者指责日本人冷漠时常用的语句，也是日本人引以为豪的"井然有序"的代价。不难看出社会发展到一定程度后，明明是世世代代传下来的好的遗产，却被认为陈腐垃圾扫出门外。

再以"冷漠"的对应词"热情"来说吧！"冷眼静看真好笑，倾怀与说却为冤。"（唐·徐夤《上卢三拾遗以言见黜》）

热情的"热"是象形字。它的延伸义指情谊浓烈深厚。《孟子·梁惠王下》："如水益深，如火益热。"对亲情要热心，"只有梅花是故人，岁寒情分更相亲。"（宋·侯置《鹧鸪天·只有梅花是故人》）对友情要热情，"春风也是多情思，故拣繁枝折赠君。"（唐·韩愈《风折花枝》）对爱情要热恋，"情人不还卧，冶游步明月。"（《乐府诗·子夜四时歌·秋歌》）对人如此，对社会也要热衷，对自然更要热爱。

热爱是华夏儿女高尚品德的重要部分。无论是家风、国教和民族魂都离不开这个和我们朝夕相处的词。像君子那样树立"爱人以德"的高尚情怀和民族大义，也有"爱人者，兼其屋上之乌"。作为"热爱"足以显现中华民族传承下来的好风俗、好习惯、好品质、好思想，啥时也不能作废，什么时代也不会过时。尽管由其延伸出来的无节制狂热，"打鸡血"式的振奋，歇斯底里的妄为，都跟"热爱"一词无关。

热爱更多在精神层面表现得纤毫毕现，也会在言语举止行为上映射出人的内心世界。所以说，修养和习惯是成正比的。人们热爱宠物，可带着小狗遛弯时，让狗到处便溺，谈何体统？人们热爱自由，可不分场合地大声喧哗，还满嘴脏话，还叫文明吗？人们热爱洁净，家扫得干干净净，外出到处吐痰、扔废纸、果皮，损人也不利己，小人也！

在转型社会里，冷而不漠，或漠而不冷；在热情中保持温度，防止狂热与骚动，在冷静、淡雅中体现出热忱与钦敬，这样既适应现代社会新秩序的沉稳与执着，又显现出传统人文理念的情怀与大度，其不是社会新秩序、新的人文精神吗？

2017 年 3 月 16 日　星期四　黑龙江　齐齐哈尔　晴　-4℃~10℃

时间量纲

结合古今中外科学家们对时间的认知和理解，归纳起来说："时间"是在高度和广度里面一种重复、往返的量纲，又以"长度"的延续来扩大空间的变量。它既是大自然使万物免于同时发生的一种手段，更是物质不灭定律的死亡与再生的最好见证者。因为宇宙是无限的，那么时间也就没有限量。对于每一个体人来说，只要利用好上天给予的那段时日也就足够了。

《七堂极简物理课》开篇的一句话："少年时代的爱因斯坦曾度过一年无所事事的时光，很可惜，现在很多青少年的父母经常会忘记这样一个道理——一个没有'浪费'过时间的人，终将一事无成。"

人的一生最多也就活三万多天，去掉吃饭、睡觉、玩耍只剩一万来天。这期间还要恋爱、结婚、照顾父母、抚养儿孙等，实际真正做事没多少时日。只要利用好这点时间去学习、工作和生活也就够用了，何必总去跟时间计较，又跟自己过不去呢！能成就一番大事业的人固然了不起，让人尊敬，可更多的老百姓才是过生活的人，因为他们从不谈时间问题，日复一日，年复一年地生活着。

时间在"重复"与"往返"的过程中是有刻度的，如一年之中的四季、十二月及二十四节气。人们按照太阳离我们的远近来安排自己观时节、待时运、知时务的活动程序表。虽说"岁月不居，时节如流。"（《文选》汉·孔文举《论盛孝章书》）"民不废时务，官不易朝常。"（《国语·楚语上》）还是应该做到"知逆顺之变，避忌讳之殃，顺时运之应。"（《淮南子·要略》）古人对时间的描述颇有想法。晋·陶渊明说："迈迈时运，穆穆良朝。"唐·刘梦得讲："花径须深入，时光不少留。"宋·黄裳诗："意静气清时候好，醉归明日更相寻。"尽管几千年来，人们与各个物种在死亡与再生的时间刻度上留下自己的印迹，对于时间来说，"时迈不停，日月电流，神爽登遐，忽已一周。"（孙楚《除妇服》）好短暂的……

时间不能倒流，所以时间对于我们来说，每时、每天都是新的开始、新的创造，绝不是循规蹈矩、重蹈覆辙。人们常说：昨天、今天、明天。从时间长度来说是均等的，但对每个人来说，其宽度是不一样的。例如今天做的事跟昨天不一样，明天干什么只能预想。每年的这一天你在干什么，肯定也不一样。这个“变度”就是重新开始，也是生命发光、发热的最好时刻，所以我们要珍惜时间、顺从时间，按时间的节奏来安排自己的学习、工作和生活。既不能太急，急了会打乱事物的进程规律；也不能太慢，慢了就标志着过去的东西再也不会回来。意思是说，人主观的意识必定服务客观的存在及发展过程，在这里没有捷径可走。

2017 年 5 月 8 日　星期一　黑龙江　齐齐哈尔　晴　17℃～27℃

啄蝇鸟

最近发现一种特殊的鸟，因它不食苍蝇，又专门“啄苍蝇”，故命名为“啄蝇鸟”。据说这种鸟在宇宙大混沌时期生存过，后来与恐龙等动物一起消亡了。它长得不大，和一般鸟差不多，茶色的羽毛，唯独腹部和下颌是灰白色的，喙较长，又很坚硬，是以谷物和草叶为食物，爪也不尖利，眼睛很小，但耳朵灵敏，尤其是耳郭可以 360 度转动，头顶竖起“三原色”的针状羽针，是辨明方向、是非的“暗器”，原名叫“仙茶鸟”。

自从这种鸟消失后，地球上的小苍蝇、大苍蝇就猖獗起来，由它们传染的疾病肆虐，是人人喊打的害虫。于是苍蝇们的基因也开始变异、变种，在动物世界里横行霸道起来。

最近，听松鼠老弟说，有只绿头苍蝇花了 20 万元买了个变电所所长的官，就经常是没黑天、白天地拉闸限电。黑蜘蛛去找所长大人抱怨说：“我无法织网，都挨饿三天了。”它把三个手指捏在一起。黑蜘蛛明白了，回去东借西凑地弄了几张大票送来。别说，还很管用的。

苍蝇们在一次集体学习会上，假话、大话、空话连篇，而对那些“潜规则”心知肚明。于是这次学习班后，大家都有所提升，当个科长、处长什么的……

有一次，听说它们的“哥们”不幸落马了，原因是“靠山”不硬，可急坏了一些刚提拔上来的各色苍蝇。

“还有这事?”喜鹊遇上麻雀就问：“看到红头苍蝇有点焦头烂额?”

麻雀说：“它拿点东西给猫拜年，猫根本不理它，‘喵’一声，它就吓跑了。”

“听说他还给狗送过礼?”

“狗说了，我连耗子都不咬，关你屁事。后来，又去找黄鼠狼子。黄鼠狼子见它那熊样，就说：‘快点走，别污染我的仙气。’”

“那最后咋办了?”喜鹊又问。

麻雀说：“还是我们族群的鹦鹉姐厉害。小苍蝇、大苍蝇见到它感觉有救了。”

当时，一只黑头苍蝇笑脸相迎地问：“鹦鹉小姐您见多识广，我们想找个‘靠山’求谁更好呢?”

鹦鹉拍拍翅膀高傲地说:“去恒山仙洞问花狐狸呀!”

黑头苍蝇搔搔头说:“谢谢您了!”便日夜兼程去找花狐狸。

出发前,去畜牧局长绿头苍蝇那里要两只兔子,在大猩猩的陪同下去了恒山仙洞。花狐狸见到黑头苍蝇驾临,还带有礼物,眼睛都红了。忙问:“兄弟有何贵干?尽管道来。”黑头苍蝇说明来意。花狐狸狡黠地指点着,只见黑头苍蝇不时地点着头。临走时,扔了一句话:

“下次来,给您弄两只肥羊,以表谢意。”

回来后,黑头、绿头、红头、花头的各色苍蝇都纷纷提拔上去,一路走得顺风顺水,也中饱私囊,腰缠万贯,但外表是低调圆滑,对上是阿谀逢迎,百依百顺。

突然在网上看到某占山为王的“大老虎”被“大狮子”锁定。一时间整个动物界乱了阵脚。狼群也不是铁板一块,有的跳崖,有的逃跑,各类苍蝇们也不敢嗡嗡乱叫了。有的篡改豪巢,转移赃物,观察动向,司机妄动。

黑头苍蝇牵着两只羊再次拜访老谋深算的花狐狸,可听看门洞的刺猬说,它早就不知死活。在飞回的路上见到一群蚂蚁在滚粪球,就落下来,见蚂蚁们蜂拥而上,又飞起来,几个回合之后,蚂蚁问:“你这个‘贵公子’有事要说吗?”黑头苍蝇战战兢兢地问:“听说你们能把大象绊倒,是真的吗?”蚂蚁们哈哈大笑:“哪有那事,只是笑话。不过大象是可以信赖的。”黑头苍蝇心领神会。

其实,这些变异、变种的苍蝇们最惧怕和担心的是啄蝇鸟,一些兄弟都让它弄得找不着北了。它的本事不亚于“孙悟空”,特别从东海龙王那里取回鲨鱼的“眼膜”后,戴在眼睛上,简直就是火眼金睛,看得远,瞄得准,有谁能逃过它呀!那些作恶多端的苍蝇们见势不妙,开始乔装打扮,改容换面,时刻准备外逃。就说黑头苍蝇吧,他飞往海外,落在大象身上,还没等逍遥几天,就被啄蝇鸟捕获归案。

啄蝇鸟的本能是对付那些胡作非为的苍蝇们。自从它来到世上,时刻对苍蝇们的一举一动了如指掌。目的是通过这些线索来掌控那些狡猾的狐狸,无恶不作的恶狼,还有贪得无厌的“大老虎”。这个链条不打掉,是不会让世界安宁的。

作为整个生物链来说,出现这些败类也十分自然,没有它们的存在,动物世界就不完整。没有苍蝇,啄蝇鸟就不能存在。存在就是历史,存在就是哲学,存在就是思考,还是人类文明中不可缺少的一环。如果说弱肉强食是动物存在的必然条件,而人类社会中的正义与邪恶、自由与禁锢、廉政与贪腐、高雅与庸俗、真诚与虚假、光明与卑鄙等观念、意识的存在，才会产生出好人与坏人、君子与小人及中间人物，方能构成大千世界的丰富多彩。记得三国·魏大思想家嵇康曾说：“内不愧心，外不负俗，交不为利，仕不谋禄，鉴乎古今，涤情荡欲，何忧于人间之委屈？”

2017年5月16日 星期二 黑龙江 齐齐哈尔 晴 14℃～25℃

"金子"力量

古希腊有个神话故事，天后赫拉生瘸腿儿子赫菲斯托斯后，怕丢面子居然把瘸腿儿子给弃掉了。好在这孩子得到两位海神的营救和帮助，不仅在下界长大成人，还学会一身好本领，成为天下最出色的工匠。为了重回天界，赫菲斯托斯节衣缩食，积攒一点钱，特意做了一把纯金椅子准备送给生母赫拉。当赫拉高兴地接受金椅子，并落座之后再也起不来时，已经失去了自由。她只好哀求儿子，赫菲斯托斯乘机提出条件：一是准许我重返天界；二是把最美的阿佛洛狄忒（美神）嫁给我。赫拉无奈，只好应允，于是瘸腿的赫菲斯托斯凯歌高奏，一举成为女神的丈夫。

这则小故事，可以有多种解读和启示，如不能嫌残弃子；不能只顾面子而失去人性，因果报应等。问题是"金子"有那么大力量吗？既有，又没有。

现实世界中，黄金可是万物之宝。在中国的辞书中，由"金"字组成的词或词组不胜枚举，上至皇帝的龙袍要镶金，龙冠要镀金，龙杖是金杖，龙玺为金印，皇帝受朝见的殿为金銮殿，皇帝说的话为金口玉言等；下至百姓追求的金首饰、金耳环、金表链等。以"金"为各种事物命名的有金文、金币、金星、金波、金风、金陵等，就不多说了。可见"黄金"象征着身份、名誉、地位，如"皇家基业天与隆，金枝玉叶粲石宗。"（宋·楼钥《攻愧集·代求子绍上魏邸寿》）代表着富有的价值、生活的优越及一些理念与追求。某些国家以黄金储备来抵御金融风暴，看来"金子"真是很重要的。

老子曰："金玉满堂，莫之能守；富贵而骄，自遗其咎。"金子多了并不一定是件好事。拜金主义是一种金钱至上的思想道德观念，以为金钱不仅万能，而且是衡量一切行为的标准。在资本攫取的社会里则成为某些阶层普遍奉行的道德准则和人生信条。岂不知，金钱能买到珠宝，但买不到优雅和俊美；金钱能买到权势，但买不到敬畏和尊严；金钱能买到虚名，但买不到纯洁与良知，凡此种种，正如莎翁所说："金钱可以使黑的变成白的，丑的变成美的，错的变成对的"。然而，永远与真、善、美不沾边。

有句名言："黄金做的枷锁是最重的。"用金子发动的攻势往往所向披靡，但到头来，"金子"把人腐蚀得人不人鬼不鬼的，那就太惨了。

2017 年 5 月 17 日　星期三　辽宁　大连　晴　15℃ ~30℃

听的艺术

《论语·公冶长》：“子曰：‘始吾于人也，听其言而信其行；今吾于人也，听其言而观其行。’” 开始接触人时，要信其所言；当在一起共事时，要观察其行动，是否做到言行一致。

对那些有丰富的实践经验，又有敏锐观察力的人是可以信赖的，因为他们具备“听微绝疑”，有处理疑难案件的能力，从不放过细枝末节。汉·司马迁《史记·循吏列传》：“公以臣能听微决疑，故使为理。”（理：狱官）这样才能少一些冤假错案。

在信息、通讯极不发达的古代，审理案件时，“以五声听狱讼，求民情：一曰辞听，二曰色听，三曰气听，四曰耳听，五曰目听。”（《周礼·秋官司寇》）在听诉讼、调查取证时，第一辨明口供之真伪，第二察言观色明虚实，第三听气血流通的快慢晓之以理，第四听其言辞的前后不一判断其轻与重，第五观其眼神审视心理动态。如此明察秋毫，可谓听之有物，言之成理，判断明晰。故而“兼听则明，偏信则暗”，至今仍是我们做人处事的不二信条。

面对现今时代，信息爆炸，传播迅速，人人都可以是慷慨传播者，又是无价的接受者。我们不能听之任之，而要思索、分析消息的来源，及其可靠性，对社会、对他人是否有害。绝不能当“八卦新闻”的传播者，因为让人感到无聊和浅薄；也不做“花边新闻”的好奇者，尊重别人的隐私权，也是维护自身的尊严；更不听“桃色新闻”的靡靡之音，去污染自己那纯洁的心灵。在这方面有些人不如狐性好疑，故渡冰辄听。唐·温庭筠《病种书怀呈友人》：“激扬衔箭虎，疑惧听冰狐。”

值得提醒的是“道听途说”，这种没有根据的传闻，往往是以讹传讹，越传越错。宋·俞琰《席上腐谈》卷上：“世上相传女娲补天炼五色石于此，故名采石，以讹传讹。”当今的网络传闻轶事，杂感瞎说，胡编乱造。不假思考的传者是孤陋寡闻，颇感兴趣的听者更是浅见无识。

这种满天飞的纸屑与碎片，污染了大众百姓的精神，延缓了中华文化的传播，也是对汉字的不敬，对汉文的亵渎。真诚希望“大妈”“大叔”们停停手吧！也为你们的子孙后代留下一点好的念想，好的空间，好的形象……

何乐而不为呢！实在忍不住性子，就去抄几句古诗词，或来一段中外古代的寓言、童话、故事什么的，少许评论，也算给群体或圈内的姐妹、兄弟们饱饱眼福，给孩子们一点启蒙新知。既不找版权、政事之麻烦，又把自己的心灵大厦修造好，那才是不妄人生的慨叹啊！

2017 年 5 月 19 日　星期五　黑龙江　齐齐哈尔　晴　19℃～28℃

智性无边

智性是人头脑中的理智反应，它包括智力、智慧、智虑、智识等智谋与才能等的认知词语，往往是反映人的本质、特性及智商的代名词。

汉·王充《论衡·定贤》云："夫贤者才能未必高而心明，智力未必多而举是。"真正有才能的人，未必是才高五斗，学富五车。人各有所长，只要坚持和努力就能充分地发挥自己的智谋和才能。有多少工匠们，潜心于自己的那方天地，创造出举世闻名的佳品，靠的就是十几年、几十年练就出的手艺。"手艺"的背后就是智力的支撑，也有他们的禀赋和气质的综合再现。对于智勇双全的人来说，更要以行动面向世人。可见，人的智力的高下，不完全在于你说什么，而在于你做什么，怎么去做。

在佛教里"无上无比无等，更无胜者，穷尽到边。"（《大智度论》）意思是不要一味"争上"，任凭自己的努力，在机遇面前是平等的，修炼到什么程度，自然会有体现，何必要不择手段地去争抢呢！不要与人攀比。古人讲："烟霞未遂攀鳞志，葵藿空怀向日诚。"（元·王恽《送王子初总管奉诏北上》）人的一生为什么不活出自己的样子呢！攀龙附凤有意义吗？要像葵花那样诚心诚意地向着太阳，自然收获满满；更不能坐享其成地等待，要奋进、要跋涉，苦和累是达到彼岸的最好的船，一切靠自己，因为天上不会掉下馅饼的。最后，当你付出了、努力了，功夫穷尽了，也就是你最聪明的时刻已经圆满，这种智性是至高无上的。

《荀子·荣辱》曰："志意致修，德行致厚，智虑致明。"修养自己的志向意志，敦厚自己的德行品质，明扬自己的才智谋略，方可为国家、民族做点实事、好事，既成就了社会又完善了自己。智虑的根生长在广大民众的沃土里，离开生吾养吾的那片土地，什么意志、德行都将成为无源之水，无本之木，还谈什么"安得广厦千万间，大庇天下寒士俱欢颜，风雨不动安如山"（唐·杜甫《茅屋为秋风所破歌》）呢！

要提高智性的能量，发挥智性的作用，一定要防止自作聪明，识别的你能力过乱，会使自己做出不正确的判断。《韩非子·老解》曰："故视强则目不明，听甚则耳不聪，思虑过度则智识乱……"要知道一个人再聪慧，其认识事物仍有局限性和无知的一面。只有同心同德之帮，群策群力之助，才能成全一番大业。那种孤芳自赏、喜跃抃舞的人不是智识匮乏，就是小人得志忘形之辈，怎能会做到耳聪目明，胸泊万只船的大彻大悟呢！

智性之光，照耀无穷无尽；智性之海，深广无涯无底；智性之风，广袤无冬无夏；智性之心，博大无边无际；智性之剑，锋利无毁无誉。

2017 年 5 月 24 日　星期三　黑龙江　齐齐哈尔　阴有时晴　8℃ ~22℃

一桶水与一杯水

在教育教学领域，经常会听到：在授予学生知识和能力时，若“倒给学生一杯水，教师必须储备一桶水”。这种比喻性的实证方式已经被广大教育工作者所接受。可此时的思维方法是“线性”的，是从形式逻辑的角度予以认证。岂不知，生活中的一切现象、理念都是在矛盾之中突显出来的。例如在幼儿园，当老师讲：“我们已经进了学校，要好好学习。”可有的孩子要问：“学校是什么？”老师说：“是学知识的地方呀！”孩子又问：“学知识干什么？”“长大好去工作和学习呀！”老师继续回答，“像我这样当个老师呗！”孩子说：“我不想当老师……”此间，教师会被稚嫩的孩子问得哑口无言。

形式逻辑最怕的就是矛盾，而各级各类学校的学生与老师更多时是处在矛盾中。(知识的多样性及师生的价值观不同）而形式逻辑所催生的哲学之一——机械唯物论充满着不能自圆其说的尴尬。

还拿“一桶水和一杯水”来说吧！从认知的容量来讲，幼儿园小朋友有一试管水就够了，教师准备一壶水已经不少；小学生需要一小碗水足矣，教师储备一盆水就行；中学生要求一大杯水可解渴，教师拥有一桶水就差不多；到大学是水涨船高，增加一些已是必然。按此逻辑推理没什么不对的。各级各类教师大多是“师范”毕业，何谓“师范”？陶行知解释说：“学高为师，身正为范。”要想成为“人师”，其知识、能力储备至关重要。一般来讲，幼儿师范培养幼儿教师，中等师范培养小学教师，高等师范院校培养中学教师，那么大学教师自然是研究生毕业。这种学历等级的差异就区分开教育层次的不同，即一桶水和一杯水的定位关系。

形式逻辑可以对事物的局部进行加工，但无法把握加工过程中的局部与整体的关系，往往犯有以偏概全的毛病，也容易在人们的头脑形成数量上的“程式化”，而忽略质量的多变性。

幼儿园的孩子不想喝“白开水”，要想喝点“果汁”；中学生也亦然，想喝点“饮料”“咖啡”什么的；大学生则想品品“茶”，喝点“酒”。作为教师你准备了吗？即使你准备一点，可几十人同时要喝不同的“果汁”“饮料”“咖啡”“香茶”“美酒”，那你能应酬得了吗？说得明白一点：一个中学生看了一本书，全班 40 名学生就是 40 本书，若每人看 10 本、20 本书，作为中学老师你看过多少本书？自己心里有底吗？这个“命题”可不是用“一桶水”对“一杯水”的简单比例，而是以平方的翻倍运算，请问：有过这种心理压力吗？

每个教师面对的学生是个“集合体”。教师可以按着教学计划、大纲有步骤地把相关的知识介绍给学生。对此，一般教师都容易做到，问题是由某一“知识点”派生出来的各种各样的问题，教师有这方面的清晰答案吗？例如指导学生阅读《三国演义》时，有的学生会问：“曹操的功与过可以平分吗?”类似的疑问或思考在你那桶水里很难找到圆满答案，因为教书育人跟牧羊人放羊不一样。所以说一个好老师必须是知识渊博的学者，而不是通过参考书把要讲的东西写成教案了事。有人说：把书教得越薄越好。在大学里，有的教授没有讲稿，只是那么一说，学生们就豁然开朗。其给学生的绝不是什么“白开水”，而是经过很多程序炮制的“高等茶品”，经过许多工序酿造的几十年的“窖酒”，这样学生们方可品出味道，受益终生。

从大量的事实、实践告诉我们，“教师拥有一桶水，方可给学生一杯水”的命题是个“悖论”。多少年来，一直用此种逻辑方式和方法去要求教师这样做，原因就是它有相当的欺骗性。不仅没有增加多少知识和能力，相反在教育改革的快车道上越落越远，而还不知道病根在哪。至于去培养创新型人才，只能说说而已。教育者理念的偏差给学生的影响是直接的。缺乏“大师级”的工匠，怎么能培养出“大师”呢！

2017 年 5 月 27 日　星期六　黑龙江　齐齐哈尔　晴　13℃ ~28℃

“二难”推论

“二难”推论是逻辑学中很常用的一个命题，在人们的生活、学习和工作中经常遇到，也是经常犯难，原因是人们面对的“选项”，如果是直言判断就简单容易得多；若涉及诸多假言判断、选言判断就很让人伤脑筋。古往今来那些稀奇古怪的故事，让人难以决断。对此，我们做些解读，或许有些启示。

“二难”推论经常会遇上伦理与爱情的碰撞，例如人们熟知的例子：丈夫领着母亲和妻子到江中划船游玩，突然一阵旋风将小船打翻，三人同时落到江中，唯独丈夫会游泳，其余二人都在水面上挣扎，而此时风大浪急，只能去救一个人上岸，究竟去救谁呢？妈妈是生我养我的大恩人，妻子又是一生最值得相爱的女人。这种判断已成心理定式，无须更多思考，关键时刻只能看谁离岸近些，或拯救率大就去救谁，生死关头能想什么呢！遗憾或痛苦那是以后的事。

有些判断是随机的，偶然性远大于合理性。例如高考时的选题，在没有任何把握，或无法判断是 A，还是 B、C 时，有的考生就随便写 A、B、C 三个纸条并搓成球，然后抛在空中，接到什么就选什么，犹如赌博一样，往往还对了。有些事情不必想来想去，让它来次零和游戏，至少蛮好玩的。

“二难”推论也会遇上个人利益同他人利益碰撞，或者同社会利益（包括国家、民族利益）发生冲突。现实里这样的例子太多，譬如出国留学后，该国对你的表现和未来发展十分看好，外加工作条件、物质待遇都很优厚。几年后，你带领的研发团队发展成世界级的顶尖科研团队。这时，祖国希望你回到祖国发展。“二难”的事实就摆在面前。最后，你毅然决然地回国了。这是什么选择呢？说是理性选择（报效祖国）、情感选择（孝敬父母）等，都是，又都不是。人是有根的，也是受其基因的影响，无论你走到哪里都会恋着自己的家乡，这就是“乡愁（至少中国人是这样的）。在利益面前放弃直接利益，考虑长远利益、深层利益才会做出与众不同的抉择。刚刚去世的吉林大学教授黄大年先生就是最好的实例。

“二难”推论在恋爱、婚姻中经常碰到，让更多的男男女女困惑不解。花前月下、卿卿我我的情境是很浪漫，也是青年人必须经历的一段罗曼史，但更多的时候是两人要像平民一样过着实际的生活。现在的青年人很浪漫，也很现实，其未来的生活走向：是靠双方父母呢，还是靠自己拼搏？靠自己拼搏有多少实力和本事才能达到预期的目的？除了一些看得见、摸得着的物质财富外，其内在的性格、修养、能力等是否有潜力，或者二人有没有互补、相切之处。说白了，就是“1 +1 >2”。在直觉产生好感后，在相处的日子里，或在未来生活在一起的时候，才会看清楚每个人“背面”的情景。一旦选择错了，分开也没什么了不起的，千万别凑合，那会毁掉人的一生。

可为什么选择“错”了呢？因为“二难”推论假的结论是来源于假的前提，而假的前提带有一定的伪装，不容易让人一次看清楚，或在选项中，某些“假象”遮蔽了你的双眼。对此必须指出哪个选言前提是假，或某一假言前提是假，或提出一个相反的二难推理，由此导出不同的结论，方可避免错误判断的发生。

现实中的“二难”推论不是一些发疯的科学家为了试验、实证而设计出来的典型案例。它是由于各种各样利益的碰撞、矛盾冲突而出现的各种类型实例。这很正常，事物的发生、发展都是在解决矛盾过程中来完成的。实际上人们每天都会遇到这样那样的“二难问题”，如何去选择、去解决，让人很困惑。是否会存在某种合情理的行动方案？我认为偶然与必然同在，理性与非理性无时无刻不在博弈，就看你的运气与智慧了。

2017 年 5 月 31 日　星期三　黑龙江　齐齐哈尔　晴有时多云　13℃ ~23℃

静止思维

静止思维首先来源于视知觉，如看一碗水波平浪静，就认为一湖水也是这样；若走到一条弯曲的小河边，看到水没有响声，也会感到水是不流动的。这种机械的、静止的思维方式是以视像为根据进行判断，其结果是片面的，只见树木，不见森林；说话不好听的话：那是乌龟的视力——看什么都不会大。

有一次，一位老先生给我一本他原来同事的书（其实就是一些感想文），随后跟了一句："那可是 50 年前的大学生写的。"我对这个人也比较熟悉，于是接茬说："70 年前，我还在我妈肚子里呢！"有些人总拿过去的一点优势跟别人比，岂不知，那只是当时的水平，如果不继续努力学习，就算是"北大毕业"的又能怎样呢！这也能成为自我夸耀或别人吹捧的资本吗？"文革"期间有个口号："老子英雄，儿好汉；老子反动，儿混蛋。""英雄"和"混蛋"跟"老子"有多大关系呢？尤其在政治上根本沾不上边。

静止的思维是种偏狭的思维。由于阅历不宽，眼界狭窄，对人和事的看法和处理总是以不变应万变。这在社会活动往来、人际关系处理上比比皆是。要知道：学生没有不如师的，儿子也会超过老子，下属有一天也可能去领导自己过去的上司。所以说，在处理问题上思维应该是流动的、发展的、前进的、变化的，这才符合事物发展变化的规律。那种呆板、僵硬的思维模式，说到底是：小脚女人（过去裹脚的女人）试鞋——总是不跟脚。故而形成故步自封、闭目塞听、短垣自逾、自满自足。

静止思维也来源于先知、先觉的经验。经验是前人对实际生活的总结，是全面认识事物的基础，但绝不可囿于成见而踏步不前。我的邻居有个小孙子整天玩各种飞机模型，学习上不太在乎，于是他祖母经常说："你一辈子也看不到自己的后脑勺。"意思是最没出息的那类，见到别家的孩子每天拿着书本看，就非常感叹。结果这孩子高中毕业考了军校，后来成为某飞行大队的大队长。

说这是经验主义也好，固定的、不变的思维取向也罢，其结果都是狭隘的、自私的主观意识在作怪。在"阶级斗争"狂热的日子里，无疑滋生出反动的血统论，通过家庭出身来抬高一批人，同时又打压一批人，造成社会中人与人的仇视与不安。这里边有个人利益问题，也受静止思维的影响。

生活在大千世界里，形成不同的思维方式是很自然的事。在大众创业、万众创新的新纪元里，静止思维肯定是拦路虎，要实现一个“创”字，必须具有发散性思维、开拓性思维和创新、创造性思维不可，任何只靠直觉、经验来处人、办事、创业肯定是死路一条，万万不可抱残守缺、一孔之见；一叶障目，不见泰山。

2017年6月2日　星期五　辽宁　大连　晴　15℃～25℃

善说与爱听

善说是指口才好，自古以来就有“雄辩家”“演说家”的称谓。这跟两千多年的封建统治有关，往往是统治者一人发号施令，自然而然地练就“好口才”，久而久之就成为一种“文化”。这种文化延续至今可谓放浪形骸，忽悠成癖，靠其嘴巴来征服人、欺骗人。日本学者金文学称之为“口的文化”。

说话的目的是告诉别人自己的见解和主张，诸如领导对下属，家长对孩子，要求别人怎么样、怎么样，试图借此压制或说服对方。这就好比师傅对徒弟多以口授为主。由口的文化演变成表演艺术家——相声、小品、快板、话剧什么的，早已登上文艺的舞台，让人一饱眼福；辩论、演讲政治家——竞选辩论、庆典致辞、答谢辞，走上领导岗位后的讲话、报告、指示、命令等；节目主持人——脱口秀，在广播、电视台等栏目设有“雷人”，博人一笑，为娱乐而愉快；商业的“推销员”——为了企业或某种商品，他们可以是“忽悠大王”，口若悬河，无所不知、无所不晓，黑的可以说成白的，听的人如同灌了迷魂汤，丧失理智，乖乖地跟他们走，等等。足以说明“口的文化”之厉害。

善说没有什么不好，问题是说话的目的要端正，人的良知要健全。无论是政治的、经济的、伦理的，都要取之有道，说之成理，不能离开责任和担当，更不能用某种心理法术去欺骗人心，求其名利。如何做到无私和自勉，才是善说的准绳和利器，否则纯属瞎掰，听众可要警惕哟！

值得注意的是：有些领导只是善说，不爱听，讲话也没什么新内容，一律是照本宣科，这就为贯彻上级指示精神无形地打了折扣。这样下去就给本地区、本单位的发展带来滞后，也自然影响整体和大局。千万不能将“口的文化”变成一种模式，一种“经文”，虚的多，实的少，会大大妨害政治、经济、文化的健全发展。

今天“口的文化”从说、讲、辩到“吹”。有的人“吹”得天花乱坠、云山雾罩、口无遮拦、语笑喧阗。例如，有的人自称是“牛云”，还自诩为：“南有马云，北有牛云。”其实，这种人什么都不是，只练好耍嘴皮子来骗人。

真正能使一个国家、一个民族发展起来还要学会“耳的文化”，即善于听取别人的意见。中国有句古话叫“兼听则明”，这样方可做到耳聪目明。《论语·公冶长》有云：“今吾于人也，听其言而观其行。”这一点，日本人真的做到了。明治维新之前，长期奉行所谓“和魂汉才”的策略，不声不响地学习中国文化，并把它消化为自己的东西，才创造出新的日本文化来。近代以来成为“和魂洋才”，转而学习西方文明，不断造就成今天的日本。

作为国家或民族，只是抱残守缺、孤陋寡闻、闭门塞听肯定不行。而国民都把脑袋长到别人的脖子上也不行，一定要学会倾听、学会思考，学会言必行、行必果，培养自己的独立意识，方可在世界上博得真正的话语权，否则什么都不是。要想跟别人打交道，先要聆听别人的意见；要想成为别人的朋友，也必须显示出诚意和互谅互敬的愿望。对上下级也是这样，对普通老百姓更要多听少说。

2017 年 6 月 5 日　星期一　辽宁　大连　晴　16℃ ~25℃

恐惧与真实

马可·奥勒留在他的《沉思录》中说："对生活中发生的事情感到奇怪的人是多么可笑与奇怪啊!"

《罗马帝国衰亡史》中记述了罗马帝国皇帝马尔库斯从来不知道自己妻子福斯丁娜的一切反常行动。此间，皇帝对妻子的奸夫委以高位和肥缺。在他们一起生活 30 年中，他始终对她无比的关怀和信任。在自己的《沉思录》中，他感谢上帝给了他如此忠贞、温柔，做人处事方面如此淳朴的妻子。唯命是从的"元老院"在他的恳切要求下，正式尊她为女神。在庙宇里塑有她的神像。把她同朱诺、维纳斯和色雷斯同等看待；而且明文规定：每到年轻人结婚的那一天，所有男女青年都要到他们这位忠贞不贰的保护神的圣坛前宣誓。对此，人们并不感到荒唐而恐惧，却是真实、诚意的象征与写照。

写这本书的作者爱德华·吉本讲了一个很好的故事：妻子（或丈夫）有了外遇，丈夫（或妻子）总是最后一个知道的。吉本的这个故事的主人公罗马皇帝马尔库斯，他是皇帝兼哲人，中文译名为马可·奥勒留。难道他真的不知道自己的妻子——福斯丁娜是个荡妇？他是知道的，但永远不会说出来。作为"哲人王"必须守护"真实"。在国民中，因皇帝不说，臣民也只好忍耐。他认为：在我的"沉默"中培养了我的臣民们对"真实"秘密的热爱和深沉的敬畏。

在"真实"面前往往满怀"恐惧"，因为这种毁灭性的事物是把双刃剑，对自己、对他（她）或对任何人都不是什么好事。只有装糊涂，才能保持家庭的稳定，作为皇帝才能赢得盛世的到来，对一般人也是这样的。某种意义上说"恐惧"是幸福，它有助于道德的完善。用马尔库斯的话说，当时的罗马帝国并非死气沉沉，而是灯红酒绿，到处莺歌燕舞。这一切都源于那个著名的仪式：新婚夫妇在福斯丁娜塑像前的宣誓。这意味着那神圣的契约在订立的同时被庄严地撕毁，或者是在庄严肯定时也在庄严地否定。你可以忠贞，也可以不忠贞，可热爱"真实"，也可以反对"真实"。

在现实面前，有多少婚恋或家庭因夫妻某一方"出轨"而立刻毁掉家庭。人们失恋或离婚时，对外面直接公之于众的理由就是"不贞"或"外遇"。说的人是慷慨激昂，理直气壮；听的人更是指指点点，唯恐天下不乱，结果会在双方的心理上埋下怨恨的种子，在孩子的心中充满恐惧与仇恨的气焰，伤害了家庭，也动摇了社会道德的大厦。岂不知人的双重境界就包含着快乐与自私。福斯丁娜更完美地体现了这种双重性。

作为国家领导人，或某些名人为什么在他们去世后才会公开他们的一些鲜为人知的私密呢？原因也在这里，凡是人都有正面和背面，也都有些私生活的秘密，其双重人格更是正常人的完美体现，绝不能把人当成神。他在世上是“神”，也不是神，道理就这么简单。所以说恐惧与真实是孪生兄弟，恐惧中诞生真实，真实又反衬了恐惧，二者的关系在心理学中是相辅相成的，缺一不可。

2017 年 8 月 18 日　星期五　黑龙江　齐齐哈尔　晴有云　19℃ ~28℃

幽默与笑话

幽默是个外来词，音、义两译词，其表达恰到好处，由英文 humor 音义而来。但英文这个词，则来源于拉丁文，本义是"体液"。古希腊有位叫希波克拉底的医生认为：人的体液有血液、黏液、黄胆、黑胆等。

综上解释，西方人好偏执，注重精神养生。说得具体点，他们对人体内的"体液"贮存不讲究平衡。"血液"高的人是"发烧者"，更多愿意沉浸在狂热之中；"黏液"稠的人是迷蒙的，陶醉在内心的空白处；"胆汁"多的人，表现像神经病似的。岂不知，真正的"幽默者"认识到生活的残酷与乏味，依旧能笑对生活，更加热情地去拥抱世界。

西方国家的人们对"幽默"大体有三种理解：

第一种是帕斯卡尔提出的"乖讹论"。《思想录》中记载他的一次洞察："两副相像的面孔，其中单独每一副都不会让你发笑，但摆在一起由于他们的相像而使你发笑。"因为在比较中，产生深入的联想，多方面的思考。就如有人问一群大人："为什么猴子从树上掉下来？"其中一个大人说："因为它死了。"于是在场的人都哄堂大笑。因为他的答案是一个不识不知的孩子要说的话。

第二种是斯宾塞和弗洛伊德所持的"缓释论"。1905 年弗洛伊德在《诙谐及其与潜意识的关系》一书中提出"心理能量"，认为这种能量一直被压抑的性和暴力思想所禁锢，而幽默是释放这种能量的一种方式。在中国改革开放初期，人们在饭桌上经常会听到一些人讲的"黄段子"就属此类。

第三种是亚里士多德提出的"优越论"。这个理论认为，在每个幽默情境中，都有一些处于优势地位和弱势地位的人。"笑"是从别人的弱点或缺点中引发自我的优越感。如戏剧中的"小丑"或生活里的"冷笑话"等。

"幽默"一词最早是林语堂先生将英文 humor 翻译成中文的。幽默不是"搞笑"，而是说的人无意，听的人有心，是反躬自笑，是心灵深处的流露，不矫揉造作、牵强附会，而那些插科打诨连笑话都不是，即使笑了，也是嘲笑、苦笑、无可奈何之笑。

斯洛文尼亚左派明星学者斯拉沃热·齐泽克说："好笑的段子，要用哲学方式来讲，也就是说通过分析，揭示出笑话背后的逻辑。"笑话更多的是一种讽刺，一种用编造的小故事给人们一种思考和启迪。有些是家长里短，也有些是对特权政治、不法伦理的鞭挞和呐喊。放出一些怨气，吐出一些苦水，也好让自己的内心找到一点平衡与慰藉。一个自由民主的社会不怕劳苦大众给当官的一些人编造出一些笑话。当然，“笑话”也有褒、有贬的。被褒者也不要高兴过早，被贬者更无须愤怒，各自找到自己的归宿就再好不过了。真相不会被假象所湮没；假象更是纸里包不住的火。历史是公平的，时间在考验人，功过得失让后人去评判、评说吧！

幽默与笑话，如同一条滑不留手的鱼，从小到大总想抓住它，但只是一鳞半爪，了解全貌绝非易事。

有对夫妻为出生两周就夭折的孩子撰写的墓志铭为：“他来到这世上，四处看看，不太满意，就回去了。”这就是幽默，一种对世界宽宏而大度，对人生的理解与感悟。它不让你捧腹大笑，也不会为此悲天悯人，没有说教，却余音袅袅，感人至深。笑话虽有些荒诞，但它是反映民情、民意的口头载体。虽不好登大雅之堂，在茶余饭后说说也很开心的，是很活泼的民俗样式。在当今社会转型发展之中少不了它。因为它是一服解毒剂，或是精神提升的不知名的“维生素 M”，值得开发与利用。

2018 年 3 月 26 日　星期一　海南　香水湾　多云　19℃～27℃

漫谈骄傲

骄，《说文》：“马高六尺为骄。”说明马健壮。《诗·卫风·硕人》：“四牡有骄。”温庭筠《清明日》：“马骄偏避幰，鸡骇乍开笼。”多指高大雄悍、不可一世的样子。如用“骄”组成的词：骄盈，骄傲自满；骄恣，骄傲放纵；骄泰，傲慢奢侈；骄横，骄傲专横等，更多地展示性情的暴戾与不安。

傲，《荀子·劝学》：“故不问而告，谓之傲。”也多为负面说辞，如：傲世，轻视别人；傲岸，不随和与世俗；傲物，看不起他人；傲散，傲慢懒散；傲慢，骄傲怠慢等。

骄傲：简慢、怠慢。屈原《离骚》：“保厥美以骄傲兮，日康娱以淫游。”《汉书·邹阳传·狱中上梁王书》：“今人主诚能去骄傲之心，怀可报之意……则桀之犬可使吠尧，而跖之客可使刺由。”“桀犬吠尧”：桀为夏代末君残暴凶恶；尧为远古时代的圣君。意思是暴君畜养的狗咬圣君，喻为恶人的狗咬好人。“跖客刺由”：跖为盗跖；由为许由，古代隐士。意思是妒忌贤才之意。

说了半天还是在词义上兜来兜去，尚未明确笔者意图。因骄傲多为贬义，故有些人用骄傲一词来打压一些有才华、有棱角之士。这在日常生活中屡见不鲜。我的一位朋友，家庭出身不好，只念了函授本科，这跟名牌大学毕业生相比，身份上矮了半截。但他很有个性，从不服输，教学、工作都是积极向上，学术思想也都创新前沿，于是顶顶“骄傲”“狂妄”的大帽子扣在头上。一次整党学习会上，有位老同志给他提意见，说他哪样都好，大家感觉就有些骄傲……在最后的表态发言时，他说：“记得毛主席说过，虚心使人进步，骄傲使人落后，我去年发表了十几篇论文，我认为进步了。”在场的遗老们个个都长长眼睛，无话可说。那么是谁笑到最后呢？那些名牌大学毕业生、那些遗老们在退休时只弄个讲师或副教授什么的，而他在 50 岁前晋升为教授，在他的专业领域里成为公认的东北地区领军人物。

被“骄傲”这个闷棍打压的人多数在政治上没份，在岗位上没位，在生活中被视为另类，可他们凭借所谓的“骄傲”资本，即勤奋读书，努力工作，执着上进，化“骄傲”为动力，爬坡过坎攀高峰，古今中外事例超绝，不能不对“骄傲”点赞哟！

也有一种人是自我修养很高，用老百姓的话来说，有点孤傲不合群。《红楼梦》中林黛玉敏感细腻，郁郁寡欢，她眼中的春天在婉转缠绵、愁肠百结里，交织出她清高孤傲、独一无二的性情和诗词的天赋。室外仙株寂寞林，遗世而独立之“仙”，即使春色浪漫如许，在繁闹的人间，也依旧难免孤傲寡言。这种清高也好，保厥美也罢，其傲骨铮铮，傲气凌人，有谁不去赞赏和期许呢！

还有一种人，具有傲世之风骨，具有不向恶势力低头的气节。唐代李白不事权贵，人称有傲骨。我想那些为国家、为民族献身之士都有其骄傲的资本，即他们的民族气节，为人处事的气质，决定其一生都傲视群雄，不会在权贵面前低三下四。这在历代圣贤之中多有体现。他们在独立思想的指引下，做自己喜欢的事，从不趋炎附势、献媚取宠，而是闲邪有诚，刚正不阿。可为“荷尽已无擎雨盖，菊残犹有傲霜枝”（宋·苏轼《赠刘景文》）的高尚情操。

在中国发展到今天，国家提倡创新意识，对此还真需要一批有自己思想和特殊处事之人。某种意义上说，他们可能就是“骄傲”的宠儿，民族的脊梁，社会的精英。对此，要更加爱护他们独特的思想方式和待人处事的棱角性格。没有这种独傲之人是建立不起来民族大厦的。

2018 年 5 月 13 日　星期日　黑龙江　齐齐哈尔　晴　8℃ ~23℃

宽容与信任

今天在《读者》看到罗振宇先生的一篇小散文——《为什么宽容变得这么难》，感同身受，于是提笔写了这篇小文。

宽容是做人的品德和修养。宽容大度乃为人之本，只有人与人之间相互宽爱、宽和、自守，以温颜逊辞承上接下，才可无所失意，做到“克宽克仁，彰信造民。”（《尚书·仲虺之诰》）

宽容说起来容易，做起来很难。在家族里因财产分配，理念差异，造成兄弟、姐妹、夫妻、父子等反目成仇。说他们不宽容大度也未必，因为维持关系的情愫系数遭到羞辱，其结果在心理上难以承受，造成纠结愈深，情感愈疏也。官场或职场上更是相互戒备，不敢多言，唯恐得罪任何人，酿成自己仕途或职业毁于一旦。往往用圆通代替宽容，油滑更能测水深浅，两面人的嘴脸倒是看得开的“好形象”。岂不知，这里边都是一种私利在作祟。正如鲁迅在《祝福》中说：“幸而府上是向来宽洪大量，不肯与小人计较的。”“大人”不显其大，“小人”更是渺小。这样人也会包羞忍耻，可背后有更大的利益驱使。所以说“宽容”也有其两面性。

唐·宋之问《奉和九日幸临渭亭登高应制得欢字》：“御气云霄近，乘高宇宙宽。”这样的人才会在战场上面对胜败不以为然，因为“胜败兵家事不期，包羞忍耻是男儿；江东弟子多才俊，卷土重来未可知。”（唐·杜牧《题乌江亭》）如西汉司马迁曾遭到腐刑，出狱后他包羞忍耻奋发读书，终于写成我国最早一部纪传体历史巨著——《史记》。

人们都赞同君子成人之美，为人德行宽容，做事宽惠爱民，心胸宽宏广大，还能做到宽大与严厉互补。《左传·昭公二十年》：“宽以济猛，猛以济宽，政事以和。”这是真正的宽容之举。

有人犯了错，改正之后，还是感到不能自已。俗话说，犯错改了就好。可你想过没有，烙在别人心灵上的印痕不会因你改正了就马上磨平。譬如进过监狱或劳教过的人员出来就业很难。是非对错这个维度在现代多维世界中已经变得不那么重要，可也不要忘掉世界上还有个信任维度。这跟“对错”没有多大关系，在人们心里不好表达，因为它是一种对价值取向难以衡量的思维情愫。在它前面，每个人对其他人的评价或信任总有一杆自己的秤，通常情况下以道德理念、认知标准方面去评估的。

君子之信，信而有征。在历代社会中，得到别人的信任特别难。除了被信任人的品格一直光明磊落，为人谦逊，能力超群，才华横溢外，信任者也应是海纳百川，任人唯贤，宽厚大度者，否则也会以小人之心度君子之腹。人生一世应努力成为守信诺言、诚实忠厚、信望卓著、信赖可靠、信念坚定之人。

2018 年 5 月 15 日　星期三　黑龙江　哈尔滨　阴有云　18℃ ~24℃

崇拜偶像

“崇”是尊崇，“拜”是拜受。“崇拜”的引申义为尊敬钦佩之意。而“偶像”最早是以土木或金石所制的人像。为了纪念或崇拜某些人，可以把此类偶像作为殉葬品带入坟墓，也可以神灵的形象画在纸上，贴在门上。如关公、钟馗都成了看门、打鬼的神。在庙宇、在佛龛上，无论是观音菩萨，还是如来，以及各路神仙、武士都可以是人们敬仰、钦佩的偶像。

在原始时代，人们出于无知，又非常热爱大自然，把动植物作为图腾加以崇拜。作为中国人由于受老庄和孔子的传统文化的影响，对于人中的俊杰特别崇拜。例如对皇帝崇拜的缘由，因他是“天子”，故百姓就作为偶像崇而拜之。

古往今来，人们为什么那样崇拜皇帝，敬重英雄、模范呢？很简单，他们为国、为民做出了无可替代的贡献，其精神是不朽的，在人们心中闪闪发光，如一颗颗种子，不断地传承下去。这就是一种自然法则：“人法地，地法天，天法道，道法自然。”《易·说卦》：“是以立天之道，曰阴与阳；立地之道，曰柔与刚；立人之道，曰仁与义。”可见，让人们尊崇的圣人、君子多半为“夫仁者，己欲立而立人，己欲达而达人。”（《论语·雍也》）意思是一切为仁而生存。《墨子·经说下》：“仁，仁爱也。”其核心指人与人相亲、爱人。而“义”多半指节操、义气、志向。《史记·淮阴侯列传》：“乘人之车者载人之患，衣人之衣者怀人之忧，食人之食者死人之事，吾岂可以向利背义乎？”南朝·宋颜延之《秋胡诗》：“义心多苦调，密比金玉声。”有义心的人是苦了自己，而给予他人。

经过上述的一番解读，我们知道对“偶像”崇拜的真意何在。崇拜是一种精神寄托，可缓解某种精神压力、困惑，在灾难降临时的得到情绪释放或解脱，至少可以排除内心的一些杂念或不幸，渐渐走出痛苦藩篱。而崇拜偶像是种感恩之心如江水永世长存，不仅仅对内心是种安慰，而是将奄奄一息之火淬炼不灭。

至于现代人追求美女、帅哥、歌星、舞星、球星等，跟传统的偶像崇拜不是一回事。虽然都属于精神层面的心理反映，但现代人追求一种另类的审美愉悦和精神自由，和思想意志不太沾边。作为各类“粉丝”，他们猎奇各种“八卦新闻”，愿意去喝“心灵鸡汤”，才好使自己在另类之中享受其那种特殊的满足和自我历练。

2018 年 8 月 6 日　星期一　黑龙江　齐齐哈尔　晴　15℃～25℃

感恩戴义

“感恩戴义，怀欲报之心。”（《三国志·吴志·骆统传》）感恩之心，不言则为真诚所为戴义之举，无欲则为善行所乐。这是对恩德戴义的崇敬与感怀。

许世友将军未到 10 岁父亲去世，是母亲把他和妹妹拉扯大的。他 16 岁那年，因误伤富人家子弟，不得不离家出走。一年后，他悄悄回到家里，跪在母亲面前，喊了一声娘，就走了。

他投身革命后，行军路上，正碰上母亲领着妹妹沿街乞讨，难过得泪如泉涌，再次跪在母亲面前，说声对不起，就起来走了。

1949 年底，成为山东军区司令员的他第一次把母亲接到自己身边。当饱经风霜的母亲从吉普车走出来时，在数十位官兵面前，他又一次跪到母亲面前，让在场的人十分敬慕。

许世友的“三跪”，是一种大美和大爱，更显现对祖国和人民的大忠。

1932 年 5 月，波兰首都华沙镭研究所建成了。居里夫人接受祖国的邀请，来到华沙参加开幕式典礼。这天，有国王和王后及许多外国领导人参加，还有全世界的著名科学家和好友们簇拥在居里夫人的周围。

典礼将要开始，居里夫人突然跑下主席台，穿过手捧鲜花的人群，来到一位坐轮椅的老妇人面前，亲吻她的脸颊，又亲自推她的轮椅走上主席台，并向在场的人们介绍说：这是我小时候的老师。当即人们报以热烈的掌声，老人也流下热泪。

作为伟大的科学家，仍不忘记曾传授给她知识的老师。此举耐人寻味，已成为世人传颂的佳话。

再举一个例子。一个贫困的男孩为了积攒自己的学费，挨家挨户推销商品。一天傍晚，他感到万分疲惫，饥饿难挨，于是就敲开一家的门，希望主人给他一杯水喝。开门的是一位朴素的中年妇女，了解其意之后，却端给他一杯浓浓的热牛奶，令男孩特别感激。

许多年之后，男孩成为一位著名的外科大夫。曾给他恩惠的中年妇女，因病情严重，很巧合地住进外科大夫所在的医院，而双方都不知细情。外科大夫出于职业的操守，精心地为老太太做完了手术后，不经意间发现老太太就是当年给他牛奶的中年妇女。

术后，老太太想这次手术费用一定很贵的，但不料在手术单上看到一行清晰的字：手术费＝一杯牛奶。

这种行为是好人有好报吗？还是伟大的人性在召唤？应该是用戴义的诚意与行动，赢得感恩的自觉壮举。感恩很简单，戴义也不难，但不容易人人做得到。

善良的本质就是拥有一颗善良的心。它从来不想回报，但真的会得到回报。愈是不自觉的行动，愈能体现自觉的力量。

感恩自古以来是人间的美德，它至高无上。只有藏在心里闪闪发光，最后才会像一盏灯去照亮别人，更有机会去报答曾经施恩于你的人。

感恩父母，因父母给了我们生命，并养育了我们；感谢师长，他们不仅给了我们知识，还让我们有颗感恩的心；报答他人，因为任何人的成长都离不开别人的帮助，哪怕一个温润的眼神，一次助推的微笑，都如阳光雨露般的慰藉。

戴义不是施舍，而是发自内心的一种帮助别人、拯救别人的，没有任何欲望的自认行为，没想到回报，也不图任何利益，是自觉自愿的。所以，自古以来人们很尊敬那些见义勇为之士、搭救穷人之举。

唐·孟郊《游子吟》："慈母手中线，游子身上衣。"父母情深似海，做儿女的应深知而报答。俗话说，鸦有反哺之义，羊知跪乳之恩。衔环结草，以恩报德。

感恩有意义，就算在困境之中也能甘之如饴；感恩无意义，就是在顺境里仍会心无旁骛。《荀子·大略》云："推恩而不理，不成仁；遂理而不敢，不成义。"感恩没有行动的人，不会做到仁义；不敢坚持真理的人，不会成为义表。

就拿普京来说吧，想当年在总统叶利钦身边如鱼得水，节节攀升。但他看到自己的老师（也曾是重用过他的上司）索布恰克因与叶利钦政见相左，被软禁时，他运用个人的资源租用一架外国飞机偷偷把老师送往法国。用普京的话来说："我宁愿因忠诚而被绞死，也不愿为了偷生而背叛。"后来，他向叶利钦自首，叶利钦非但没有处理它，反而因他的仗义得到叶利钦的信任。这就是普京获得俄罗斯人民拥戴的缘由——忠于他人，忠于人民。

世上有两种人：一种人知道感恩，用行动践行；一种人愿意让别人感谢自己，得意而忘形。印度诗人泰戈尔说得好："蜜蜂从花中啜蜜，离开时营营地道谢；浮夸的蝴蝶却相信花是应该向他道谢的。"

2018 年 9 月 2 日　星期二　黑龙江　齐齐哈尔　阴有雨　16℃ ~20℃

心灵之窗

每个人都有自己的心灵之窗。这个“窗”会是什么样式？又会怎样去观察和接纳大千世界的万事万物呢？由于人的生存环境不一样，生活经历的差异，以及对“心即理”“致良知”的理解不同，故心灵之窗可能时而打开，又时而关闭；或开启个小缝，或开启半扇窗。总之，想打开心灵之窗并非易事。

其实，人在世上的各种想法或行为是不好拿捏的。有时会让人愉快、幸福；又时又会损伤他人，或做一些不利于万事万物的举动。无论是自觉或是不自觉做出的，结果都会对自己或他人、他物的心灵给予温热，也可能雪上加霜。为什么会这样呢?《大学》说：“欲修其身者先正其心，欲正其心者先诚其意，欲诚其意者先致其知，致知在格物。”可见，我们的先祖早就给我们立下做人之根本。

人们常说“修身养性”。修身在于有个好身体，健健康康地活着，可光有一个好“外壳”是没用的，必须先有一个纯正、善良的心，才配有一个好身体；纯正、善良的心在哪里呢？那就要有个诚实、忠厚的品德意志，否则那心是“正”不起来的；好的品德意志又要想到“致知”这个先决条件，即先获得各方面的知识和经验；有了知识和经验方可推究事物的原理和法则，最后上升到理性高度，明白天下的道理，才真正地不苟活一生。

推开门，我们可以走出去，去很远很远的地方，这是行动，也是一种践行，知道世界有多大，懂得世界有多美，也可以了解人与人、人与物之间有多善……可近年来国人手里有钱了，全世界各处都留有中国人的脚印和身影。有的人穿着花花绿绿的，在法国“埃菲尔铁塔”旁扯着大花纱巾照张相，以显示自己去过的骄傲，除此之外什么也不知道。这种踏遍青山绿水，却不知山多高、水多深的人，显得很无知和浅薄，就因为他们的心灵之窗没有真正打开，没有做到“致知在格物”。说白了，钱可以让你周游世界，但钱买不来心灵之窗的明亮和开启。

打开窗，看到街上匆匆而走的人，汽车在奔驰及遇到红绿灯时的耐心。这是对社会的憧憬；还可以看到云的变化，嗅到绿叶上露珠的味道，听到鸟的委婉鸣叫声。这是大自然给我们心灵带来的色彩和阳光……这种打开窗未必是“心灵之窗”。他们看到的是某种浮华而浅薄的表面现象，更多的人没有动心，缺少意向，显得粗鄙且单调。改革开放以来，有多少人盼乡、爱乡又颂乡，此情无可非议。可为什么不去想想故乡之变化带来什么样的后果呢！难道跟每个同乡人没有关系吗？跟社会变革没有联系吗？宁可返乡时昂首阔步地走着，不见得对其一山一水、一沙一石、一草一木有着多么深厚的情义和思念。所以说，他们的心灵之窗还在关着，就怕“飓风”的侵袭伤害自己。

我在海南香水湾待了五个月，接触过大海和群山，可去过海南的人多数说，这里的空气新鲜，生态原始，适于居住和养生，而没听有人说让自己心旷神怡的；我很早以前就去过黄山，人们除了在“迎客松”那里照相留影，证明自己“到此一游”外，就是登顶过夜，企盼第二天清晨观看日出，一旦见到了，人们就会欢呼雀跃地喊：“我在黄山第一眼见到日出了！”再听不到人们有何特殊感触。宋·范仲淹《岳阳楼记》：“登斯楼也，则有心旷神怡，宠辱偕忘，把酒临风，其喜洋洋者也。”这种感受是发自内心的真与诚。清·陈忱《水浒后传》第四十回云：“又登海天阁，见万顷银涛，千山削翠，心旷神怡。”古人能做到“心旷神怡”，说明他们真的动心了，意气风发，“知行合一”，而感到大爱、大善和大美。对比之下，时人是多么的无奈和渺小呀！原因只有一个，或“心灵之窗”是死了，或锈迹斑斑无法打开，或根本就没有打开的意愿。悲哉！哀哉！

用“心”去感知和体验，用“意”去理解和认知，用知识和经验去升华和感悟，最终达到一种超然的境界，方能对世间的天、地、人有种大写意的合成与统一，对世间的万事万物做到“高山仰止，景行行止，虽不能至，然心向往之。”（《史记·孔子世家》）才能防止“既自以心为形役，奚惆怅而独悲？”（晋·陶渊明《归去来兮辞》）

2018 年 10 月 23 日　星期二　黑龙江　齐齐哈尔　阴转多云　13℃ ~1℃

霜白操洁

农历戊戌年九月十五日 19 时 22 分为二十四节气之一——霜降。《诗经·秦风·蒹葭》："蒹葭苍苍，白露为霜。" 作为北方，水气凝露，温度至冰点以下，凝成白色微粒，视为霜。"北方有白雁，似雁而小，色白，秋深则来。白雁至则霜降，河北人谓之'霜信'。"（唐·沈括《梦溪笔谈·杂志一）

"霜降" 的到来，不仅仅是节令的到来。"水风醒酒病，霜日曝衣轻。"（唐·李商隐《所居》）天冷了，要添点衣服，不要着凉，也是中华民族怀念故人的感时念亲也。当我们也已两鬓白发时，怎能不在霜天日去感慨一通父母及祖先的恩德呢！"清琴将暇日，白首望霜天。"（唐·杜甫《季秋江村》）当年，老杜都这样珍惜时光，感同身受，我们后人又怎能忘怀霜白之时。就连宋代词人李清照都说："物是人非事事休，欲语泪先流。"（《武陵春·春晚》）我们今人不也是 "闲云潭影日悠悠，物换星移几度秋"（唐·王勃《滕王阁》）吗！

"心懔懔以怀霜，志眇眇而临云。"（晋·陆机《文赋》）比喻霜为高洁的象征。寒风凛冽可畏可敬，正气之威严，态度之凛然，这是做人的根本。鸟语花香让人醉美，霜花诱人也使人妩媚。人与物若没有这点棱角与骨气，哪来的尊严和正义。这点精神是天地节气轮回赋予我们的，既是自然之法，也是天地之道啊！不要为 "霜降" 而至，草木枯黄、凋零而叹息。其实，这也是一种塑造、一种情操。屈原《远游》云："内惟省以端操兮，求正气之所由。" 枯而老死，不如遵循节令而落幕，更显襟怀之坦荡，气宇之高昂。历来英雄、豪杰就是以 "登山须正路，饮水须直流"（唐·孟郊《送丹霞子阮芳颜上人归山》）的无私无畏精神传于后世的。这是一种法则，也是一种自然规律，不可违抗。

"松柏有霜操，风泉无俗声。"（唐·孟郊《山中送从叔简》）霜操之贵，法自然也。

2018 年 11 月 3 日　星期六　黑龙江　齐齐哈尔　晴转多云　-3℃ ~5℃

宁静致远

《文子 · 上行》："非漠真无以明德，非宁静无以致远，非宽大无以并覆。""宁静致远"是指在安静环境与内心平静的基础上，才能达到志向高远。这是一种境界，让人站得高看得远啊！

乡村僻野孤烟直，半夜闻听犬吠声。这种原生态的乡野生活，让城里人羡慕与神往，但由于交通不便，经济落后，人们还是纷纷远离大山，跑到城里打工或生活。这就是说环境的安静与否是相对而言的。要知道安静的背后也有不安静。流水潺潺之后，不时有倾盆大雨来临。江水滔滔不可挡，风折树枝也安然。人总是在适应自然而生存，伴随着群居的社会流动而进步。

有人说，寺庙建在山上，远离闹市的嘈杂，诵经朗朗伴风晓，吃斋念佛幽幽静。这是另一个世界，即"佛"的修身之地，跟大多数人的生活不一样。我们不能以偏概全。人类进步和发展的重要标志是工业化和城市化。车水马龙、人声鼎沸是群居的特征，不可回避，也不能说这样的环境就不安静。

在城市里，如苏州的园林，小桥流水人家；杭州的西湖，岸边树木遮天蔽日，也很安静舒适，当你漫步其间也有世外桃源的感觉。

其实，环境的宁静可依附于大自然，也可是人工创造，但内心的平静就不那么简单了。虽说心跳有自己的节奏，也受人、事、物的干扰和冲击。此时，如何保持一种平常心，则是一种修养和历练。遇人不烦不躁，遇事不慌不忙，这需要一些经历的积累。经常去掉内心深处的污垢，保持心地干净，方能遇事不惊。

人心不能平静的根源是私心杂念。警车一响，对那些贪官污吏及黑社会的流氓歹徒来说，一定是血压升高，心跳加剧。内心不纯净的人，睡觉不香，夜里多梦，说不定什么时候就血浆倒流，亡命黄泉，做鬼都不会有个好下场，悲哉！哀哉！

宁静的前提是思考，思考的目的是志远。若想有个理想追求和远大抱负，必须高瞻远瞩于未来，做到知行合一，在成功与失败中认真总结经验教训，在挫折和阻力时不断锤炼自己的意志品质，千万不要忘了思考。

只有思考才能应万变于不变，因为任何事物的发展都是有规律的，绝不能把主观意志凌驾于客观事实之上，自然界和人类社会都如此。

只有思考才能保持人心在触碰万事、万物时而不惊。顺境或逆境对人来说都是一种机遇，处理纷繁复杂事情时要顺其自然，往往正义和良知是最好的药方。

只有思考才能从负面里看到正面的希望，做到起死回生，不急不躁才可从迷失的深渊里走出来，获得新生。

那么，怎样去思考呢？

遇到伤心事（生老病死），在泪珠里寻觅闪光点。太阳总会出来的，从新的一天开始，轻松地踏上征程，不要回头去看、去想，忘却过去里的恩恩怨怨，是对过去的人或事的最好钦敬和爱慕。请记住：一切都是自然的，遗憾和痛苦都是对自己的过不去。

遇到麻烦事（挫折、失败或沉重打击），在死灰里找到一点火星，同样可以星火燎原。重新站起来，迈开大步向前走，前人的足迹可以试一下，最好是另辟蹊径，不一定好走，但没有包袱，因为人性如猫，走不走直线，取决于老鼠。

遇到惊喜事（喜悦或感动），心潮起伏逐浪高，必须沉下心来，不可喜形于色。轻浮和浅陋会导致别人的嫉妒，任何妄为和自负都会在前进的路上碰到不可预测的灾难，谨慎和自谦是照耀前进方向的长明灯，也是不时敲响的警钟。

18 世纪普鲁士美学家温克尔曼说：“高贵的单纯，静穆的伟大。”我们必须学会与自然和谐相处，与社会共生共存，不能违背大自然的规律，也不能让社会的发展以牺牲自然生态为代价，否则，我们的人类家园——地球会发怒的。宁静地生活，志向才高远。

2018年11月7日　星期三　黑龙江　齐齐哈尔　晴　有云　-5℃~-2℃

冰魂雪魄

农历戊戌年九月三十日19时22分为二十四节气之一——立冬。《礼记月令·孟冬之月》："是月也，以立冬。"一般以十月为孟冬，十一月为仲冬，十二月为季冬。

江湖冰清玉洁，农家红烛冬心。在雪花漫天飞舞的冬日里，全家老小围坐在炕上吃着冬藏的果蔬，喝着乡村的小酒，也真是一番美不胜收的农家乐。有谁不去向往和品尝呢！牡丹江的林海雪原中的"雪乡"，招徕全国各地游客观赏驻足，享受另一种美景和风俗，让人流连忘返。唐·骆宾王有诗云："加以清规日举，湛虚照于冰壶；玄览露凝，朗机心于水境。"（《上齐州张司马启》）比喻冰清日朗，心地洁白。

"冰"是冬之魂。《荀子·劝学》："青，出于蓝而胜于蓝；冰，水为之而寒于水。"冰是清明而纯洁的，表里如一且透明。《宋书·陆徽传·荐朱万嗣表》："冰心与贪流争激，霜情与晚节弥茂。"唐·王昌龄《芙蓉楼送辛渐》："洛阳亲友如相问，一片冰心在玉壶。"是多么可歌可泣呀！

宋·苏轼有诗云："一扇清风洒面寒，应缘飞白在冰纨。"清·龚自珍有词曰："秋花分小影，秀句写冰纨。""冰纨"为洁白的细绢。可见，色素鲜洁的冰是多么尊贵与高雅。有它的伴随人们的生活才算是"如冰之清，如玉之洁，法而不威，和而不亵。"（三国·魏·曹植《光禄大夫荀侯诔》）

"雪"为冬之魄。宋代孙道绚有诗云："悠悠飏飏，做尽轻模样，半夜萧萧窗外响，多在梅边竹上。朱楼向晓帘开，六花片片飞来，无奈熏炉烟雾，腾腾扶上金钗。"白色的雪花不仅为冬天增辉增色，也点缀了大自然的清幽与静美。《庄子·知北游》："汝齐戒，疏瀹而心，澡雪而精神。"白雪可以净化人的精神，使人身上无一点瑕颣。俗话说，"白雪百姓"是也。

冷是一种尊严，一种神情。在古代人称"妻父有冰清之姿，婿有璧润之望"。后来称誉岳丈和女婿为冰清玉润，简称"冰玉"。这也是做人的品行修炼和人格认证，有谁不去敬畏和称颂呢！

瑞雪凌冰冰瑟瑟，凌冰瑞雪雪娇娇。冰与雪的关系就是如此的依恋，相互映衬，谁也离不开谁，为冬天的景色之美尽到了自己的一分力量。

2018 年 11 月 26 日　星期一　黑龙江　齐齐哈尔　晴转多云　－2℃～－6℃

试谈“平常心”

谈起“平常心”一词，耳熟能详，用之广泛。但什么是平常心，未必人人能谈得清楚。从现代心理学的角度讲，即心态既自然又平稳，对人、事、物不急不躁、非喜非忧、莫悲莫狂的一种正常心理反应。

对人、对己要逊顺、宁静、温和，不偏激、不乖戾，达到“始得展身敬，方乃遂心虔”（南朝·梁·萧衍《游钟山大爱敬寺》）的自然心境。性海少浪，心田无尘，方能让人尊重、敬仰和流芳百世，也会在事业上获得成功。

云南大山里有个孩子，在中学时期靠父母养猪卖点钱去交学费。考上重点大学后，虽有光宗耀祖的喜悦，但拿不出去外地求学的费用，只好靠借贷和助学金来完成学业，后来又考取了研究生，所有费用靠助学贷款（由自己打工还贷）。到此，还不止步，用奖学金来考“托福”。十几年贫困生活的经历，从自卑的敏感到一点点走出逆境，靠的是自己的努力、耐心和内心的足够强大；从渴望认可到能力的不足，靠的是一步一个脚印地成长和蜕变。这里的平常心是指用正确的方法做正确的事。决定一个人能走多远，靠的是永远在路上，而且不止一条路，更不是出发时的位置。这就告诉我们急躁的背后有喜悦、喜悦之中有忧愁，而忧愁伴着后来自慰和惊喜，因为破茧成蝶就是这样的过程，再平常不过了，而平常心并不是没有波澜的。

对事要恬淡、真实，宠辱不惊。“性和适，宜侍旁。”（战国·楚·宋玉《神女赋·序》）“一茎竹篙剔船尾，两幅青幕幅覆船头。”（唐·白居易《泛小船二首》）悠然自得，两袖清风。

最近在《读者》上看到一篇小文章，写的是美国一位老太太安妮·塞贝尔捐给叶史瓦大学的遗产高达 2 200 万美元。这位终生未婚的老妇人谁也不知道她的名字，也从未在这所大学念过书，竟然在退休后的几十年里把积累的巨额财富捐赠出去。我们不谈她的精神品质，先看看她是怎样积累这笔财富的。1943 年她从国税局退休的时候，把仅有的 5 000 美元投进股市。到 1950 年时用炒股赚的钱买了 1 000 股先灵葆雅公司的股票，便耐心地等待股票升值。

到她去世的时候，仅仅这 1 000 股，已经多次拆分成 12.8 万股。

安妮·赛贝尔成功的秘诀是：她的一生大部分时间在积累财富，炒股时不太在意涨与跌，也从来没有想到抛掉，只是耐心地等待。当真的有大笔大笔钱时，没有想到自己如何消耗它。《荀子·大略》云："是非疑，则度之以远事，验之以近物，参之以平心。"她做到了。炒股时，她"混暗识于心镜"，在风险中游刃有余，能照万物；去世后，她"开险路于情田"，能把钱无私捐出，善行可贵。雨果说过："善是精神世界的太阳。"珍爱自己那颗柔软的心，让心态永远平静，而不芜杂。

"出门何所见，春色满平芜。"（唐·高适《田家春望》）甘得寂寞，心地平稳，恩泽自然，万物共生，则为不二法则。

自然界间，日月星辰亘古轮回，山川河流不息垂古，动植物种链条不断万物生。这是生命的延续，也是地球村万劫不毁的必然。

"万物调和为世界。"一年有春夏秋冬四季，才造就物种的发育、成长、成熟和衰败。由于阴与阳的支配，虫、草、树都是在适应中存在。人是万物之一，千万不要自作多情，妄自尊大。对待自然界中的江河湖海、山川溪流、鸟兽虫鱼、树木花草，一定要和睦相处，相互照应，互相爱惜，这样才会让世界永存。否则生物链中一个"结"被破坏，整个链条都将失灵。所以，我们人类必以平常心、平等心、平易心、平和心去对待所有生灵，永远保持大自然的平衡与寂静。

那么，什么是大自然的寂静呢？汉普顿说："它是完全听不到人为的声音、只留下大自然以其最自然的方式发出的声音。……是昆虫拍打翅膀在午后明媚的阳光中飞行的柔和曲调，……是清晨喜鹊和蝉令人惊讶的大合唱，是大雨在茂密枝叶上震撼心灵的演奏，也是轻风拂过脖颈的柔和细语。"

大自然给人类永远享受不完的大餐，可人类也必须学会乐于以平常心去接纳自然。当我们的五官更加敏锐之后，更应善于聆听大自然的声音，更容易倾听彼此的声音，体验和理解彼此的行动和行为。要知道，一个没有夜莺叫或青蛙吵的世界还有意义吗?!唐代·张说《清远江峡山寺》云："静默将何贵，惟应心境同。"可见，一个人的平常心来自对寂寞的解读与向往，如此方能达到万事万物和谐相处的境界。

平常心是阅尽沧桑后的坦然若定，是饱受世间艰辛的睿智，是在红尘起伏中的淡泊。

2018 年 12 月 4 日　星期二　黑龙江　齐齐哈尔　晴　－12℃～－17℃

知足者常乐

《道德经》云："祸莫大于不知足，咎莫大于欲得，故知足之足常足矣。"但是人们受欲望的驱使，往往是知而不足，甚至走上贪腐的不归路。在社会转型期，物欲横流、金钱至上的特殊时期，特别需要重温一下这句话的内涵与外延。

记得有篇文章写道，美国亿万富翁查克·费尼老人在一次自己公寓聚会时，手腕上戴块廉价的塑料手表，还拿个用塑料袋做的文件包，顿时在场的人都哑然了。

由他创建的高达 80 亿美元的"大西洋慈善基金会"，拒绝以自己的名字命名。难道他没有名利心吗？对此，查克·费尼说："是谁建起楼房并不重要，重要的是楼房能建起来。"他还说过："裹尸布上没有口袋（生不带来，死不带去），无论你是富有，还是贫穷；无论你是平民，还是权贵，最终都免不了要穿这种没有口袋的衣服。"

这种理念是一种宗教信仰，还是从小就形成的专为他人着想的品格，实在不好诠释，至少有一点是可以肯定的，那就是一种心灵纯正的自觉，或俭朴灵性的高贵，或知足常乐的享受，深深地埋在内心，不需要口头上的说教或空喊，是内心的托慰与虔诚也就够了。

知足者常乐，除了有一种很高的自我价值观和品德修养外，很重要的是生活中的方法论，即自己跟自己比，跟比自己低的人相比，这样才能有一种幸福感和安全感。不管一个人是富有或贫穷，是在顺境或逆境，都要在主观世界中去寻找契合点——乐趣。做到不去抱怨别人，更不要嫌弃自己，因为生活对任何人都是公平的。做将军很荣耀，但他的责任和担当也是大的，大到寝食难安；做小兵也好辛苦，可他的责任单一，也没那么多束缚。穷的生活让人纠结，可也安然、自在；富的生活过得好些，但也增加诸多烦恼，最直接的是别人看见你都很特别，你就不那么自在了。说到底还是知足就是快乐。

我这一辈子，就住所来说，从砖草房到二层的"讲师楼"，再到"四屋"两厅的近 150 平方米的"教授楼"，最后搬迁到齐齐哈尔市又住进 80 多平方米的"安居小区"（这是克山师专与齐大合并后对离退休干部的待遇），落差之大一度感到很憋屈。住上十多年后，跟一些贫穷的底层人打交道，感到他们的朴实与热忱，反而有种特别的亲近感，也算随遇而安了。真的达到了“知止而后有定，定后而能静”（《大学》）的境界。

“知足常乐”跟“知止不殆”有关。知道适可而止的人就不会遇到危险，因为低调处事的人到什么时候都知道自己的轻重，不张扬、守本分，会得到别人的敬重。爱因斯坦在世人的眼里是位伟大的科学家，到了晚年他竟是个知足者，并检讨自己和包括妻儿在内的亲情关系都是失败的。在他76岁的生命终止前，对老友比利时女王私下透露：“对我一生研究成果过度夸大的崇拜，让我觉得很不舒服，我感觉被逼着把自己想成一个骗子。”这段道白不是谦逊，而是发自内心的一种感言：“知足不辱，知止不殆，可以长久。”（《道德经》）

去世前一天，爱因斯坦要来他最新版本的大统一理论文章，并做了一些计算。他告诉秘书杜卡斯：“极尽人事去延长生命是缺乏品位的。我的本分已尽，是该离开的时候了。”人的一生在最后要离开这个世界时，画一个圈是最完美的，也是最快乐的，别的什么符号都没用，反会玷污此生的荣光。

所谓“知足”，多半是指一生能过得去就可以了。其实，“知足”不仅大富大贵要知足，贫困潦倒也应知足。纳博科夫在托翁《俄罗斯文学讲稿》一书中的感悟，即“生命既哀亦美，知此足矣。”有一年学期末，纳博科夫在校园湖边散步，一名女生跑过来问他：“教授，我该知道多少东西才能考好期末考试呢?”教授想了想说：“生命是哀伤的，生命也是美丽的，知道这个就够了。”看似简单而抽象的一句话，却在告诉你：考得好要知足，考得不好也要知足呀！细细品来，它的哲理不在考得好与不好，而在于要自己给自己打分。

明·冯梦龙《警世通言》云：“常言‘知足不辱’，官人宜急流勇退，为山林娱老之计。”这话很符合官场哲学理念。但有多少人会这样做呢！不是不想“勇退”，而是激流推着你，让你目眩脑昏，无法自已，还谈什么“君子独知止，悬车守国程”（唐·韦应物《送郗詹事》）呢！

2018年12月5日　星期三　黑龙江　齐齐哈尔　晴　－12℃～－23℃

善善从长

《公羊传·昭公二十年》："君子之善善也长，恶恶也短，恶恶止其身，善善及子孙。"既是美德源远流长，又是弃恶扬善之意。善善从长必须牢记哟！

第二次世界大战期间，有一天，作为盟军统帅的艾森豪威尔带领随从，冒着纷飞大雪，正驱车赶往总部开会，在路边看到一对老夫妇在寒风中瑟瑟发抖，相拥而坐。艾森豪威尔立即命令停车，让翻译官下车问个究竟。这位翻译官说："让警察去处理吧，我们要赶时间开会。"艾森豪威尔说："等警察来了，他们就冻僵了。"经过一番了解，老人家准备去巴黎投奔儿子，车子抛锚走不了了。艾森豪威尔毅然决然地说："还是顺便拉他们一程，尽管绕道，也耽误不了开会。"最终将两位老人送到他们想去的地方。

就在那一天，德军得到情报，几个纳粹狙击手埋伏下来，准备袭击艾森豪威尔。结果因艾森豪威尔的一念之善，改道而行，使自己躲过一劫。

从因果关系来说，如果你布施了自己的善意，那么你最终会得到善的回报，会有意外的所得。这就是善有善报的最好诠释。但原因可能是多方面的，其结果也未必跟我们想象的那样乐观。假如说，这对老夫妇是德国纳粹乔装的特务，其结果又会怎样呢？

这时，我想起明代冯梦龙对佛经上的因果关系做了一番自己的解释。他说有座庙，庙里有尊木制佛像，但村子里人很穷，冬天为了取暖，木佛像让小偷拿去劈柴燃火了。可木匠见佛像没了，又雕了尊供奉，后来又让小偷拿走了。每年冬天都是偷了雕，雕了偷。后来小偷和木匠都死了。阎王判小偷下十七层地狱，判木匠下十八层地狱。阎王对木匠说，正因为你造佛像太多，小偷才毁坏了那么多佛像，否则，他哪有机会作恶呢！

那庙里都有屈死鬼，木匠本是敬佛为善，却遭到恶报。冯梦龙把这件事戏剧化，但内涵是深刻而丰富的。

一个家族的家风、家训、家教若如此严格，就会导致这个家族的几辈人都不会出现盗贼、匪徒和贪官污吏。这是长期道德规范的，是辈辈熏染和代代良好教化的。这种因果关系是必然的。但有些因果关系很牵强。譬如说广西有个"长寿村"，这里居住的老人都能活到百八十岁。其实，这是房地产

商和旅游业炒作的结果。充其量这里山清水秀，空气新鲜，宜于居住罢了。也有人对“放生”“放飞”说得神乎其神。只要做了善事，就可以发大财，后人就有出息等。这也不是必然的结果，只是普世的一种理念和信仰而已。

人的心地善良、真诚会让别人信服，也会对自然、社会的变化发展有益处。我很佩服虔诚的佛教徒，因为他们讲究“心诚则灵”“佛在我心中”的理念。说得确切一些，在一个社会中，若人人都做点积德行善的好事，累计起来，这个社会一定是个文明的社会，每个人都是乐于助人的人。有谁不去赞赏和敬畏呢！可想而知，凡有善心的人，从来不求回报，没有求其结果的意愿，自然就活得平安自在，无忧无虑。其实这就是回报，这就是所得。古人讲，弃欲则免灾，无私天地宽，何乐而不为呢！

对那些行为不端、脚印不正的人，一旦出了事（违纪或犯法）家里人就出去敬香、拜佛，求“神仙”保佑别被“双规”，别进监狱，这实属对“佛”的亵渎，也是对自己良知的出卖。若想人不知，除非己莫为；若不犯错误，必有善良心。否则一切后果都是自找的，别去怨天尤人。

《孔子家语·六本》：“与善人居，如入芝兰之室，久而不闻其香，即与之化矣！”此语，把善心、善念、善化、善事都尽其本义了。

2019 年 1 月 27 日　星期一　海南　陵水　阴　有时多云　19℃ ~27℃

外在与内质

作为中国人，不论男女老少都具有沉稳持重、温和雅致、从容豁达的外在风范和细腻温婉、谦虚谨慎、真诚慧智的内在品质，而且还富有同情心、诚实心和专一心。

在读书人中的贤人、雅士、儒生、学子，以及上流社会中的一些人，多用细、美、雅、聪、直来打造自己。而对底层的老百姓多从粗、丑、俗、愚、滑来表现他们的方方面面。但在人的修养上，两者也会交叉的。

“细”是指做事用心细密，注重细节。把精细、仔细、心细用在有教养的人身上一点也不为过。在科学研究领域要精细，否则是达不到高超的科技水平；种田也要细致，方能丰收。做任何事情没有“细”字是不行的。这也是我们华夏民族的好品质。但要注意，细而不小，或细而不琐。也就是不要为了细而细，束缚自己的手脚，更不能在琐细上白费功夫，做到细致有度，绵里藏针。

与“细”相对的是“粗”，但不能免于粗，因“粗”是另种豁达开朗，大气豪放气节，有谁不予以尊重呢！底层的劳动人民手上老茧，脸上褶皱，虽没有“小生”们细腻，但他们是粗而不慵，粗而不劣。就算是外在形象，也总是跟艰苦岁月为伴，是一段经历乃至历史的见证。绝对跟挫劣、粗劣等行为无关。其貌不扬心端正，粗声粗气人品好。

“美”是个敬辞，多形容人的外貌、品德、声誉等方面的美丽、美好。人生在世有谁不向往美、追求美呢？对于人来说，有些美是自然的，如体型与外貌；有些美是社会的，只要把人和事做到协调一致，位置适中，处理得体，给他人以享受，也使自己愉悦，就是美。至于内在美是通过学习、工作、生活的实践逐渐培养出来的，譬如会讲话、能闭嘴，为他人着想，为国为民鞠躬尽瘁等。尽管美的标准不一，可那些矫揉造作、装腔作势不是美。因为美不是装出来的，演出来的，更不是捧出来的。它是应运而生，是开在人们心中的花，荡在人们心潮的浪，照进人们心灵的阳光。

美的反义词是“丑”。丑不完全来自外形，主要来自心灵。所以美不免于丑，虽丑而不恶，不至于令人恐怖。只要心肠好，如丑妻家中宝，丑媳妇孝敬公婆。这就是老百姓对“丑”的解读，不要以貌取人。《大戴礼记 · 五

帝德》记载：鲁国人澹台灭明，字子羽。开始时，孔子嫌他相貌丑陋，不愿收为学生，勉强收了以后，发现他德行很好，于是感慨地说："以貌取人，失之子羽。"在我们的文学艺术作品中，把丑角贬而又贬，一上台就知道这是坏人，其实不符合生活实际，因为人的真正丑陋绝不在外貌、言谈举止中，能够揭示内心的污秽和丑恶才是真正的本事，也符合美学原则。

"雅"属敬辞，如雅鉴、雅嘱等。雅也属一种特殊的美。在我国典籍中，"雅"字在称赞人或事时所占频率较高，《三国志·魏志·邢颙传》书："家丞邢颙，北土之彦，少秉高节，玄静澹泊，言少理多，真雅士也。"《论语·述而》："子所雅言，诗、书、执礼，皆雅言也。"

"雅"不免于"俗"。俗语称"雅俗共赏"，是指雅人和俗人都可以欣赏的作品，才是好作品。而粗俗、庸俗的人和事都不可取，俗学鄙习往往会让人厌恶。《荀子·儒效》："不学问，无正义，以富利为隆，是俗人者也。"俗骨之人，贪小利忘大义，迂腐儒生求生怕死，浅陋之人不识时务。"人瘦尚可肥，士俗不可医。"（宋·苏轼《于潜僧绿筠轩》）有些俗不纯粹是主观造成的，受其风俗礼仪所染，往往会在旧枝上生出新芽芽。

"聪"为耳聪目明，聪明多智。既有天然所启，也有后学增补。为人者聪慧，方可做到"弘敏而多奇，雅达而聪哲。"（晋·陆机《辩亡论》）人的聪明才智来自刻苦学习和努力实践，不是什么天生的。识达古今是学习，智慧高远也是学习和经验的积累，而聪明正直又是修养的深功夫。任何好高骛远，好大喜功，愿说大话、假话、空话的都跟聪明贴不上边。然而，不知天高地厚，过分"精明"者，"机关算尽太聪明，反误了卿卿性命。"（曹雪芹《红楼梦》第五回）

一般说来与"聪明"相对的词是愚笨、无知。把这类人归于下等人，多有些愚昧不学，痴呆无理。但他们是愚而不缪，不至于荒诞可笑。就以古代寓言来说。北山愚公，年近九十。因屋前太行、王屋两座大山阻碍出入，决心把山铲平。智叟笑他愚蠢。愚公说：我死有子，子又生孙，孙又生子，而山不加增，何苦而不平？每天挖山不止，天帝为之感动，派夸娥氏二子把山背走。"有志者，事竟成"的道理，是这个"愚老头"教给我们的。说明愚者的自信，反而赢得人们的尊敬。

"直"，正直也。《书·舜典》曰："直而温，宽而栗。"是谓是，非谓非。"坦率无私，为士流所爱"（《北史·李广传》）。做人应该是以诚去伪，洗心向善；说话算数，直言不讳，友谆可敬。可是，社会上人心叵测，当昏君执政、小人当道之时，坦荡之人会遭殃的。"真性怜高鹤，无名羡野山。"（唐·皎然《西溪独泛》）也只好隐姓埋名为佳。可见，一种高尚情操实难发扬光大。但历史会记上一笔，为之喊冤颂德。每当我去杭州西湖，见到岳飞的铜像前跪着秦桧时，实感正气凛然，高洁似青天。但直言、直率要分场合，考虑各种利益关系。委婉往往是“直”的好帮手，做到曲直相谐，直而有度，也是一种好方法。

“君子坦荡荡，小人长戚戚。”（《论语·述而》）这是人性反差极大的两种类型人。如果没有“小人”，哪来“君子”乎！在社会上打扮得油头粉面者有之，其举止轻佻，让人厌恶；油嘴滑舌者有之，黄鼠狼给鸡拜年——没安好心；油头油脑者有之，华而不实。这等人总把别人当成“无知小孩”，自认为“精明”。那些贪官污吏、腐败分子，携款外逃，总认为自己聪明，走了许多国家东躲西藏，最后还得被抓回服法，真可谓狡兔三窟也难逃人民法网。

作为审美价值体系的真、善、美和假、恶、丑是相对、相生地存在着。对于人的外在形象和内质心理，不同程度地交叉这六种审美要素。它们相互排斥，又相互渗透，但正面素质相对强大得多，既有主观的积极因素，又有客观环境的助长。所以说，社会的进步，文化的提升，财富的积累，必然使人们的精神面貌向好的方面发展，也算文化的全面发展，导致人心的良性循环。

2019年2月8日　星期五　海南　香水湾　晴　20℃~29℃

爱情四季歌

爱情是什么？就是你愿和自己所爱的人四季相伴，永不分离。

春天来了，二人走在散落紫色丁香花的湖畔、小溪或林间，顶着细细的雨丝，撑着一把伞悠然地散着步，找回初恋时的脚印，依偎在老榆树旁相吻，时而听到虫儿鸣叫，瞬间也能见到两只蝴蝶在嬉戏，羊儿在山坡上追逐……春色好动情，春景关不住。

夏天时，每当傍晚来到江河湖畔的池水边玩玩水，打打水仗，你泼我一头，我扬你一脸，带着满身的水珠静静地观看水面上粼粼波纹。突然你我对视，两对明眸中的四个瞳孔各显现出一个“小情人”，于是二人不约而同地抱在一起，相拥、相吻。其二人世界如诗般浪漫，似画样鲜活。走上沙滩支起一只小帐篷，女人躺在男人的胸膛上小憩，也算对天地的许愿。

秋天到了，不必在家腌制过冬的菜，一起糊窗户缝了。星期日可开着自驾车陪同爱人、领着孩子到周边来次小型旅游。哇！漫山遍野的红叶映着蓝天笑，淡淡的白云俯瞰大地黄橙橙。秋霜染万物，秋波荡雁归。“古木摇霁色，高风动秋声。”（唐·孟郊《分水岭别夜示从弟寂》）秋山、秋水、秋色美，人到中年也是秋。秋天是成熟的季节，爱情的果实就是“家”，有家的日子真好，肩膀靠着肩膀，心贴着心，连鼾声都那么有韵味……

冬天来临，一起添火加炭的日子一去不复返。看到外面那皑皑的白雪，消瘦的枝条。岂可知，他们那纯洁之心，曾与贪流争过激，与晚节共茂盛，真可谓“一片冰心在玉壶”（唐·王昌龄《芙蓉楼送辛渐》），是多么可歌可泣啊！走出家门，来到火锅店，喝点老酒，涮点牛羊肉，美了口福，也饱尝情感的馈赠。每当春节、假日，领着孩子、陪着爱人常回家看看老父老母，那才叫“团圆”。一旦到暮年，在抱冰雪、通桑榆的日子里，相濡以沫一辈子。此时，老夫老妻惺惺相惜，相互搀扶、陪伴，有什么能比得上这种感情的历练呢！

春山如笑，其明媚入镜。两人就像青梅竹马那样，哪怕是嫣然一笑，都是如此纯真且青涩，饱含情感的真挚、友善和纯粹。“披襟欢眺望，极目畅春情。”（李世民《月晦》）一定要珍惜初恋的瞬间，哪怕一个眼神，也会让你心潮涌动，连一次微笑都如蜜一样渗入心房；第一次牵手更会心跳加剧，热血沸腾……所谓神秘就在这一颦一笑中。

夏山如滴，其苍翠有致。烈日炎炎似火烧，雨水漫漫盈江河。爱情走到缠缠绵绵、如胶似漆这一步，就像云中两颗小水珠，在降落大地时凝结成一个水滴，与其他水滴一同落到苍山，涌进溪谷，再也不能分开了。“苦流长汎，爱火恒然。”（南朝·梁·萧绎《梁安寺刹下铭》）作为命运共同体，那可是天赐良机哟。一生的厮守就此开始，直到白头偕老。真正的情，真正的爱，就如夏山那样，不仅要苍翠欲滴，更要任凭地动山摇，我自岿然不动。

秋山如妆，明净而沉稳。尽管绿叶泛黄，更显丰厚与成熟。“风吹山带遥知雨，露湿荷裳已报秋。”（唐·韩翃《送客归江州》）在天高云淡的秋天里，秋山如贵妇人，淳朴优雅的外形，不仅是人格的象征，也是家族的缩影。夫妻二人一路走来，尝试过双眸剪秋水的愉悦，还经历了十指捻蹉跎的艰辛。人到中年福气多，家庭稳健，美满是福气、是缘分，更是德行修炼的归宿。有谁不去赞美秋山，欣赏中年大美的爱情呢！

冬山如睡，浅淡而无欲。在冬天银色的世界里，虫儿眠，鸟儿栖，除了北风嗖嗖地叫，雪花纷纷地飘。世界好像冻结了一样。这是四季的轮回，也该静下来，安稳地睡上一觉。人这一辈子，到了暮年，遇上儿孙满堂的好日子，该沉下来过点无忧无虑的生活，也算是最好的晚年享受。“上车欲去复回首，那将暮境供浮名。《（宋·陆游《小憩前平院戏书触目》）看看书，喝点小酒，弹弹琴，也不算寂寞，何乐而不为呢！无欲无争才是最大的享受。宋人谢灵运告诉人们：“屈盛绩于平生，申远期于暮岁。”（《宋书·谢灵运传·撰征赋》）可要记住哟！

少年犹如春草绿，葱翠旺盛；青年好似夏花美，芬芳欲滴；中年意如秋云淡，果实鲜亮；暮年呈现夕阳好，霞光满天。我们的爱情如春夏秋冬，路是不平的，情感有起伏，能走到一起，并能生活一辈子就是真爱、真情，没有再见，也没有停歇，能在一起，乐在其中，到头来，只有老夫老妻才会有此光景。这首爱情歌是生命的契约，让它亘古不衰，代代唱下去吧！奉献给一生坚守的男男女女。理解万岁，爱情永恒！

2019年3月3日　星期日　海南　香水湾　阴有小雨　22℃～29℃

浓与淡新解

“浓”为露多。引申为厚、密。在北周庾信的眼里，好酒才有浓香。他说：“菊寒花正合，杯香酒绝浓。”盛唐时代，妇女不仅以肥为贵，还以浓妆艳抹为美。唐·杜甫《朝献太清宫赋》云：“素发漠漠，至精浓浓。”“浓”还是个很讲究的限量词。

与“浓”相对的是“淡”，多指味薄、色浅之意。如形容水色明净，“参差乱山出，澹泞平江净。”（唐·白居易《送客回晚兴》）也指身心保持淡泊恬静状态。“非澹泊无以明德，非宁静无以致远。”（《淮南子·主术训》）

从伦理和社会的角度讲，浓与淡都有积极的意义。

子沫《限量感动》一文曾引了这样一段话：生病也好，不开心也好，都源于一个字——浓，你浓于情就会生出痴，浓于利就会生出贪，浓于名就会生出嗔。痴、贪、嗔是最可怕的。不开心的事情闷在心里就会郁结成气，气结不化就会生出病，病则不通，不通则痛。对付浓的最好办法是淡。这个“淡”不是你说什么都不在意，而是不贪。人的贪欲是不知不觉的、方方面面的，只能不断地自我提醒。

人们对浓与淡都有不同的理解，各执一端，公说公有理，婆说婆有理，似乎都跟真理贴边，又都有些偏执。

“浓于情就会生出痴。”对爱情、工作及生活没有浓厚而深沉的感情能行吗？应该是痴心而不要妄想，做到痴迷，不提倡痴狂。古人云：“节物相催各自新，痴心儿女挽留春。”（宋·秦观《三月晦日偶题》）没有什么不好的。

“浓于利就会生出贪。”那么，淡于利就会不生出贪吗？又有点费解。我认为欲望是生存的本能需要，只要合规、合法，去追求利润，扩大资本，积累财富，舍去“利”字是不可能的，而且是利越浓越好。这跟贪婪没有直接关系。

“浓于名就会生出嗔。”这话有些果断，似乎“名”就成了过街老鼠，人人喊打的怪物。名利、名分、名位、名望等，是对个人成绩或作为的标记和奖赏，不存在让人嗔怪和怒气，就算让人“眼红”，也需要个人努力、奋斗索取。对于成名者，“浓于名”也无须害怕生出什么“嗔”。至于有人单纯为了出名费尽心思，到头来还是竹篮打水——一场空。由此导致的愤怒、生气，那是另一回事。对此，我们不能虚名、托名和悔名，以至欺世盗名。应该是不务空名，师出有名。

由此可见，“浓”于情、利、名的关系不是对立而存在，而是相融、相生的关系。一味将三者绑在“浓”的马车上，奔跑起来还嫌弃颠簸，就有些言过其实。

对于情、利、名来说，如果“浓”了不好，那么“淡”了就好嘛？也不一定。那样就将牵强附会，又会感到社会中的此种人都有些“僧侣化”了。不客气地讲，人都无欲无求地生活，那还能有社会进步吗？看来这种“限量感动”真不好把握，只能看其结果了。

2019年3月22日　星期五　海南　香水湾　阴　有小雨　22℃～32℃

生命之轻

近一个多世纪以来，人类还真的不够太平。从第一次世界大战到第二次世界大战，断送了几千万人生命。从价值观的角度讲，有的人死了比泰山还重，有的人死了比鸿毛还轻。而多数人的死如一只家雀那样，轻轻地走了。可人类的生存又像蒲公英的种子，被风吹到哪里，就在哪里生根发芽。中国人似乎就有这种本事，在世界各地都留有他们的足迹和身影。就像一粒灰尘和一片羽毛，不论客观环境如何，都会找到重新起飞的机会。“生辰既促，幽路未央。”（北魏《伏夫人昝双仁墓志》）

生命之轻的“轻”，恰恰能体现出人生的独特个性。诸如，站得高、看得远，那是智慧的象征；能吃苦、能耐劳，那是勤奋的体现；不信神、不怕鬼，那是勇敢的标志；讲宽容、求和平，那是中庸的解读。这就是生有涯，而知是无涯的。

中华民族在人类历史上是最古老的民族之一，也是个勤劳奋进的民族，一直靠自己的双手勤俭持家，用最少的土地解决最多人口的吃饭问题，并做到自给自足。在改革开放的岁月里，我们从一个贫穷落后的国家，变成科学技术、工业制造的强国。全世界有一半人们日常生活用品是中国制的。目前，全国高速公路、铁路、港口、桥梁、电网等，都是自己建造的，有哪个民族在短时期能做得到呢？历来，中国人是个能吃苦、爱劳动的民族，什么人间奇迹都能创造出来。就是这样的倔强、有胆识的群体，才把自己打造得无往而不胜。

中国是爱好和平的国家，在世界各国没有一兵一卒（维和例外），也从来不去威胁别人。这里边有个传统观念——中庸。受儒家思想的影响，历来讲究“和为贵”。在邻里关系上求和睦，在人与人之间将友善，国家之间奉行友好。一个万隆会议的“五项原则”，至今还是中国外交的基本原则。可以慷慨地援助非洲人民，就是一种正义的驱使，没什么利益关系。目前，与全世界各国往来相处，一直主张国家不分大小，做到平等礼让，互利共赢，提出共建人类命运共同体等，都是这种理念的具体体现。

人的一生，经过命运的煎熬，化重为轻，命比纸薄；环境的逼迫，多见识少，看破红尘；文化的熏染，弃旧扬新，无足轻重。故“轻”是一种境界，一种涵养，可从另一方面去规划人生。虽说生命诚宝贵，但虽死犹荣；虽有祖籍乡愁，却能落地生根；虽讲凶善对立，方懂兼收并蓄。

自然生态

2016年10月18日　星期二　黑龙江　齐齐哈尔　晴　0℃～-9℃

日出随想

［葡萄牙］费尔南多·佩索阿在《城市的苏醒》一文中说："乡村的日出是存在，而城市的日出是希望。前者让你活着，后者则让你思考。我注定总要去感怀，和世界上最不幸的那些人一样，认为思想比存在更有意义。"

存在是永恒的，农民们顶着日出下地，日落西山归家，年复一年地耕耘着。大地是农民祖祖辈辈的"根"，那"日出"是农民永不熄灭的火种。大自然滋养着农民，何故去思考呢！

说到这里，似乎有些"惰性"让人们产生嫌隙。人类社会的发展是从农耕到工业革命，多数农民转产、转业跑到城市里来，也自然成为城市建设的生力军，而农村由手工劳作到机械化的运用，固然要抛弃原始农耕的影子，树立大作业、大场面的恢宏景象。就这一点来说，城市人的思考确实走到了农民存在感的前面，这应该也算一场"革命"吧！

思考是一种变量的精神活动，按理说，人不去思考也就失去了人的崇高本性。农民不是不思考，而是在存在中进行思考。城里人是在希望中思考，更多的是一种向往、寄托和企盼。看似有些高贵，可他们生活在逼仄中看日出，在忙碌中盼日落，显得有些沉重、纠葛和惆怅啊！快节奏的生活，市井的空间，让人们在灯红酒绿时去畅想、呐喊，在车水马龙中去追逐、等待。城市里有限的空间没多少了，已经开始向高空发展，摩天大厦鳞次栉比，也向地下延伸，地铁线路密集错落。就算思考过，有一天海洋或江河水位倒灌怎么办？一旦发生核战争又如何防范得了呢！

我的记忆力里，更多的是小河流水潺潺，蛙声畅想片片，鸟鸣清脆悠悠。大自然鬼斧神工的存在美，多么需要我们在享受时去保护啊！干吗还要自己更多地动脑来创造那种希望之美呢？

可话又说回来，当人们用思考所创造的人类世界应该比自然的要方便得多，高贵得多。作为大自然的佼佼者，过度地思考就会对其他生物进行伤害或灭绝。这一点的存在，让人们担心的时候，必须去呼唤自然之美，有诗云：“暮天愁听思归乐（杜鹃鸟名），早梅香满山郭。”（温庭筠《河渎神·河上望丛祠）用此句来反衬其意吧！

2017年1月28日　星期六　云南　沙溪古镇　晴　21℃～2℃

崇尚自然

丁酉年正月初一，是中华民族的传统节日——春节。这一天，人们都穿红戴绿，家家户户已经挂起红灯笼，贴好红对联，点上红蜡烛，时而还有燃放鞭炮的声音。此景象虽有红红火火喜迎新春之意，也不排除当地的一个传说，即打消“年”这种怪兽对人们的侵害和骚扰，因“年”这一怪兽最怕“红火”和爆竹声，从而看出春节就是“过年”（怪兽过去了）。人们要过个吉祥、喜悦的年，故成为老少皆宜的喜日良辰。

吃完早饭，我和女儿一起走进沙溪的村落，最让人羡慕的是白族兄弟们非常虔诚地崇拜大自然。他们在“老树”的枝干上系上红丝带，有种企盼、祝福的味道。宋·晁冲之《和十二兄》：“孰云醉无度，婉婉春月柳。”可以这样解读：人们如孰云那样酒醉无度，但即将到来的春柳会伴着明月温婉晓畅。除此之外，人们不自觉地来到桥头、池水边敬香，表示对天地的敬畏和神往，看出其心是何等的明净和清澈呀！我亲眼见到一位老阿婆在给一个小土地庙敬香后，十指相合，跪地叩拜，非常自然而和谐，没有任何造作与杂念。

大自然是一种造化，要风给风，要雨给雨，非人为也。它与人类一样是有生命的。凡有生命的物种（也包括物体）人要与之共生、共荣和共亡，绝不可随意践踏或毁灭，否则迟早会报应的。所以，要像白族老人那样在心里记住老庄的话：“自其异者视之，肝胆楚越也；自其同者视之，万物皆一也。”（《庄子·德充符》）

老子曰：“我无为而民自化，我好静而民自正，我无事而民自富，我无欲而民自朴。”《诗经·大雅·文王有声》：“自西自东，自南自北，无思不服。”都在教导人们要依靠自然规律去做人、做事，只有与天地自然相合，人类方可安乐幸福。老子又说：“知止不殆，可以长久。”这一理念在沙溪的老百姓心中牢牢地扎下根。说实在的，沙溪没有那么多风景可供人们浏览，但它的人文景观却保存着中华民族最古老的民风、民俗和民意，不能不让我们翘首仰望。

2017年4月22日 星期六 黑龙江 齐齐哈尔 晴 5℃～16℃

清亮原始美

读王维诗中“明月松下房栊静，日出云中鸡犬喧”，真的好像住在世外桃源呀！

古时遗留下来的“明月池”，清潭如镜，静谧悠然，月投池水中，如梦如幻；“明月峡”，峡谷深邃，如玉连连，壮美似仙境，魂系夜阑；“明月湾”，白露明蟾，凉风碧落，幽幽月牙湾，月影迷恋。至今，“朔风绕指我先笑，明月入怀君自知”（唐·温庭筠·醉歌》）的况味已经不多了。在自家的房前、左右，晚餐后在大树下放张小桌子，与亲朋好友或家人，头顶明月，品茶论道，饱尝清风，谈天说地，那种安静、祥和的氛围让人难以忘怀。

今天的城市夜间霓虹灯闪耀夺目，连天上的星星也只能半睁半闭那乏力的眼，月亮只好在迷蒙中潜行。此时，正是年轻人放肆、浪漫的好时段。生活的压力，情绪的紧张，至此都可以松绑下来，在灯红酒绿的夜幕下，只想到今日有酒今日醉，管它明日任东西。路灯在月光的陪衬下，等候着那些喝得烂醉如泥的男男女女们的归来，可没想到的是，往日里影像中的优雅和谐不见了，从小轿车里钻出来的人，似乎失去了天性，魔影般地爬上一座座“方盒子”中。

城市里纸醉金迷，乡下村落有些地方也闻不见“日出云中鸡犬喧”的田园生活。古村落、山水风光也被拆迁、转移等，弄得乡愁愁不断，童年倩影永不还，还有什么值得留恋的。记得小时候，“鸡鸣天上，犬吠云中”（晋·葛洪《神仙传》）的情景所表现出的大欢喜，也让小孩子们喜上眉梢。

每当“沉曦含辉，芳烈如兰”（晋·陆云《失题》）之际，晨星泛白眨眼笑，明月孤帐长挂情，家家户户炊烟袅袅，村村屯屯鸡鸣犬吠，好一派生机盎然的景色，可谓新天开，新生继，平淡而有序的生活又开始了。正如晋·左思《蜀都赋》所云：“晨凫旦至，候雁衔芦。”多让人们留恋的一种简单、有趣的生活方式。

当今狗不狂叫，大多变成人们的宠物，它还可穿上小花袄，戴上小墨镜，比公子哥还公子；鸡更惨，没日没夜地圈在笼子里，只会下蛋、长肥，不会鸣叫唱晨曲，是人们餐桌上的菜，已经失去了习性和野性。“鸡窗夜静开书卷，鱼槛春深展钓丝”（唐·罗隐《题袁溪张逸人所居》）的比喻不会再出

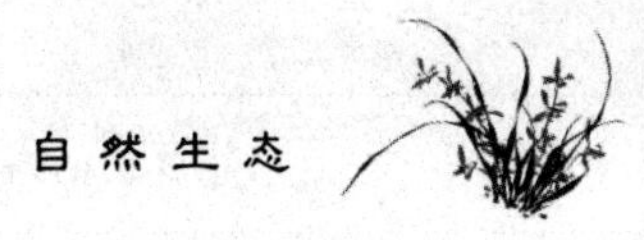

现了。

历史就是这样无情吗？不会的，我们还要继续。科技就是这样高超吗？不是的，自然的事物失去了会遭到惩罚。人是聪明的，千万不要聪明反被聪明误。到什么时候，人们还是要耳闻“鸡犬声”，享受“房栊静”。真正做到尊重自然、热爱自然、保护自然，让大自然按自己的规律办事，才能做到“耽道乐术，清亮自然。”（《后汉书·郎顗传》）

2017年5月5日　星期五　黑龙江　齐齐哈尔　阴有小雨　4℃～13℃

第一声春雷

喜闻雷鸣化春雨，乐见霹雳闪天空。近半年多的时间没有听到雷声了。在今年“立夏”的节气里，在乌云密布的空中犹如骡马打了个“响鼻”，告诉万物生灵：春末夏初的季节是你们发情、垒窝的时候了。

小鸟在树枝嫩叶下，或在草丛中，寻觅适合筑巢的地方。鸟儿闻雷莫惊愕，知道云过有阳光。赖以无端处，鸟窝深深藏；鬃丝茎草编织，搭建新娘闺房。

地鼠匆匆爬出洞穴欢快地嬉戏，听到雷声迅疾钻进钻出，过后又竖起小脑袋左顾右盼，如哨兵一样揣摩“敌情”的状况。鼠儿听雷，洞里深藏，拱手洗妆，待拜春阳。爬到外面，远眺碧绿山岗，近觑溪水荡漾。冬眠时，幻影重叠不断；苏醒后，方圆黑土泛香。

水鸭就不顾那些了，乌云漫漫，雨丝绵长。它们由岸边游到河流或池塘中间，似乎偶遇天堂，拼命地把头扎到水里，嗅到上下翻腾的鱼香。漠漠水田映着白鹭的影像，碧绿的池塘藏着绿鸭的翅膀。天水连一片，鸟飞鱼儿翔。

野草和树木在雷雨的呼唤下，肃穆盎然地礼让；在朔风的吹拂下，摇曳着婀娜的身姿，更换着新装。杨柳沉思构筑青春梦想，花草曼舞喜迎蜂蝶傧相。

人们站在挂满雨帘的窗前欣赏着灰白色的云帐，静听风的弦外之音——雨滴的吟唱。刹那间，今年第一声春雷滚滚到来，那声响好像重鼓擂动咚、咚、咚……飘向山谷与平原，震撼着人们的心灵，催人奋进与梦想；犹如号角嘟、嘟、嘟……唤起人们对春的回忆，憧憬未来的希望；多似礼炮轰、轰、轰……联想到吉日安祥，对自然要多些敬畏和景仰。

几声春雷，几处闪电划过，天空灰蒙蒙的不见一点亮色。雨丝稀稀疏疏地挂着，不一会雨滴伴着雪糁一起飘落下来。前几天，我们鹤城的最高气温达到32℃，怎么一下子变到“冰点”了呢？

你看走在街上的人们打着晴雨伞，穿着羽绒服，有着多么特殊的味道呀！当我从社区公园里出来，身上的休闲服外套已经淋湿了，唯独那顶小檐的深灰色礼帽已经挂满了水珠，但还坚挺地护着我的头。再回头凝视时，公园里的树木和花草都披上一件件嫩绿的新装，不是晶莹剔透的，而是鲜活靓丽。

一簇簇丁香花、蜡梅花有种透心的亮，犹如画家的笔蘸上亮油刚刚抹上一样，让人钦慕极了。

来到街口，水泥马路像清洁工刚拖过似的，乌黑锃亮。过往的车辆默默地来回奔驰着，听不到一丝喇叭声。少许行人都匆匆地走着。唯独这里的女人怪怪的，她们把头部包裹起来，戴着地摊上卖的土色墨镜，外加上花里胡哨的大口罩，人不人，鬼不鬼的，让人心里堵得慌。雨滴渐渐地慢了下来，绿色的枝条还有稍许晃动，地面的低洼处积着一汪一汪的水，与灰色的天空相互映衬，倒还显出一点灵气。空气中湿漉漉的，感到有点透心地爽。

宋·陆游《七月十八夜枕上作》云："雷掣光如昼，雷轰意未平。"下次雷声，也许是在浓云滚滚中震撼云霄，响彻大地。我好企盼哟！

2017 年 8 月 8 日　星期二　黑龙江　齐齐哈尔　晴有时多云　20℃～26℃

扎龙观鹤

头天晚上，气象台预报翌日阴有小雨，可早晨起来是瓦蓝色天空飘着几朵白云，煞是好天气。上午 10 点多钟给事先约好的挚友姚刚打电话，说今天下午两点多钟去扎龙自然保护区考察采写。他痛快答应后，下午两点来钟就开车接我，在阳光的炙烤下，直奔景区。

我们齐市人都多次去过“扎龙”。姚刚在停车场等我，只我一人背着沉重的相机进去。到达景区后，离“放鹤”时间只有 20 多分钟，游客们纷纷乘坐快艇或大型游轮驶向 4 公里外的丹顶鹤集聚地。我犹豫了一下，决定步行前往，还可以观测一些外景。

8 月的湿地芦苇茂密，“景昃鸣禽集，水木湛清华”。（晋 · 谢混《游西池》）在一望无际的大沼泽地上观赏太过瘾了。边走边摄，快门咔嚓、咔嚓，亲品大自然馈赠的大宴，丰富多彩，心旷神怡。就在走到离丹顶鹤放飞地不远时，我着急了，连跑带颠，紧赶慢赶地冲了过去。在一个小溪旁集聚几百人，还没等我贴近，就看到几十只丹顶鹤，腾空翱翔。

仙鹤在蓝天白云的映衬下，飞得如一团团的柳絮，轻盈而自在；像黑白相间的云朵，自由且欢畅，似一位位仙女头顶一朵红玫瑰从天而降。在现实里，展现的是一种美轮美奂的梦境；在虚拟中，犹如大自然给人们的一幅动态的画卷。它们盘旋着，幽灵般地切换着优美的画面；它们鸣叫着，传感着与人类心灵的独白。这群受训的野鹤呀！是天上的仙子，地上的精灵，有谁不去赞赏和喜爱呢！神鸟翱翔天宇里，风云叱咤也低回。

浩浩的湖水，周围的芦苇如碧绿的围墙，在阳光的反射下，水面波光粼粼，不时也有几只野鸭和大雁从湖边的草丛中扑棱棱地蹿出来，优哉地戏着水。此刻，沉稳的湿地与天上的白云呼应，有种天地联姻感觉。其实，大自然就是这个样子，久居城市的人们早已麻木不仁了。

在一人来高的芦苇荡里，游人就露个小脑袋。连绵数百平方公里的苇塘，芦花的小棉穗黄白参合，在微风里摇荡，轻飘飘又沉甸甸。《诗经 · 豳风 · 七月》云：“七月流火，八月萑苇。”正是芦花盛开的时节，也是水鸟游水、玩耍的佳期。水禽游弋，芦苇飘香，鱼虾鲜嫩，靓丽鹤乡。

不见泽水而见草，草棘荒芜里，烟花鹤子春。这正是水鸟最好的集聚地，离人间烟火越远，距百鸟生息越近。这片不可开垦的处女地，是禽类和鱼类生存和繁衍之地，是人类对自然物种的厚爱，更是给自己的生存留下了空间。

2017 年 9 月 4 日　星期一　黑龙江　齐齐哈尔　晴　17℃ ~25℃

扎龙赋

野日荒白，春流泯清。杂草丛生，泽陂连环。绿波荡漾似海，鱼跃芦苇草尖。狐狸与狼攀亲，黄鼠迷醉成仙。呦呦鹿鸣，群鸟敬言；鹤鸣九皋，声震宇寰。

清晨凉风习习兮，露珠晶莹剔透，湖水泛波连连；中天阳光烈烈兮，花香摇曳动情，蝶虫竞舞斑斑；傍晚落霞漫漫兮，禽鸟归巢歇息，夜空静谧蓝蓝。

钦慕逝去时光，格物知至探原。怀自然之幽情，发思古之瞻念。仰清风以叹息，寄余思以霄汉。博闻扎龙风物，阅尽历史渊源。

壇上栖息阴羽，池水倒映阳莲。夜晚天地合沓，池塘蛙声一片。静悄悄之扎龙，月白沐浴湖面；晨曦草木清馨，景昊鸣禽高远。清幽幽之湿地，鹤企端详池边。乃天然之圣地，盖鸟兽之家园。

湿地湛恩蒙涌，鸟吟花诵春兰。轻风和煦，草木斑斓；烟雨飘摇，水鸟合欢。河道纵横交错，水纹波波点点；沼泽星罗棋布，池中泡泡圈圈。小鱼草根觅食，稚鸟弃巢游玩。芦草逐声茂长，莲花默声赧颜。

天降丹鹤，水丰草健；沼生芦苇，鸟蔽清闲。竦轻躯而鹤立，挺延颈而扬帆。阵兵鹤列，威武庄严；雍容雅步，君子风范。眼中芦苇雕年，独守池塘气轩；神游圣地观赏，斜阳鹤影凭栏。飘飘鹤骨仙气，蔓蔓鹤草靡然。鸾歌岁月无声，鹤语春秋相传。鹤鸣在阴自好，情真意切忘言。飞天魂魄绕云游，落地仙女摇光现。

神奇之湿地兮，生命觉解无语，人鸟相逢投缘。阴羽之丹鹤兮，爱鹤女孩殁世，群鹤呻吟盘旋。眼望茫茫草泽，心生绵绵思念。无名小鸟凌空，犹如灵魂再现。翱翔天宇昭昭，俯瞰湿地款款。人鸟情礼兼到，舆天和助敬羡。

扎龙如睡美人，敞开绿色长卷，梦呓甜甜；扎龙像位老者，端起古朴笔砚，仪态旦旦；扎龙是件珍品，走进原始古船，岁月澜澜。

一帧绿色长卷，木水竟有本源。或水青鱼虾壮，或草木不修边，或日清月更朗，或蓝天白云间。月明星稀水自流，泽气日夕鸟归还。水清清天蓝蓝，草嫩嫩花艳艳。长卷更长，绿色更鲜。

一台古朴笔砚，笔路拓展墨淡。其芦苇更洁净，其水质无污染，其生物俱常态，其灵性乃天鉴。笔锋犹傍墨花行，方能长久笔墨安。墨香香笔淡淡，鹤鸣鸣雁迁迁。笔砚甚拙，古朴超远。

一艘原始古船，从来不会搁浅。有劲草来护航，有强风去扬帆，有百鸟做舶主，有日月为指南。缆系寒霜泊岸边，雁拖秋色忆古船。知岁岁晓年年，初始始本原原。古船非古，遗产丰赡。

鹤乡这张名片，简单而厚重，风骨坚挺，境界深远；文化这份遗产，纯粹且唯美，遗风余韵，亘古灿烂。

2017 年 11 月 23 日　星期四　海南　香水湾　晴　有时多云　20℃～24℃

拥抱大海

我来到海南省香水湾已经三天了，每天都去看一次海，而每次都有不同的感受，应该说一次比一次深入，渐渐地吸入我的灵魂，即真真切切地亲爱她、敬仰她、拥抱她……当海水狂放地冲刷海中的礁石，泛起白色的浪花，不仅是美丽的，还是亲昵的，犹如久恋的情人在亲吻，那样自然、和谐，而永久。

第一天（2017 年 11 月 20 日）我们撑着伞来到海边。风呼啸着，海天一色沉沉，海水肆虐漫漫；“雨浪浪其不止，云浩浩其常浮”（唐·韩愈《别知赋》）。在菲菲的云气里，感受云气之厚重，海水之深沉；在闪闪浪花中，领悟沧海之博大，浮沤之俊秀。我第一次感到大海可亲、可敬，毫不吝啬地把我拥抱。就像母亲，但比母亲更博大，因为她哺育的儿女是亿万之乘，有谁能离开大海的怀抱呢！她的云气飘向五洲，凡有生命的物种离不开她的滋润……

第二天（2017 年 11 月 21 日）我们从另一个海湾入口进入海滩。放眼望去，悠悠白云浮空，忽忽海波浩荡。可谓沧海波平，时和岁丰。蓝天白云映衬着大海，碧水清波反顾着青山。海是天的娇子，没有天，海枯石烂；没有海，地老天荒。在有生命的星球里，天海一体分享宇宙的奥秘，养育着万物生灵。

第三天（2017 年 11 月 22 日）我们又一次去观赏大海。这天是天蓝蓝，水清清，充分体察到海天一色尽朝晖，阳光把大海照得波光粼粼，海水在阳光的沐浴下如金子般闪亮泛光，甚为好看。天地水三位一体，彰显自然之美；光影色合成三色，打造视觉之鲜。洗个海水澡，看看远处的帆船，人间合和且静谧，多福美景画卷印入心田。

人们喜欢风平浪静、日暖花俏的日子，其不知大自然给予生灵的存在往往离不开它的负面境况。在飞沙走石的拍打下，暴风骤雨的袭击中，大山更加纯粹而坚挺，大河川流而不息，树木花草在一次次地折断、淹没下可以新生，各种鸟兽虫鱼在一次次涅槃里开始变异重生。所以说海的平静正是风雨欲来的前兆，云的淡定也是乌云勃起狂风暴雨的降临。这就是自然，这就是天象与海景，没什么不可理解或不知晓的道理。

潮起潮落，风起云涌，暴风骤雨都是对万物的净化，更是对人们灵魂的洗濯，去掉尘埃腐体，纯化自然环境，才能使万物更有灵气，也会繁衍生息，这都是大海的贡献，没有大海也没有万物生存、生长的陆地。于是我们在接触时了解她，在生活中认知她，怎么能不敬畏呢！所以说，拥抱大海是一种理念，更是一种心灵的执着……

2018 年 1 月 6 日　星期六　海南　香水湾　阴有雨　22℃ ~25℃

潇潇听雨声

《诗经·郑风·风雨》云："风雨潇潇，鸡鸣胶胶。"来海南一个多月了，进入 2018 年，雨水还多了起来，这跟冷暖气流交汇有关。所以，我无法拍摄海上生明月、红日映大海的壮美景观，于是在傍晚和夜间听听雨便是不错的差事！

晚饭后，进入二楼的敞亮阳台，放眼望去除周边的高楼还灯光璀璨，而天空一片漆黑，头顶上的乌云如锅底样墨黑，没有风的动静。一刻钟后，淅淅沥沥地下起雨来。雨霏霏像"小夜曲"里的小鼓点，很轻，也很慢，让人陶醉在婉约与遐想之中：是天使给晚宴送来的甘露，还是上天对这里的万物进行洗涤前时的平静呢！又过了一段时间，在阳台灯光的照耀下，只见"瞻玄云之晻晻兮，听长空之淋淋。"（三国·魏·曹植《愁霖赋》）小鼓点儿也急快起来，时而还大鼓与铜锤击碰，显示乐曲基调上扬。眼看窗前树木上雨滴涟涟如珍珠散落，雨丝飘飘似锦带散开。大雨倾盆，洋洋乎盈耳哉！有种潇洒似的欢乐，听之感到肺腑翻腾。雨声就有一个节奏：哗、哗、哗……登高临下水洞洞，唯闻水声不见形。

雷隐隐震其响，雨霖霖而颓放。就听雨水和着流水声，交错相通。"禀受万物，而无所先后，无私无公，与天地洪同。"（《文子·道原》）这种至德至善，是自然赋予的。想起 60 多年前，我家刚搬到乡下还不到一年，就在仲夏多雨季节，有天半夜里睡得正酣，屯长敲着破锣喊："发水了！快起来！往'南岗'跑。"（"南岗"这是我们的邻村，在高岗上）于是爸妈赶忙把我们一个个拽起来穿好衣服，经过半个多小时，跑到南岗。这时天已经亮啦，我站在高岗上面朝北一看，哇！一片汪洋，并未感到惊慌，反而是挺好玩儿的。正如《淮南子·说山训》曰："人莫鉴于沫雨（骤雨成潦，上浮泡沫），而鉴于澄水者，以其休止不荡也。"我的回忆结束了，眼前的马路上积水横流，雨还是拧着劲儿地下着，我欣然地饱尝了一次寒冬腊月骤雨来临的情景，真是一种享受。

第二天早上，起床后走进庭院里，只见一片新绿。哇！椰子树一夜间好像长高了不少，各种小树、小花儿、草坪也像换了新装，格外精神、爽快，真有"花低池小水泙泙，花落池心片片轻"（唐·韩偓《李太舍池上玩红薇醉题》）的感觉。这场雨使得整个大千世界都欣欣喜戴洪惠，昆虫草木，咸蒙恩泽，有谁不去赞颂呢！

能潇洒地听一回雨声，是我来海南的又一次收获。因为雨声、雪飘都是连着人心跳动的，风声、云游是人们内腑的外在响应，没有这些天象，人也就模糊成非人也，万物也都失去了性灵，因为世界已经混沌了。

2018 年 1 月 21 日　星期一　海南　香水湾　晴转多云　20℃ ~26℃

潮汐与涛声

上月农历十五在我居住的香水湾，观看了一次潮汐。那种昼涨称潮，夜涨为汐的景观，耐人寻味地让我琢磨了好几天。说实在的，看潮、听潮还真不是第一次，可这次面对大海来观潮汐、听潮声还真是第一次。

心潮浪滚滚，大海涛溟溟。海水在自己的领地狂奔与肆虐，有规有矩，是对日月星辰的回敬，也是自己本性的充分体现。天连水，水慕天，乃自然的启蒙与召唤，滋润万物的生存与发展。没有大海，谈何陆地，干涸的陆石哪有生物与生命存在。说地球有生命，岂不知是海水的功德无量啊！

每逢月圆时，海水暴涨，潮汐以排山倒海之势，如一排排巨龙席卷岸边的礁石与沙滩。远远望去，黑绿色的海水，犹如一队队的骑兵扬鞭跃马杀将过来。拍打巨石掀起千层浪花，咆哮如雷滚滚。海滩裹着涛涌沐浴海角天涯。近觑那白色潮花，就像暴风刮起千重雪，荡涤山峦，其声势之浩大，虎啸风声，雷霆万钧。

涛声晓人意，撞击乃攀谈。古人早有诗云："夜阑雷破梦，欹枕听潮声。"（宋·范成大《宿长芦寺方丈》）当晚上来到阳台（距海面二百米），听见那滚滚的涛声，轰隆贯耳，划破夜空，惊醒"石鸡清响而应潮，慧驱轻近以远洁"（晋·孙绰《望海赋》），那是何等的温馨与期盼哟。

涛声哗、哗、哗地响着，远听如长号清脆悦耳；近闻似鼓乐齐鸣，管弦颤动。波浪相互拥抱，激起心潮澎湃、亢奋；浪花与礁石相吻，震撼情感律动、融合。不懂大海的人，怎能知道它的胸襟是如此的宽广与博大，它的心灵又是何等的圣洁、超然。这是现实版的绝唱，还是传统样式的浪漫。我无法给它做定义性的判断，但在我内心，留下永不磨灭的意象和无疆的思辨，终生受用不辍，永远铭刻心房。涛声啊，任何旋律都不能与你相媲美；潮汐呀，任何画卷都没有你的颜色明亮。

"音要妙而流响，声激嚁而清丽。"（晋·成公绥《啸赋》）潮汐之音是博大而清脆的，海浪之声是浩渺而刚直的。他的秉性影响人类及各个物种，才会让地球亘古地存在不衰。在人们的绘画里可以听到海潮的声音，在乐曲中更会感受到大海的狂想与魅力。

2018 年 1 月 24 日　星期三　海南　五指山　晴　有点云　19℃～24℃

五指山风光

五指山是祖国的名山之一。据说在很早很早以前，在这片平原上，居住一对夫妻，男的叫阿立，女的叫邬麦。他们生育五个儿子，一家七口人靠勤劳维持家业。有一天晚上，阿立梦见一位白胡子老人，告诉他说："你家附近有一把宝锄和一把宝剑。宝锄可以挖地种田，宝剑可以防范坏人。"于是一家人奋力寻找，终于挖出了宝锄和宝剑，从此一家人生活得很幸福。

多年过去了，父亲阿立病危，临死前嘱咐儿子们要把地种好、管好，而要把宝剑作为陪葬品埋在他的坟墓里。狠心的亚尾得到阿立已死的消息后，伙同海盗把他家围住，杀了母亲邬麦，又把五个儿子锁起来严刑拷打，要他们交出宝剑，可五个儿子谁也不说。没办法，亚尾用火烧死了五个儿子。他们流的眼泪把平原冲成五条小溪。当他们彻底断气后，四面八方的熊、豹、毒蜂、毒蛇等出来，把亚尾和海盗们通通咬死，并搬来许多泥土和巨石把五个儿子的尸体埋葬了，堆成五座高高的山。

从此之后，人们为了纪念阿立夫妇的五个儿子，便把五座山峰称为"五子山"，后来因为五子山直立着，像五个指头一样，就又称其"五指山"。

传说也好，神话也罢，都是人们对五指山的敬重和仰慕，或者说不知有多少年自然的造化，天地之合筑也。

近看五指山只见五个"指头"从西南向东北走向。第一峰为"拇指"峥嵘壁立，憨实卧榻，整座山如大金字塔。第二座峰为"食指"，与第一峰之间，山势险峻，峡谷深邃，有一块天然巨石架桥相连，传说为神童和仙女常来玩耍，故称"仙桥"，也叫兄弟连接。第三峰为"中指"，本为最高，后被雷劈去一截，显得突兀、敦厚。第四峰为"无名指"，屈而不伸，信马由缰，淡泊名利，此时无声胜有声。第五峰为"小指"，形小而末，独立自傲。五指连掌，山体相同；置身其中，豪迈挺拔；耸立中天，云雾缭绕，时而阳光灼灼，犹如旷世仙境。

放眼鸟瞰，南海万顷碧波，浩瀚邈远，天水一体，敬穆安然；近觑细品，热带雨林，层层叠叠，逶迤缠绵，绿波荡漾，五脏甘甜。山光水色交相辉映，构成奇特诗篇。

薄雾如透明的纱巾围绕在深深的峡谷间，时而听到小溪哗哗流水声，让人流连忘返。峡谷幽深，奇石林立，激水弯曲，古木参天。这幅奇异的山水画，乃自然巧成也。

溪水通幽，绵长细密，水清见底。它徜徉在滚圆的大小石头上，向一群嬉闹的孩子，漫洒母亲的身躯。是乖巧？还是顽皮？让人联想到人性的光辉，也窥见大自然的无比魅力。

五指山犹如镶嵌在山峰绿涛上的一块翡翠明珠，青山秀水，绿意浓浓；云飘山顶，洁白纯纯；溪水渊深，奔跑连连。敬之、赞之——五指山……

2018 年 1 月 31 日　星期三　海南　香水湾　阴　多云　14℃ ~21℃

香水湾印象

终日大海咆哮，目睹海水狂欢，每当月盈，潮汐翻卷。浪花拍打礁石，礁石亲吻海天，是种久别狂喜，还是云水浪漫！水漫沙滩山岩笑，月娥云中窥探；风托白云天上游，日母突现笑颜。

高山伴着大海，大海拥抱山峦。白云缠绕山头，犹如少女腼腆。云是水之使者，伴风施雨大千；山是地之长老，邀请日月恩典。天连水，水傍山。水是天之骄子，山水之情伴。有云有雨山更青，有山有水天更蓝。

走进临海小山，树木苍翠绵绵；山石裸露酣睡，藤蔓缠绕恋恋。棕榈挺拔宽厚，椰林茂密果鲜；奇花异草争宠，碧绿丛中璀璨。热带雨林，溪水横贯；鸟语花香，漫洒清泉；鱼翔浅底，水榭影连；漆红栈道，环绕海边；细软沙滩，脚印串串；洗个海澡，心胸超然。

寓所面朝大海，海阔天空风瞻，静享生命呵护，大境开合自然。跳动清晨，奔跑醉美山海间；安静夕阳，仰慕浪花潮汐卷。自然之造化，自我之修炼。

别墅静卧山脚，安谧素雅悠闲，涵养人生长度，倾心岁月保鲜。时光清浅，身边故事意缠绵；空间无际，“蚁穴”虽小且安。温情之猜想，诗意之浪漫。

让风吹散烦恼，打造度假圆满；让水洗濯尘埃，选择胜地海湾。身不在四处流浪，心归属天地之间。风景这边独好，藏纳山海资源。一见倾心如此，美好宛如初见。

真实之海湾，善良之峰峦，美丽之家园。如诗如画，原始景观；洞天福地，生态摇篮。我爱你香水湾，香水湾！

2018 年 3 月 23 日　星期五　海南　香水湾　晴　19℃～27℃

蛇影杯弓

今天陵水县香水湾是晴空万里，红日高照天际，好一派轻风朗日的好天气。中午吃完饭后，下到一楼卧室准备午休，顺便打开落地窗去外边院庭看看我花池中的花苗长了没有（每天早、午、晚都要出去观赏一番）。走在小石子路上，见到那绿油油的秧苗，甚感劳动后的喜悦。当我转过身要返回时，见距我两米多远有一条黝黑锃亮的大黑蛇（约 1.5 米至 2 米长）从落地窗的阳台石板上，瞬间向对过小树墙中游去。此事我在微信中告诉了三个女儿，小女儿感到害怕，大女儿有些惊慌，唯独二女儿说："蛇是吉祥的。"

人们为什么如此地恐惧蛇呢？从蛇的行为看，弯曲爬行，可在草丛中神出鬼没行走迅速，如同草尖飞；头部略大，可以吞噬一些小动物。《山海经·海内南经》记载："巴蛇食象，三岁而出其骨。"屈原《天问》："灵蛇吞象，厥大何如？"后来"蛇吞象"比喻贪得无厌。从记载到传说都把蛇喻为一种十恶不赦的家伙。有"杯弓蛇影"的历史记载，和"一朝被蛇咬，十年怕井绳"的警示说教。

蛇真的那么厉害吗？我没有被蛇咬的经历，所以站着说话有点儿不怕腰疼啊！

无论是动物或植物都有一种自身防范的本能和绝招。蛇也不例外。当人们不去侵犯它的领地和自身的话，一般不会主动去伤人。他可以到处乱窜，其目的是寻找食物。我想人在蛇的眼里也是十分可怕的活物，它很怕人，所以不会轻而易举地与人相斗或厮杀。这符合任何动植物自身生存的特点。

鉴于此，我们人类只有与动物和谐相处，友好往来，必要时去保护它们。作为有性灵的动植物都会感恩戴德的。应该说，在生物的链条上，缺哪一环都会对地球造成灭顶之灾。目前人类数量上的膨胀，技术上的高、精、尖，远远把其他动植物抛在后面，可想而知，这绝不是个好兆头，照此下去地球早晚毁在人类自己的手里。

当今的世界不仅仅是人与人相斗，而且还明目张胆地以自己的优势，跟天斗，跟地斗，跟自然界所有生物斗。斗的结果很悲观，某种程度上是掠夺性侵犯，每天都有物种消失，深藏海底几万年的动植物化石都打捞出来，严重侵犯海洋物种的家园；地下的矿物质更是挖掘殆尽，怎能不让地壳变迁呢？

更值得人们思考的是气候变暖，两极冰山融化，水温升高，自然灾害频发，海水倒灌指日可待。

不说那些没用的了，反正我对蛇是很亲近的，没感到恐惧与可怕，我也真心地希望我见到的那条大蛇及其同类在海南这片山林沃土中永生！

2018年7月22日　星期日　黑龙江　齐齐哈尔　小雨　18℃～26℃

柳树倒下了

清晨出门买东西，意外地发现，一棵十几年前栽种在临街的柳树连根拔起，倒在马路旁趴靠在小轿车上。这棵柳树有五层楼高，枝叶茂盛。它怎么会倒呢？带着疑问，走到它身旁，原来它的根好浅呀，这么大的一棵树，根部的泥土还没有半立方米。据科学家证实，像这样一棵柳树夏天的含水量可能达到十多吨重。真有些不负其重。它是自己把自己毁了的，因为没有节制的生长。

我们经常讲“根”这个词。因为根是归宿，还是万物生存、生长的原动力。没有根就如人不知道自己怎么活下去。老子曾说：“有国之母，可以长久，是谓深根固柢，长生久视之道。”（《道德经》）时下流行说法：没有国，哪有家；没有家，也就丧失了根。可见，根是木之本。《淮南子·缪称训》曰：“根本不美，枝叶茂者，未之闻也。”

做人也一样，如果家族风气不正，有吃、喝、嫖、赌的不良嗜好，其后代会不同程度地受到影响。这就是老百姓说的：“根不正，苗不直。”反之若家风、家教正派，其后代多有出息，为国捐躯者有之，为民造福者也有之。总之，种瓜得瓜，种豆得豆。“蟠木根柢。轮囷离奇。”（汉·邹阳《狱中上梁王书》）引申为事业、学问的基础和底子打得牢不牢，直接关乎成功的概率。

三年前，我和二女儿在沙溪古镇过年时，经常到古玩、雕塑品商铺观赏。有一次见到一只一尺多长的崖柏木，样子没什么出奇之处，但它木质坚硬，外表光滑，其他的木料无法比拟。“崖柏”是生长在山崖的岩缝之中，承受常年的干旱，又加上风吹、沙磨，几十年或上百年也长不大，可生命十分顽强。就是说，矮小不是它的错，是客观环境造成的。其精华都浓缩在木质里，经过这样的磨炼，能不珍惜可贵吗？

人也是这样，根要深深地扎在泥土中，再经过艰苦岁月的洗礼，遇到天大的困难也不怕。这样的民族和人群才是建设国家大厦的生力军。没有他们辛勤的劳动，卓越的创造，国家不会强大，人民不会幸福。这是颠扑不破的真理。

近年来，“乡愁”一词，响彻祖国东西南北。“乡愁”是什么？就是寻根祭祖。它已经成为一个民族的符号，深深地扎在每一个人的心中，一代又一代地传下去，才能让中华文明照亮世界的各个角落。不管你在哪里，什么身份，要记住自己是黄皮肤、黑头发、黑眼珠的中国人，是念着一撇一捺的“人”字长大的。《三字经》中第一句话是“人之初，性本善”，我上小学一年级的语文课本第一句为“一个人，两只手”，都非常强调“人”字。凡是最早认识“人”字的人，都是一根血脉的中国人。

2019 年 1 月 25 日　星期五　海南　陵水　晴　16℃ ~27℃

登山与思考

在哲学家约翰·杜威 90 岁生日时，有人贸然问他："哲学能使人获得什么呢?"杜威微笑着说："你想知道它的好处是什么吗? 我的答案是——登山。你会看到其他可以攀登的山峰。于是，你从这座山上下来，去登另一座山，接着，就可看到其他可以攀登的山峰。当你不再有兴趣登山，去看其他可以攀登的山峰时，生命就结束了。"

杜威先生为什么做如此的回答呢? 我的理解是："登山"为了思考，是寻找自然规律，也会探求社会关系及人的基本属性——人性所在。哲学是所有学科之母，没有哲学的思维方式和方法，任何学科都无法存在，因为它无法解释自身的矛盾及其价值，也无法认识其他现象。如人们争论的"是先有鸡，还是先有蛋"一样，不好自圆其说，只有在哲学的引领下才会一通百通。"思考"则是哲学的基本因子。正如蒂姆·奥布莱恩在《士兵的重负》一书中所说："如果听完或者看完一个战争故事，你感觉精神境界得到升华，或感到有那么一点正直已经从更为严重的毁坏中挽救回来，那么，你就已经成为一种非常古老和不怕谎言的受害者。"原来任何战争都是不道德的，不会给人类正当行为以范例。这就是从哲学高度得出来的结论。

哲学让你苦恼，也会让你走出苦恼；让你更好地认识过去，还会让你理解当下，或去展望未来……它好比一把万能钥匙。

人的一生离不开哲学。尽管哲学思想体系各异，认识世界的角度殊途，但是可帮你确定自己的人生观——人为什么活着? 怎样活着? 认识所需的价值观——人如何定位自己的经济、政治、道德、金钱等价值取向? 树立正确的世界观——人怎样面对自然? 怎样处理社会的一切事物? ……一句话，要活在世上，要自觉不自觉地从哲学的高度认识自己，理解和处理各种现象。绝不可以偏概全，或一知半解地处理各种事物。哲学给我们的是可能性，及未来世界或未知世界。这就要去想象、洞察或开掘，而不能循规蹈矩。一举一动都按规定办事（跟遵守法律不是一回事），不敢越雷池一步，这倒是个好的"良民"，但作为一个国家、一个民族来说，思想不解放，意识不超前，按部就班地走下去，非挨打不可。八国联军进北京就是铁的事实。可见，循什么规，蹈什么矩，是值得一代又一代人好好深思的。千万不要像唐僧那样循规蹈矩，同悟空、悟能、悟净，牵马挑担，径入山门，因为人家是求佛。

也不要闭目塞听。闭上眼睛，堵住耳朵，只管自己做自己的，不去考虑实际情况，又不听别人意见者，不是短见，就是糊涂，绝不能成为“大气候”。现代社会信息海量，四通八达，不去好好借鉴先进经验，不去取长补短，简直是寸步难行，哪还有资格闭守门户，妄自尊大呢！

更不要因循守旧，沿袭老一套办法，不求进取。无法创新，对于任何人来说都是裹足不前，抱残守缺。汉·班固《汉书·百官公卿表》：“秦兼天下，建皇帝之号，立百官之职。汉因循而不革。”历朝历代如此。作为科学大门，对勇于探索者是敞开的，而对于因循守旧者是紧闭的。现代社会更是这样，旧的套路、方法、经验等，像扔在道路两旁的垃圾，有谁去捡起来用呢？因为太落后了，已经不管用了。

还不要落窠臼、落俗套，要有创造、创新的独创风格。作为文章及艺术作品而言，没有新意，看不出新观点、新理念，达不到前沿水平，怎能得到读者或观众的认可呢！那种换汤不换药，或去炒别人的“剩饭”吃，不会给人们什么好的启迪，更别说恍然大悟、豁然开朗了。

人生如同登山，从这山登到那山没有一条现成路，一个真正的登山爱好者，只有自己去摸索、去实践。曲折、失败都是换取登顶的代价，不付出是不可能的，任何事物都是这样。

人与人的关系不好玩，关键是双方都把自己的心灵锁着。若想让别人打开，首先你得有诚意去打开自己的心灵之锁。这不仅是勇气，更是智慧，否则谁也进不去谁的心，这样的社会能不麻烦吗？若人人都敞开胸怀，毫无芥蒂，人与人之间透明了、真诚了，社会也就光明磊落，明净如日月。

人与自然的关系也不好玩。山川湖海，动植物等，已经让人们玩得好苍白，野生动物在各地快要灭绝了，真是可怕又担忧。大千世界不会只剩下人吧！那时人也不可能存在。道理谁都明白，可玩时什么都不想了，只有享受。人的头脑除了自己快乐，别的什么都没有，真是悲哀。有人说，水要花钱买，到那时，空气也要花钱购置。现在来海南岛干什么？就是花钱买空气。如果有一亿人来到海南岛，空气也会照样污染，人们是需要思考思考了。

登山不仅需要体力，更要动脑筋。路是坎坷的，只要认真去思考，不仅可以登顶，还会去攀登其他山峰。这就是我们人类的使命，没有哲学的根基和那种科学的方法是办不到的。去思考吧！它是我们的本能，也是人类高贵的本性。

2019 年 2 月 22 日　星期五　海南　香水湾　多云　19℃～28℃

春驻我心中

“春天不是季节，而是内心。”这是星云大师感悟的。我特别赞同他的理念。可我们不能总生活在春天里，还要面对夏天、秋天和冬天。这就要对“春天”进行充分解读。

一年之计在于春。春天人的心是萌动的、鲜活的、游荡的……充满生机，郁郁葱葱。如金代元好问在《赋瓶中杂花七首·其二》所描绘的那样：“一树百枝千万结，更应熏染费春工。”

一夜春风绿，今朝草木生。人们所以盼春、惜春、恋春，因为人的心也开始萌动，“郁郁菲菲，众香发越。”（汉·司马相如《上林赋》）就连种田人也都感受到春天给他们带来了希望。溪流破冰涧间流淌，花鸟虫鱼欢畅春情。这种心境给人们编织出多少春诗、春游呀！春在诗人心中如画如歌，春在游人心中似山似水。所以，才会有“庄生晓梦迷蝴蝶，望帝春心托杜鹃。”（唐·李商隐《锦瑟》）的美好意境。

春天是鲜活的，人们的心也跟着灵动。百花齐放，百鸟争鸣。人们的心也自由自在。不仅每个人都是初心未泯，还期盼着儿孙们童心永驻，愿整个世界的万物都轮回到原始的初衷。人若有这点春意浓浓的心情，面对什么样的困难都会尽收眼底，不在话下；遇到何种挑战也都能应付自如。“春风得意马蹄疾，一日看尽长安花。”（唐·孟郊《登科后》）有春的陪伴，也就会把人间的事看得差不多了。

流水潺潺冰焐化，高山淡冶笑无声。在这游荡的春天里，人们要去踏春、游春，摘朵春花挂胸前，已是存在我心的感悟。为什么要游春呢？赏花春游的目的是敬春、慕春和爱春。它是人类和万物生存、生长的温床，也是延续时间、扩大空间的最佳时段。只要有春的到访，一年的其他时节也就应运而存在。

夏天是春的延续，可视为生命的高潮期。“生如夏花之绚烂。”（印度泰戈尔的诗）没有初春的鲜活与激动，哪来之后的艳丽与浓烈呢！就如青年人的理想也好，追梦也罢，都来自初心。曙光升起红胜火，大江滔滔东流去。没有春的溪流和晨的霞光，哪来的波涛和烈焰呀！人心不也是如此吗？苍翠如滴的夏山正是淡冶春山笑的象征。初心不旺，青春不丽。“金凤花开照壁红，风前细捣染春葱。”（唐·白居易《长庆集》）女人那纤细手指是与春花相映照的。

《颜氏家训·勉学》云：“夫学者，犹种树也，春玩其华，秋登其实。讲论文章，春华也；修身利行，秋实也。”如果没有春的根基起始，哪来秋的果实累累。对于人来说，初心不明，根系不坚，后来的成长还能有啥希望呢！这叫“及子春华，后尔秋晖”。（晋·陆机《赠冯文罴迁斥丘令》）人到中年，“个人风韵天然俏，入鬓秋波常似笑。”（欧阳澈《飘然先生辞·玉楼春》）春种秋收的时候，该得到的，得到了；该休息时，也应休息。正是一颗涌动而又跳动的心，处于泰然若定，何乐而不为呢！

虫儿眠、鸟归巢，落叶之静美，江河暗中流。雪花伴着寒风舞，山峦溪谷裸睡星际间。虽没有春意盎然之美，静比衡山还重。人到此刻自然轻，心如炭火内里重。冬眠是虫蚁之本能，枯萎乃草木之内净。老年人的内心总有童心返照，也有青春的回味和壮年的参与。但都会归于零点的参数，不计时空。真正的自然之美就在这里，也不愧为一生的始终。这就是春心的必然，其乐无穷。

不论春光、春晖或春色，还有春意、春情及春梦。“烟霄惭暮齿，麋鹿愧初心。”（吴融《和杨侍郎》）都是本心、初衷，一生怎能熬过春，春风、春雨、春苗、春蚕伴始终。“春光太无意，窥窗来见参。”（南朝·宋·吴孜《春闺怨》）春驻我心中，春天亘古存。

2019 年 3 月 14 日　星期四　海南　保亭　多云　22℃ ~29℃

绿色明珠

2018 年我在香水湾住了 5 个月，先后观赏了亚龙湾、海棠湾、清水湾、五指山等地。今年又来海南，去了三亚、乐东、东方、陵水等地。今天又来保亭，在表弟家住了两宿，去了唯一的天然温泉，走了一段路，看了北纬 18°的山景，加上两年来对海南的感受，综合起来感触颇深。

鸟语花香

近 40 年，我已经在城市逼仄的空间里，只能听到汽车的鸣叫，人声鼎沸外，根本听不到翠鸟的叫声。来到这里，还能看到各种颜色的小鸟在树枝上飞来飞去，可谓“耳聪心慧舌端巧，鸟语人言无不通。”（唐・白居易《秦吉了》）走进丛林中，人和鸟之间，你看它好新鲜，它看你也不奇怪，彼此有了默契，实乃心灵之悟。天上飞的，地上笑的，让你目不暇接。“迟日江山丽，春日花草香。”（唐・杜甫《草堂诗笺・绝句》之一）“花絮时随鸟，风枝屡拂尘。”（南朝・梁・简文帝《咏柳》）“花魂迷春招不归，梦随蝴蝶江南飞。”（元・郑元祐《花蝶谣》）“我是梦中传彩笔，欲书花叶寄朝云。”（唐・李商隐《牡丹》）海南的春天：花颜笑春红，鸟语漫春山。

天然氧吧

我住的小区有北京、上海、南京、成都、武汉、济南、哈尔滨等一二线城市的“候鸟们”。用他们的话来说：“拿钱来海南买空气的……”这话一点也不假。我也是七十几岁的老人，在北方最感头痛的不是数九寒天的冷，而是“干燥”，体内有点供氧不足。要知道这些年来的雾霾天气增多，让人有点喘不过气来。自从来到海南生活，天是瓦蓝瓦蓝的，云是棉花桃似的白。海岛被海风不时地吹拂着，空气在潮湿中带点淡咸的味道，再加上其中的负氧离子，对人体的五脏六腑是最好的呵护。

不论从人文还是健康的角度，海南都是旅游、养生的好地方。山脉笑迎大海，海水拥抱山峦；海风轻抚陆地，草木吐纳芬芳。中国的夏威夷，不久将成为世界旅游胜地。天然的景观，自然的绿地，不冷不热，生命的最佳环境，物种齐全地聚居……

绿色生态

远眺，大海浮光闪烁，苍苍茫茫；近觑，山峦碧绿苍翠，玲珑剔透。百年以上的老榕树鳞次栉比。“获之桎桎，积之栗栗，其崇如墉，其比如栉。”（《诗经·周颂·良耜》）老榕树如祖辈似的挺拔在山间水渠，它的根须如同水帘一排排低垂在树干两旁。俗话说，一棵榕树乃成林。它们会连成一片，犹如一个家族霸占着山野，何等壮观啊！霸王榈高高耸立天空，洁身自好的样子，可谓林中的骄子，似一排哨兵竖立山冈，威武气派，多让人羡慕呀！美人蕉的叶片编织得十分精巧美观，那翠绿的叶子如倒立的“叠罗汉”，真的美极了。“浮阳映翠林，回飚扇绿竹。”（晋·张协《杂诗》）每种树的姿容不亚于被检阅的军人，笔挺的身躯，飒爽的英姿，让人肃然起敬。海南的树种齐全，由于雨水充足，阳光充沛，一年四季茂盛地生长着，尽情地去领略大自然给自已的使命。“扬芬紫烟上，垂綵绿云中。”（南朝·宋·鲍照《代陈思王京洛篇》）“雨抛金锁甲，苔卧绿沉枪。”（唐·杜甫《重过何氏》之四）细雨潇潇洒山野，绿林豪客夜知闻。绿色的山野，装满温情的猜想。

南海这块绿色明珠，镶嵌在大海之中。它是天之骄子，地之仙女，是大自然馈赠给我们华夏的礼物。既不能玷污天地的恩赐，又不可毁坏宝石的容颜。

2019 年 3 月 27 日　星期三　海南　香水湾　晴　22℃ ~30℃

山野不俗处

我在海南香水湾已经过了两个春节，先后住了 9 个月，也算这里的一个常客。

香水湾隶属陵水黎族自治县光坡镇管辖，是个不太大的小海湾。21 世纪初共有 5 家开发房地产企业置地建设。其中，我居住的“忠信香水湾”（现改为“瞰海 8°香水湾”）居中，占有面向大海的小山包地带。其背面依山建造上百所别墅，我住的就是其中之一，距海 200 多米，在山的左侧。可想而知，独门独院的别墅景观该是怎样的?

别墅区的道路两旁布满各种各样的热带树木，诸如凤凰树、椰子树、木瓜树、莲雾树、糖胶树、黄槿树、柚子树、芒果树、吊瓜树，以及红槟榔、霸王棕、菠萝蜜、鸡蛋花、美人蕉等，还有许多叫不上名的树种。

值得一提的是榕树。它分为：大叶榕、小叶榕、花叶富贵榕，纯属热带树种。长到一定程度，它的枝杈不长叶，而向下低垂，变成须根，直指大地，扎到泥土里。有时它的根须像一束束带丝，形成帘状，蔚为大观，可以自成一片，构成榕树林海。

“花随红意发，叶就绿情新。”（唐·赵彦昭《奉和圣制立春日侍宴内殿出剪彩花应制》）每当春季开始，浓密的枝叶绿油油地在半空中摇晃着，夹杂着各种各样的花朵，把道路两旁织成彩色锦缎，让人即闻到扑鼻的清香，时而还有小鸟的嘀嘀鸣叫，还可以看到松鼠或蜥蜴在枝丫上爬上爬下，特让人喜爱。

这里的树不仅枝叶茂盛，还绽放着各种颜色的花，如一群群的“虞美人”，有紫红、洋红、粉红等，让人一饱眼福。紫红色的莲雾，深绿色的菠萝蜜，黄澄澄的木瓜，深红色的樱桃，看着不仅着迷，吃起来更让你口水连连……

那些宽大而奇形怪状的叶片，也让人流连忘返。美人蕉的大叶片如叠加起来倒立的人墙，绿里衬黄的造型，是造物主的巧手神功；霸王榈更显别样，其掌状大叶片，纯净而峥嵘，把你带入另一种仙境。

至于那些灌木丛中，百花争奇，各显神通。在红角岭的栈道两旁紫红色的三角梅姿态放荡，容颜鲜美，染红了山谷。在晚霞中辉映，如同梦境，哪还有吃燕窝和鲍鱼的想法呢!

此间，我经常步履在山间小路或别墅周围，用手机随时随地的拍摄些各式各样的小花，有的是木本的，也有的是草本的，有的请教当地老人也叫不上名字。其中有一簇小灌木，枝条很细，椭圆形的绿叶，每到春季，在他的枝头突然长出三五片白叶，然后就开出一朵娇滴滴的嫩黄色小花，特别纯洁、静雅，让你爱怜。

那些像小爆竹的串串红，在绿叶的映衬下，鲜活自现；白色、粉色、粉红色的鸡蛋花，五瓣镶嵌，香气逼人，人见人爱。除此之外，喇叭花、黄椒花、小葵花（不是向日葵），简直是五花八门，数不胜数。颜色各异，形状不同，品种也不一样，只能自我欣赏喽!

望山峦之静美，顾清野之浩荡。这里是树木的王国，花草的世界，也是各种鸟类、爬行动物的栖息地。就说我居住的院子吧，亲眼见过两米多长黝黑锃亮的蛇，半米长的变色龙，还有大小不一的蜥蜴、黄鼠。每当清晨太阳欲出时，有小鸟的鸣叫声；正午时分，还有蝴蝶和蜜蜂光临。这种环境我几十年都没见过，让我心旷神怡，体魄俱佳。“作室山根，人以为安。”（汉·焦赣《易林·贲之明夷》）人若心情好，什么都好。若能融入大自然中，那才叫没神仙的神仙境界，何乐而不为呢!

九个月的生活，胜似 9 年、19 年。我去过祖国的东南西北不少地方（参加各种学术会议），只是一个过客。今天在海南香水湾成了一个“住客”，能不叫我的记忆重归原始吗?

其实，人的一生总是矛盾的，在原始的山野里，盼望市井的繁华；在城市住长了，又想念粗俗的山野。不过在祖国各地，像海南那样四季如春真的不好找。珍惜吧！我的国、我的家……

2019 年 4 月 1 日　星期一　海南　香水湾　阴有小阵雨　23℃ ~31℃

北纬 18° 瞰海

香水湾的北端有个“分界洲岛”。这个海上小岛，中间有个分界线（把小岛一分为二），正处于北纬 18°。其南为热带气候，其北为亚热带气候。所以说，香水湾纯属热带了。

每当在海边的栈道上远眺，或在吊脚楼上观望，大海犹如一面无边无际的镜子，沉沉稳稳地与太阳呼应。海天之际有一条直直的标线，上面是蓝天笼罩，下面有绿水辉映。这可是造物主的鬼斧神工，大自然的巧手安排。看似不远，都是天涯海角，恐怕郑和的远洋船队也找不到边际。

每天的海况是不一样的。晨曦中的大海犹如一个小孩，平稳中也有欢跳，但仍显得青涩与单调。若遇上晴朗之天，太阳从大海深处娇憨地升起，海面上荡起一串串小花环，刹那间把人带回到童年，有种无忧无虑之感，天真烂漫之情。“上反宇以盖戴，激日景而纳光。”（汉 · 班固《西都赋》）过一会，天光渐渐隐去，大海恢复平静而安然。

中午去观海，日华天上动，云影海面浮。烈烈的阳光下，海面粼粼闪光，波涌浪翻。就像一位中年妇女，有着特殊的使命，别样的担当，成熟是自砺的结果，内心激荡着坦然。有时阳光被浅淡色云雾遮蔽，海面很静，海水不涨，也不退，但推到岸边沙滩时，一道道白花花的波纹，如北方一排排积雪，在滚动的镜头里，一波道道，一道波波，煞是好看。

正午没风时，海浪依然，由深及浅，颜色也显得淡雅与光鲜。蓝灰色的天宇连接着墨绿的海水，无边无际，阴阳分明。海边是浅绿色的海水泛着白沫上岸。这种乔装打扮的海景是天骄之美，伴着大海之酷。作为看客，不！是投入心灵的使者，让你终身受益，永远怀念。

傍晚时刻，夕阳西下。晚色微茫至，大海不藏昏，忙碌涌动。他的姿态依然优美，拍案而起的涛声，哗哗作响的流水，像人的脉搏那样，嘭嘭地跳动着。记得曹雪芹在《红楼梦》说过一句话：“光阴荏苒须当惜，风雨阴晴任变迁。”但大海是永恒的，它的姿态永远不会变衰。

大海受月亮的引力使水位出现涨落现象，每天有潮起汐落，每个月也有涨潮期和退潮期。就说涨潮时的景象吧！浪大，潮头凶猛，与巨石相撞时会掀起十多米的浪花，非常壮观，让人感到惊悚，又叹为观止。有此经历的人生还害怕什么呢？愧对不如满足。潮起潮落自天成，也是大海的自我约定。怒之壮美，起至心灵。

有时大潮来临时，伴着狂风大作。涛声隆隆，如万马奔腾扫惊雷，气势恢宏；大雨倾盆，浪花滚滚，似千军过沙场，惊天动地。大海怒了！惊涛骇浪无阻挡，造成自然灾害，给人们带来多多不便。这恰恰是对人类自我标榜的惩罚，也是对自然万物生生不息的洗礼，不必大惊小怪。这都是从另一面给地球村的补偿。

要知道，大海是宽宏大量的楷模。它可以海纳百川，去接纳千江万河，又去补偿万水千山，做到海内淡然。大海也可以做到海枯石烂心不变，地老天荒情不泯。为人们做人、做事树立起意志坚定、永不改变的决心和信念。国与国之间相交、相融；人与人之间相助、相谐，不在遥远，而在知心，那才是“海内存知己，天涯若比邻。”（唐·王勃《送杜少府之任蜀州》）友谊天长地久，朋友海阔天空。“大海从鱼跃，长空任鸟飞。”（宋·阮阅《诗话总龟前集》引《古今诗话》唐·僧玄览诗）这是从另一面赞美大海与天空的美德。比喻在无限自由的环境里，人们生活如意，壮志得展，见出海的心胸博大，气度磅礴。

大海是地球母亲的骄子，也是天体的生命之源。没有水哪来万物，没有万物，何谈地球村。每个见到大海的人，都应有份敬畏和思考，不然就对不起上天给予我们的恩泽。那种浮躁且无知的举动让它见鬼去吧！

2019 年 4 月 3 日　星期三　海南　香水湾　晴有时多云　22℃～31℃

从海边行走

2017 年和 2018 年两个冬天，我都是在海南省陵水黎族自治县度假区度过的。由于我的住地离海边只有 200 多米，每天都可以到海边转悠转悠。

“香水湾”三个字镌刻在海边的一块大岩石上，据说是清代一位被流放的官员书写的，至今已有 200 多年了。但字迹苍劲，体式俊秀而飘逸。香水湾在海南岛的东南海岸，总长四五公里的样子，中间邻靠一个小山包，还有几处巨大岩石裸露在海边上，更显得峥嵘岁月及大自然的期许。若站在距海不到一百米的 18 层高楼的顶端俯瞰海岸，犹如一把金镰横卧在东北和西南，闪闪发光，精美庄重。

清晨起来，三三两两的人们来到海边，呼吸那湿润、清馨的海风，好像体内来了“清道夫”，穿心透肺，让你感到特别舒坦、爽快，将体内的杂质、杂念一股脑儿清除掉。若一天从此开始，不仅保持体魄康健，也使脑际清纯而丰赡。

在海边散步的另一个收获是“疾足先得”。当你赤脚在海滩行走时，蓦然回首，驻足观看，在金色的沙滩上留下一串自己清晰的脚印，那可是很少有机会去辨认自己的印痕。从深浅的足迹中，去回忆一生的艰辛和收获，多么难得的一瞬呀！那深深地“一脚”，证明你走过多少千山万水，记录着无数的悲欢离合；那大大的“一方”，也见证了你走南闯北时的坎坎坷坷，及现实生活的丰富多彩。脚印所以珍贵，是那些让你看得见、摸得着的印迹，正是超我的写照，自我的丰碑。

春节前后，来海南的“候鸟”突然多起来。每天在炙热的阳光下，来到近海处游一游，或洗个海水澡。不仅是清凉，还享受海浪地拍打，从躯体到内心似乎都有重生的感觉。特别的张力，让骨骼增强韧度，使身体恢复新的力气。精神也好放松，像回到母亲的怀抱，温暖和爱抚让你不能自已，久久地沉浸到爱的海洋里，对于老年人来说，这种感觉好幸福。

一些年轻的男男女女，从海水里出来，就坦然地躺在海滩的细沙上，无论是仰着，还是卧着，比在家里的沙发上还舒服、惬意。上面有阳光的沐浴，下面有盐沙的味道，大自然就是这样款待着你。

小孩子更是玩得忘我和从来没有过的自在。弄个小橡皮筏子，在海水的浪花中出出没没，就像刚出蛋壳的小鸭子，欢快地戏着水。玩完水，抖抖身子，上岸后用小铲子去挖细沙，堆出一座座城堡或其他建筑物，还不时地去抓小螃蟹。这种想象的空间在车水马龙的城市里上哪去找呀！

四月初“候鸟”们相继返乡，但在海边行走的人群中，多了一些黑皮肤的非洲朋友和白皮肤、黄头发的西方人。他们是以家庭为单位到海边游玩的。见到中国人都很客气地问声：“您好！”微笑离去。看来，这个中国式的“夏威夷”旅游岛，还真是名副其实，让国人好骄傲哟！作为人类命运共同体，你中有我、我中有你的世界格局，真的让人好向往、好爱惜。海南岛可能捷足先登了。

夕阳西下时，海边人又多了起来。挽起裤腿，持着手机，可以边走边照照海景，蛮酷的。赤着脚在海边的浪花里荡漾，很有刺激；浪波退下时，踏着细沙留下一串脚窝，很有诗意。不一会，推上一排波浪把你打个里倒歪斜，又有种冲撞激荡之感。大海的给力是绵长而持久，个把小时的受动有些微妙。尽管海很博大，人好渺小，可人的灵魂很超脱、很自在，能跟大海来次小小的博弈，快乐极了。

在海边上，走了一段路之后，第一次来到荣盛香水湾。这里热闹非凡，海边的人很多，裸露的巨石也不少。人们在这里有游泳的，在石头上晒太阳的，摄影的，打秋千的，还有打沙滩排球的……由于沙滩与小区广场相连，这可就热闹了。广场舞的“大妈”们不会放过机会，还有唱京剧、河南豫剧、江苏花鼓、四川川剧、河北梆子，及东北大秧歌、二人转，打太极拳，玩杂耍等，可谓展示各种文化的小平台。

海南文化既现代又传统，既经典又通俗，把国粹和民族精华都杂糅其中，生活丰富多彩，人们安居乐业，幸福安康。

来海南不仅游玩，而要保护；不光欣赏，尚须创造，为这块沃土出把力吧！

旅游胜地

2017年1月19—20日　星期四　云南　沙溪古镇　晴　18℃～－2℃

等航之时

19日晚7时40分的飞机票。我和爱女——二林在大连顶着鹅毛大雪打的匆忙赶到机场，结果是大连周嘴子机场多架次航班因天气延误或取消，而我们将乘坐的航班只知道降落在太原机场（昆明至大连的中间站），不能准时起飞。一直等到午夜12点钟，也没有个准确答复。这时，二林要求退票，而我一直坚持等待。就在我们僵持不定时，广播里传出飞机已经降落，准备登机。此时已经是零点三十几分。

经过一夜的煎熬，第二天早晨（1月20日）飞机稳稳地降落在昆明长水国际机场。接着乘坐大巴、小巴等汽车经大理市、剑川县，晚上7点钟才到达沙溪古镇。一路的折腾，终于到达魂牵梦绕的地方。

虽说有些劳顿，但精神还很矍铄。为我的祖国疆域辽阔、人口众多、民族多样感到自宽与骄傲，正如老杜所云："老去悲秋强自宽，兴来今日尽君欢。"（唐·杜甫《九日蓝田崔氏庄》）也为我童年的背影消逝，暮年的乡愁自恋，找回记忆的底片而不能自已。在沙溪古镇能见到当年的老槐树、小沟渠、石板路及具有传统古朴的灰瓦木屋。虽说与古人有同感，就像唐代李频在《长安寓居寄柏侍郎》诗所曰："霜轻两鬓欲相侵，愁绪无端不可寻。"可我还是有种顾影自怜，想找回童年的感觉。

2017 年 1 月 21 日　星期五　云南　沙溪古镇　晴　19℃ ~ -1℃

沙溪古镇

入住后的第二天早饭后（上午 9 点多钟，因这里是清晨 8 点零 9 分才出太阳），出去遛了一圈。小镇应该是以一个小小寺登四方街延续而成，大约有一平方公里的面积。

沙溪古镇位于云南省大理市剑川县西南部，地处金沙江、澜沧江、怒江三江并流自然保护区的东南部，海拔一千七百多米，靠近闻名的石宝山。沙溪是一个青山环抱的小坝子（平坦的小盆地），第一眼望去，有“前瞻叠障千重阻，却带惊湍万里流”（隋·薛道衡《豫章行》）的雅趣。

沙溪古镇可以追溯到两千四百年前的春秋战国时期。唐宋年间，南诏、大理国在西南地区兴起，成为当时唐朝与吐蕃的缓冲地带，也成为沟通两地经济、文化交往的茶马古道的主要路径之一。后来，在沙溪西部的弥沙发掘了盐井，成为茶马古道的盐都，故而商业、文化繁荣。

依山傍水，独占鳌头，风光宝地集聚；庙宇古朴，香烟缭绕，仙气接天连地；戏台纵横，商铺林立，过客消遣品第；古树参天，石板熨平，木屋雕镌灵犀……

直到改革开放的今天，由于中西文化的碰撞、对接，连北京的古老“四合院”都少见了，加上农民大军入城镇，乡村的旧面貌像梦境般的破碎，人与自然的关系早已搁浅。然而，在祖国的大西南白族同胞们还坚持着几百年前的风俗，住着原始的木屋（不排除有些改造）。他们吃的、用的仍可看到传统的习惯（尽量自给自足，少进外面的商品），真感到是一种奇迹。晚上我躺在床上久久不能入眠。

2017 年 1 月 22 日　星期日　云南　沙溪古镇　晴　18℃ ~1℃

兴教寺

上午 9 点多钟，步行 5 分钟就来到沙溪古镇的兴教寺。寺院门前有一棵两百多年高龄的老槐树，虽说是冬季，但枝干茂密，挺拔茁壮，犹如一位久经沧桑的老人，见证着兴教寺的历史演进。

兴教寺建于明永乐十三年，已有六百多年的历史。它是我国目前规模最大、最典型、最有代表性的佛教密宗“阿吒力”寺院。寺院内的壁画既受中原画风的影响，又具有白族的习俗色彩，让人叹为观止。门前的廊柱上题写金字对联 5 副，其中一副为：“参透玄机翠竹黄花皆佛性，放开青眼苍松白石见人心。”不难看出古老的白族同胞用虔诚之心，“通诗书礼乐”“重道德文章”“济困扶老消灾延寿”“修行劝善护国利民”。这是一个民族兴旺发达的根本，也是他们的信仰通天融地、亘贯古今的充分体现。所以才能做到“沙溪古道拈花聚散且三参，芳草长亭弹指兴亡堪一笑”之美。

兴教寺的景观对我们来说，不仅赏鉴其古老白族文化的内涵，更让我们体会当地的民风朴实、典雅、守规矩和慢条斯理的生活。春节期间严禁在街内燃放鞭炮（都是木结构的屋，通道又很窄），果真就不见任何动静，大人小孩都不约而同地走到河沿边上去放烟花。更有趣的是妇女们背个竹编背篓，走到超市门前就把竹篓和外衣一起放到外面，待买完东西，付完钱，把东西放在竹篓里，背起竹篓慢悠悠地回家了。

我在这里住了十几天，每天都到小镇上转上两三个小时，没见到任何不文明行为。所以说沙溪人每个人都是我们要拜读的好文章。

2017年1月23日　星期一　云南　沙溪古镇　晴　17℃～-1℃

太太的客厅

几天下来，一路的劳顿已消，该好好地品味一下我居住的“太太的客厅”了。之所以能在网上选择预定这家的客房，因为我知道“太太的客厅”出自现代文学家冰心之手。可见，这家的客栈一定有自己风格与特点。果然不出所料，从一个狭窄、弯曲的石板小巷进去，正面是面向朝北的二层木瓦结构的客房，它的两侧厢房与之相连接，构成一个南方式的“三合院”。院中一半是个小水池（还有十多条金鱼游动），一半是片小草坪，共约百十多平方米，很是消闲、雅静。

客房内除了星级宾馆应有的设备外，显得不凡的是墙壁上挂着徐志摩和林徽因的诗句条幅，很有太太们的情趣悠然慢下来生活的味道。其中一幅写道：“你展开像个千瓣的花朵，鲜妍使你的每一瓣更有芳沁，那温存袭人的花气，伴你晚凉。”给我们每一位旅游者一点思考，一点享受，既温馨、快乐，又把生活一下子拉回到遥远的乡间和童年……

这个客厅的环境古朴、清和，犹如魏文帝曹丕在《槐赋》所云：“天清和而温润，气恬淡而安治。”不仅述说着江南水乡的故事，也有茶马古道小憩的余趣。鱼翔浅底，自在四方；花草展姿，笑纳宾客。是温馨和自在吗？都不全是，而是一种天外天、世中世的感觉。

在“太太的客厅”的入口处，写着一首诗，抄录下来与大家共勉：

乡音穿越明清时代
路上的脚步还在世纪徘徊
河渭的炊烟煨着去年柴火的老汤
屋檐的鸟窝又飞来一对新燕
走进“太太的客厅”
我决定，慢下来

山这边是波浪
路蜿蜒如飘带
树参差而不高

花烂漫而常开
融入“太太的客厅”
我决定，慢下来

外面世界充满喧嚣
现在都市节奏太快
搏风击浪一身伤痛
追名逐利两袖尘埃
让山涧晨露漂洗心灵
听河边鸟唱梦回天籁
感知“太太的客厅”
我决定，慢下来

“我决定，慢下来”是“太太的客厅”入世理念，也是当今人们向往的一种生活方式。我尚需积极认真地去领悟它、解读它、接受它，更需要去爱护它、扶持它、赞美它，让这朵生活中的小花恣意开放吧！

2017 年 1 月 24 日　星期二　云南　沙溪古镇　晴　19℃ ~2℃

朋友范儿

今天上午，来自广东佛山市的三对夫妇带着自己的孩子入住。看到院中的茶室放着水果、茶具，还有对联红纸。我把拟好的对联句子放在那里，其中一位中年男子拿起毛笔蘸了蘸墨开始工整地书写起来，字迹还写得不错。在攀谈中得知他们都是小学教师。同行见同行总有一些亲切感。写完后，我们一起把对联张贴到外面门口两边。其中外门是："但愿世上无游人，何愁店门落雀少。"反其意而称道。内门是："幽谷夹风寒人面，桃园展韵暖君心。"直面"客厅"的风雅与温存。一些房间的门联为："人生逍遥如浪子，世间尘埃似季风""原生野味知多少，梦里乡愁叠影重"等。

晚间，佛山的客人们到菜市场买些猪肉和蔬菜，在"客厅"的厨房亲自动手做一桌子美味佳肴，并邀请我们东北的几位朋友一起就餐。天南海北遇知己，相逢沙溪不了情。体现了"泛爱众而亲仁"（《论语·学而》）的道德准绳。在做饭的过程中，见到抽油烟机不好用了，一位佛山的朋友对"老板"说："明天，我来帮你拆卸擦洗吧！"

第二天一早，他腰系围裙修起油烟机来。还说："今天不走了，因我长这么大第一次把旅馆当成自己的家。"此话多么简单而明了，能把"客厅"当成自己的家，该是何等的大气与无私，也足以证明"客厅"的管理是"开放"的，而经营者也把客人视为自己的家人，方能赢得如此的回报。三国·魏·曹子建《赠丁议》诗："子其宁尔心，亲交义不薄。"只有宁静之心，视客人为自己的亲人，才可做到"克明俊德，以亲九族"（《尚书·尧典》）的天下一家亲之礼仪。

"太太的客厅"做到了，也让我们这些游子们主动结交八方朋友。受此感动我与佛山的三家同行交了朋友，主动把我的博客、微信告诉了他们，并答应返回故里后将即要出版的两本书赠予他们。由祖国的东北到西南最短的道路是什么？答案为：一个好朋友。我真切地感到交这样的朋友"值"。"君子以朋友讲习"（《易·兑》），"之纲之纪"（《诗经·大雅·假乐》），哪有不信任之说呢！

2017 年 1 月 25 日　星期三　云南　沙溪古镇　晴　21℃～2℃

匠人与匠心

沙溪古镇很小，小到在东边一跺脚，西边有震颤的感觉。唯一的一条商业街还不足百米长，由人行的石板路分为左右两侧。一侧是木雕作坊，一侧是自家纺染的丝布料商铺，简单到不能再简单的程度。

木雕作坊有四五家的样子，有人物雕、盆景雕、窗花雕、根雕等，工艺细腻，手法纯朴。人物雕像，无论是古人，还是现代人（都是底层老百姓的形象），个个栩栩如生，活灵活现；根雕更是随型取意，给人留下不少想象的空间。我在江浙一带工作、生活了七八年，老实讲沙溪的木雕远没有浙江东阳木雕的大气、恢宏、种类繁多、名气之大。但这种小打小闹的细致功夫还是可圈可点的。

纺染的丝布商铺也就十来家左右。他们的丝绸和布料多半是自家纺织和土法印染（用天然植物着色）。这一点又形成了他们的“土气”。其实，在后现代社会发展到今天，这种商品奇缺而珍贵，能保留下来、传承下去实属不易，更显现出民族的特色。让古老印迹在这里找到“脚窝”，有谁不为之一振呢！实话说，他们的丝布商品没有浙江湖州丝绸那样灵秀优美，也不如苏绣那样婉约含蓄，更不如湘绣的华贵知名，但他们的布料在粗犷大气中够得上原汁原味，色调在单一与浓重里彰显出沉稳与厚重的品格。

从农耕手工业的兴起，经历两千多年的历史演变，有一种人不能忘怀，那就是“匠人”。在沙溪我访问过一位雕刻窗花的中年人。他说从他爷爷的爷爷就在用锛凿斧锯的工艺雕刻窗花，可见功夫不负有心人。当今手工作坊早已“断炊”，可沙溪的百姓还在沿用这种“笨拙”的手艺。用他们的话来说，自己纺的布穿起来暖和，又是自己民族的样式，怎么看都顺眼。这话真是说到家了。这是匠人的回归，匠心的展示。

中国是个农业大国，几千年来不乏众多的匠工、匠师。汉·王充《论衡·量知》：“能断削梁柱，谓之木匠；能穿凿穴坎，谓之土匠。”他们靠着手工的技巧修造了多少豪华的宫殿和庙宇，也靠代代相传手艺给子孙后代留下了不计其数的各式各样工艺品及生活用品。他们不仅传承下来各种技术、技巧，也保留下不少中华文化中的瑰宝。

2017 年 5 月 29 日　星期一　黑龙江　哈尔滨　晴　13℃ ~25℃

游园小记

今天早饭后，女儿开车去黑龙江省森林植物园游玩。这是东北林业大学早期的森林植被试验区，占地面积 136 公顷。园内有品种各异的树木标本，北方的花卉草地，以及各种中草药等，集东北寒温带植物之大成者。我一边用手机拍照，一边细细地欣赏，很是耐人寻味，流连忘返呀！

由于是端午节的前一天（小长假），游人如织，在一片绿色的海洋里有色彩各异的小花伞、小帐篷、大花衣，有人不时地踏入一簇簇花草中，蹲在花下与其拍照留影……这种不文明行为与美丽的景色交织显得格格不入。

在人行道的边上，或一些空地里支起一顶顶五颜六色的小帐篷。远远望去犹如一个个花甲虫趴在地上。对此，我十分感慨：这个森林植物园就在哈尔滨市的中心区，交通四通八达，可为什么人们在这里玩起了猫儿腻呢？这也许是久居城市"方盒子"里的人们感觉太拘谨、太狭窄的缘故吧！总想跟大自然亲近亲近，也算是对树木、花草来一次更直接的邂逅。还是《庄子·德充符》说得好："自其异者视之，肝胆楚越也；自其同者视之，万物皆一也。"人融于自然之中是一种福祉和幸事。

现在植物园里的花草都很低矮，有些女人总愿意走到花间蹲在那里照张相，似乎她也回归到花季少女那样，根本不在乎会把花草踏平。这时来了护园管理人，手持扩音器进行驱逐，没一个人敢吭声的。我看见此种情景忙不迭地为之叫好。一些不文明的行为，就像在自家随便扔东西一样，你说气不气人，咋这么没素养呢！其言谈和举止总是让人感到如此的不习惯。

总之，我今天的心情很好，那些翠绿的青草、高高的松柏、鲜艳的小花，摄入我的眼帘，吸纳到五脏六腑也都倾心、爽快，唯独有些不文明的行为让我有些堵得慌。

2017 年 6 月 14 日　星期三　浙江　杭州　晴有时多云　20℃～24℃

魂荡西湖

说实在的，杭州西湖我可去过不少次了。古语说，上有天堂，下有苏杭。就其景观来说，有苏堤、白堤、三潭印月、花港观鱼、灵隐寺、飞来峰、六和塔、雷峰塔、钱塘江听潮等，不胜枚举。本次感受最深的是“魂荡西湖”。

古人认为天是有意志的神，是万物的主宰。《尚书·泰誓》曰：“天佑下民，作之君，作之师。”我们不想把天神化，但天和地确实是万物生存和发展的必然条件。

我之所以说这次观赏西湖是“魂荡西湖”，因为西湖的存在及它的美丽是天然的，是天、地、人合一，才能有此感受。归纳在一起就是：阴德天一，阳德地一，合德太一。

阴德天一，即使阴德阳报，隐行昭名，暗中施德于人。做到“安于离移而与化俱去，故乃入于寂寥而与天为一也。”（《庄子·大宗师》）晋·郭象注）意思是人能与天象合一，则为最佳者。至于杭州西湖给人提供的天然环境，应如宋代杨万里所说的那样：“接天莲叶无穷碧，映日荷花别样红。”（《晓出净慈寺送林子方》诗）证明天象与万物相映、相衬、相合为最美。

苏轼于宋神宗熙宁年间（1071—1074）任杭州通刺时写的诗：

水光潋滟晴方好，山色空蒙雨亦奇。
欲把西湖比西子，淡妆浓抹总相宜。

晴天时，湖水粼粼，波光艳丽，在阳光的照射下，光彩熠熠，美极了。雨来了，远山烟雨迷蒙，时隐时现，非常迷人奇妙。若把西湖比作美丽的西施，浓妆也好，淡妆也罢，都显示出天然的丽质和向往的神韵。

这就是诗人与景色融会贯通，做到“阴德天一”。既写出诗思的空灵美，也表现了大自然的无穷魅力。

当你漫步在苏堤（苏东坡在任杭州知州时修建的，也称苏公堤），杨柳如烟，和风骀荡，翠鸟和鸣，意境幽深。晨曦初露，月沉西山时，清风徐徐而来，柳丝舒卷飘忽，鸟与啁啾，桃花笑脸相迎。置身景物之中，犹如勾魂销魄。湖光、绿影如痴似画，方寸神采，万种风情，领略其中。

阳德地一，即阳气在大地与万物合一。《周礼·春官·大宗伯》记载：“以天产作阴德，以中礼防之；以地产作阳德，以和乐防之。”郑玄注：“阳德，阳气在人者。阳气盈纯之则躁，故食植物，作之使静；过之伤性，制和乐以节之。”意思是天干地燥而过之，人就会不安宁，需要吃点清淡的食物以去火，听听音乐、看看美景以消暑降温。这时西湖的美景就会给你带来福音、福气和福祉。

白居易任杭州刺史时写过《钱塘湖春行》一诗：

孤山寺北贾亭西，水面初平云脚低。
几处早莺争暖树，谁家新燕啄春泥。
乱花渐欲迷人眼，浅草才能没马蹄。
最爱湖东行不足，绿杨阴里白沙堤。

此次6月中旬，我再次走在绿杨阴里，平坦而修长的白沙堤，静卧碧波之中。堤上的游人如织，尽情享受江南初夏的美景，不时地举起相机，快门咔嚓、咔嚓地响着，恐怕漏掉一个景观。置身其间饱览湖光山色，心旷而神怡；碧水荡漾，云母低垂，倒映水中，扑朔迷离。人在幻象中流动，物象浸染着你的身心，增添多少活泼趣味、雅致闲情，唯有心动、激情之人方可说得明白。

记得别林斯基说过：“无论在哪种情况下，美都是从灵魂深处发出的，因为大自然的景色不可能绝对的美。这美隐藏在创造或者观察它们的那个人的灵魂里。”由此可见，只有你真心实意地去热爱西湖景观，它们才会在你的心里注入优美的琼浆，才能打动你，让你陶醉而释然。

合德太一，即将天地万物的元气和之为“太一”，也是最大的容量和能量。将阴德与阳德相合，并相互制约，就能达到与万物（包括人）共生、共荣的效果。于是，我们感到人在主宰这个大千世界时，既不要神化自然，也不要雕刻自然，而是按自然的规律去保护它、爱戴它、敬畏它。这样才能得到大自然的馈赠，让人们去欣赏大自然，也让大自然来陶冶人们的心性。对此，人们要增强对大自然的感恩之心，永远与之和睦相处，世世代代都不能去破坏它、怠慢它……

2017 年 6 月 15 日　星期四　浙江　绍兴　晴　21℃ ~27℃

民族的脊梁

鲁迅的著作、鲁迅的精神激励我们一代又一代的人。他那种为民族解放、为民族振兴、为民族献身的精神，已成为人们强大的精神支柱。故称为“民族的脊梁”深得民心，是铸造民魂的最强力量，是永垂不朽的。

我先后三次去过绍兴，每次都要瞻仰鲁迅故居。第一次是 1981 年 11 月初，在寒风萧瑟的吹拂下，庄严肃穆地跨进那黑色的木门槛，脱下帽子，深深地向鲁迅雕像鞠躬，以表示对为民族呐喊的伟大战士致敬。先后观看了他的起居室、百草园和三味书屋，还有土谷祠、咸亨酒店。在孔乙已喝酒的地方买了几包茴香豆，准备让我的学生们尝一尝，也便于和我一起去了解“孔乙已”。此次旅行印象深刻，记忆清新，深深地领悟了当年鲁迅学习、生活的社会背景及家庭状况，给研究鲁迅作品增添了不少实际感受和真实情景。

2003 年在浙江东方学院任职时，受学生家长之邀，又去趟鲁迅故居，跟第一次不同的是商业气息较浓。参观了新修的“鲁镇”（已搬市郊），明显看出是专为旅游观光服务的。在“鲁镇”见过拄着大棍子的“祥林嫂”，也看到了头上扎个小辫子的“阿 Q”等鲁迅作品中的一些人物，感到很新鲜，可回归到清末民初时的社会情景。

今年 6 月 15 日下午和 18 日上午两次分别参观了鲁迅故居和“鲁镇”，其感受是今非昔比。一进“故居”的门净是一些卖各种纪念品和当地特色小吃的，乱哄哄、闹嚷嚷，让人生厌又感烦躁，哪里是名人故居呀！简直就是一个杂物大卖场。周边的环境更是一派商业气氛：咸亨酒店不见了，变成“咸亨大酒店”“孔乙已土特产”；美人西施成“西施美人服装店”；百草园旁边（隔墙）建成“百草静舍”（旅店）；土谷祠真成了卖粮的地方。这些好让人大跌眼镜。若鲁迅还在，会骂他们个狗血喷头，也不会消气的。

历史文化古迹历来都是一块净土。它给后人留下的这份无价遗产，绝不是赚钱发财的工具，而是一种精神上的无形傲骨，让子孙后代挺起腰板，在世界舞台上扮演自已民族的一个特殊的、特定的、特有的角色。怎好意思去践踏我们老祖宗留下的这点遗产，甚至还要变相地毁掉它呢！

《荀子·礼论》中曰：“故量食而食之，量要而带之，相高以毁瘠，是奸人之道，非礼义之文也。”

2017 年 6 月 16 日（上午）　星期五　浙江　绍兴　晴　有时多云
20℃ ~24℃

浪漫沈园

走进沈园，我如梦如幻地遐想，就像打开了千年的画卷，啊！一对情侣正漫步在江南水乡。他们爱的纯真、痴迷又甜香。好比一曲古老的恋曲，音符跳动得让人撕心裂肺又迷狂。突然一声霹雳响，断云石开两茫茫；红颜新芽含苞欲放，春雪飘落池塘；两树结缘，双燕翱翔，神箭飞来，不是一死，就是两伤。陆游和唐婉这对恩爱夫妻，就这样在短短三年的光景里，带着伤痕、泪水和期许，分道扬镳。现实让你痛苦，浪漫带着惆怅。我的心在初夏的阳光里有些灼烫，是爱情牺牲在传统里，还是传统给后人留下难忘的飨。悲剧的魅力让你在泪水中去享受大美的乐章。

在沈园里蹒跚，景色让你如痴如狂，故事让你在醉梦中畅想。我一边拍照，一边在用我的灵魂与往日的才子佳人碰撞。两钗一凤一游头，断垣残壁千古留。就在人们渴望爱情，步履在爱巢的时候，一股清凉的风，把湖水吹得皱皱的，荡漾在空中的古老乐曲如露湿背："东风恶，欢情薄，一杯愁绪，几年离索。错、错、错！"当陆游发出呐喊时，回音壁便有唐婉的应和："人成个，今非昨，病魂常似秋千索"的痛楚与凄凉。这就是沈园壁上千骨不朽的绝唱，也是古老而浪漫恋情几度风靡的改装。

迎面潇洒而来的《钗头凤》哟！我喜欢你的真诚而执着，在对封建社会进行泣诉和审判中，你留给人们更多的是思考、是记忆，是对那段历史的诉讼。恩爱无须忏悔，也不太需要悲伤，把美隐藏在生命渊薮中的一瞬，把爱寄怀到最脆弱的叹息和最深沉的抗争中，把善托付给沈园的门墙、湖水、月光、亭榭、楼阁、花草和树木。这本历史既厚又薄，既深又浅，现实与浪漫共存，悲歌与欢唱同台，记忆在时空中穿梭有度，影像在历史长河中流淌不息……

孤鹤一只落仙亭，残年有酒醉放翁。陆游是爱国主义诗人，无疑是现实主义流派的。但你别忘了现实与浪漫是同胞兄弟。"孤鹤亭"的确立就说明了这一点。要知道鹤是一夫一妻制。虽说陆游与唐婉已解除了夫妻关系，但他心中的妻子非唐婉莫属。至唐婉早已作古后，45 年的离别（此时陆游已 75 岁）让他写出两首悼亡诗：

城上斜阳画角哀，沈园非复旧池台。

伤心桥下春波绿，曾是惊鸿照影来。

虽说不是45年前的“沈园”了（自唐婉死后，赵士程把园子卖给富商沈家，故延续至今为“沈园”），但走到“伤心桥”，好像有一只美丽姣人的鸿雁飞到我的心中。这种诗句真是浪漫极了，也真实极了。

梦断香消四十年，沈园柳老不吹棉。

此身行作稽山土，犹吊遗踪一泫然。

前两句写唐婉死后的40年，沈园的柳树老了，唐婉写在墙上的诗句也破损不堪。后两句写陆游自己的感受：若能化为稽山之土，伴着眼泪去悼念她的遗踪。

如今的沈园是一幅幅思绪缠绵的画，清馨且妩媚，如“孤鹤哀鸣”“碧荷映日”“踏雪问梅”等；是一首首镌刻历史的诗，隽永又深邃，如“诗境爱意”“残壁遗痕”“诗书飘香”等；是一曲曲震撼心灵的歌，细腻而委婉，如“春波惊鸿”“宫墙怨柳”“断云悲歌”“鹊桥传情”等。

浪漫的沈园啊！您不是画，因为“画”没有您真实；您是诗，又不像诗，因为“诗”没有您饱满；您是歌，还不是歌，因为“歌”没有您浪漫……

2017 年 6 月 16 日（下午）　星期五　浙江　绍兴　晴转多云　21℃ ~26℃

古韵兰亭

时隔 35 年后，又来到绍兴古迹之一——兰亭。它位于兰诸山下。“兰”在上古时代为爱情之信物。《诗经·溱洧》记载：“溱与洧，方涣涣兮；士与女，方秉蕳兮。”蕳即兰草。“亭”原非亭台楼阁之亭，而是乡以下的一种行政机构，后来以此为流水的地方。

“兰亭”地处崇山峻岭之中，茂林修竹，浅溪淙淙；幽静清雅，天澄气清；惠风和畅，日朗月明。真是个养心修性，吟诗作画，墨染林梢，笔荡蹊径的好地方。一代风流贤士高瞻于清流毫锥，集修《兰亭集》；后朝皇家祖孙远瞩于情怀御笔，临写《兰亭集序》文。

亘古传佳话，兰亭故事多。东晋永和九年，农历三月初三，王羲之邀请 42 位名人雅士在兰亭雅集修禊。他们在酒杯里倒上酒，让其在曲水上游缓缓漂下来，漂到谁那里停住了，谁就可饮酒作诗，作不出来的就罚酒三觥（一觥相当于现在半斤）。活动中共有 11 人各作两首，15 人各作一首，16 人没有作出来罚酒，总共成诗 37 首，汇集成《兰亭集》，推荐主人王羲之作序，即《兰亭集序》。

在这次“曲水流觞”中，有的人以酒激情，唱出心底的歌，可谓即景生情之作，也抒发胸怀绵绵之情；有的人借酒消愁，放浪形骸，无拘无束，以酒为快，一醉方休。总之，在三月初三的祭日里，饮酒、吟诗都是一种快事，有谁不尽兴、干杯呢！这是天的意指，也是大自然给我们的机会。珍惜是上苍的赐予，尊重则为雅致同趣。

王羲之的书法自古盛名。至清代康熙年间在“兰亭”修建了“王右军祠”（王羲之官至右军将军），粉墙黛瓦，四面临水。祠内清池一方，传为书圣洗笔之墨池，池中有墨华亭，亭边连桥，祠旁环廊。整个建筑是“山水廊桥亭”于一体，独具匠心。祠内竖立王羲之像，两侧回廊是历代名家临写的《兰亭集序》刻石。其内涵为：“山水廊桥亭，天地日月星；唐宋元明清，正草篆隶行。”每年农历三月初三都在这里举行有关书法艺术的交流活动。

在王右军祠不远处有“御碑亭”。这个八重檐亭是清代康熙年间的原碑，有三百多年的历史。正面是康熙 1693 年临写的《兰亭集序》全文，书风秀美，雍容华贵；背面是乾隆 1751 年游兰亭时即兴作一首《兰亭即事诗》，书法飘逸。祖孙皇帝同书一碑，在历史上是罕见的，看出历朝历代还是崇尚文人、喜爱书法，为华夏古文明做出难得的贡献。

家风严谨，教子有方。史书记载王羲之第七子王献之，少有盛名，高迈不羁，幼时学书法，羲之授以《笔阵图》。相传王献之练了三缸水后就想不练了。有一次，他写完一些字给父亲看。王羲之看后认为写得不够好，特别是“大”字，上紧下松，一撇一捺结构太散，于是随手在“大”字的中间点了个点，变成“太”字，说，“拿给母亲看吧!”王夫人看后说：“吾儿练了三缸水，唯有一点像羲之。”王献之听后非常惭愧，知道差距，于是苦练书法，练空 18 缸水，长大后才成名。

练书法要有功夫，还得有心劲。任何一件事做好不容易，只要坚持下去，必有收获。最近，在一次聚会上见到我的两位同事（60 多岁）写字不过几年，就见成效。一个说，当把笔立起来时，感到手腕坚挺，运笔如风，也就算找到点窍门。说得没错。

曲水流觞，鹅池红掌；兰亭雅集，觥中琼浆；即兴赋诗，历史华章；清澈小溪，溪水泛光。在竹影树荫下一只只酒杯缓缓漂过，漂得那样洒脱自在。几只时而盘旋、时而俯冲的蝴蝶，伴着几片沿溪而下的花瓣，构成一幅蝶舞花更俏、溪流若无人的清静之美图。

“此地似曾游，想当年列坐流觞未尝无我；

仙缘难逆料，问异日重来修禊能否逢君?”

2017 年 6 月 17 日　星期六（上午）　浙江　绍兴　晴　20℃ ~25℃

大禹足迹

今天去大禹陵，与三十多年前的参观有着不同的感观与味道。1981 年 11 月初中国写作学会在浙江杭州市西子湖畔的新新饭店召开第二届年会时，曾来到过绍兴观看过大禹陵，只感觉有些陈旧没落，还不成规模。总的印象是：古代治水英雄——大禹足迹在这里，功绩也在这里，人们纪念他更应该在这里。

记得南朝·宋·鲍照在《观漏赋》中曰："始屏忧以愉思，乐兹情于寸光。"一晃几十年的光景已过，"光阴者，百代之过客也。"（唐·李白《春夜宴从弟桃花园序》）我这个小小的"过客"也十分有感触。

凡是读过书的人，都知道"大禹治水"的故事。据文献记载，尧舜时代，洪水泛滥，百姓深受其害，禹受命治水，"八年于外，三过家门而不入"，苦心劳神，历尽艰辛，终于治平洪水。后来，历朝历代的统治者对大禹陵都有所建造、扩建、修缮与维护，文人墨客也多留有墨迹、铭文镌石。从政治的层面来说，以此来激励人们的无私无畏之精神；就经济利益来说，绿水青山，古迹传说，是大自然和老祖宗留下来的遗产，对旅游业大有好处的，增加财政收入，改善人文环境，也是理所当然之事。

我所理解的"大禹足迹"，不完全在于禹陵、禹祠、禹庙，而是他独有的治水理念——"疏而不堵"。大自然中的万物都是天然而成。它们的存在是相互制约，又相互依赖而发展和延续。

大浪淘沙，泥沙俱下。《古诗十九首》云："四时更变化，岁暮一何速。"凡是变化都会不同程度地有所牺牲或淘汰，没什么可以惊叫的。有些变化是更迭、轮回；有些变化是革故鼎新，旧的不去，新的不会到来，很正常之理。

唐·韦庄《浣花集》曰："但见时光流似箭，岂知天道曲如弓。"社会变迁，风起云涌。这是人类历史的造化，也是社会发展的必然。

"德教光熙，九服慕义。"（《三国志·魏书·高堂隆传》）思考起来，大禹的足迹不仅在绍兴，也在华夏的东南西北，细细琢磨一下就知道了。

2017 年 6 月 17 日（下午） 星期六 浙江 绍兴 晴 20℃ ~25℃

炉峰禅寺

炉峰禅寺，古称天柱山寺，曾名南天竹，素为观意道场，是越中名刹。赵朴初先生亲笔题写“炉峰禅寺”额。

香炉峰峭壁高耸，巨石环拱，旋转如螺，直立似柱，状如炉鼎。这是信徒们在此架岩立楹、骑峰建寺的缘由。

南朝·宋大明间（457—463）有高僧慧静栖于天柱山寺，著述弘法。唐宋盛世，多有骚人墨客东游越中，登香炉峰览胜。唐代著名诗人白居易登峰后留下“石凹仙药臼，峭峭佛香炉”，表述了香炉峰“鸟鸣远山静，云飘山顶空”的境界。来到此地真有“万尘唯心空空也，不是风流也风流”的神往心绪。

炉峰禅寺建在整座香炉峰之中，白云与烟雾笼罩山峰峡谷，清风与溪水相伴庙宇红墙。远闻钟鼓，让人心静神明；近觑坐禅，使人心空且清。步履其间，有大彻大悟之感，凝神思考，颇感神明驻入心中。这也许就是佛心所在的仙境，或者说峰高境远禅寺风物满千秋，其庄重、神秘，佛力超三界；其威严，博大，圣明进万家。

炉峰禅寺整日香火缭绕，静室兰香，佛日增辉。那一只只鲜红的蜡烛火焰纯净，白天与日共辉，夜里与月竞明。天地之间是种超然的默契与和谐。心海澄明，天地共荣。还有那一炷炷的紫烟，烟气冲天，与云霞相接，把禅寺点缀得仙气十足，吸之肺腑让你心清气爽，绕在身上实感暖意升腾。养气修身学烟舞，静神禅心看云蒸。烟云霞蔚，佛缘岁月长；情愫温润，佛界宽又广。“烟雨炉峰越中胜景，东南宝刹佛国明灯。”（何昌贵诗）

仙境、仙气，养仙人，炉旺香飞禅院中，僧侣修养心境虔诚；“风雨少年昨夜梦，三十而立人间情，频倾恐成亲不待，可看云水一孤僧。”（奚白诗）静坐冥冥心地空，僧侣修道悲心如镜；世上真空而妙有，人生放下自在行；浮天沧海无边际，水月禅寂听梵声。无欲一身轻，万里眼中明；不为自己求安乐，但愿众生求和平。人们若能达到这种境界，世界就可无争而平静；可凡尘不存非大千，人必有三教九流数十等，君子与小人同在共行，唯有仙道、仙人来指引，方可明心自清。常人说：“养成大拙方为巧，学到真愚始知贤。”可有多少人能做到呢？

仙人难做，好人可求。“天行健，君子以自强不息；地势坤，君子以厚德载物。”（《易经》）“自强”不是性格，而是修炼，只有坚持下去，任事为之，方可达到彼岸；“厚德”也不是天生的，而是心海澄清，只要本分做人，定能坚守维护自然，敬畏万物生灵。

“风从西天来，云根无柱，地坤有灵，安放越中实为恩赐；

泉从上方出，月印常圆，天乾守信，滋润万物特许仙境。”

心到奇峰惠水之地，树木与岩石也生香接应；人来庙堂殿宇之处，佛陀与众神也笑脸相迎。此番福天、福地乃福人，世世代代承传香火，不忘神明；祖祖辈辈超度信奉，留下火种。

香炉峰啊！香炉峰，梦里几次次回故里，望见你那云帽托峰顶，云气围峰中，只要云影在，云峰会更利、更强、更丰！

炉峰寺哟！每当闲暇时，就有你的香烟缭绕胸中，充实了我的灵魂，净化了我的心境。只要炉鼎硬，炉峰禅寺就会更静、更火、更红！

2017 年 6 月 18 日（上午） 星期日 浙江 绍兴 晴 20℃ ~26℃

绍兴“云骨”

上午来到绍兴柯岩风景区，走了一圈后，看到“云骨”拔地而起，直插云霄，形体曲折，奇妙而不可思虑。“云骨”高 30 余米，底围仅 4 米，犹如一股强大的龙卷风化石，下窄上宽，耸立如锥，婷婷娉娉。顶端崖柏苍翠，虬枝横斜，据考证树龄已逾千年，是自然天成。“云骨”的石质为崖石一体，据说是当地人祖孙三代经历一百多年开凿而成。

就“云骨”而言，不难看出绍兴是块风水宝地。几千年来，此地出现数不清的帝王将相、文武贤士。代有人杰，史有绝书，名流荟萃，歆动中外。自唐至清，共有文武进士三千多人（含历史上的萧山和余姚）；近代名人更如过江之鲫。越中名苑的苑门刻着毛泽东的七绝：“鉴湖越台名士乡，忧忡为国痛断肠。剑南歌接秋风吟，一例氤氲人诗囊。”一代代卓越的政治家、文学家、思想家和革命家赓续相继，灿若群星。

舜：古代帝王联盟的首领，是禅让制的代表。

大禹：夏朝第一位天子，以治水英雄名闻天下。绍兴建设起规模宏大的“大禹陵”，让后人永远去纪念他、效法他、景仰他。

勾践：大禹的后裔，春秋后期越国的君主，曾被吴国打败。他绞尽脑汁，卧薪尝胆，最后灭吴称霸。

西施：又称“西子”，是中国古代四大美女（西施、王昭君、貂蝉和杨玉环）的“沉鱼”，天生丽质，成为美的化身。

王羲之：是中国东晋时的书法家，享有“书圣”之称。现今在绍兴仍保留着“兰亭”的古味、古风，因他的故事和传说都镌刻在那里的碑文中。

陆游：著名的爱国诗人，一生著述丰厚。他的诗风格雄奇奔放，沉郁悲壮，素有“小李白”之称，是南宋一代诗领袖。绍兴“沈园”留有他的足迹。

蔡元培：一生读书、爱书、教书，主张思想自由，兼容并包，是位了不起的思想家和教育家。他逝世时，教育部在诔词中写道：“当中西文化交接之际，先生应运而生，集中西文化于一身；其量足以容之！其德足以化之！其学足以当之！其才足以择之！呜呼！此先生所以成一代大师欤！”真可谓“学界泰斗，人世楷模”。（毛泽东唁电）

秋瑾：自称鉴湖女侠。中国近代革命志士，是为推翻封建统治而牺牲的革命先驱。

鲁迅：他是民族的脊梁，其一生践行“横眉冷对千夫指，俯首甘为孺子牛”的高尚理念。在绍兴仍然保留着“鲁迅故居”和“鲁镇”的原貌。

周恩来：中华人民共和国的缔造者之一，为国为民赤胆忠心，在人民的心目中是永不灭的明灯，得到全国人民由衷的敬仰和爱戴。

竺可桢、钱三强、孙越崎、陈建功在柯岩“名苑”中的四个人头像各朝东南西北方向，炯炯有神，庄严肃穆地镌刻在四块大青石之中。他们的一生立志于科学，是我国卓越的科学家，其理念和价值就在那深邃而明亮的眼睛中投射出来的，永远是国人的骄傲。

除此之外，有铸剑鼻祖欧冶子；杰出哲学家、思想家王充、谢安；竹林七贤的精神领袖之一嵇康，东晋中国文学史上“山水诗派”开创者谢灵运；文学家、书画家王冕、徐渭；现当代的诗人、文学史家、新诗开创者刘大白；经济学家、人口学家马寅初；教育家邵力子；新儒家代表人物之一马一孚；散文家、评论家胡兰成……还有许寿裳、夏丏尊、范文澜、孙伏园、朱自清、金岳霖、俞平伯、俞正声、曾培炎、袁雪芬、谢晋、王文娟、六小龄童等。

这给我们留下一道难题：为什么在这样一个不太大的城市里出现这么多历史人物和现当代名人呢？我几次去绍兴，也翻过一些史料，感到绍兴之地具有“云骨”的历史印证。云是飘忽不定的，没有固定的形象，而“云骨”傲立千年而不倒、不变乃为奇迹，不妨从这里说起。

风水宝地，自然天成。这里没有地震，也没发生过特大自然灾害（自洪水泛滥由大禹治理后），非常适合人类居住。与天融合，共享其乐；与地相处，人杰地灵。

绍兴自古以来是文化底蕴丰厚的地方。山山水水，清静幽雅，是舞文弄墨的最佳环境，所以才有王羲之、王献之、王冕、陈洪绶等一批书画家横空出世；也有陆游、嵇康、谢灵运、朱自清、刘大白、俞平伯等著名诗人、文学家出现。

绍兴还是个真正“自由”的社会。所谓“自由”是指阶级的分化与对立（指封建社会），贫富有别，各自成长。尤其是近代，一些富家子弟纷纷出国留学，兼修中西文化，扩大视野，丰富知识，待机报国救民，复兴中华。如周恩来、蔡元培、鲁迅、马寅初、竺可桢、钱三强、金岳霖等人。也因贫富差距拉大，阶级矛盾突出才会有像鲁迅这样的文豪，用笔当匕首和投枪向旧世界宣战。他笔下的狂人、阿 Q、孔乙已、祥林嫂等人物因有“原形”比照，所以栩栩如生。由于阶级矛盾的加深，社会动荡，出现一批以秋瑾、徐锡麟、陶成章等为代表的为民主革命献身的知识分子。也培育出一批思想家、哲学家和教育家，如王充、谢安、蔡元培、马寅初、邵力子、马一孚等。

受文化基因的影响，一批拔尖的科学家在全国各地崭露头角，如核物理学家钱三强，近代地理学奠基人竺可桢，我国函数论研究开拓者陈建功，“工矿泰斗”孙越崎等人也是吃绍兴“母乳”长大的。他们为祖国的科学技术进步与发展做出特有的贡献。

柯岩也是三教聚盛之地，老子、孔子、释迦牟尼三尊雕像，展示其“三教”融合的理念，做到天、地、人和谐共处，体现人的本性，继承着“云骨”的精神内核，千年不倒，百代不衰。“云骨”是鉴湖的历史性标志，更是越中百姓的骄傲。

2017年12月13日　星期三　海南　香水湾　阴有雨　20℃～25℃

三亚之旅

12月9日一早，小于（叫于德华）就从三亚自驾车接我们去三亚旅游。经过一个多小时的车程，在阳光的沐浴下来到海棠湾。这里因盛产海棠花，又颇似海棠花形状而得名。相对而言，海棠湾显得宁静，海水也是波澜不惊、清澈见底。海棠湾最值得看的是蜈支洲岛。我们乘旅游快艇大约20多分钟就到达了。这里游人如织，一派热带雨林景象，四面环海，岸边礁石错落，白浪翻滚。游人行进在海边的栈道上，一面享受海风习习拂面，神摇意夺；一面远眺船只往复的海面，出神如画，犹如进入一处仙境，非常惬意。岛上有“情人谷”，一对对的恋人手挽着手在羊肠小道的密林里，或鲜花绽放的花丛中，很有现代气派和复古心理的大融合。在这里我们还真真切切地领略了榕树须洞和“不老松”的风采。实有“鸟啄灵雏恋落晖，村情山趣顿忘机”（唐·段成式《题谷隐兰若》）的感受。

12月10日早上6点多钟，小于就开车接我去三亚湾观看“日出”（我就住在三亚市的一家宾馆）。这可是我来海南最大的心愿。幸好这天早上只有一点淡雾，大约7：02圆圆的、红红的太阳从海对面的山脊上徐徐地升出来了。哇，太美了！我不时地按动相机快门，心里比获得什么宝贝还兴奋。返回的路上拍照了“大树七星级宾馆”的外形，以“大树”作为十几层高的大楼造型艺术在国内真是不多见的。早饭后，又乘私家车游了太阳湾，接着去“南山”景区。在“感受佛的心跳”的南山五星级宾馆下榻后，用完午餐，就乘电瓶车去瞻仰海上观音菩萨像。这座海上观音像在海里修建，高108米，重83吨，是用防腐、防风制造飞机的合成材料塑造而成。她是三体、三面合体而成。面相是那样的慈善、祥和、端庄和优雅，洁白如玉。赵朴初先生生前选址于海南三亚南山的海面。建成后“开光”的那一天聚集世界各国诸多佛教大师，及600多名各地寺庙的主持前来顶礼膜拜。据说，自从大佛开光后，这里就没来过台风，至少是风吹到这里海面就转向别处了，真可谓神气超卓。佛像底下是三层的大殿，各种佛像、佛典、佛法和佛龛琳琅满目，金碧辉煌，应该在世界上数一数二了。接着我们又拜谒了尼泊尔佛像馆和南山的古老大雄宝殿。一天下来收获多多，心底舒畅……

12月11日上午驱车来到三亚有名的道教圣地——大小洞天。这里虽然也面向大海，但波浪平稳，山清水秀，石崖矗立，嶙峋怪异，路旁的灯罩上书写着道教理念：“不懂放弃，怎攀高峰?”“有无相生，难易相成；长短相形，高下相倾。”“大白若辱，大方无隅。”等等。来到“小洞天”的那块盖顶之石，人们可以曲身爬进去，在另一处走出来，甚为别致、幽深。与半崖上的“老子”合个影也算是种敬畏和笃信；来到30来米长的卧佛前，抚摸一下佛身犹如灵气灌顶，周身舒坦；再走进龙王寺中，实感海神的力量，让我们去热爱大海和自然。这里也是静养、读书、作画的胜地，望见老树虬枝挺拔，根须裹石相抱成趣。正如老子所说：“不自见故明，不自是故彰。”这里才是“去甚、去奢、去泰”的好地方。

人生如旅，要学会停下来，看看风景，观观海浪，总还是不错的享受，也是对自己的犒赏。

2019年1月19日　星期六　海南　陵水　晴　有时多云　19℃～27℃

浅谈摄影

我爱好摄影，但没有技术，也没系统学过，更没向任何人讨教什么，充其量就是玩玩而已，先后玩过几个相机。从上海产的海鸥牌、广东产的珠江牌等黑白胶卷的120相机、135相机、傻瓜相机，还买过7 000多元的日本松下牌相机，到现在使用的单反日本尼康牌相机，以及各种手机拍照。从有胶卷到无胶卷；从黑白到有色，真的还玩了个齐全。

我玩相机是从20世纪80年代初，参加全国性及地区性学术会议开始的。主要摄一些以各地名胜古迹为背景的个人照或集体照，纯属留念型。自2016年买了单反相机后，开始摄一些自然景物，以静物风景或纯自然的动植物为主，原因是对大自然特别感兴趣，就算是对它的一点热爱吧！

我的拍照狂热期应该是2017年开始，春节是在云南省沙溪古镇过的。2018年春节是在海南省陵水县香水湾过的。这两年多的时间里，从黑龙江的冰天雪地，到热带雨林海南；从内蒙古呼伦贝尔大草原，到风景如画的杭州西湖；从云南沙溪古镇到浙江绍兴古都；从大连渤海之滨到云贵高原；从家乡齐齐哈尔嫩江两岸，到哈尔滨松花江畔；从农村乡下的高粱地，再到四季如春的五指山；从海滨到沙漠。一路折腾，一路逍遥，到一路的收获，让我内心好充实、好愉悦。拍摄了无数张自己觉得值得欣赏、值得留念的画面，分别整理出六大部分：1. 春、夏、秋、冬四季图；2. 日、月、星、辰气象景；3. 山川、溪流境界高；4. 江、河、湖、海宛如镜；5. 六花草、树木静谧美；6. 鸟、兽、虫、鱼动物情。

一路走来，虽说起早贪黑，跋山涉水，如是辛苦，可内心满满。那种福分深入到心里，凝结在骨髓，让我终身享受，睡觉里还感到甜滋滋的美。不图利、不图名，只是自我陶醉、自我欣赏而已。用老百姓的话说："就有这口瘾。"为了照到海上日出，一连9天很早起床，走到海边等待太阳从海面喷薄而出；为了摄到五指山的溪流，我在河卵石上把脚踝骨摔青，也不觉得疼痛；为了拍到秋天的红叶，驱车跑遍哈尔滨周围的"五花山"，才找到一处景点……

说起摄影我真的不内行，只觉得"美"就好。其实，"美"在我眼中只是没见过的东西，相当一些照片还是"平面"，缺少立体感、层次感、独特感。今年是第二次来海南度假，住的地方离海边不倒 250 米，应该说香水湾这地方的海边、山道不知走过多少次，也不知道拍摄过多少张风景照。但是，这个星期两次路过海边，一次是顺时针走，一是逆时针走，拍摄的景物不变，但光线殊异，角度也不一样，先后发到朋友圈，他们却不知道我是在何处拍的。说明角度变了，新鲜感也出来了。同样是大海，我把天上的彩云、日光、海水、沙滩、树影合在一起，就感到景物的意境深远多姿，似乎有一种天地辉映、云水一体、景物超然之感觉。这是我最大的感受与收获。

正如诗人眼里的山不是山、水不是水一样，将真景物、真境界灌入镜头之中，提炼出一种入心入镜的画面，让观者有一种美的享受，感知上的灵动。摄影跟绘画有很多相似之处，画家愿在画面上留一些空白，让人去想象、去推测，这才叫艺术美。摄影也讲究留下一些空间，在浓与淡上映衬出一些不是空间的空间，否则，就真的成了“照相”了。

几十年的摄影爱好，如今也谈上点体会，就算是小小进步，也是令人兴奋的。

读书拾零

2016年11月6日　星期日　黑龙江　齐齐哈尔　晴　－6℃～－1℃

爱是天性

去书店闲逛，看到刘墉的《莹窗小语》（漓江出版社出版）一书，翻开看到这样一段记载：画家林玉山先生说过，他曾经看到一头大象用鼻子拔草吃，但是拔起来后并不立刻放进嘴里，而是不断地在腿上拍打，等到草根上的泥土都掉光了，才吃下去。他见到母鹭鸶喂小鹭鸶吃鱼，结果鱼不慎落在地上。母鹭鸶把小鱼重又衔起来，但并不继续喂，而是走到水边，放在水里洗干净，才衔回去喂给小鹭鸶吃。

其实，动物天性中的许多智慧与慈爱，在生存的体验中保持着繁衍的延续和自我保护的本性，跟人类是一样的。只不过它们无法跟人类进行交流，况且在一次次地扑杀与驱赶下，与人们的关系越来越远。如果你和它们和谐相处，给它们食吃，它们会很欢迎你的到来。如公园里的鸽子可以飞到你的肩上等你喂它；海边的海鸥也低飞到你的头顶等你喂它一条小鱼吃。野生的、家养的动物都跟我们有着撕扯不断的感情。

在我小时候下乡的几年中，亲眼见到我家的“老母鸡”（抱窝的母鸡）领着自己抱的一群小鸡雏在家旁边的草地上觅食。突然在上空飞过来一只鹞鹰，盘旋一会，就猛地扎下来，就听老母鸡咯咯地叫几声，小鸡雏立刻就钻进它的羽翼下。刹那间，鹞鹰用两爪子抓起老母鸡就飞起来。我见事就喊，妈妈也出来大叫，在离地十几丈高的地方，老母鸡掉了下来，但已经遍体鳞伤。妈妈把它抱回屋里，经过一番包扎，又放到院子里。之后的一幕让我至今难忘：那只芦花大公鸡耷拉着右翅膀围着它咯咯地转了一圈，好像在说，亲爱的，你还好吗？小鸡雏们都围了上来，似乎在问，妈妈你怎么了？

在母狼为失去自己小狼的嗥叫，麻雀为保护小麻雀跟狗的厮打，足以说明“母爱”是一种天性。我们人类称“母爱如山”，动物们的母爱或大爱也不比山低。人和动物在关键时都是忘我的，还有什么理由不让我们去呼唤人与动物不能平等、自由的存在呢？

听说一个宰羊个体户，想把一只母羊杀掉。这时母羊流着泪咩咩地叫着。

它刚生下两个月的小羊羔也跟着进来，躺在母羊身边的地上。屠宰者将母羊捆绑完，就是找不到尖刀。后来把小羊赶跑，才发现尖刀就在小羊身下压着。于是，屠宰者来了恻隐之心，就把母羊放开了，并从此再也不去宰杀牲畜。

爱护动物吧！它的心跟人的心是一样的，不仅仅是肉长的，也是充满感恩与博爱之情呀！只不过它们的语言无法跟人类沟通，可行为比人们还执着、还感人、还真诚。正如赫尔曼·黑塞所说，动物的真诚表现在："它们一个个都那样自然，没有一个动物发窘，它们不会手足无措，它们不想奉承你，吸引你，它们不做戏。"（《荒原狼》）

2016 年 11 月 7 日　星期一　黑龙江　齐齐哈尔　阴有小雪　-7℃～-3℃

时不久留

黄小平在自己的《时间价值》一文中说，一次“鉴宝”会上，一个人拿来一只玉镯，说是自家的传家宝，代代相传，已经有五六百年的历史。

鉴宝专家一番仔细地鉴定，估价可值 20 万元。“如果这只玉镯现在按它的质地生产，能值多少钱？”主持人问。

“顶多两三千元吧！”

“那为什么这只玉镯的价位翻了上百倍呢？”主持人问。

“因为它经过时间的考验。”鉴宝专家说。

世事大抵如此。

《吕氏春秋·首时》曰：“天不在与，时不久留。”“时间”不知是从何处来，又往哪里去。它不急不躁、慢条斯理地走着，永不回头，从不跟万事万物发生碰撞，只会把世界发生的一切镌刻到自己的节点上（或者说它的“尺板”上）。从日出到日落，再到日出，这是一天；植物从绿到黄，春夏秋冬四季为一年；人从呱呱坠地到耄耋之年老去为一生；从国家的更替，战乱的频仍，到社会的发展、进步，几代人的沧桑巨变，这叫世纪轮回。对于我们人类来说，只是历史长河的瞬间，可它的代价太大了。“瞬间”有多少物种消逝，“瞬间”又有多少河流和湖泊变成沙丘，“瞬间”还有未知的领域被人类探索，“瞬间”书页变黄，老树裸根，家乡荒芜，“玉镯”变沉……所以说，时间只在我们每个人的心中。

时间不仅考验着一些人们，一些事物、世事；也考验人们走的路，曾经留下的“脚印”是正还是歪，或偏斜、或模糊；还考验着每个人的“背影”是实还是虚，有没有一点点独处或感召人的心性；更考验人的是他留下的墨迹，多少年之后可否绽放出人们想要的芳香，或是能揭示历史背景的真切向往。这一切的一切都是时间老人说了算。

在世时，跟谁开玩笑都不为过，若跟时间老人开玩笑，那你真是痴呆茶傻的那一类。因为时间老人倔强得很，他的心里最清楚的是尊重不浪费时间的人，并有朝一日会给与你几倍、几十倍、上百倍的回报。

2016 年 11 月 20 日　星期六　黑龙江　齐齐哈尔　晴　-20℃ ~ -11℃

荒野碎片

野外生物学家乔治·夏勒先生，一生从事野外考察各种动物，曾经接触过好多大形野生的大猩猩、老虎、豹和狼，但这些攻击性极强的动物都接受了他。他将这归结为“动物极大的宽容”。乔治·夏勒先生信仰一种超越科学的理念：帮助那些荒野生命永存。他说：“在这里我们体验到生命平静的律动，重新感受到自己属于自然界。”

在这个生物链中，任何物种都是按自己存在的准则（生活条件和生理条件）来延续生命，保证繁衍生息。尽管有些食肉的动物是以捕杀别的动物来保障自己种群的需要，可你别忘了一条重要词语——弱肉强食。体格弱的被别的强悍动物吃掉，叫“优胜劣汰”。这是达尔文进化论的基本观点，与灭绝和捕杀是两码事。人们都说狼好凶狠，其实它不在迫不得已的情况下，是不会伤害人和别的动物的。就说印度的“狼孩”吧，就能看出狼很有“人性”，以此来佐证“动物极大的宽容”不无道理。那么，我们人类为何不能对动物赋予宽容心呢？如果人类少吃或不吃动物（多指野生动物）的肉，不使用它们的毛皮或牙骨作为雕饰品，不进行各种各样的交易与买卖，做到“宽容于物，不削于人”（《庄子·天下》），那该是多么荣耀之事啊。

生命的律动在于“非漠直（淡泊之心）无以明德，非宁静（清净之心）无以致远，非宽大（包容之心）无以并覆”。（《文子·上行》）只有在这样的自然环境中与动植物共生死、共存亡，才能使自然界生气勃勃，气象万千。

“明德”是人与动植物相处的基本信条。一个人的德性是决定与其他物种和谐相处的前提，应该在“淡泊”的过程中求得共荣。“致远”是人与动植物共创的远大美景。如果人类的目光近在咫尺，唯利是图，只会让动植物为之叹息，唯有“宁静”之心，方会高瞻远瞩。“并覆”是人与动植物合一共同回归原始的自然状态，没有“包容”是办不到的。

让自然界维护自己的尊严，人是主角。因人的自然之性敦厚，才会适应所见、所习之物的变迁之道。于是人类就高出一等，能自信地驾驭自然，也会狂傲地征服自然，最终使人与自然相抗争、相对立，其结果是山川无树、溪水断流、草原沙化、气候失常，物种每天在灭绝，生物链大大损坏。这样继续下去，造成未来的世界人将不人、物将不物的单项色调，我们的地球也将会不伦不类。

乔治·夏勒的天道哲学自然观给我们人类指出了另一种哲学的、历史的，也是人类学史的一种极为罕见的学说。我的理解是：未来的人们不仅要注重描述、积累人类的社会活动史，更要特别注意那些“荒野的碎片”，即一草一木、一溪一流、一川一山，一只小虫子，一只小飞鸟，以及那些人们看得见和看不见的物种，用我们先进的科学设备，将它们记录下来，或是文字的，或是影像的，否则，我们的前生代是个什么样子谁也说不清楚了……

2017 年 1 月 3 日　星期一　黑龙江　齐齐哈尔　晴有雾　-21℃～-12℃

阔人不阔

翻开文汇出版社《冷眼阅世·聂绀弩卷》一书，关于“阔人礼赞”的描述颇有感触。何谓“阔人”呢？概括起来，他们不是一般的老百姓，在吃、穿、用上摆阔，女人挎个手袋动辄几十万元，孩子在读书期间就开着高档豪华汽车，吃的就不用说了，一次宴会几万元或十几万元常事。这就是财大气粗，显示出自己或老子的“天才作为”；这就是权高凌驾于众人之上，发言有“写手”，走路有“扶手”，聚会有“捧手”，一人之下万人之上，将自己视为“天才”，称为“救世主”；经常打着“万民伞”，上面写着“爱民如子”，到处竖立着“德政碑”。这是几千年封建制度的成果。世界上一天有这种阔人，就一天没有民主。

“阔人”缺少的是健全的精神。精神是内在的、多元的软实力，更是人类社会不可或缺的思想标尺和认同理念。没有良好的精神气质，怎能做到“精交接以来往兮，心凯康以乐欢。”（先秦·宋玉《神女赋》）人没有强大的、无私无畏的精神支撑，就成为行尸走肉，毫无价值存在，更谈不上人与人之间的和谐相处，也殃及国家、民族或群体的发展和进步。但更理想的夙愿是精神寓于健康之躯，方能显现出强大和不可战胜。

精神蕴含在思想理念、性格品质和理想追求等虚拟的世界里，但它是实体世界的一盏无形的明灯。尽管有时在物质方面表现得不尽人意，可内在气质旺盛，又表现出民族的脊梁和神韵。这一点就是民族精神，是各种灾难和痛苦无法吓倒的志向和鹏程。

人们对事业的执着追求，如果说是对自身的生存、生活及发展的具体行为，莫如说是对自身价值取向的完善或提升，也是人类不同于其他物种的一种特殊技能手段。事业的创新发展，无疑要依赖于健全的体魄，也离不开旺盛的精力和发达、多变的头脑的思考与应变，否则将是一事无成。岳飞有句名言：“运用之妙，存乎一心。”“一心”就是精神气质、志向索求，没有它，人也难称为人乎！

2017年1月4日　星期三　黑龙江　齐齐哈尔　晴　-22℃～-11℃

我喜欢的天气

在《读者》2016年20期读到［巴西］安东尼·德·梅勒写的一段话：

旅行者："请问今天这儿的天气会怎样？"

牧羊人："会是我喜欢的天气。"

旅行者："你怎么知道是你喜欢的天气呢？"

牧羊人："先生，我早就知道了。你看，我无法总是得到自己喜欢的东西，我便学会了总是喜欢自己得到的一切，所以我敢肯定今天是我喜欢的天气。"

人生不也是如此吗？想得到的不一定得到，而得到的一切，包括快乐与痛苦应该都是自己喜欢的。天有不测风云，却给予我不同程度的满足感，所以每天都是我喜欢的天气。这是何等的超脱和大气啊！我尊敬的、可爱的牧羊人。

人的一生遇到快乐与痛苦的事随时随地都可以见到。碰到"好事"时，人们喜上眉梢，这是不言而喻的；遇上"坏事"时，如身心受到伤害，无论是情绪上的压抑、愤怒或悲伤，都是痛苦的来源。总而言之，痛苦的事往往比快乐的事多得多，如何应对呢？这是一个人一生都要面对和处理的问题。

作为事件、事物本身没有快乐与痛苦之分。快乐与痛苦是人们对某事、某人、某物的心理感受，是人们赋予它的一种情绪、情感、情操方面的理解和不同心理认知感的描述。发生在某人身上的快乐与痛苦，不在于他处于何种境地，而是感受之人的心态表征。

例如活了103岁的杨绛先生，在她的晚年承受着丧夫与失女的巨大悲痛，孤苦伶仃一个人生活着，支撑这个"不完整"的家，是多么痛苦难熬呀！可她每天除了坚持锻炼身体外，还把钱钟书先生留下的旧书、遗稿约一百多册全部整理出版，自己还翻译柏拉图的《斐多》一书，投入全部心神而忘记自我。她一生淡泊名利，躲避荣誉。中国社会科学院授予杨绛先生荣誉学部委员，她没有去领受荣誉证书。2013年9月，中国艺术研究院函告杨先生，称她已成为第二届中华文艺奖获奖候选人。杨先生的答复是："自揣没资格，谢谢。"2014年4月，当钱、杨二位先生就读的英国牛津大学埃克塞特学院院长弗朗西斯·凯恩克罗斯女士来函称，在该学院建立700周年之际，恭喜杨先生当选牛津大学埃克塞特学院荣誉院士时，她说：“我只是曾在贵院上课的旁听生，对此殊荣，实不敢当，故我不能接受。”综上所述，因她验证了牧羊人的那句话：“我无法总是得到自己喜欢的东西，我便学会了总会喜欢自己所得到的一切……”

有些事情让人快乐，可以从颜面的微笑、喜悦表现出来，而更多的是以某种心态的充实、学习的满足、幸福的欣慰等情绪隐含在自己的内心。正像哲学家伊壁鸠鲁所说：“快乐之道无他，就是我的力量所不及的事，不要去忧虑。”

人生就像海上航行的船，遭遇风浪是常事。所以说，我们惊悚过、折磨过、受伤过，也后悔过。亲人的生死离别，有谁能不痛不欲生，难以自控呢?预料不到的天灾人祸，又怎能不心慌意乱、手足无措呢？从失足、失学、失恋、失业，以及经历过的大大小小的失败，让我们的痛苦难以自拔；还有政治上的迫害，生活上的贫困潦倒，为了生存也曾挣扎过、苦恼过。一切一切的经历，犹如走过一段段的坎坷路，经过一次次的暴风雨。在这些逆境、困境中得到了锤炼，受到了洗礼，经受了考验。某种意义上说，“痛苦”就是有助于我们心灵成长的精心设计。也许有人会反问我，你真是站着说话不怕腰疼。古往今来，任何一位成功人士不都经历了大大小小的磨难吗？他们是在磨难中长大、成熟起来的，因为痛苦是学习的一部分，缺了这部分是成不了大气候的。

人的一生如何面对快乐与痛苦真是很难很难的一件事，谁都会说把生死置之度外，淡泊名利，在荣誉面前不伸手，在金钱上不去追求，一旦遇上了，都会有不知所措的惶恐与不安；尤其是突发的不幸事件出现时，有谁不去大哭、大闹一场去发泄呢！要记住，有些快乐也好，痛苦也罢，往往都是暂时的。人活在世上最重要的是要活给自己看。换句话说，就是对得起自己，那才是永远的快乐。即使遇到痛苦，这么一想，也就成了过眼的烟云。正如牧羊人所说：“我无法总是得到自己喜欢的东西，我便学会了总是喜欢自己得到的一切。”“是的，快乐与痛苦的差别，并不存在于世事本身，而在于人们对待世事的态度。”（安东尼·德·梅勒）

2017年3月2日 星期四 黑龙江 齐齐哈尔 晴 -15℃~-5℃

潜规则

据说晚清时，庆亲王奕劻家里的门丁负责收门包，但大门口却贴着王爷的亲笔条子："禁收门包。"人家来了，门丁照样收。有人指着这个条子说："王爷不是说了不收吗?"门丁说："王爷不能不这么说，但您的钱还是不能省的。"

收门包也好，收红包也好，这条"潜规则"是典型封建专制统治时，"官不打送礼的"利益链条中的死结。为什么要当官？答案是：升官发财。(嘴不说，心里就这么想）当了官不仅可以光宗耀祖，为人上人，还可以通过买官卖官、倒卖资源及管、卡、要等方式，弄个钵满盆盈。其中最重要的伎俩是行贿受贿，在一个时期内，从上到下似乎已经被人们认可。没有这一条当官的无法发财，办事的也无法打开各种明渠暗道，连幼儿园的小朋友要想当个"领头羊"，也得让妈妈给老师送点礼，真有点见怪不怪了。人在"怪圈"里转多了，就把不适应的地方变得得心应手。古人讲："吏道杂而多端，则官职耗废。"(《汉书·食货志》）若官人叛道离经，其官位还有用吗？

第二个"潜规则"是"无差别讲话"，上边说"一千"，你绝不能说"九百九十九"。这叫"照猫画虎反类犬"。因为在这些人的心目中藏有阿谀逢迎稳官位，溜须拍马好升迁的秘诀。至于结合本地实际以行动见实效是多么费力不讨好的差事。况且，这类当官的也没有把当地经济搞上去的本事。他是怎么上来的自己胸中最有数。任何地方遇上这样一位"官人"，往往是民怨沸腾，百姓生存、生活低下，上访者多，闹事的人也不会少，谈何安定团结。"良药苦口利于病，忠言逆耳利于行。"古训的教导实在深刻，但拒谏饰非者有之。《左传·桓公二年》："国家之败，由官邪也；官之失德，宠赂章也。"用套语来掩盖邪恶，这是自古以来官场上的大忌。

第三个"潜规则"是"报喜不报忧"。向上级领导部门汇报时，从不谈问题和困难，并且隐瞒重特大事件，当众说假话。不去正视矛盾和问题，迟早会出大乱子的。这些官人的头脑里缺乏忧患意识，把民主当成儿戏。做官应守常道，《晋书·杜预传》云："简书愈繁，官方愈伪；法令滋章，巧饰弥多。"郭璞解释说："官方不审则秕政作，惩劝不明则善恶浑。"这也成为"通病"。中央政府的简政放权是治理此"通病"好办法。

“收红包”是物质上的贪占行为，为了中饱私囊，勒索、敲诈民财；“迎合”“说假”则是保护官职，巧取信任，为自己的“两亩三分地”着想。俗话说，官不为民，不如回家卖红薯。为民是正道，也是民富国强的不二法宝。当前国家领导人非常关心群众的衣、食、住、行，决心要摘掉中国部分老百姓的贫困帽子，真是暖人心的万世之举。到那时社会就像老杜描绘的那样：“市桥官柳细，江路野梅香。”（唐·杜甫《西郊》）引申一点理解就是，当官的如细柳一样束身清廉，即“宦途甘碌碌，官业亦孜孜。”（宋·王禹偁《谪居感事》）而住在偏远的老百姓家家芬芳可人，“清诗为题品，草木变芬菲。”（宋·苏轼《和段屯田荆林馆》）多么一幅太平盛世的景象啊！

2017年4月13日　星期四　黑龙江　齐齐哈尔　晴　-3℃~20℃

“素读”之品

我爱读书，也写一点不像样的文章，还做过近20年的学报主编。就我的经历来说，读的书很杂，什么书都看，什么文章都写，但读书的动力是为了写作和编稿。除了我的专业（中文专业）书籍外，如哲学、美学、心理学、历史学、自然科学，各种典籍都读，而且是细读，写读书卡片，记读书笔记，书页小注等。例如在东北师范大学进修时，连暑假都不回家，一头钻到古书库摘抄读书卡片一千多张；平日里写读书笔记40多本，300多万字。

我读书的习惯是：读写多，品评少，尤其最不愿意对别人的书或文章进行评头品足，原因就是作者的心思和用意都没搞明白，有何资格去挑肥拣瘦呢！在学术观点上从来不会批判别人，而去树立自己的。什么叫“百家争鸣”？你唱你的调，我吹我的号，只让读者去挑选也就足够了。我相信读者会很公正、谦虚地对待每篇文章或作品，也会对作者的辛勤耕耘加以肯定和赞许。犹如别人（作者）请你吃饭（看文章），总得给主人一点面子吧！也许有人会说，我是花钱买的书，那我就有权横挑鼻子竖挑眼。这是你的权力，而不是你的良苦用心。记得蒋方舟先生在《新周刊》上发表一篇《作为读者的谦虚》说得好。

什么是读者谦虚？中国古代私塾的教学方式叫“素读”。意思是读书时不要夹杂个人的观点和成见，不要在书本周围搭起一些知识的壁垒，不做最后的价值判断，不要随意进行评说。如同弗吉尼亚·伍尔芙所说，理想的阅读“不要对作者发号施令，而要设法变成作者自己，做他的合伙者和同伴。”这话说到家了。

书的潜能是作者将社会的碎片连缀起来，倒映出那个时代的背影和印痕，在当时人多为纸醉金迷，对当下人或事不以为然；“作者”在某个角落里孤独地发出呐喊也湮没在噪音盲区之中，等到几百年之后，或许在青灯孤照的图书馆，一个虔诚而素心的读者会报以应和的回响。原因很简单，通过历史的沉淀，这位读者就像在大山深处挖掘出一块天然的玉石，虽还带些杂质，可璞玉生辉。

人活一世，给子孙留下财富？那会毁掉这一狂躁的家族。留下权位和俸禄？那会腐蚀后代的机体。唯独留下一点文字，不仅是不朽的，还是后人享用得最为直接的精神大餐。人要遗弃荣贵，知止足矣！《孟子·万章下》曰："以友天下善士为未足，又尚论古之人，颂其诗，读其书，不知其人，可乎？是以论其世也。是尚友也。"意思是：认为同天下的优秀人物交友还不够，就得上溯历史，评论古代人物。吟他们的诗，读他们的著作，但不了解他们的为人，行吗？所以要研究他们的所作所为。这就是同古人交朋友。

2017年4月23日　星期日　黑龙江　齐齐哈尔　多云　1℃~16℃

世界读书日

今天是世界读书日，全称为世界图书与版权日，最初的创意来自国际出版商协会。1995年正式确定每年4月23日为“世界图书与版权日”，设立的目的是推动更多人去阅读和写作，希望所有人都能尊重和感谢为人类文明做出巨大贡献的文学、文化、科技、思想的大师们，保护知识产权。每年这一天，世界100多个国家都会举办各种各样的庆祝和图书宣传活动。

世界读书日来源于西班牙加泰罗尼亚地区的一个传说：美丽的公主被恶龙困于深山，勇士乔治只身战胜恶龙，解救了公主。公主回赠给乔治的礼物是一本书。从此，书成为胆识和力量的象征。4月23日成为“圣乔治节”。节日期间，加泰罗尼亚地区的居民有赠送玫瑰和图书给朋友的习俗。另外，1995年联合国教科文组织宣布4月23日为“世界读书日”，也因1616年4月23日是西班牙著名作家塞万提斯和英国著名作家莎士比亚的辞世纪念日，又是美国作家纳博科夫、法国作家莫里斯·德鲁昂、冰岛诺贝尔文学奖得主拉克斯内斯等多位文学家的生日，所以这一天成为全球性读书日看来名正言顺。

在中国读书的“读”字，许慎在《说文解字》一书中曰：“读，诵书也，从言，卖声。”“言”为象形字。甲骨文似口吹箫管乐器之形。金文的形体与甲骨文基本一致。小篆线条化、整齐化。隶变以后楷书写成“言”。言的原意为吹奏乐器，后来延伸成“说”。“言”用作名词，指言论、言语和文字有关系。而“言”与“卖”合成“读”，可以理解为“出卖言语为读”。“读书”某种意义上说，是人们“买言”而自省、自励、自得、自赏、自觉等内心世界的满足和充实，让人们获得知识，求助理念，明辨是非，解读疑难。《孟子·万章下》：“又尚论古之人，颂其诗、读其书，不知其人，可乎？是以论其世也。”说明“读书”之重要，自古传天下。

中国历来是个吟诵诗词，博览群书的大国。书中相关的典籍、纪实、故事等多得很。有“读书枕”为古人读书时所倚之枕。汉·李尤《读书枕铭》记载：“听政理事，怠则览书，倾倚偃息，随体兴居，寤心起意，由愈宴娱。”多么自由自在的读书方式呀！还有《读书杂志》《读书丛录》《读书纪数略》《读书敏求记》等，皆为读书所得，传世受益。

当今阅读的书籍十分广泛，有“类书”，如《艺文类聚》《册府元龟》等；“史书”，如《史记》《汉书》《春秋》《论语》等；“辞书”，如《辞海》《词源》《现代汉语词典》等；古代诗词歌赋及现代文学作品、杂文等。古今中外的书籍都是我们的阅读对象。

在信息革命和知识爆炸的时代，通过网络、电视、电脑、手机等先进的传播媒介，各种“八卦新闻”虚虚实实，真真假假，着实难以辨别。相对而言纸质书籍逐渐被人们冷淡，造成印刷品既廉价又昂贵。所谓“廉价”，靠写书的人难以维持生活；说“昂贵”，图书的定价也让一些购书者望而却步；真正的“时尚书”，又成为书贩子们盗版的猎取对象，书的市场让人哭笑不得。

莎士比亚曾经说过：“生活里没有书籍，就好像没有阳光；智慧里没有书籍，就好像鸟儿没有翅膀。”此时的读书现状和书市的混乱情况，国家已看出其严重性，某种程度上是对传统文化的丢失，更是对现代文明的亵渎。所以说，抢救文化、弘扬文明是时候了。中央电视台推出“朗读者”栏目很受广大民众的欢迎，可惜各级各类学校还没有真正地重视起来。

那种中国式的吟诵形式就像有些“工艺”一样眼看就要失传了。尤其是对古诗词的吟唱，其音调、节奏、韵律，今天有多少人能掌握呢？中国文化是世界文化宝库中不可缺少的重要组成部分，而中国古代文化又是世界各国人民最渴望学习和领悟的文化遗产，如果不加以继承和发扬，那我们在世界各国设立的“孔子学院”还有意义吗？从上到下应该自问自省了。

记得鲁宾斯坦说过：“评价一座城市，要看它拥有多少书店。”西塞罗也说过：“没有书籍的屋子，就像没有灵魂的躯体。”爱书、藏书、读书和写书是一种人格修炼；一个国家读书人占有多大比例，是一个国家文明的象征。啥时能看到中国形成“全民阅读，书香中华”的氛围呢？在飞机上、高铁列车上、豪华游轮上看到我们中国人在手捧一本书看，而不是像现在那样，到处是“打鸡血”“喝鸡汤”“看八卦”“玩游戏”就好了。

2017年9月24日　星期日　黑龙江　齐齐哈尔　晴有时多云　11℃～21℃

漫谈“赋体”

近年来，出于自己的爱好，不好不坏地写了一些“赋”。最早是五年前齐齐哈尔大学60周年校庆之际，完成一篇《黉门赋》，接着有《中秋明月赋》《紫燕赋》《黄独赋》《茶经楼赋》《生日赋》和今年写的《扎龙赋》。无论是“大赋”“小赋”写了七篇。虽说还不够完美、体面，但有谈资可鉴。

“赋”这种文体是汉代文学的代表样式，渊源于《楚辞》，形式上兼顾诗与文之间。《毛诗传》：“登高能赋。”意思是看得远，才可诵读咏叹。《汉书·艺文志》：“不歌而诵谓之赋。”强调赋是种用文字吟诵的好形式。汉·班固《两都赋·序》：“赋者，古诗之流也。”把“赋”提高到诗流派的别体，可见一斑。南朝·梁·刘勰《文心雕龙·诠赋》：“诗有六艺，其二曰赋。赋者，铺也，铺采摛文，体物写志也。”“赋自诗出，分歧异派。写物图貌，蔚以雕画。”刘勰的《文心雕龙》就是用俳赋形式完成的这一恢宏文艺理论巨著。所以，他对“赋”的诠释也算到位了。

综历代文论家的解读与辨析，对现代“赋文”的认识和理解有如下几点体味。

现代的“赋文”写作难就难在一个“雅”字上。既不能“文白”杂糅，又不可“白话”连缀，做到雅俗共赏，就更显得功夫不负有心人。《论语·述而》：“子所雅言，诗、书、执礼，皆雅言也。”意思是做人要雅致、雅道、雅量、雅怀，而其文也应该是雅言、雅音、雅歌、雅颂。因为“雅以为美”（《后汉书·窦后纪》）汉·贾谊《新书·道术》曰：“辞令就得谓之雅，反雅为陋。”但如何做到雅而不俗，俗且可鉴，并非易事。那么如何做到“雅”呢？

首先，在“赋文”里可适当用“典”，做到简约成体，趣味横生。刘勰《文心雕龙·颂赞》：“情采芬芳，比类寓意，又覃及细物矣。”用一种形象性的事物，譬喻很深的道理，又能在细枝末节上看出事物的本质所在。例如在《黉门赋》中，“管葛”是引申为历史中的管仲和诸葛亮，暗喻学校的领导者们，就显得有味道了。另外在用词上也要十分讲究。写《扎龙赋》时，“芦苇逐声茂长，莲花默声赧颜”中的“赧颜”就指羞愧的红着脸，一下就把荷花写活了。

其次，“赋文”是用形象说话，绝不用冗长的叙述或夹杂着议论。即使发些叹息、思念的句式，也是精到、幽远的。在修辞上大量用比喻、拟人、借代、摹状等手法，让读者在一种情境或景物中去解读其内在寓意。这就须把周边景物、物件写活、写精，尤其在细节上的描绘更要出神入化。如《扎龙赋》中“小鱼草根觅食，稚鸟弃巢游玩”等，就显得细腻。在展望未来的描绘中，把“扎龙”比喻为“一帧绿色长卷”“一台古朴笔砚”“一艘原始古船”，就更有些承载传统的意蕴了。

第三，讲究铺排。所谓“铺排”，就是在行文中为表述某一情境，在段落上反复铺展，但句式、词性、节奏、韵律都要工整、一致。如前句的句式是偏正与动宾式，后面的句子也要如此。这在“赋体”中叫作“工”，即工整、对仗。这需要下一番功夫，没有古诗词的底子是写不出来的。例如“扎龙如睡美人，敞开绿色长卷，梦呓甜甜；扎龙像位老者，端起古朴笔砚，仪态旦旦；扎龙是件珍品，走进原始古船，岁月澜澜。”在铺排时四、六句为主，注意韵律和节奏。

第四，做到字斟句酌。我的做法是先对句子进行审视，看其词与词的搭配是否合理，句型或词性能否相互照应，并做到工整、和谐。然后是在字上下功夫，对每个副词、形容词选用可否准确、到位。这就需要一字、一词地进行推敲，或用相应的词进行比较。例如我写《扎龙赋》时，其草稿就写了一本稿纸，反反复复地修改，至今有的地方还不尽人意，但已穷尽了我的智力。为了做到字斟句酌，几乎翻烂了《辞海》《辞源》《辞通》等工具书。

本人不才，尝试写了几篇“赋文”，就此写点体会，就教于大家了。

2017年11月6日　星期一　黑龙江　齐齐哈尔　有雾霾　-2℃～6℃

也说“伪命题”

伪命题是不真实的命题，也是没有意义的命题。既不合乎客观事实，也不合乎科学道理。

有一位男老师丧偶后，由他的学生介绍一位也是他学生的女士。虽说已经毕业40多年了，但这期间老师跟自己的这位学生在30年前有过来往，总的印象都还不错，应该说有一定的师生基础，还算是相识、相知。在相处（微信聊天）还不到一周时，突然有一天，这位女学生听她的一位朋友说：“怎么这么快就进入爱河了?”于是她就跟老师玩起来猫儿腻，运用一些小伎俩，不是质问，就是撒野，最后来了一句话：“我说的话都不是真的。”反之，不说的话是“真的”吗？这是一个典型的“伪命题”。最后，她提出来分手。老师再三说明事由，也没有挽留住。过了5天，她发微信说，请老师原谅，因为一时冲动。而且真是兑现她之前说的那句话，即××号再聊的承诺。

要知道在谈“对象”或恋爱的过程中，遇到这种情境说啥也不能维持下去了。原因很简单，即找不到“合理性”，对这种人有谁纠缠得起呢！不知道她（他）的真心实意在哪里。不知道是文化价值观不一致，还是不懂生活中的一些正常道理，反而还自作聪明，可悲，可叹啊！

伪命题不等于诡辩术，准确地说“诡辩术”是一种论证方法，是在歪曲论证。在辩论中往往是“偷换概念”“污名诡辩”“以偏概全”“诉诸无效”，等等。总之，正说是对的，反说也是对的。真理在她手中就是“小魔球”。最典型的例子是公孙龙的“白马非马”说，因为马不是取其颜色命名的，所以“白马”不是“马”，凡是有颜色的马，也不是马。他的理由是：“马”的定义是指属性，而不是颜色。这是典型的混淆概念，污名诡辩，所以谬论百出。

老师的这个学生就提出：“你若不理我一天，我就不理你五天。”此为混淆了“命题”的真实可靠性。她还要求老师为她“正名”。原来老师跟她开玩笑说：“你考我竟给了不及格分数，净找我的‘毛病’，真是个‘坏女人’，哈哈哈……”她不认为这是抚爱性的玩笑话，而当真了，于是提出为她“正名”之事。

总之，这场小闹剧必须草草收场，没有办法再继续下去。没有真诚的情感作基础，什么爱情或婚姻都是一场无规则的梦！

2018 年 2 月 2 日　星期五　海南　陵水　阴多云　14℃ ~22℃

我的“写作课”

昨晚迷迷糊糊地做了一个梦，梦见 35 年前我教的学生们围在我的周围，畅谈写作问题。面对这样一批学子，我将十几年积累的写作经验和到东北师大“充电”的所得结合起来，实施一套“践行写作教学模式”——进行全方位的写作立体教学，以训练为主，边训练，边认知；边认知，边升华；边升华，边写作的写作“践行艺术”。

写作训练是指观察自然、社会、人生，往往从每个细节入手。例如，从看门的老师傅、清扫工、食堂切菜厨师、卫生员等普通人的普通小事说起。阅读有关各种知识取之于书本，这是长期功夫。因为培养学生们养成观察和阅读习惯一生会受用的，比临时抄一篇或憋一篇文章要好得多。

写作认知，就是指思考和判断的过程。任何事物的形成或出现，都不是偶然的，它跟人们思考、判断问题的方式有关。例如，旅游，有的人是为了观景或随俗而走出去；也有的人对任何自然景观，不仅能看出美来，还能品尝到其历史价值所在。可见写作认知，是一个写作者不断提升理性修养和道德延伸与完善的最好心理建构阶段。

写作升华是指什么呢？说明白了，就是一个写作者理性素养的提升。要写出好文章，必须有意识地深入到其他学科或其他领域，最重要的是具有哲学的思辨、历史学的沉积、心理学的分析及美学的观赏，等等。学生作文可以是片段的，也可以结篇，但不宜过长。值得注意的是“言之有物”，或叫“不吐不快”时，写出来的文章才有滋味。就我个人写作经验来说，没有主题先行的借口，一直是有感而发，有物可写时就开始了，很随便、很自然，但跟自然主义没关系。

谈到这里，可有人会问，你的写作教学有什么技巧和方法吗？可以坦率地告诉你，没什么绝技可谈，一切顺其自然。比如说，写作要讲主题、材料、构思、表达、遣词造句、布局谋篇的。这些知识看看就行，没必要高谈阔论。而我注重学生要坚持写观察日记，读书笔记，生活小记，点滴心得、体会什么的。写作这门基础课没有考试，只有日常考核项目记录表，做到了就是优秀；只有合格、不合格之分，不合格重做，直到合格为止。使用的是减分法，做得非常好的，如在报刊上发表文章要加分，而且有些习作项目免做。到最后两个班级学生百分之三十以上是“优秀”，大部分是“良好”，少数“及格”者，也在70分以上。学生学得轻松、快活，我可就不那么省力了，纯属自找苦吃。最终这80多名学生中，《全国大学生优秀作文选》一人入选，《全国大学生优秀散文选》一人入选，毕业前有一个学生在报刊上发表文章18篇，毕业后还出现几名小诗人。这批学生多数人在县、市政府部门当秘书，或成为中学的骨干教师，真是非常“棒”的一批学生。

在整个教学过程中，我很强调跨学科，如把写作学同心理学、美学、思维学互为渗透，把写作放在哲学、史学、伦理及经济的框架上进行演绎或实际应用。学生们可以谈天说地自由表达，也可以写实与编故事叠加起来表述某一理念，还可以展开想象的翅膀，在心灵广袤空间中进行飞翔，为创造灵敏思维打下基础。除了在应用方面下功夫外，还特别注重学生的逻辑思辨能力，推理和演绎能力，为将来的学术研究及学术论文写作予以铺垫。我不太注重文笔，但强调文风和格调，力求培养学生的一技之长。说白了，人们会写文章，不是教出来的，而是他们自己写出来的。先生只是个引路人，况且也不是你写作老师一个人的功劳，是包括父母、亲友、同事及各类学校老师的共同劳动的结果。

“写作”是以语言为载体的践行艺术，通过观察、体验和思考来塑造某种情景，表达某些概念，讲述各种故事，阐发某些思想和理论的实践活动，而不是纸上谈兵，更不是束之高阁的教条理论。

2018 年 10 月 26 日　星期四　黑龙江　齐齐哈尔　阴　有雨　10℃～0℃

狼的故事

近些年出版了姜戎的《狼图腾》、马银春编著的《狼皮卷》等读物，让人们对“狼”有了进一步的认识和理解，尽量去纠偏以“狼”字组成的成语典故，还以“狼”的真面目。

很早以前就听说印度“狼孩”的故事，在敬慕中感到很奇怪，有种对狼不可思议的特殊念头。于是在我的文章里基本不去用“披着羊皮的狼”“狼心狗肺”“狼狈为奸”“与狼共舞”“狼吞虎咽”“狼子野心”等成语俗语。说实话，我从未接触过狼（指在野外），只是听人讲过有关狼的故事。

在我很小的时候，听过我外公讲述他亲自经历的两段狼的故事：

有一天，外公兜里揣两个玉米面大饼子，经荒草漫长的河套，过河去北岸我二姨家（我外公家住在河的南岸）。当走到一人多深的草丛时，突然感到有人趴到他的肩膀上，回头一看是只大灰狼。他顺手掏出一个大饼子扔到地上，大灰狼叼起大饼子就慢悠悠地走了。

他还讲了屯里王老五回家时路过几个孤坟。他好奇地看到坟窟窿里有两只“小狗崽”，顺手掏出来抱回家。放在炕上正玩呢，突然一只“大狗”来到他家屋里，蹲在地上看着“小狗崽”不走。这时邻居张老三来他家，抬脚踢了一下那只狗，狗也不客气地咬了他一口，他疼得叫唤起来。不一会，我外公去王老五家借东西，看到此情景，就跟王老五说：“快把那两只狼崽送回去，不然你家要遭殃的。”王老五一听，吓了一身冷汗，赶紧把狼崽抱回狼窝。那只狼则跟在后面。不多日，再去狼窝看时，狼崽已不见了。

我外公一生喜欢马，是他们大家族中的碾官（磨面、磨米的人），目不识丁，未坐过火车，最远步行去过镇上他的小女儿家（我老姨家），从不说瞎话，也不善言谈。可见，他讲的两段狼的故事是真实的、可信的。

狼虽然具有野性、残暴、贪婪、肆虐的特质，都是物种生存的本能，在弱肉强食的生存环境中只能如此，无可厚非。它们那卧薪尝胆的尊严，团结互助的理念，知己知彼的豁达，知恩图报的情感，纪律严明的规则，顽强拼搏的意识，在有限或劣势的环境和资源条件下生存或发展的手段等，都是可取的，而献身精神、组织纪律、智慧策略、协调团结等也应学习和敬佩。对此还要还以狼性文化的真实性、钦敬性和高傲性，一切都不为过。不能再以人类的无知和偏见去对待它们了。

在草原上，牧民与狼是和平相处的，没有狼草原就会被食草动物毁灭；没有狗，牧民们的财产就很难得到保护。在蒙古民族的眼里，狼与狗没有优劣之分，同样受到尊敬。人不在狼的食谱中，一般在野外遇上一只狼，它大多会选择回避。

在我的记忆中，很早就听到有印度狼孩的传说，在网上也见过美国一位妙龄女子——伊莎贝尔竟是重返人间的狼孩呀！这不是童话，也不是假说，而是感人至深的狼与人相处的故事。我没见过野狼（只在动物园中见过），不存在喜欢与厌恶，更多的是同情，也是在一些人的亲历中，感知这一物种很聪明、睿智，知恩图报，应该大喊一声："解救狼吧！"

2018 年 10 月 28 日　星期日　黑龙江　齐齐哈尔　阴　有小雪　0℃ ~3℃

儿童教育

古代时儿童教育，我们知之甚少，查找资料也不见其有多少翔实的记载。在我国古代，家贫的孩子多半是“放羊式”度过自己的童年；富家子弟单独请老师在家读书，从《三字经》《百家姓》开始认字。就连文明古国希腊人也把儿童当作特别年龄分类，却很少关注。这就看出来，“儿童”这个年龄段很长时间是个“盲区”。人们更多的是关注上学后的学校教育。

事实和研究表明，初生婴儿的大脑是一片空白，最容易吸收和接纳外界的一切新鲜事物。但可惜的是，大多数父母们忽略了这一宝贵的时间段和各种生活细节，往往将孩子成长的黄金期浪费掉了。

我看过一个资料。1920 年，一位印度传教士在印度加尔各答的丛林中发现狼哺育的两个小女孩。大的约 8 岁，小的约 1 岁半左右。据推测，她们必是在半岁左右时被母狼带到狼洞养大的。她们被救出领进孤儿院时，一切习惯同野兽一样。尽管回到人间也无法改变其原来习性，活了不几年就死掉了，最多只学会十几个单字的发音。根据研究者证实，婴儿在 3 ~5 岁时记忆力最佳，是学习语言和知识的最好时段。

尽管希腊人对儿童本质的看法模棱两可，但他们热衷于教育。大哲学家柏拉图就提出不少新的见解和方案，认为美育和勇敢是可以教育出来的。因此，希腊人把“学校”视为“闲暇”的地方。他们认为闲暇时，一个文明人自然会花时间思考和学习的。我国古代思想教育家孔子不也强调学校教育吗?《论语》首篇首句为“子曰：学而时习之”。《孟子·滕文公上》：“设为庠、序、学、校以教之。庠者，养也。校者，教也。序者，射也。夏曰校，殷曰序，周曰庠，学则三代共之。”“建立学校，导之经义。”（《三国志·吴书·薛综传》）

对学校的定义比较明确，但对儿童教育就显得捉襟见肘。到了现、当代，本应把儿童教育拿到日程上来，可因为利益的驱使，家长希望自己的孩子早日成材，竟过早把童年舍弃，直接到青少年。商业活动更是见空就钻，在儿童身上做文章，于是孩子不是“孩子”，而多数成了“小大人”。

在美国，一些十二三岁的女孩正在成为美国收入最丰厚的模特儿。在向前推五六年时，这些孩童就被打造成模特的苗子，去接触社会，让她们早熟。

所有视觉媒介广告里，她们被设计成非常懂事、性感无比的成年人，其童年的魅力和诱人的童贞早就不见了。这就是对儿童心灵的践踏。

我也见过不少小孩几岁就开始学“杂耍”、炼体操、走台等（有这方面天赋者例外），在大人想干又不好干的差事里混日子，也是对孩子的戕害。

对儿童的教育主要来自两个方面：一是家长，一是幼儿教师。家长的一言一行对孩子的成长尤为重要。例如，随地扔东西、吐痰，及酗酒、吸烟、赌博、骂人等坏习惯都会对孩子的幼小心灵予以污染。从这一点出发，我不赞同隔辈老人去看护孩子，因为他们会用旧的观念感染幼小的心灵；也不同意过于溺爱孩子，自上了幼儿园就车接车送，放在“嘴里”怕化，拿在手心怕碰。不经过摔打的孩子成不了大气候。记得日本人领着几岁的儿童上街，不慎孩子摔倒了，大人说，自己起来，没摔坏还哭什么！而我们的中国妈妈们见此情景，会立刻上前说：我的宝贝，摔坏没有？都是妈妈不对。这不是疼爱孩子，而是娇生惯养着孩子，培养不出勇敢的美德。

我们的幼儿园教师也多注重技艺教学，如舞蹈、唱歌、绘画、剪纸、游戏之类的活动，不太注重孩子“细节”方面的教育。据说有一个幼儿园的小班长给同伴们分坐，有的小孩要求在前面，于是小班长就以收一块钱为分坐条件。怎么把“送礼”的潜规则弄到幼儿园小朋友身上了呢！真该好好反省了。

对于孩子来说，读点自己喜欢看的小书，写点自己懂的文字，看点自己喜欢看的风景，玩点自己愿意玩的游戏，干点力所能及的小活，比什么都好。“童心便有爱书癖，手指今余把笔痕。”（唐·刘禹锡《送周鲁儒赴举》）这种爱好应该在小孩子中发扬光大。

童颜、童心、童稚，都说明孩子的心是纯净的、洁白无瑕、稚嫩青涩的。我们会沿着他们的自然属性去帮他们成长发育吗？

2018 年 12 月 24 日　星期一　海南　香水湾　多云　21℃ ~26℃

问题是什么

女作家斯特朗曾说："与其诅咒黑暗，不如燃起蜡烛。"虽说黑暗使人恐惧、不安，以及摸不到头脑，但人们只要悄悄地燃起一根蜡烛，似乎就有了希望。因为在那狭小的空间里就能唤起对白昼的向往，就可对造成黑暗的思考。所以说，问题也就在这些不明不暗的时光里产生，并催生出生活电流的激动，让人们自觉不自觉地去创造蜡烛，点燃火花，去寻找通向一个个解决问题答案的路，以迎接下一个问题的到来。只有这样这个世界才有希望，才会发展和进步。

从整个地球村的时空的角度来讲，是白昼与黑夜交替运行的结果。

每当太阳露出地面，人们随着太阳的升起、明亮，开始生活的创造。无论是耕田、制造、读书或履行各种各样的劳作，在思索与行动的过程中去解决问题。今天解决不完的，还有明天或后天……旧的问题解决了，新的问题又出来。在积极的思维活动中，推动问题解决和延伸。

太阳落山之后，人们要下班，回家歇息，然后是睡眠。在梦境中有不对称、不连贯的人、事、景出现。尽管与现实有远有近，可都是对记忆的复制、连接或错组，虽没什么大的意义与目的，仍是人们生活的再现与组合。这种消极的思维活动却是问题的再生地。

由此可见，人们需要问题，更需要解决问题；世界要存在问题，这样对社会的发展，自然的再生，才会有寄托和希望。其原因很简单：问题让人思考，思考会使世界蓬蓬勃勃，自然也能安稳宁静；问题让人求索，求索能让世界波澜壮阔，自然会持久永恒；问题让人认知，认知后的世界更加五彩缤纷，自然也就郁郁葱葱；问题让人证实，证实后的世界能蒸蒸日上，自然也会安之若素。

"问题"对社会、自然如此重要，"问问题"则是证实矛盾、解决矛盾的过程，即问题是在矛盾中形成的。

如社会问题，说白了，就是种族、阶层、群体的利益纷争。战争除了产生于统治阶级利用族群纷争或利益争夺外，往往以地缘政治为借口发动起来。所谓的正义与非正义，让人民或历史学家去证实，或让后人去评说。社会问题落实到具体人身上，是人与人之间因贫富不均衡，地位不均等，生活不富裕，劳作不自由等引起的矛盾；问题的性质，也离不开利益纷争或种族习惯、信仰不一致等。也有些问题来自学习或科研领域，从已知到未知，从未知道探索，都会有问题的重重阻隔，或“攀登”上的失败，但矛盾的性质是自然的，而不是人为的。

至于自然界的问题，看似无规律（如地震、暴风雨等），实际也是有规律的。天灾以及弱肉强食，都是在平衡中存在于发展。尽管亿万年前的恐龙等动物灭绝了，可适应地球村的其他动物又再生。没有地震（地球板块的挤压），哪来高山和流水；没有暴风雨就没有草木的生存和成长，也没有各物种的存活和延续。可见，生命是在问题中存活，是在矛盾里永生和熄灭。

保加利亚的作家基里洛娃·格奥尔基耶娃在她的《只要世界还在坚持问问题》一文中所举的例子：几千年前，居住在巴尔干半岛的雷斯部落有一个不同寻常的习惯。每天，人们都会往一口黏土锅里扔一块小石子。高兴的一天，就扔一块白色的；糟糕的一天，就扔一块黑色的。日复一日，年复一年，生活的细节就安静地躺在那容器里，黑白相间。当主人死后，这口锅就埋在他的坟前。很多个世纪后发现这口锅里的黑白两种颜色的石子，变成一种新的颜色——运动之色，即不白又不黑的颜色。

两种颜色的混搭，是问题的解决或创造，说明人生中的喜、怒、哀、乐、惧是互生、互存、相互转化的，没有纯白和纯黑。任何事物都是如此。父辈之仇，晚辈和好；穷的人家变富，富的人家变穷，其规律就是问题的解决，或在时间的磨砺下进行互动、互换；旧的问题解决了，新的问题又滋生出来，往复存在。所以说，问题给人世间以动力，给自然界以希冀，没有问题的世界是不存在的。人与人的关系，人与动植物的关系，都是在问题的呼唤与警醒中化解问题，又再次出现不可预测的新问题。否则，地球村就不存在了。让我们去创造问题、提升问题，解答问题，在矛盾中存活吧！宋·朱熹《朱文公集·答范伯崇》云：“良由务以智力探取，全无涵养之功，所以至此，可以为戒，然其思索精到处，亦何可及也。”有了问题通过思索，才能晓知人情事理。可见，“思理足以研幽，才鉴足以辩物。”（《晋书·戴若思传》）

2018 年 12 月 28 日　星期五　海南　香水湾　多云　有风　19℃～24℃

读书五得

我今天抛出“读书五得”这个题目似乎显得有点陈旧和俗套，可能被当下人视为轻浮或多余，但我看到大街上的一些“低头族”，网络里的那些“转发客”，校园中的“抄书虫”，让我感到有些担忧。如果一个民族不去挖掘他的历史底蕴，不去继承和创新他的文化，怎能领先世界呢！

读书能积累经验，无论是直接经验，还是间接经验，都跟读书有关。我国是个古文化大国之一，也是历朝历代倡导读书的强国。每个走进大学校园的人都会有这样的感受，那就是每所大学里图书馆的藏书规模让人肃然起敬的地方。我在东北师范大学读书时，最让我难忘的是“古书库”和每位教授的家——书房，也是我一生中效法的地方，敬仰的地方。在这里我感受到书中有知识、有经验，读书使人充实。千万别忘了，那是我们聪慧而勤劳的先人们，在漫长的时间之流中，探索和打捞出来的闪光珍珠。什么是财富？书就是财富（不仅仅有收藏价值），是藏在心中的人格象征，是表现人们素养高下的内在力量。正如西塞罗比喻的那样：“没有书籍的屋子，就像没有灵魂的躯体。”

读书能开阔视野，在穿越历史的征程中，书是指南，书是诺亚方舟。没有读书的经历，人们怎能在历史的长河里去打捞“沉船”，去挖掘“古墓”呢！在扩展中西方文化时，没有读书的视野与观察世界的新视角，又怎能把世界文化拿来为己所用呢！这就是读书的魅力。读书能体验“另一种生活”，可获得“别样的经验”。因此，也获得了“第二次生命”。有人说：“阅读使我们化身为旅人，带我们远离家乡，但更重要的是，因为阅读，我们在世界各地都能找到新的家园。”（简·里斯《藻海无边》）只有视野扩大了，人人都把自己视为地球村的一分子，心中没有国界、族群的人，才是真正的自由人。视野浩瀚如四洋，海纳百川。“海内存知己，天涯若比邻。”（唐·王勃《送杜少府之任蜀州》）胸怀广阔似五洲，皓首穷经，“抱德炀和，以顺天下。”（《庄子·徐无鬼》）

读书能提升观念。诗人与平常人不一样，他们具有见山不是山，见水不是水的境界，在繁复中能将单调感为多姿，在瑰丽里能使平淡变成多彩。这就是观念和心力在起变化。米兰·昆德拉的《不能承受的生命之轻》中特蕾

莎留给托马斯的印象，是她手里拿着一本《安娜·卡列尼娜》。这样的例子还很多。女人所以受男人青睐，是因为她们手中的书赋予她一层特殊的象征意义——人格精神独立于她们物质形象之外而存在的美丽，书香的气息放射出的高雅与大方。反之，一位儒雅的男士家藏万卷书，睁眼是满目世界美景，闭眼能听到古人吟诗诵词之音，哪位靓女佳人不认可呢！这就是读书这项精神功课对人潜移默化的感染，脱离对世俗的渴望，产生出一种内在心灵的美丽；还是对陈腐观念清除后，在心海中泛起层层涟漪。宋·程颐《程明道先生行状》曰："先生资禀既异，而充养有道，纯粹如精金，温润如良玉。"一切观念的转变与拓展都离不开读书。

读书能增长才干。才干多指一种特殊的能力。对于不同群体的人来说，其才干也表现在方方面面。但面对各种不同人群，能团结向上，进取不悖者是才干；遇到错综复杂的事物能理出头绪，预测未来的发展方向也是才干能力的表现；善于处理上下、左右的关系，善于用人、管人、培养人，还是特有的才干。可见，增长才干对每个人来说都是一个贴心之词，也是个非常宽泛的用语。但和才干相对的是"小聪明""小伎俩""阴谋诡计"。前者是读书万卷获珍宝，知书达理乃超人。

就以大学校长为例吧！不是读过书，聘为教授的人都可以担任，而像当年北大校长蔡元培、胡适等人不多矣。他们是求正气之所由，开学术之先风，以德治校，不拘一格降人才，用学问去影响同仁和后学们，在知识分子中赢得好的口碑，能团结不同政见之人以及和自己学术观点相悖之人，才让师生们心服口服。具有这样的才干，方能树立起好的校风和学风。而当今的中小学领导及大学校长们有多少能做到呢？真有才干者是两袖清风、洁清不洿之人，也是甘为人梯，一生做好孺子牛的人。不论品格修养，还是立人之本都来自读书、做学问。

读书能延年益寿。要知道，读书是思考的过程，锻炼严谨思维，精到推理，经常读书的人实为"头脑慢跑"。现代医学保健理论很注重心理卫生，注重保持头脑功能。人体的一切器官运作都是靠大脑指挥。"司令部"没问题，身体的各个部件就会运转自如。有些老年人体力虽有些衰退，但头脑灵活，仍显精神矍铄，往往延年高寿。康德、罗素等哲人之得天寿，相信也是出于不断地读书和思考。心静就能波澜不惊，任其狂风骤雨，我自岿然不动；气稳方可泰然自若，任其飞沙走石，我自神清气爽。人的身体修到"心静""气爽"的地步，其身体自然会健壮而康宁。当然，也不是绝对的，让人老去的原因很多。

"书籍是为生命买的保险，是为得到永生支付的一笔预付款。"这是意大利学者艾柯的名言。意思是书命长于人命，那些伟大的著作，哪本不是寿比南山。我们从中支借一点永恒的力量，乃为自己的人生增辉添彩。

“泥上偶然留指爪，鸿飞那复计东西?”（宋·苏轼《和子由渑池怀旧》）雪泥鸿爪，墨翰因缘。曾有蝴蝶轻轻飞，在那些美丽的春天。这些飞中流传的故事，也把人生点缀得满满，何不爱书、读书也。

2019年1月4日　星期五　海南　香水湾　阴　21℃~26℃

博学有约

“博学有约”这一至理名言，在我国早有解释。汉·王充《论衡·别通》曰：“故多闻博识，无顽鄙之訾；神知道术，无浅暗之毁也。”老聃博古通今，孔子身通六艺，都是博洽多闻，时称圣人、通人之大家。

近代学者梁启超说：“书宜杂读，业宜精钻。”也都倡导博学或“杂家”。事实证明，凡有建树者，有谁不通经籍、博览群书呢！

在西方，人们称亚里士多德是各种学问的鼻祖，无书不晓，无理不通；康德能在大学里讲授多门功课，可谓博闻强识之人；歌德是一代大文学家，但他能博采众长，在科学方面也很有建树；亚当·斯密是英国经济学家的始祖，而在大学里给学生们将文学课；罗素是个杂家，对数学、哲学、政治学样样精通。西方学者大都擅长几门学问，而中国近代学者何尝不是如此呢！鲁迅是学医的，但他的文学影响了一代又一代的人；胡适据说拿过多个博士学位，他的学问和思想也是当代学者们钦佩和景仰的；至于国学大师王国维，对古文字、西方美学、伦理学和哲学也是一通百通。这里就不一一列举了。

博学与精通是相辅相成的，没有博学也谈不上精通。要知道任何一门学问，无论是理工、农医，还是文史、哲学，表面上是泾渭分明，最后都是九九归一，流向大海。学问、学术也是一样，分久必合，合久必分。所有学术观点的提出与发展都离不开哲学思想，离不开语言文字，反之亦然。

记得20世纪80年代时，有一段时间很强调“学科交叉”。我也冒昧地将“模糊数学”（我曾经学过一年数学）原理运用到“文章学”研究之中。经过半年对“模糊数学”的学习，完成两篇学术论文，题目是：《模糊控制与文章的形成》（《克山师专学报》1985年4期），《文体概念是文章的模糊集合》（《吉林师范学院学报》1986年3期）。由此体会到学科与学科之间原理是相通的，不会孤立存在。只有博学的基础，才能达到专研的目的。

中国有句成语，叫“融会贯通”，即把各方面的知识或道理融合贯穿起来，才能得到全面的理解。宋《朱子全书·学三》：“举一而反三，闻一而知十，乃学者生用功之深，穷理之熟，然后能融会贯通，以至于此。”“要没有活泼的想象力，就只能做出点滴的饾饤的工作，决不能融会贯通的。”（朱自清《中国学术的大损失》）

学科交叉可以相互补充，相互渗透。从模糊数学的理论来看，有些事物越模糊就越清晰。因为1与2之间，还有无数个大于1、小于2的数值，从而可以在数理的角度来解释“模糊度”问题。古人讲“难得糊涂”的“糊涂”，就是很不清晰的“度”的概念。有些事情不需要清晰，其实就已经“清晰”了，如“家庭无真理”等。

朱光潜先生指出，中国一般学者的通病就在不重视根基而奢谈高远。比方讲“东西方文化”的人，可以不懂哲学、文学和美术，可以不学历史，不通科学，不知宗教，就信口开河，凭空立说，让人贻笑大方，而自己洋洋得意。正因如此，当代中国就没能出来几个举世闻名的大家。大学教育也远远落后于别的国家，可谓悲也。大学里如蔡元培那样的校长没有了，像黄侃、陈寅恪那样的大师也不多见了。所以“博学有约”还真的应该好好地温习一下，否则，我们无法走进科技强国的行列。

2019年1月7日　星期一　海南　香水湾　晴　有时多云　22℃～28℃

为什么活着

今天在网上看到海归传媒人——星言写的一篇题目是"平凡的企业家"的文章。全文共分五个部分，现摘要如下：

第一部分，写华为工程师齐先生猝死在肯尼亚，原因是22个月没有休假，开车在外，突然因脑溢血而撒手人寰，享年36岁。"这种苦难……又有谁来买单呢？"

第二部分，写近年来，因工作辛劳猝死的青壮年人很多，谁也不会想到猝死会轮到自己头上。"可倒下来后，一切将无意义。"

第三部分，写各行各业的人员压力太大，为了保住饭碗而拼命干。"这些平凡的人拿命换钱，实在不值得。"

第四部分，写中国人用40年走完别人几百年所走的路。"拼搏与奋斗是伟大精神，但用透支的身体去换钱是否是畸形。"

第五部分，写生活不该本末倒置，为了挣钱放弃健康。"拼搏为了家人和自己这是美好的正能量。"

最后结尾说："这个世界比挣钱更重要的是活着。"

此文，我看了几遍，确实很接"地气"，有不少人认为作者为死者喊冤，鸣不平，都说到点面子上了。星言的主要观点："活着比什么都重要。"我不完全赞同这种说法，因为她把人活着给矮化了。古人讲："德量邃茂，才鉴清远，服膺道素，风操凝峻。"（《晋书·贺循传》）

人客死异域，其猝死的原因很多，完全归于过劳而死不够客观。这方面医院或法医会得出正确鉴定。即使是"过劳死"，且说这种"过劳"是为了"挣钱"，不要命去挣钱，也感到牵强。有些钱不是用命能换取的，特别是企业，"钱"是跟能力、绩效、价值相等同的，达不到所创的价值，再拼命也没用。

我在退休后，曾在浙江省两所民办高职院校工作过。当时的年薪是我工资的一倍，于是我就想要对得起给我的报酬，很自觉地发挥一位大学教授所应发挥的作用。院长只让我做督导处领导，没说具体做啥。可我主动去听课，在网上由学生评估教师的教学，最后写成《教师教学评估报告》。这种行为是自觉、自愿的。既对得起老板给的报酬，也平复了自己的良知。

在雇佣关系的企业里，劳资双方既对立又统一。报酬与效益挂钩，职责、技术与获取均等，也是当下所有企业的规则，无可厚非。

人生在世，可长可短，无法估控生死时间。只要活的比较充实就行。人活着不单纯为了钱，但“钱”能看出生活质量。钱多了，责任重，需要一种“拼搏”来换取。其结果能体现自己的价值，想做的做到了，别人没做到的，自己也做了。人的一生有坎坷不平，也有耀眼的光芒照射着你。你的付出是为了小家，也是为了大家；为了自己，也是为了别人。这就是活得有意义。齐先生能代表国家去支援肯尼亚，有谁不羡慕和敬重呢！犹如修建坦赞铁路的人，有的把自己的生命献给了非洲人民。他们的墓碑屹立在非洲大地上，这不仅是死者的骄傲，也是中华民族为人类和平、建设所做的永垂青史的创举，国家和后人永远纪念他们。这种精神亘古永存，意义非凡。已故的毛泽东主席为烧炭工张思德之死写了《为人民服务》，为加拿大来华医生白求恩之死写了《纪念白求恩》。我想齐先生的死也会给非洲人民留下一座丰碑，值得佩服。

美国哈佛大学神学院教授大卫·查普曼在给学生讲座时提到一些中国古代的传说故事，无论是“火”的故事，还是“天”和“日”的故事，以及《大禹治水》《夸父追日》《后羿射日》《愚公移山》等，其精神内核是“抗争”两个字。实际上，勇于拼搏，不怕输，更不服输，是中国的民族精神，也是中国人的信仰。没有这些，40 年的改革开放就不会让世人刮目相看。其实，哪只是 40 年呀！近百年我们的民族都在抗争，前仆后继，是多少人用自己的性命，才换回今天的好日子。

我们的价值观跟西方不一样。西方人重视“自我”，强调“个人主义”的弘扬与发展，一切以“我”为核心。美国是个非常自私的国家，一切要服从美国的利益，以普世的“民主”和“自由”为遮羞布，到处扩军，分裂别的国家，动不动用武力去征服别人。只要别的国家分裂了，内战了，他就会从中渔利。这跟我们国家提出的“人类是一个命运共同体”，恰恰相反。在经济上我们主张“互利共赢”，在军事上“不结盟”“不称霸”等。作为个人不也是如此吗？早在汉代司马迁就提出：“人固有一死，或重于泰山，或轻于鸿毛，用之所趋异也。”（《报任安书》）谁会说，华为工程师齐先生的死是毫无意义呢！这不仅是他个人的尊严，更体现了民族的尊严。

人活着不是单纯为了挣钱，钱只是工作或劳作后馈赠的物质符号，也算付出的一种标志，绝不能用挣钱多少来标榜自己，因为用钱买不来生命。反之，生活中没有钱也是寸步难行。这是相辅相成的关系。我们既不是拜金主义者，也不是虚无主义者。

2019 年 1 月 12 日　星期六　海南　香水湾　晴　21℃ ~29℃

话说“雅”

什么叫“雅”?《尔雅注疏》:“雅，正也。”“正色”即基本色调，也算“常色”。对于人来说，表情端庄严肃也。《尚书·毕命》曰:“正色率下。”疏:“正色，谓严其颜色，不惰慢，不阿谄。”“正品”即正宗之品。汉·贾谊《新书·道术》:“辞令就得谓之雅，反雅为陋。”故尊人之辞为雅，如雅鉴、雅嘱之类。“正言”为“雅言”。《论语·述而》:“子所雅言，诗、书、执礼，皆雅言也。”

《说文》:“雅，楚乌也。”《小尔雅·广乌》:“纯黑而反哺者，谓之乌。”

除此之外，《玉篇》:“雅，素也”;《后汉书·窦后记》:“及见，雅以为美。”“雅”可为乐器之名、书之名、酒器之名。可见:“雅”的内涵深厚，外延宽泛。

我国古代，人们非常器重“雅”字，无论是建筑，还是人的风格，都可以用“雅”来比拟、称道，表现出尊贵和高尚。虽说今人崇尚现代精神、现代风格，可老祖宗留下的宝贵遗产还是不能忘的。

“雅”是在低调中孕育，在平素中形成的。它是一道风景线，清流雅致;也是深不可测的泉水，深奥静雅。“雅”和“俗”是相对的，可以雅俗共赏，但不能比肩。因为高雅之人，他不攀比、不倨傲、不猜疑，也不会妒忌，不会急躁，更不会张扬与傲慢。

我们欣赏高雅之人，无论是男人或女人，还是年轻人或老年人，及各种不同职业、不同境遇的人。他们言谈举止优雅，说话得体，玄静淡泊，言少理多;行为端正，落落大方，步履轻盈，外形稳重。这些外在形象就能惹人喜欢，再加上他们的音容笑貌，给人以舒服、崇敬之感。这就是“雅”。20 世纪 60 年代，在影坛上最让人倾倒的两个演员，男的是王心刚，女的是王晓棠。作为那个时代过来的人，都被他们的外在形象所折服。

人的高雅美，不仅靠外形美，更要体现其内在美，让“雅”深入骨髓，潜藏于心。看过格里高利·派克的影片，给人的感觉就是舒服，舒服就是雅。早年看日本影片《追捕》，由高仓健扮演的正直检察官——杜丘，在被人诬告后，一边躲藏警察的追捕，一边坚持追查自己被诬告真相的故事，深深地打动每位观众。可见，“雅”也可以打动人、感染人。这里靠扮演者的气质。

"杜丘"的真诚、洒脱和果敢就是"雅"。栗原小卷无论是在银幕上，还是素常生活里都很高雅，像一朵永远绽放的花，不仅让人喜欢，还会成为观众的偶像，热烈地爱着她。就因为她骨子里的恬静、纯美征服了观众；那种自然、朴素，没有一点矫揉造作。这种情操就是美。所以说，"雅"是自然的，之后才能超然。它是一种精神滋养品，也是心灵洗涤剂。尽管生活清贫如常，心却静如止水，"丹青可久，雅道斯存。"（隋·江总《庄周画颂》）

人到什么时候都要自尊自重，这是"雅"的情愫。对任何人能做到平和、友善是雅，谦让自律是雅，仗义执言是雅。作为君子要心地洁白坦荡荡，交朋好友意浓浓。"出淤泥而不染，濯清涟而不妖。"（宋·周敦颐《爱莲说》）

在处事上更要讲究慎言慎行，这是"雅"的声望所在。作为雅士贤人，对待周遭各种事件、事态，懂得谨慎有度以对，周密细致思考。诸葛亮在"空城计"中，那种稳如泰山，胜似闲庭信步，让人感受到"雅"及其独特的人格魅力！

文如其人，在一个人的著作及文字中更能看出一个人的风度和品格。《世说新语·德行》："李元礼风格秀整，高自标持，欲以天下名教是非为己任。"做人与作文相并行。人格崇尚为雅，其文字优美、格调高超也必然应之，这是不争的事实。任何一位大家都有自己的风格和雅趣，否则就形不成永世佳作。

谈到"雅"并没有那么高深莫测。一个人接受良好的教育，或处于优越的环境，为"雅"的形成确立了优越条件。但"雅"也可以在困境或坎坷中磨炼，还可以在市井游弋中洗濯，生活的清贫如常更能做到"雅"，保持某种情调，培养某种姿态都是"雅"的表现。这就告诉我们要演好自己的角色，树立自己的风范。"雅"都会降临每个人身上。

"雅"是从低调开始到低调结束，从品味别人到品味自己；从塑造自己的正面形象，到感染他人的负面形象。整个过程是不断严控、不断提升，又继续完善的过程。

2019年1月17日　星期四　海南　陵水　晴　16℃～24℃

情感与距离

人的情感如一条小河，流动着、欢畅着……又如一个湖泊，驻守着、沉默着……只有湖泊与江河连接起来，才是自己的，也是他人的；既自私又慷慨。情感在人性中是由多种心理元素组成的心理反应。

亲情，它是家族中人与人的情感总称。早在两千多年前，我国的思想家墨子就提出“是以入则孝慈于亲戚，出则弟长于乡里”（《墨子·非命上》）的主张。因为亲情的关系是“子其宁尔心，亲交义不薄。”（三国·魏·曹植《赠丁仪诗》）“仁者人也，亲亲为大。”（《礼记·中庸》）

友情，朋友、同学之情，和如琴瑟。人的一生由家庭走向社会，无论是学习、工作、生活，必结交出好多不是兄弟胜似兄弟的好友。同学之间称“学友”，战士之间叫“战友”，同事之间为“朋友”等。《荀子·赋篇》：“托地而游宇，友风而子雨。”朋友之间就是那块不散的云，游弋于天地之间，可谓挚诚。

爱情，这是个永恒的主题。没有爱情的世界是不存在的。这种感情是物种生存使然，更是人性构建的必然。古诗云：“苦流长泛，爱火恒燃。”（南朝·梁·萧绎《梁安寺刹下铭》）可以说，人的一生必经恋爱、结婚、生子等阶段。男女间爱情关系不完全是性爱的需要，而是情感升华的结果。它的存在与发展标志着社会的和谐与进步，万万不可小视。

20世纪初，瑞士心理学家、美学家布洛在《心理距离》一书中提出“距离说”，很让人们关注。他认为“适意是一种无距离的快感。美，最广义的审美价值，没有距离的间隔就不可能成立。”可见，美是在距离中产生，又在距离中发酵和继续的。这种理论比较切合审美活动的实际。

每年春节前，“春运”期间都有上亿农民工要返乡看望自己的老父、老母，亲亲自己留守家乡的儿女。要知道，那些背着大包、小包的农民工，要转几次车，几天几夜才能回到家。他们的心情是急迫的，时间是有限的，只能在路上啃几口馒头来充饥。当一入家门时，抱着父母，或亲着儿女流着泪，哽咽着说不出话来；当打开包，哪怕是一件衣服、一个书包、一袋花生豆，都是那么沉重。这是一年来没有见到亲人的苦涩与辛酸的叠加，有哪个国家

或民族能享受这种亲情之美呢！“鸟啄灵雏恋落晖，村情山趣顿忘机。”（唐·段成式《题谷隐兰若》诗）

更让人撕心裂肺的是在20世纪八九十年代，台湾的“老兵们”纷纷回到大陆寻找自己家乡的父母时，有的见到古稀老人哭得泣不成声，有的跪在亲人的坟头不起来，述说自己对父母或亲人的想念之情。

近些年来，全国出现各种各样的“同学会”“战友会”“朋友会”等，让人们看到友情是何等珍贵。2017年7月下旬，我参加了45年前我教的学生们的“同学会”。全班人已经走了13人，只有20几人参加。但同学间、师生间相见时的情景，犹如陈年久远的“穿越画”。45年前他们还是青涩年华，一张张幼稚、明丽的脸庞露出渴望知识、重塑人生的乞求。离开学校时，手在车厢里拽住外面老师的手哭喊着不让离开，比生死离别还动人。火车足足延迟了十几分钟。45年后，他们相见的刹那，眼睛对视着，又尴尬，又陌生。花白头发的老头儿，面对褶皱满脸的老太婆，怎能让人想象与接受呢。时间不等人，我们老了，可那感情是何等的深厚与丰富。彻夜畅谈着，临别时依依不舍，不知还能在哪见面。“愿言追昔爱，情款感四时。”（汉·枚乘《杂诗》）40多年为历史一瞬，我们多像丢在大海里的一块石头，虽然棱角磨没，一阵大浪又把我们卷到一起，可大潮之后又会各奔东西，就愿他作为一颗尘埃在世上存在吧！感谢时间，真爱“距离”，因友情之美早已注入心灵……

克山师专搬迁到齐齐哈尔市与齐齐哈尔大学合并后，有几十个家庭的妻子留在县城工作。每到周末，“少妇帮”结对成伙地乘火车或汽车去齐市与丈夫相聚，原来感情有些纠结的，甚至要离婚的，也都和好如初。这道靓丽的风景线感动了列车长，经研究给她们半价优惠。现在有的长途汽车可包办优惠往返车费。这种一周两天的“夫妻会”，好让人感动和愉悦。但话又说回来，“距离美”不是距离愈长愈好，也不是时间长了就佳。离开“注意”二字，审美心理就会产生裂痕，就会导致心理无助、厌烦和背离，其结果是二人关系被异化或嬗变。“百年誓拟同灰尘，醉指青松表情愫。”（宋·李新《行路难》）愿我们的爱情永远在“距离”中成长，在时间上考验，让美的鲜花绽放不衰。

父母与子女是亲骨肉，难以分离，但分与聚是常事，只要有情有谊，分与聚都是美。

朋友啊，朋友，今生相聚是缘，相离有情，天地南北不算远，时间说长也不长，那只无形之手永远相握，心跳将你我的脉搏如网络一样连接，啥时都会心连心。

夫妻乃为同根树，不管那一半离你多远，只会有脉脉相通的意念，相依为命共长久，千里之距也是情。情根深入泥土，不管风吹浪打，也不会分开。

相见是念，不见也是念。“真人告我、昼夜念一。”（宋·苏辙《抱一颂》）思念专一也。

2019 年 1 月 23 日　星期三　海南　陵水　晴　16℃ ~24℃

孤独与寂寞

孤独者一般是孑身一人，孤而无助者过于自然，周围无朋友，反遭别人嫉妒，由此造成自己的特殊身份，谓孤独也。如果只用个人的自尊去抗衡别人的冷落，将会走上孤高自傲、孤云野鹤、孤注一掷的险境，最后变成孤陋寡闻、孤苦伶仃的力弱愁苦人。

任何事物都有其两面性，当发展到一定程度都会向相反的方向发展，这叫物极必反。当一个孤独者在寂寞的时间里认真读书，好好地进行自我反省，也会达到“穷则独善其身，达则兼济天下”（《孟子·尽心上》）的地步。借助孤独的境遇把自己塑造成方正耿直的性格，“大义君臣重，孤忠天地知。”（元·胡炳文《拜岳鄂王墓》）培养成意志高远的情操。“正是客心孤回处，谁家红袖凭江楼。”（唐·杜牧《南陵道中》）也可做到品行高洁。“隆冬凋百卉，江梅历孤芳。”（宋·朱熹《赋水仙花》）自赏又有何非议。孤独的竹子，胸怀吐明月；孤拔的山峰，觑见众山小。何尝不给予赞誉和钦佩呢！这种高傲之节操，与世俗两立，跟愚昧不伍。那种无与伦比的独一无二乃超群出众，杰出独秀，可谓大愚大智者，切不可以权谋私，独断专行，更不能独裁专制哟！

孤独是一种特殊的心理反应。它随着生存、发展的境况得以滋生和蔓延。若从积极的心理取向和行进，形成那种孤愤，如耿直孤行、愤世嫉俗，会向正义的方向发展；在情怀特立上发展自己，定会有所作为。反之，从消极心理上去自慰自解，变得“贫乏无以远寻师友，孤陋寡闻，明浅思短，大义多所不通。”（晋·葛洪《抱朴子·自序》）那可是悲哉、哀哉也！

与孤独有点近似的词为“寂寞”。“寂”在《说文》里表示静无声音。《道德经》：“寂兮廖兮。”《庄子·天道》：“夫虚静恬淡寂漠无为者，万物之本也。”从现代心理学的角度来讲，“寂寞”就是安静、空廓、清明之心境。我对“寂寞”有自己的看法，在独处时必须伴随着静思。这样独处才有根，寂寞才寂而不寞。真正做到不浮躁，少轻佻。

前两天，受朋友之邀去海南省东方市住了两宿，比较真切地领略了这个海南岛西岸的城市风格。这里是由黑龙江省的一家老板开发的“山海湾九处”之一，清一色的 18 层大楼 20 几幢，居住着大陆的“候鸟群”，以东北老乡居多。两个晚上由我的好友陪伴在小区的各个广场、店面前、人工湖畔观赏游玩。包括白天在内，唱歌的、跳舞的、走秀的、练太极的、扭秧歌的……到处都是。可用人声鼎沸、五花八门来形容，非常非常热闹。街面上的“东北餐馆”并排就有好几家，吃喝玩乐应有尽有。这里可不是个安静之处，更看不出一点娴雅、静好的景象。既没有“静一分，慧一分”的情境，也没有那份静默的心情，怎可做到养精蓄锐，养气积血，养神凝力，养德悟道，对身心和事业都有益呢！

庸俗之辈、鄙陋之人，他们无法凝聚心情神往、精爽气宁的生命力量。他们害怕寂寞，无声时一片空虚，有声才觉得满满，需要“逐物”，需要“神游”，更需所谓的“快乐”，连酒、色、财、气、交往应酬都认为是生活地位的凭借，人脉关系的提升。真的不虚此行吗？我认为恰恰验证清人杨斌所言：“只是不认识‘独’字者。”

真正的“孤独”不受人事所累，真正的“寂寞”才会不费心力，不受打扰，做到心清、神旺，攫取健康之精神，获得生命之全力。我们不一定能做到“净极光通达，寂照含虚空”（《楞严经》）的佛家境界，至少让自己在寂寞中多一份思考，思考才会使人内心更加充实和智慧；在沉默里多些想象的空间，方可把老祖宗遗留下来的精神产业发扬光大，把好的家风、家训延续下去，为子孙后代留下“无字”的丰碑，永存、永续、不朽！

2019 年 2 月 8 日　星期五　海南　香水湾　晴　22℃ ~29℃

怀旧与憧憬

每个人活在当下，不免因客观环境的驱使，还是个人主观因素的有变，往往在环顾左右的同时，更喜欢向后去怀旧，瞻前去憧憬。原因是缺乏点什么，或丧失些已知造成某种必然的心理反应。

怀旧是种思古、念旧。班固《西都赋》云：“愿宾摅怀旧之蓄念，发思古之幽情。”对过去的人和事的依恋，在记忆中感染你、启迪你的那片最晴朗或最阴郁的天地，也可能是你情感中最强的那些碎片，时而燃着火花，时而稍纵即逝。

怀旧是在某种丧失中，对一些念想进行拾取或整合，在剔除和选择中，获得情有独钟的联想。尽管大部分事物已经不复存在，但有的人、事、景永远也忘不掉。例如，人们的祖坟，小时候的玩伴，故乡的那条小河等，犹如陈年老酒，时间越长也就越香。

这种怀旧跟一个人的年龄有关，愈老愈怀旧，就连晚间做梦都是几十年前的陈谷子、烂芝麻。一首老歌伴着你成长，在岁月的痕迹里边听到自己的脚步声；想当年喝着自家的井水长大，虽然现在已经枯干，趴到井边仍可看到井内映照自己的倒影……这一切的一切都是记忆的复苏。古人讲：“勿谓小儿无记性，所历事皆不能忘。”（《二程集》）虽说记忆的底片已经灰白，可人和事还历历在目。这就是怀旧的成果吧！

憧憬是对未来的向往和寄托。虽然与现实还有距离，但靠想象的力量在超现实的未来占有足够的天地。某种意义上说，憧憬也是对现实的扬弃和挑战，为想象插上翅膀，让其脱离世俗和平庸而扶摇直上，寻找适合自己的阳光和雨露，确定自己未来的图景，更好地去张扬“自我”。

青少年时期对自己未来的名利、地位、金钱、爱情有点理想主义色彩或浪漫气息，也是自然的事情。可生活不像人们想象那样一帆风顺，生活的道路坎坷不平也属正常。如果把目标定得过早，或过高，一旦遇到实际问题就会造成泡沫似的苦恼，不能自拔，就会前功尽弃。可见，憧憬的建立基础应该在失去某些条件，或遇到某些不利因素时，再去洞察未来，似乎更有意义。

这就是说，丧失一些东西后，更会促使想象空间扩大，在一张白纸上面才能画出最美的图画。它比现实本身更加光彩夺目。所以说，憧憬是在某种困境中看到了希望，在失败中找到了前进的方向。

迟子建在《必要的丧失》一文中说：就怀旧的事物本身而言，它却是对逝去的事物的剔除和背叛。”所以说，怀旧是历史学家的乐园，一些老年人在叙旧别情时捡回记忆的碎片，去见证其历史的真实。

憧憬与想象是难兄难弟。它们靠“丧失”的激励和保护。想象力是在荒凉、偏僻的不毛之地应运而生。它给憧憬提供了广阔的天地，在缺憾、失落，甚至屈辱中脱颖而出，并不显得单调和难堪。所以说憧憬往往是浪漫的伙伴，使青年人在朝思暮想中豁然开朗，在追梦筑梦中更加鲜活地成长。

2019 年 2 月 11 日　星期一　海南　香水湾　阴　有时多云　22℃ ~28℃

大与小的哲学

《庄子·天下》云："至大无外，谓之大一；至小无内，谓之小一。"成玄英疏："囊括无外，谓之大也；入于无间，谓之小也。虽复大小异名，理归无二，故曰一也。"大到无所不包，故曰无外；小到无法分割，故称无内。这是战国时人惠施从事物的形状大小差异而对极限的概括。

作为当时名家代表人物之一，惠施主张"合同异"说，认为事物的差别、对立是相对的。由于过分夸大事物的同一性，结果往往流于诡辩，引起一些人的争议。我认为他的观点至今还是很客观的，不妨借此说说大与小的辩证关系。俗话说，"尺有所短，寸有所长。"再伟大的人或事都有自己的短处，再渺小的人或事也有自己的优点。索大吉堪布讲过这样一个寓言：

有一只小老鼠，自觉自己太渺小，特别希求特别伟大的东西。有一次，它抬眼一看，天空广阔无垠，就觉得天是伟大的。于是对天说："你是不是什么都不怕？我这么渺小，你能给我勇气吗？"天告诉它："我也有怕的，最害怕乌云，因乌云能遮天蔽日。它遮住我面容时，我什么都看不见了。"

小老鼠去请教乌云。乌云说："我也有怕的，最怕狂风。好不容易把天遮得密密的，大风一吹，就把我吹散了。"

小老鼠又跑去问风。风说："我也有怕的，最怕墙。地上有堵墙的话，我根本绕不过去，所以墙比我厉害。"

小老鼠急着找墙。墙说了一句令它非常惊诧的话："我最怕的是老鼠，因为老鼠会在我的下面钻洞，总有一天，我会因若干个鼠洞而轰然倒塌。"

这时候小老鼠恍然大悟：找来找去，整个世界都找遍了，原来最伟大的是自己。

世界上的事物有大、有小，只有相互契合、相互制约，才能使世界变得五彩缤纷。在弱肉强食的生物链里，缺少哪一环，都会造成灭顶之灾。

在大千世界里，"大哉乾元，万物资始。"（《易经》）宇宙之大，没有天地，万物就不能存在。人是个主宰者，以为自己了不起。人的衣、食、住、行，有哪项能离开其他物种而存在呢！所以说，人不是大到无所不包，而任何小虫、小草，也不是小到无法分割。从目前人类学的研究表明，分子比较小，但它由原子组成，还有更小的质子、中子、离子、量子等，无法穷尽其小。但它们的能量超过想象之大，核聚变与核裂变都会释放巨大能量。

就动物世界来说，也是一物降一物。听说狮子胆子很大，但它怕公鸡叫。公鸡一打鸣，它的腿脚就颤动，浑身惊悚。而大象又怕蚊子钻到耳朵里。人也是这样，细菌虽小，可让人小则感冒，大则生病至死。不要忽略小，小有小的本事。

据说能到达金字塔顶端只有两种动物：一是雄鹰，靠自己天赋和翅膀可以飞上去。另一种动物也能到达金字塔顶端，它叫蜗牛。它爬到金字塔顶端不会一帆风顺，掉下来，再爬；再掉下来，继续爬，终会到达顶点。它眼中的世界，它收获的成就，不比雄鹰少。能力有大有小，一辈子坚持做一件事，总会成功的。

从宇宙间的有机物和无机物来说，可能无机物会更多；从认知角度来讲，我们不知道的物比知道的物要多，特别那些肉眼看不见的东西。所以说大与小不能光从形体上来区别。如细菌很小，可置人于死地。但人类自从发现它后，就可以管控它，或消灭它。可旧的除去了，新的又出来，往复不断，循环变种，使大千世界多了份义务与担当，也丰富了地球村的多样性。

哲学给我们的是多样性，而不是现实性。例如，我们看到鸟在天空上飞翔，于是仿鸟飞创造出飞机；看到鱼在水里游，就创造出用桨划行的船。人的世界和动物的世界所以不同，是由于人不仅有现实世界，还有未来的想象世界。所以说，大与小的哲学不完全取决于物质形态，而在于心灵的作用。既然如此，人就应有人的样子——大人者。《易经》曰：“夫大人者，与天地合其德。”做到“息心遗荣华之愿，大士布兼济之念，仁义玄一者，何以尚之?”（释慧琳《均善论》）做个德行高尚的人，才叫“大人”。

在自由王国里，无所谓大，也无所谓小。任何有机物或无机物，已知的或未知的，看得见的或看不见的，只要存在，便可视自己为最大，也可视自己为最小，人也亦然。

相聚情缘

2017 年 6 月 27—30 日　黑龙江　杜尔伯特蒙古族自治县　晴转阵雨 21℃ ~31℃

聚会特写

这是45年前在萌芽学校毕业的第二批工农兵学员毕业生。班上的年龄最大者跟老师年龄相仿，小的都已65岁了。45年来，第一次相聚，虽说只有22人参加，但实属不易，在短短三天里（6月27—29号），让人终生难以忘怀。

母女同赴会

朱玉兰已经年过七十，腿脚不便，为了这次聚会，特让小女儿陪伴。在这垂暮之年，夕阳西下之时，不顾自己的身体状况依然来到杜蒙大草原与同学相会，是何等的毅力支撑啊！其心目中只有一个信念：同学情深似海，师生意高如山。虽说第一眼相见时谁也不会认得是谁，可相处的三天里，又渐渐地复苏了记忆——原来的朱玉兰没有变。她还是那样沉稳、老练，不多言、不多语的。既是“大姐大”的楷模，又不失为共产党员的风范。大家渐渐亲近了，热和起来。

唐代诗人曰：“晨夕目赏白玉兰，暮年老区乃春时。”若女性天天观赏玉兰花，嗅着浓郁的芬芳，会人老心童，永驻青春。

一兜西红柿

在齐齐哈尔火车站相遇时，付祥才还是当年那样，少言寡语，不善言谈。在他那清瘦的脸庞上镌刻着岁月的沧桑，但仍显现着淳朴辛劳的本色。他给大家带来一兜色彩各异的西红柿，是那样的香甜可口。要知道，那可是他亲手栽种、收获的，纯自然的、绿色的果蔬。礼物实在平常不过了，可那颗纯正的心，却昭示着一个“大写人”对自然的热爱，对友情的珍视。一代“农民”的朴实、厚道及真诚在他身上体现得淋漓尽致。

当把一个鲜红鲜红的大柿子咬在嘴里时，第一感觉是：这里饱尝着情和意。秋风吹落黄花地，故拣繁枝折赠君。这是何等贵重的珍品呀！又表露多么深切的衷情。“始得展身敬，方乃遂心虔”。（南朝·梁·萧衍《游钟山大爱敬寺》）足以理解祥才君的虔诚和纯真。

时尚老吴头

吴玉寿和老师是同龄人，是班上的“大哥大”。他身材不高，满头银发，见面时，下身穿条雪白的西裤，上身披件花格短衫，头戴顶浅黄色小凉帽，应该是乡村与城市混搭的老头儿，有些不服老的气魄。其性格开朗、活泼，逢场大唱老歌，一首接一首的，让人一饱耳福。喝酒不惧人，吃饭香喷喷，不笑不说话。此次聚会很是显眼与活跃，连导游“小妹”都顺口喊他“老吴头儿”。

为了这次聚会他还特意买了一部新手机，在家里学习上网、发短信、拍照片等，多显得“孩子气”呀！足以告诉人们他对聚会的热心于企盼。最后送给他十六个字：“老骥伏枥，壮志不已；乐不可支，悠然给力。”

酷似葛优的辛

辛向阳当年是班里的生活委员，为同学办事稳当、仔细，从不张扬，是愿把一些细节存留在记忆中的有心人。这次聚会，他把泛黄的油印小报、诗集都带来了。这些都是同学们徒步 30 多公里去克山县北联公社开门办学的记录。大家看后很有感触：学习与生活是那样的有滋有味，读书与实践是那样的丰富多彩。要知道那可是“文革”期间大批“智育第一”时的创举，有谁不去多看几眼呢！因为它镌刻着时代的烙印。

辛向阳还幽默地说：“走在大街上，一群孩子跟在后面喊：‘这不是葛优吗?’”他身材不高，说话时嘴也有点噘噘着，眼睛也很相似，头顶秃白。唯独不同是耳沉，右耳戴着助听器，发言时念着事先备好的稿子。在他身上看出人生如流水，时有顺畅，时有阻隔，不如意者为其多。可谓“人世几回伤往事，山形依旧枕寒流”。（唐·刘禹锡《西塞山怀古》）

三夫君“护航”

在齐齐哈尔火车站候车时，见到杨东辉（原名杨凤琴）的夫君——盛广杰先生。提起盛先生还真有缘，他曾在齐齐哈尔市文华书店买过笔者的散文集《枫叶绿又红》。交谈之中深感盛先生豁达开朗，博闻强识，为支持夫人参加“同学会”，竟一早送到车站。

一生携手鬓发白，暮年出游自徘徊；知恩知爱少许有，翠鸟筑巢于松柏。

朱雪梅的丈夫张德良，每天驾车从林甸到泰康送妻子参会，并不声不响地为聚会的同学排忧解难。6月29日一早，他又驾车来了，本想用自家车再送送站，万万没有想到轿车撞到路牙上，保险气囊都飞了出来，幸运的是有惊无险。几天的接触，看得出张先生是性格温和敦厚、朴素勤勉的人，妻子的事就是自己的事，毫无怨言。

两棵长青相拥树，晚送夕阳晨含露；风雨到来互撑体，十年树人百年屋。

白连贵是包玉莲的老公，对这次“欢庆夕阳”的聚会做出巨大贡献，所以参会的同学们一致通过——他也是我们班的一员。白先生起早贪黑地陪伴我们，不声不响地做了好多实事。老白这个人谦和恭谨、真挚纯净，默默无声地支持老婆把大家招待好。作为退休的县里局级干部，为筹备这次会，拿出自己的所有本事，让大家吃好、睡好和玩好，真是难能可贵呀！

鸳鸯戏水沐清波，风雨来临共筑窝；红情绿意知共勉，不是故事是传说。

古代有句成语叫“夫唱妇随”，社会发展到今天，在“男权”社会里经常出现“妻唱夫随”。这很有味道，其实，民主与自由应先在家庭里实施、实验，也算我国的特色吧！

东栓驾车归

赵东栓同学是班里年龄最小中的一个，为人一贯沉稳、谨慎、好学。1978年考入东北师范大学就读，毕业后回到母校克山师范专科学校（它的前身是萌芽学校）工作。后来又在职读研究生，毕业后又返回学校工作8年，然后调转到山东曲阜师范大学任博士生导师，可谓文史四班的骄傲。这次听说同学们要聚会，自驾车由山东日照返回故里参加同学会。

东栓虽为学者，但衣着朴实，言语不多，很讲究朋友义气。一生中也经历了自身的疾病、半途丧妻的折磨和煎熬。现在是“晚食以当肉，安步以当车，无罪以当贵，清净贞正以自虞。”（《战国策·齐策》）过着似神仙又非神仙的生活，淡泊仕途，清静无为，安闲自得，自爱自重。临别前，一再表示：同学们有机会到山东日照做客，多么真诚的相邀呀！同学情浓似酒，同学意高如山。

女性“侦探花”

要把45年前的52名老同学的情况摸清楚，可不是一件容易的事。这项任务就落在筹委会联络组的杨慧明和冯晓燕两位年过60岁的女同学身上。她们如大海捞针一样，对那些杳无音信的人，到哪去找他们的家庭住址、工作单位及手机号码呢！这两位“侦探花”是绞尽脑汁，顺藤摸瓜，千方百计查

找线索。

她们通过电话号码咨询台，同学的亲属、朋友，同学的工作单位、组织部门查找。开始时，也碰到不少钉子，有时把查询人当成诈骗团伙不予理睬，或还警告你几句，让你哭笑不得。

每当得知一位同学已逝去的消息时，她们心情十分沉痛，时而还得擦眼泪。对于这次迟到的聚会，多数同学都非常向往和期待。两位侦探花说：在万般无奈时，突然找到一位“失联”老校友，晚间好长时间都睡不着觉，还曾在梦中清醒地回忆起当年在学校学习、生活的情景。第二天起来继续工作时，像打一针强心剂似的，特别有力量。值得一提的是：杨慧明为了找到学友，每天用三部手机不停歇地发布信息，记录本一本又一本地满负荷承载。

人间梦幻任西东，天下妩媚为女性。耳目清秀达八方，心地纯正四海情。

“群主”赵淑英

这次“不忘初心”的聚会，发起人之一赵淑英功不可没。她在互联网上建立个“萌芽学校文史四班同学群”作为“群主”。“同学群”既是找人联络的平台，又是同学们无拘无束回忆过去、诉说当下、展望未来的最好交流窗口。有的同学说，过去在学校时不敢说、不愿说的话，都可以在群里敞开心扉说出来，当然包括一些男女生之间的小隐私、小秘密，都可以拿出来晒一晒。调侃也好，宣泄也罢，说出来就痛快，享受了自己的存在，得到了自己的幸福。

淑英每天就像大管家一样，为这个群体操劳，关注每个人的喜怒哀乐，耗费了时间和心血。此间，还要去寻找其他同学。参会前，为每个人冲洗了过去（黑白）和现在（彩色）各三张照片，定格在时空里为念，很是心细呀！于是让我们感到一个酷爱教师工作，又坚持始终不放弃教师岗位的人是何等的伟大。她由中学来到小学任教，没有怨言，没有失望，仍在坚守这个讲台，容易吗？

在人生中步步登高，让人刮目相看；而滑入底层，更使人翘首称赞。“伟大”不在于你教大学、中学、小学或幼儿园，而是一种永恒的精神，一种高位的涵养。林语堂先生说得好：“我们最重要的不是去计较真与伪、得与失、名与利、贵与贱、富与贫，而是如何好好地快乐度日，并从中发现生活的诗意。”赵淑英做到了，我们大家也在努力做到……

后勤“小忙乎”

几十人的聚会，吃吃喝喝、住宿起居、游玩集会等琐事，没有这个后勤

“小忙乎”能行吗！这项光荣的使命就落在班级最小年龄中的徐才身上。他听说要聚会，赶忙从海南省三亚市跑回来，按时来到杜蒙自治县，协助“包总管”参与接待等事宜。

说起徐才是名不见经传的普通教育工作者，也是小小老百姓。早期家庭生活拮据，开过小卖部，养过鸡、喂过猪，在上有老下有小的日子里，摸爬滚打，坦然面对。记得黑格尔说过：“一个深刻的灵魂，即使痛苦也是美的。”徐才做梦也没有想到，上帝对每个人是公平的。他自导人生路，不靠天、不靠地、不靠鬼神，只靠自己努力，他成功了。儿子在中国驻俄联络处工作。他也借机出国几年，视野开阔了，人生观、价值观都有所改变。目睹65岁的他犹如一个壮年小伙，心态平和，淡泊名利，活得自由、愉悦。

2003年，学者斯蒂文·赫尔提出“时间商”（也称“时商”，简称TQ）高TQ的人，是实现时间自由的人。爱马仕总裁克里斯蒂安·布朗卡特说：“拿出时间来好好做事情，拥有自己当下的时间，分享自己宝贵的时间，或者把时间留给自己，并真实地考虑时间能给一件东西带来的，一如它赋予每个人的命运，那是一种浓度，一种机会，一种价值。”我们应该认真地思考一下时间的“重量”了。

才子葛成贵

同学们都称他为“老葛”，因资历和年龄的关系，总比称名道姓地好一些。老葛是“文革”前的“老高二”，相比那些初中毕业生来讲，算得上班级的“高草”。他为人低调、谦和，跟同学们相处从不以“老大”自居。古人讲：“性忠实而才识有余，上也。”（《宋史·刘挚传》）

多年不见，虽说他身体虚弱，但精气神上佳。十多年前，因胃癌将胃全部切除，每天要吃五六次流食来维持体能。从此，一个身高一米七十多的好端端“才子”，体重一下减到百十来斤。在他身上看到生命的价值。唐代杜甫《杜位宅守岁》云：“谁能更拘束，烂醉是生涯。”老葛已经“烂醉”十多年了，可谓奇迹。本次聚会，作为七十多岁的老人，身体又不好，还能即兴写点小诗，以表对往事的眷恋，对学友的钦敬，对会议主办人的谢忱，不能不让到会的学友们对他表示敬畏和尊重。最后他说：“下次聚会，我还来。”

寒风中“雪梅”

雪托梅花晶晶笑，风展玉树节节高。朱雪梅是这次“萌芽学校”老校友聚会的组织者之一。虽说她住地（林甸县）到举办地（杜蒙自治县）不远，

但每天同丈夫自驾车早到，晚上又很晚才能回去，会议的收钱、花钱都由她负责，很是麻烦、辛苦，而她做得井井有条。

要知道，在她的一生中也是坡坡坎坎地走过来，先后几段婚姻，又哺育了三个孩子，而且都让他们找到各自的人生位置，对于一个“母亲”来说太不容易了。于是生活也把她的身体压垮了，腰椎间盘突出不能下地，全由丈夫张德良先生精心护理，才逐渐恢复。在她的身上真正体现了：上帝对你关了一扇门，一定会为你开启一扇窗。这正是自然界长久以来的生存法则。俗话说：老天饿不死瞎家雀。就像《侏罗纪公园》里的一句经典台词：“生命会找到它自己的出路。”

自从结识她的最后一位丈夫——张德良先生，张先生就像光照亮雪梅心中的黑暗，也像药给雪梅心灵腐烂的地方去止淤止痛。作为“梅妻良夫”像一个传说、一道风景那样来到聚会同学们的中间。正如明代崔日用《奉和人日重宴大明宫恩赐彩缕胜应制》所云：“曲池苔色冰前液，上苑梅香雪里娇。”朱雪梅新生啦！朱雪梅火啦！祝福你好运连连……

清纯“玉莲花”

6 月 27 日上午一下火车，看见包玉莲和丈夫、子女等一大群人拉起醒目的条幅，上印写着“欢迎萌芽学校文史四班同学到草原聚会”17 个大字，一下子就把我们穿越到 45 年前的情景。几十年未见面了，她还是那样清净、朴实，虽有点发福，却没有一点老态龙钟的俗气，也不见八面玲珑的世故。想起唐代孟浩然《题大禹寺义公禅房》诗曰：“看取莲花净，应知不染心。”

午餐是在杜蒙自治县的锦江缘商务酒店进行的。下午 3 时许也在这里召开欢迎仪式，由韩国信同学主持，先播放“萌芽学校”校史短片，后有各方代表致辞，给老师鲜花并赠送礼品，老师赠书。活动高潮迭起。师生们时而停留在 45 年前的“开门办学”、下乡拉练、自创《实践战报》、教育实习等黑白底片中；时而又回忆起毕业后自己的创业历程，酸甜苦辣五味俱全。面对一张张陌生又带些许岁月痕迹的脸，有些难以言表的相见恨晚的心酸和见面后相视莫逆的喜悦。

第二天早饭后，一辆高级旅游大巴停在酒店门口。大家上车后，由黑龙江嘉佑国际旅行社杜蒙分社吴女士担任导游。先是瞻仰了以抗俄（沙皇时）英雄阮寿山将军命名的“寿山敖包”。它是一种祭祀，也是对自然的崇拜。又来到著名的杜蒙“连环湖温泉风景区”，不仅观赏到似海的、碧波荡漾的湖水，还舒舒服服地泡了温泉，享受大自然给人类的馈赠。在包玉莲的精心策划、谨慎谦恭的照顾下，这群老年游子没有一个掉队者，只有开心畅快。

同学们的心中仍装着读书时，这位蒙古族姑娘是那样豁达开朗、沉稳持重，至今有增无减。

重头戏还在后边呢！包玉莲夫妇以个人名义邀请我们师生来到杜蒙德力格尔蒙古族部落，赏鉴、品尝蒙古族“烤全羊”大宴。这个“部落”占地一万多平方米，有十几座大小不一、色彩各异的蒙古包，其中一座高十几米直径二十多米的白色演艺大厅，尤为豪华、气派。大家落座后，餐桌上摆满奶茶、奶酪，各种当地鲜果、名酒和色形味俱佳的菜肴。当大家细细品尝时，“烤全羊”大宴揭幕。首先由司仪用蒙古语铿锵有力地致辞，然后是一只酱红色烤全羊由大厨双手恭敬地捧着放在大厅中间特制的架子车上。在马头琴的乐曲声中，几位礼仪小姐双手擎着蓝色哈达（献给长辈或最尊贵的客人）和白色哈达（献给平辈或一般客人）献给老师和同学，再由披戴蓝色哈达的师者走到烤全羊的正面，端起银杯（也有金杯、银杯和羊角杯三杯酒的）用无名指蘸点酒弹到天空，敬天神，再蘸点酒弹到地上，敬地神，蘸点酒点到额头，敬先人，最后把酒一干而尽，然后在羊头上用刀划个十字，再在羊背上拉下一刀，在羊身上剜块肉放在嘴里。司仪问：“好吃吗?”回答：“好吃!”（实际太香嫩了）仪式完毕后，把烤全羊割成多盘别送到两个餐桌。大家一边品尝，一边聆听和观赏歌舞。那蒙古歌豪放、沉稳，很有韵味；那蒙古舞大气、酣畅，更具特色。大家完全沉浸在莺歌燕舞的纯美气氛之中。

包玉莲及其家人耗费一万多块钱不止。可这些哪能用金钱能买到的呀！她不仅仅是让我们尝到烤全羊的味道，一饱口福；而是赠送了美的庄重和真的神圣和善的洁净，又是很有文化底蕴和民族传统礼仪的文化大餐，让我们感知到人性的伟大、自然的壮美。大自然给予我们人类的太多、太多了，绝不要去怠慢天地，也更不会辜负自然。

唐代韩偓《寄湖南从事》诗云：“莲花幕下风流客，试与温存谴逐情。”我们不是“风流客”，但在这高规格的接待中，人人都感到包玉莲给予我们浓浓的乡音、乡味、乡意和乡情……

莲界百湖水，莽原绿意家。
品味“全羊宴”，静观“玉莲花。”

我是班主任

现为齐齐哈尔大学的教授，45 年前我是他们的班主任老师，荣幸地参加这次聚会，是以我们的朋友和兄长的身份手捧一大包书来到杜蒙自治县的。一下火车，他们就和我握手、拥抱。

入住宾馆后，高玉莲打开一包上等的红茶，沏上一杯浓浓的茶水。这是

蒙古族对客人的一种奖赏和尊敬，体现着知心、知己、知言、知音和知礼。有诗云：“茶话略无尘土杂，荷花剩有水风兼。”（宋·方岳《入局》）这杯默默无语的浓茶道出学生对老师的无限崇敬，实感激动不已。过后，我捧着茶杯，慢慢品尝时，久久不能平静，深感教师职业的崇高，终生从教的幸福。

开幕式上，我给他们赠送了两本散文集（《枫叶绿又红》和《况味》）和一本诗集（《网与格》）。当同学们手捧着书翻阅时，如鱼得水，恰逢甘露，感受到如此的温暖和充实。待同学们把鲜花和礼物回赠给我时，我频频鞠躬表示谢意，眼里噙着泪花，是愧疚，还是兴奋；是激动，还是幸福，一时难以描述。因为这里饱含无以言说的晴和意，也是时间印痕的遁迹。只见荷花如故人，岁寒情分更加亲。

在游玩的当天晚上，参加包玉莲夫妇举办的“烤全羊大宴”。首先让礼仪小姐双手捧着蓝色哈达献给我时，真的有点兴奋不已；随后又让我主刀割羊肉，并代表大家饮酒敬奉天地和先人时，是紧张，还是激动，手有些发抖。风光伴着敬畏，尊重和着幸福，感谢含着谦恭，一时难以猜测。背地里我跟同学们说：“我受之有愧，宠之若惊，享之不安啊！深深地感到这是我的朋友、我的兄弟姐妹们赠与我的大美、大善和大爱啊！”

第三天上午，临行前的座谈会上，到会的同学们纷纷汇报了几十年来自己的成长、发展历程。有的同学认真地拿出事先准备好的发言稿，有的同学把身子转过来面对我来汇报，那种虔诚、谦和，继续“挣得”老师对学生的纯真的爱，及相互信赖的“初心”，表现得腹心相照，彼此知心，心心相印。于是我想：什么是纯洁？师生的关系最纯洁；什么是真心？师生的无忌对话最真心。

最后，我哽咽地说：“今天的相会倍感亲切与快乐，愿我们大家过好每一天，天天欢度夕阳；对因病、因事未来的同学，愿你们身体健康，事事顺风顺水，企盼下次相聚；对已经离世的11位同学，愿你们在天堂也能分享到同学和老师对你们的哀悼与怀念。让一切的一切随着时间的流动去变化吧！”

两天下来，从敬茶、鲜花、奉哈达到念故情，让我这位师者如此动情、兴奋和沉思。这是师生间心与心碰撞出的火花，是情与情相系时永不停摆的金钟。

春蚕到死丝不断，
蜡烛燃尽泪无干。

国信“总策划”

在“萌芽学校”读书期间，韩国信就显露出才干，作为班委会成员他是个出类拔萃的佼佼者，不仅善学，还很有头脑，如组织编印《实践战报》，参与编写萌芽学校的校史等。毕业后先到基层工作，一路跋涉挺进，当过乡干部、县级干部、副厅级干部等，为人真诚、办事利落，颇有领导才能。

2017年春夏之交，他与在哈的杨慧明、赵淑英、朱雪梅等人聚在一起，商量搞一次45年前的同学会。大家把筹划工作任务放在他的身上，经过反复研究、商量认为将地点放在杜蒙自治县包玉莲那里比较合适。当包玉莲欣然接受后，在大家的信赖、支持下，他提出聚会的宗旨："不忘初心，感恩萌芽，增进友谊，欢度夕阳"十六个字。

"不忘初心"是指不忘在萌芽学校学习时的青涩、单纯之心。古人曰："烟霄惭暮齿，麋鹿怀初心。"（唐·吴融《和杨侍郎》）目的很简单，学点知识，有个工作，毕业后给百姓做点实事。当时是"文革"的第五个年头，第一次学校招收推荐的工农兵学员。他们之间的年龄、文化差异比较大，但心地都很纯洁，没有什么特殊的功利，毕业后，只要为国家、为人民做点实事也就满意了。这种"初心"是淳朴的、感恩的，也是未来"三观"确立的基础。基于此，这52名同学中没有违法乱纪的，个个都是善于勤俭劳作、艰苦奋发之人。

"感恩萌芽"，不仅因学校有悠久的历史，毛主席题校名，还培养了全国第一个女拖拉机手，更因学校的校风朴实、信仰坚定、师生平等、重于实践。尽管在"文革"期间，老师们无法全面授课，但我们把课堂搬到乡下，边实践，边学习。这种把理论知识与实践相结合所创造的能量是巨大的，培养出知识与能力双佳者，让学生们一生无法忘怀。

"增进友谊"是个泛泛之词，但作为"真情实意"者，唯同学、师生情最真、最切，少有杂念，也不存在相互排挤、尔虞我诈之嫌。它是世界上人与人之间关系最纯洁、最牢靠、最值得终生铭记的一种关系。作为"古稀"之年的我们，几十年未见面，一见面，虽有陌路人之感，但一联想到当年的人和事，立刻就清晰了，越看越顺眼，愈想愈真实。此感觉很特殊，但不乏味；此记忆有些恍惚，却越来越清晰可念。

"欢度夕阳"是夕阳西照时的一抹红霞，是人生由艳丽的花朵到晚秋时的凋谢，没什么落魄，只有珍惜和畅怀。"见彩霞之夕照，觌雕云之昼临。"（南朝·梁·江淹《莲花赋》）这种自然之美，不是桑榆暮景，而是映衬的骄阳，有谁不去"亲睹万方之欢愉，久沐浴乎膏泽" （汉·班固《西游赋》）呢！

韩国信同学还在哈尔滨印制了同学录（杨慧明和赵淑英提供素材），从学生证、毕业证，到全班毕业合影、全班女同学合影、班委会和党小组合影，

都囊括其中，如同导演把镜头一转就把影像拉到45年前，让人心潮起伏、跌宕；“名录”是黑白照片和彩色照片交相辉映，使人浮想联翩，夜不能寐。是记忆，也是历史；是成长，还是现实。45年前的你、我、他（她），那白嫩、靓丽的脸颊，映衬出青涩、纯正和真切，还带有飘忽且憧憬的浪漫；45年后的他（她）、我、你却变成青丝与白发伴着皱纹，显现着成熟、坚毅和坦荡，践行着淡泊、无欲和安然不争的情怀。

三天的同学聚会，韩国信与同学同吃、同住、同玩，是个非常低调的学长。开幕式由他主持，播放校史片，表示对学校的感恩，对师者的尊重，对同学的怀念之情溢于言表。开始时为11位离世的同学共同默哀一分钟。

一晃45年过去了。在聆听同学们座谈汇报时，他既心酸又惆怅，感到岁月不饶人呀！他得到大家的信任与寄托，出色地完成了在这次聚会中所扮演的角色，为大家默默地干了不少实事。

2017 年 10 月 17 日　星期二　黑龙江　齐齐哈尔　晴　-2℃ ~12℃

朋友小聚

今天是天高气爽，也是“中共十九大”召开的前一天，应该是个嘉年华的好日子。我邀请 45 年前的学生、朋友及家属相聚鹤城。当天去齐齐哈尔大学参观了校史展览馆，接着到我的“鸽子笼”小屋畅谈、品茶，第二天去付祥才的私家会馆，并参观“北大荒鹤城鲜花港”。两天的相聚，不仅观看了美景，还重温了过去，大家甚感开心、畅快！

本次小聚是乡愁，亦是记忆。大家在毛泽东题词的“萌芽学校”（原克山师专的前身，由延安来的高衡校长创建）四个大字和全国第一个女拖拉机手梁军的一元纸币和画像前驻足拍摄，深深地感到当年校风朴实、学风殷实、作风踏实。70 年的光景已经消失殆尽，但印在骨子里的痕迹终生受用。这些学生是 45 年前毕业的，目前已经过花甲之年，但他们的一生是纯粹的、阳光的，更是鲜活的，没有一个人给母校和国家带来不良影响。这在改革开放的 30 多年里多么不容易啊！说明根是扎在黑土地里很深、很沉，不会让欲望所迷惑。这就是“萌芽人”的骄傲和自豪。

本次小聚是文人，亦是人文。朋友和学生来到我的“鸽子笼”，他们可能会想，一位大学教授、学者，怎么没有豪宅、豪车呢？当大家来到我唯一大一点的书房，一切均已释然。在疑问中有些敬畏，在吃惊里多些羡慕……在问我近半个世纪中，竟如此地勤奋耕耘，是怎么走过来时，我也就简单而欣然地介绍着：

我从学校门走进学校门，先后读过两所大学，工作或生活过四所大学，角色没有变，一直是个酷爱学习的“学生”；身份没有变，终身是位教书育人的“教师”。所以我非常热爱学校、热爱学生、热爱教师这一职业。这期间“书”是我终身的“伴侣”，也是我能在学校跟学生混在一起，完善我职业生涯的重要纽带。没有书读，没有书写，我将一天也活不下去。它是我生命中的一部分。在我们家有一条不成文的戒律：不管家人或外人到家拿什么都行，就不能随便拿我的书。

几十年来，我购买了几千册书刊（“文革”时学生拿走一些，我也给人一些），出版专著、教材、作品十几部，发表学术论文 70 多篇、文学作品几百篇，撰写读书卡片上千张，写读书笔记 50 多本（几百万字）。我并没感觉满足与厌烦，犹如每天吃饭和睡觉一样，已经成为习惯。现在仍去书店买书，从不吝啬花钱；每天晚上 9 点至 11 点要看两个小时的书，几乎没有间断过。

至于以后打算，也没有什么想法。我夫人离世三年了，还没有找到那个“意中人”。其实条件也不高，只要能支持我的理念，帮助我的生活和学习就可以了。至少文化上过得去，帮我电脑打字，查找文献资料，会使用现代通信工具，其余的都是次要的。当我离开这个世界时，有两件事要做：一是把我的全部藏书，包括书稿、笔记、卡片、字画等全部无偿捐给社会。二是不举行遗体告别仪式（开个纪念会就可以了），把我的遗体捐给医学院，一年后火化，把骨灰撒进大海，因为我的乳名叫“长海”吗！

我的一生要感谢祖国和人民，当然也不会忘却殁去的父母和亲朋好友，更是常常想念我的老师、学生和朋友，用我的实际行动报答所有关心、爱护过我的人们，也用实际行动践行我的人生价值，足矣！

小聚的第二天去了付祥才同学为亲属看管的私人会所，此间得到了他们夫妻的热情而诚挚地接待。说起“会馆”对于社会的中下层人来说满是新鲜的，只在报刊和电视中听说过，究竟是什么格局、什么样式一概不知。这个小会馆室内装饰豪华：有大气、著名的字画，稳重而稀少的自然盆景，高级的茶室、会客厅及卧室。即使外国首脑来此住上一宿也不显逊色。当然一般老百姓消费不起，但毕竟给你一个观光游览的特殊环境。在这里吃的是原生态的果蔬及上品的牛羊肉。走出会馆不远就是“北大荒鹤城鲜花港”。这里一年四季都可以观赏各类名贵花卉，真是一饱眼福。

改革开放至今，人们相对有了钱，适当地带上爱人和孩子来这里走走看看，还真是一种享受，似乎更接近大自然。从中让人们更加热爱它、欣赏它、保护它，应该是人与自然的另类融合吧！也从中会学到一些花草树木的常识，还能培养人们的高雅情操。

去“会馆”是人们对现代理念的追求，这不是梦，而是中国老百姓不久的将来都会去开发的一块“净土”，或者说是人们与生活打交道过程中不可或缺的游戏方式，定会提升人们现代生活的品位和兴趣，不是奢侈，而是一种特殊的感受。

去“鲜花港”更是开辟人与自然亲近的最好路径。只有懂得自然，才能欣赏自然；只有理解自然，才会珍爱自然。原始的也好，人工的也罢，都是把自然的环境和风景与人们的距离拉近，何乐而不为呢！

2018 年 12 月 30 日　星期日　海南　三亚　晴　有时多云　20℃ ~26℃

情系“三亚”

海风萧萧波浪起，白云飘飘衬蓝天。自古以来，风与风并行为友。《荀子·赋》：“托地而游宇，友风而子雨。”朋友可谓一家亲。昨天，居住在海南省三亚的徐才和国信兄说：“袁俊安夫妇在大公子陪同下，由北京乘飞机来‘三亚’旅游。”可把我们来海南度假的同窗朋友乐坏了，分别从乐东、东方和陵水等地赶到三亚。大家能从冰天雪地的东北，来到热带雨林的三亚，可不是时空的错位，而是“子之友悌，和如琴瑟。”（晋·潘岳《夏侯常侍诔》）

人到暮年，既不争驰，也不斗技，纯属逍遥、快乐。这种团聚才有聚而不散、心心相印的感觉在里边，能够淡泊忘家私，也不去讨要功利。既有佛家的超度，也有传统的绵延。《庄子·知北游》云：“人之生，气之聚也，聚则为生，散则为气。”把这句话引申到朋友之快乐，是福星高照。

“方者中矩，圆者中规。”（《庄子·徐无鬼》）“方以类聚，物以群分。”（《易经·系辞上》）45 年前，我们能相知、相认，也是一种缘分。东西南北走到一起来，温馨而知音，情如手足。在一年半的学习生活中，你、我、他那是忘年交，师生或同学间如兄弟姐妹。时至今日，虽然都两鬓花白，但初心未改，情系松柏。国信因心脏病还在住院，听同学来，提前出院；俊安是做过大手术之人，曾在死亡线上挣扎回来，是何等的大福、大命呀！古人说：“仰以观天文，俯以察地理，中以建人极。”（隋·王通《中说》）他们做到了。这次天涯海角聚友情，感天动地也难寻，真可谓“披心腹，见情素。”（《汉·邹阳《狱中上书自明》》）

我们之间没有高下之分，也不分辈分，都是兄弟相称、相处、想念，有什么东西能抵得上这分情谊呢！“更使襟灵憎市井，足知缘分在云山。”（宋·吕南公《奉答顾言见寄新句》）我们师生的情绝没有市井的小圈子，而如云那样忽聚忽散，但其属性是意气相投。

人与人之间的情感关系，犹如冬天玻璃窗上的窗花，或暴风雨流淌的痕迹。每当寒冬早上起来窗花好美的，太阳一出立刻融化；每当暴风雨来临时，淌在窗上的流水也非常俏丽，雨停风消即逝。但这些都会永远印刻在人们的心灵深处。日月赏给我们善的举动，岁月带给我们美的呼唤……

2019年3月26日 星期二 海南 陵水 晴 22℃~30℃

知缘缘自来

什么是缘分？因缘定分，命运注定的机遇。这种机遇不是想来就来，想遇就遇得到的。白马王子也好，梦中情人也罢，只能可遇不可求。大千世界花花草草，让你目不暇接，要想找到意中人谈何容易。

怎么才能遇到呢？

得有一个可以交际的场合，凭借自己的直觉，对方对你有没有吸引力。直觉告诉我们，对方的身材、容貌是第一要素。如果在这方面让你心动了，就可有相交、相处的前提条件。

青年人的恋爱凭直觉多一些，尤其是知识型的未婚男女，更喜欢自我挑战和选择。一是，他们有这方面的经验和经历，自我意识比较强；二是，他们看多了这方面的影视节目及文学作品，也有选择配偶的能力和知识。况且，这代人更重视“试婚”，未结婚就开始同居，可以更进一步地从细节处了解对方的习惯、爱好及发展潜力，若达不到自己心目中的要求，再“拜拜”，也没什么可损失的。

也可以通过朋友、同事或亲属的介绍，让两人认识。这种方法有一条是可取的，那就是介绍人可把双方的自然条件（家庭背景、学识、性格等）告诉你，至少有个初步了解，为后续发展做些铺垫，便于进一步处下去。

通过“介绍”的，多半是二婚。这在婚姻中有些麻烦。因为前半生都跟自己的另一半生活，尽管也有些小矛盾，摩擦不断，但都不碍大事。十几年或几十年的磨合，相互了解，也就相互包容了，特别是孩子这一纽带，把二人捆绑得牢牢的，谁敢挣脱，应该是有贼心，没有贼胆。无论是男还是女，二婚太难。难就难在脾气秉性已经形成，谁也改变不了谁；各种差异也已明了，无法凑合，再加上子女的环境，本人的条件，都是相处的制约点，而且是无法改变的。不像一张白纸，由两人共同描绘，什么样都好看。二婚就不那么简单了。

两人相遇，还可以通过各种媒体，如影视节目中的婚介专栏，社会上的婚介所，以及网络，等等，也都是婚姻介绍的平台。网络交际虽有虚拟成分，难辨真伪，但也是一种聚缘的手段。

利用现代网络交友，更多的是青年人，谈得来就相交，不如意者就分手。

天南地北十分广阔的领域，什么样的人都有。更多的是寻求某种刺激，真正达到“缘自来”者不多。而中老年人通过媒体介绍者大有人在。他们是直来直去，直接问你有没有房子，每月挣多少钱，子女情况如何。不如意者，免谈。说白了，媒体就给你搭个桥，至于能进展怎样，那是你们相处后的事，能否随缘，还有很长的路要走。

对择偶方面，我有一句话：“可遇不可求，随缘不随俗，宁缺毋滥。”

“可遇不可求”。若遇上自己的意中人，绝不放过，一追到底，不获全胜不收兵。但这不是盲目地追求，要做到知己知彼。两人有天壤之别，癞蛤蟆怎能吃天鹅肉呢！总得掂量下自己有多大分量，不能不自量力吧！

“缘”就如水一样。两条鱼儿，在宽阔的水里相遇，才好相配。没有水，怎么也到不了一起。那你还“求”什么你！

“随缘不随俗”。两个人真的能走到一起，不太考虑双方的家境如何，是否有钱、有房子、有车等物质条件；也不太看重对方的年龄大小，相貌如何，甚至是残疾人也没关系，只要对方心地善良，为人厚道，就足够了。千万不要把“缘”字玷污了。“缘分”是不受任何条件限制的，特别不能跟“世俗”共舞，否则就不是缘分。报纸和媒体曾对杨振宁和翁帆的婚姻指手画脚。我早就说过，这些人除了“羡慕妒忌恨”之外，什么修养都没有，真给中国人丢脸。

“宁缺毋滥”。真正懂得缘分的人，对于恋爱与婚姻是无法将就的。这里有个人生观和价值观的取向问题。当社会发展到一定程度，相应的文化理念也达到一定高度。这时，人们对婚姻家庭看得很淡。譬如说，那些“背包客”，到处游山玩水，到世界各地去体验人生价值，多自由自在呀！这种“财富”是用金钱和权势无法换取的。

“知缘缘自来”，绝不是一句空话。它是人类社会发展到今天，必须加以思考的一种恋爱、婚姻准则。相信缘分，更应相信自己。来或不来，就看你对缘分的理解了。

2019年4月4日　星期四　海南　香水湾　阴　有小雨　24℃～30℃

命运与机缘

我的上一辈人很相信命运，在他们的头脑中没有更多的奢望。人的一生是“八字”注定，穷与富、贵与贱、生与死是上天给予的，个人无法抗争，其结果都是必然的。《易经》有云：“乾道变化，各正性命。”孔颖达疏：“命者，人所禀受，若贵贱夭寿之属也。”

我在很小的时候，家由县城搬到农村，这是命运决定的；能上几天学，也是命运决定的，至少我母亲是这样认为的。她不识字，是个破烂地主家庭出身。土改时，我们在县城居住。父亲在新中国成立前当过克东县的财粮助理。东北解放后，他本有机会参加革命（延安来的干部让他入党，并送出去学习），但他胆小怕事，毅然谢绝。土改后下乡当农民。对此，我母亲不同意，但胳膊拧不过大腿。从此，我的人生命运就在贫穷的农村里挣扎着，外加出身不好，参军没门，入党没分，升学也受限制。

当时因身体瘦弱（初中时体重才25公斤），好不容易考上县城初级中学。初中毕业后无钱念高中，只有去读师范（当年全省中专不招生），师范毕业后又在校念一年速专，当时班主任劝我学数学，而没有去学中文。毕业后留校当“干事”。这应该是机缘，而不是命运。后来我又拼命自学中文，考取哈尔滨师范学院中文本科（函授），结果走上教中文这条路。尽管实现了自己的梦想，可以后的路还是好难走。“文革”前后，做过学生生活管理老师、现金员、会计等，从1968年开始登讲台，先后教过两年中学生（克山师范与克山一中合并）；1970年暑期克山师范恢复招生，开始教授中文专业的工农兵学员；直到1977年恢复高考，克山师专招收“文革”后的第一批大学生，我任班主任，又教写作课。后感到自己的知识不足，1979年毅然决然地来到东北师范大学进修学习。

这是我一生中很重要的转折点。在东北师大学习期间，除了听课、学习外语、钻古书库、拜访老教授，每天只有几个小时的休息，整个身心都投入到学习之中，在暑假期间都没回去探家。爱人是小学教师，三个女儿都在上小学和幼儿园，自己工资每月才四十几块钱，困难极了。但就是这两年的功夫，把我引上做学问这条路。返校后，连续发表十几篇学术论文。1981年晋升为讲师；1986年申请晋升副教授，但因中文系主任不给我签字（当时我在学报编辑部工作)，结果等到1987年才晋升为副教授；1993年晋升为教授。在克山师专与齐齐哈尔大学合并期间，我还没退休，就去浙江省温州和东阳两所民办高职院校任职，先后七年，最后退休在齐大。

回忆起来，没有任何资本和条件被留校工作；没有直接考入大学的机会，靠自学考取中文本科；没有教中文的坚强实力，出去进修学习，回校后一步步地晋升为教授。这不是什么命运决定，而是机缘。《庄子・至乐》曰："万物皆出于机，皆入于机。"人的一生，只要有目标、有追求，就要排除一切所谓的诱惑。机遇来了，迅速抓住。既不能犹豫不决，也不能为眼前的小利遮住双眼。

机缘来了，怎样去抓住呢？那就是平时要努力学习和工作，做好一切准备，也要有放弃眼前利益，去争取自己所要的目标，否则有机会也没有办法实现自己的梦想。譬如我1977去嫩江地区招生办工作（借调），当时的地区教育局想留我在局里工作（在齐齐哈尔市）。可当时我就是想教书。什么官位啊，进大城市啊，我都不感兴趣。

"时运不齐，命途多舛。"（唐・王勃《滕王阁序》）时运不好，一路走来也不会顺当。其实，一些客观条件的好坏，对人的命途而言很有影响。好的家庭及教育资源的配备对一个人的后来发展当然有好处。而像我这样的人，一起跑就让人家落下好远，只能靠自己一步步努力，才能后来者不输。从某种意义上说，不利的客观条件往往会激发一种特殊的动力，勇往直前。世上没有什么捷径可走，也没有坦途，有点艰难和险阻恰恰是后来有为的独特环境。没有坎坷，就没有希望。贫穷往往是内在动力的加速器，命运成为机缘那是再好不过了。

后　记

古时候书写的小木片为“札”。在此借用一下，故书名为《日札录》，即标明写作时间、地点及天气情况，以日记的形式，但又没有“日记”那样烦琐，也不会逐日记下去。就文章本身多以散体和随笔成文，内容也比较宽泛，有所见所闻，也有对一些人、事、景的有感而发，还有读书后的心得、体会。多数是眼前的心动，也不排除对过去的思念。在写作的过程中，体现了个人的主观意识形态，更是以真挚的感情回赠养育我的人民。

我的一生，从学校门出来又进去，这个环境让我终身受益，除了敬仰我的老师外，那就是我的书籍。它和我朝夕相处，终生相伴，亲如手足。

说真的，每篇文章都凝聚我的心血和汗水。从有个想法，再去查找资料，然后写成片段，再连缀成篇，抄在稿纸上，最后坐在电脑旁，一个字一个字地敲打出来。这期间，我还要背个单反相机东跑西颠地出去摄影，每天坚持走几千步，为的是降低血糖；要做自己想要吃三顿饭，还要读四五个小时书。这样的学习、生活和“工作”雷打不动。

两年多的时间里，先后去了云南、浙江、辽宁、海南、内蒙古及黑龙江等省区。在海南香水湾过了两个春节，到过三亚、海口、陵水、乐东、东方、保亭、琼海和五指山等地，对大海和山川情有独钟，流连忘返；也重返过浙江，在杭州、绍兴、义乌、东阳，再次观赏名胜古迹和湖光山色，感触颇多，意惹情牵；2017 年春节在云南沙溪古镇度过，对少数民族的民俗习惯和文化底蕴叹为观止，敬畏有加；还去过内蒙古呼伦贝尔大草原、扎兰屯等景区，对其特殊的民风和景色更具青睐，百感交集；来到大连海边，哈尔滨周围景观，都是一饱眼福。祖国的广阔疆域和古老文化，让我心情激动，震撼笔尖，燃情岁月，流淌自如；还阅读几百本书刊，查阅大量典籍，受益匪浅，荡涤心灵，才会有这本《日札录》呱呱坠地。

书中的观点和看法更多是传统文化的延续或更新，或是对现实一些现象进行追根溯源，力求在社会的转型期做些小石子式的铺垫，衷心希望我们中华文化的根脉永远地延续下去，并发扬光大。

在此，向读过我书的人，深表谢忱！

作　者

2019 年 6 月 7 日（端午节）于齐齐哈尔